너만 모르는 이야기

너만 모르는 이야기

초판 1쇄 찍은 날 § 2007년 12월 20일
초판 1쇄 펴낸 날 § 2007년 12월 30일

지은이 § 김신지
펴낸이 § 서경석

편집장 § 문혜영
편집책임 § 이종민
편집 § 한지윤

펴낸곳 § 도서출판 청어람
등록번호 § 제1081-1-89호
등록일자 § 1999. 5. 31
어람번호 § 제5-0173호

주소 § 경기도 부천시 원미구 심곡1동 350-1 남성B/D 3F (우) 420-011
전화 § 032-656-4452 팩스 § 032-656-4453
http://www.chungeoram.com
E-mail § eoram99@chollian.net

ⓒ 김신지, 2007

ISBN 978-89-251-1089-9 03810

김신지 지음

너만 모르는 이야기

도서출판
청람

● 목 차 ●

"**한** 번만 자자."

또 시작이다. 짧게 한숨을 내쉬곤 고개를 살짝 틀어 진지하게 나를 바라보고 있는 눈동자를 마주했다. 엷은 열기가 담긴 갈색 눈은 아름다웠지만, 나는 이미 알고 있다. 이 눈에 담긴 감정이 단순한 호기심이라는 사실을.

"웃기지 마."

"아, 진짜! 그냥 눈 한 번 딱 감으면 그만이지, 넌 뭐가 그렇게 비싼데?"

한 번도 참을성이 있었던 적 없는 음성이 조금 높아지더니 어느새 낮아져 연체동물처럼 착 감기며 유혹적으로 귓가를 맴돌

앉다.

"한 번만 하자. 응? 딱 한 번만."

대답 대신 손을 들어 키스라도 할 듯 다가오는 얼굴을 가차없이 밀어내었다.

"야! 정해수!"

"도대체 네 머릿속엔 뭐가 든 거야? 허구한 날 한다는 소리가. 지겹지도 않아?"

정말이지 지긋지긋하다는 표정을 지으려 했는데, 민재는 살살 눈웃음을 치며 고개를 숙이더니 내 어깨에 이마를 비벼댔다. 이럴 때의 민재는 정말, 무슨 애완동물 같다.

"지겨우면 이런 소릴 하겠냐. 하나도 안 지겨워. 그러니까 하자. 응?"

응석받이 어린애처럼 스스럼없이 들러붙는 민재를 떼어내며 한숨을 쉬었다. 이젠 이 짓도 지겹다, 정말. '도대체 왜 나랑 하려는 건데?' 언젠가 물었지만 돌아온 대답은 맥이 빠질 정도로 간단하기만 했다.

"그냥. 하고 싶은 데 이유있어?"

처음 그 말을 들었을 땐 정말이지 온몸의 맥이 다 풀리는 것 같았다. 그냥 무조건 하고 싶다니. 아무런 감정도 없이? 설마. 부정하고픈 마음에 곧바로 물었다.

"너, 도대체 나를 어떻게 생각해?"

그러나 대답은 여전히 간단하기만 했다.

"그야 내가 세상에서 제일 사랑하는 친구지."

"친구? 정말 친구라고? 그게 다야?"

다시 한 번 확인을 하는 가슴이 몰래 두근거렸다. 그래도 정말 아무것도 아닌 사람이랑 자려는 사람은 없을 거 아냐. 만의 하나, 십만의 하나, 백만의 하나 정돈 내가 예뻐 보였던 거 아닐까, 여자로 보였던 거 아닐까. 기대하는 마음을 감추며 화를 내듯 물었다. 그러나 민재는 너무도 아무렇지 않게 내 기대를 저버렸다.

"그럼, 뭘 바라? 너 내 친구 아냐? 넌 뭐 다르냐, 나한테?"

"아, 아니! 무슨 소리야! 난 혹시 네가 이상한 생각하면 어쩌나 해서 걱정이 돼서 물은 거지!"

울고 싶어 붉어진 얼굴을 흥분한 탓이라 속였다.

그렇다. 나는 박민재의 가장 친한 친구다. 적어도 민재는 의심할 여지없이 그렇게 생각한다. 그런데 어느 날 갑자기 친구인 나와 '그런 짓'을 하고 싶어진 이유가 무엇이란 말인가.

아무리 생각해도 기가 찬 노릇이었다. 어찌 보면 박사노바란 별명으로 악명을 높이고 있는 박민재다운 발상이라 해야 하겠지만, 그 상대가 다른 사람 아닌 나라면 장난으로라도 웃을 수는 없는 문제였다. 문득 돌아보니 민재는 애교스러운 웃음을 지으며 불건전한 기대로 눈을 반짝이고 있었다. 유난히 소파가 커다란 카페에서, 그 넓은 자리는 다 놓아두고 마치 연인처럼 옆에 바짝 들러붙어 허리를 끌어안고 있는 이유는 또 뭘까. 도무지 이해할 수가 없는 아이야. 그만 포기한 나는 낮게 한숨을 쉬고 고개를 저었다.

"그만 좀 해, 진짜. 누가 들으면 진담인 줄 알아."

한두 번 듣는 말도 아닌데 도저히 별것 아닌 일로 넘길 수가 없다. 이런 내 마음을 민재는 죽었다 깨어나도 모를 것이다. 슬픔을 지그시 누르며 애써 담담함을 가장하자 허리를 감은 팔에 힘이 더해졌다.

"농담 아냐, 정해수. 대충 넘길 생각 하지 마."

"그러니까 왜 나한테 이래! 번지수가 틀렸잖아! 소영이한테나 가서 졸라보란 말야!"

결국 오늘도 참는 데 실패했다. 나를 여자로도 보지 않는 민재가 이런 식으로 취급하는 것이 너무나 싫다. 아니, 아프다. 비참한 심경을 감추려 여자 친구한테나 가보라고 소리를 높이니 웃음기를 깨끗이 지워낸 민재가 나를 빤히 들여다보았다.

"하지만 소영이한텐 조를 필요가 없는걸."

기가 막혀. '진심이니?' 묻고 싶었다. 그러나 물을 수가 없는 건, 이 녀석은 추호의 망설임도 없이 진심이라고 말을 할 거란 사실을 알기 때문이었다. 조를 수가 있어서 내게 이러는 거야? 그럼, 더 이상 조를 필요가 없게 해주면 안 이럴 거니? 다다다닥 쏟아지려는 질문들을 목구멍 너머로 밀어 넣어버린 나는 그냥 입을 꼭 다물었다.

"걘 애가 좀 이상하다니까. 너무 들이대, 부담스럽게. 여자애가 통 자존심이 없어. 오죽하면 내가 손잡고 큰누나한테 한번 데려다 줄까 싶다니까."

큰누나란 건 우리 큰언니를 말하는 것이다. 여성학을 전공하고 대학에서 강의를 하며 학대받는 여성을 위한 상담센터도 운영하고 있는. 그런 언니한테 소영을 왜? 단숨에 여자 친구를 문제있는 사람으로 만들어 버리는 행태에 기가 막혀 바라보자 싱글싱글 웃는 얼굴이 장난스럽게 빛났다.

"해영 누나가 알면 남자만 바라보지 말고 자기 인생을 좀 더 소중히 여기라고 따끔하게 혼내지 않을까?"

그래, 그러고도 남을 것이다. 덧붙여 박민재처럼 여자를 우습게 여기는 놈은 절대 만나지 말라고, 부디 자존감을 가지라고 세뇌라도 할 것처럼 붙잡고 흔들어줄 것이다. 큰언니라면. 만일 내 소모적인 감정을 안다면 그 이상으로 야단을 치겠지. 이건 정말이지, 바보 같은 짓이니까.

"진짜 한번 대면을 시켜봐? 소영이 걘 정말 좀 지나쳐. 아무래도 그만둘 때가 됐나. 애가 어찌나 들러붙는지. 어휴!"

진저리 쳐진다는 듯 몸을 부르르 떤 민재가 다시 은근하게 시선을 맞춰왔다.

"그러니까 소영이 타령은 말고. 너 말야, 너. 한 번만 자자. 응?"

쉬운 건 재미가 없다는 거니? 나한테 이러는 건 순전히 도전의식이 솟구쳐서? 기분이 급격히 나빠져 창밖으로 시선을 돌려 버렸다.

'넌 정말, 최악이야. 박민재.'

이제는 익숙해질 법도 한 일이련만, 왜 이렇게 기분이 비참할까. 알게 된 지 이미 십구 년. 동갑이라는 동질성을 무기로 형제보다 더 가깝게 지내왔던 녀석이 하필이면 왜 이렇게 요상한 쪽으로 돌아버린 건지, 아무리 생각해도 알 수가 없다. 그래도 고등학교 때까진 더할 나위 없이 든든한 녀석이었는데. 말할 수 없이 쓸쓸해져서 별 볼 것도 없는 밋밋한 바깥 풍경을 뚫어져라 바라보고 있는데 희미한 죄책감을 담은 목소리가 나직하게 울렸다.

"아! 우리 해수 또 화났다."

우리 해수. 아무 의미 없을 그 호칭에 가슴이 지끈거렸다. 이녀석은 알까. 집에서 키워온 강아지에게도 할 법한 그 입에만 익숙한 부름이 나를 얼마나 설레게 하는지.

"화내지 마. 나 너 화내는 거 싫어하는 거 알잖아."

"화 안 났어."

습관이란 참 무서운 것이다. 사실은 기분이 엉망인데도 자동적으로 대꾸가 튀어나가는 걸 보면. 바보 같은 내 모습을 탓하며 옅은 한숨을 쉬었다. 할 수 없어. 민재는 원래 그런 녀석이니까. 어릴 때부터 그랬다. 천하에 두려운 것 없다는 듯 안하무인으로 굴다가도, 내가 정말 화가 났다 싶으면 안절부절못하면서 언제까지고 곁을 맴돈다. 그럴 때면 고양이처럼 묘한 매력을 가진 얼굴이 형편없이 구겨져 더는 그럴 수 없을 만큼 처량하게 보였다. 정식으로 용서한다고 말하고 웃어주지 않으면 용서해 줄 때까지 밥은커녕 물 한 모금도 마시지 않는 집요함도 있었다. 그래서 자꾸만 숨기는 게 버릇이 되었다. 기분 나빠도 나쁘지 않은 척. 화가 나도 화나지 않은 척. 그리고…… 사랑해도 사랑하지 않는 척.

'바보같이 잘 속아 넘어가는 녀석이라 다행이야.'

속으로 아무리 화가 났어도 겉으로만 웃어주면 다 풀린 줄 알고 헤헤거리는 단순함을 떠올린 나는 다시 한 번 긴 한숨을 쉬었다.

사 년 전인가. 민재가 이렇게 돌아버리기 전에, 지금은 기억도 나지 않는 어떤 일로 속이 상한 내가 대학 친구들이 잔뜩 모인 모임에서 엉망이 되게 취한 적이 있었다. 완전히 필름이 끊긴 나를 챙겨 곱게 집으로 모셔다 준 이는 당연히 민재였다. 다음날, 숙취에 시달리며 학교에 간 나는 괜찮으냐고 안부를 물어온 남자 동기들에게서 의외의 말을 들었다.

"어제 진짜 놀랐다. 너 취해서 픽 쓰러지니까 민재 놈이 벌떡 일어나 업고 가더라. 마시던 술잔도 그대로 놓고."

그게 뭐? 십오 년 지기인데 그런 것쯤은 당연한 거 아니냐는 듯 눈을 동그랗게 뜨는 나를 본 녀석은 뭘 모른다는 듯 고개를 절레절레 저었다.

"너 모르냐? 그 녀석, 여자가 술에 취한 꼴은 죽어도 못 보는 놈이잖아. 사귀는 여자애라도 그냥 버리고 간다고. 그러곤 그대로 끝이야. 뭐, 술에 취해 몸도 못 가누는 여자는 그런 취급을 받는 게 당연하다나?"

나쁜 자식. 지난번 혜민이가 징징 울던 게 그런 이유였어? 무심하기 짝이 없는 남자 친구 때문에 속이 상해서 그런 건데 한 번 돌아보지도 않고 차버렸다며 울던 얼굴을 떠올리고 있던 나는 이어지는 동기의 말에 기겁을 했다.

"그런데 넌 왜 챙기느냐고, 정해수는 여자 아니냐고 물었지. 그랬더니 망설이지도 않고 그러던데? '해수는 특별해. 해수니까. 그냥 여자면 뒤도 안 돌아보고 버리고 갔다' 네가 자기 불알친구라더라, 야."

그 말과 함께 음흉하게 다리 사이로 시선을 주던 눈길마저 선하다. 그날로 포기했다. 감정을 드러낼 생각 따위는. 그래도 언젠간 조심스레 얘기해 볼 수 있지 않을까, 기대하던 마음도 깨끗이 접어버리기로 했다. 소꿉친구도 아닌 불알친구. 나는 박민재에게 그런 존재였다. 그런 사람에게서 고백을 받으면 정말이지 기가 차겠지? 그래도 단 하나뿐인 여자 '친구'라는 것만도 어디야.

멍하니 앉아 별 도움도 되지 않는 위안을 하고 있다가 드러난 목덜미에 보드랍게 닿아오는 머리카락의 감촉에 얼굴을 붉혔다.

"화났는데 참는 거 봐."

"안 났다니까."

"정말?"

"응."

"그럼 자줄래?"

"아니."

민재가 쿡쿡 웃었다. 정말 재미있어 죽겠다는 듯, 장난스러운 웃음소리였다.

"야, 너 태어나서 그거 한 번도 안 해봤지. 그렇게 안 써도 되냐? 그러다 곰팡이 슨다."

"안 슬어, 곰팡이 따위."

말도 안 되는 소리에 곧바로 대꾸를 하자 숨 막히는 웃음소리가 빗장뼈 언저리를 간질였다.

"난 이래서 네가 좋아. 늘 진지한 그 얼굴."

얼굴이 조금 더 붉어졌다. 뭘 해도 요령 좋게 넘길 줄 모르고 진지하게 달려들어 녹초가 되도록 고민할 줄밖에 모르는 나를 비웃는 것 같아 기분이 별로였다. 그러나 민재는 그런 것쯤 상관하지 말라는 듯 상냥한 얼굴로 웃은 후 꼿꼿이 세우고 있던 내 어깨를 끌어안아 품 안에 폭 감싸 안았다.

"사랑해, 해수야."

"응. 나도. 사랑해."

사랑해. 우리 둘 다 유림유치원 한누리 반이었던 다섯 살 이후로 지치지도 않고 해오는 말이었다. 민재에게 저 말을 듣지 않은 하루를 골라내기가 힘들 정도로. 시춘기를 지나면서부터는 그 말의 비밀스러운 울림에 두근대기도 했었지만, 둘이 무슨 사이냐고 정색을 하며 묻는 당시 여자 친구에게 세상에 둘도 없는 친구인데 사랑하는 게 당연한 거 아니냐고 대꾸하는 걸 들은 이후엔 그만 김이 푸시시 새버렸다. 그렇게 무신경하고 사회통념 따위완 거리가 먼 녀석이었지만, 그래도 유아 시절의 헤픈 애정 표현을 아직까지 이어오는 민재의 습관 덕에 입술로나마 고백을 할 수 있다는 건 작은 행운이었다.

탄탄한 가슴에 고개를 묻은 채, 민재가 모르게 살짝 웃었다.

'난 너완 달리 진짜야, 바보.'

실컷 화를 내며 싸운 뒤, 유치원 선생님의 억지 중재로 처음 시작했던 어설픈 화해 인사말이 십여 년의 세월을 지나 사실이 될 줄을 누가 알았을까. 참 미련한 사랑도 다 있지. 일생 동안 한 번 꺼내보지도 못할 감정을 비웃어준 나는 코끝을 파고드는 'Obsession night'의 향기에 마음이 편안해지는 것을 느끼며 가만히 눈을 감았다.

✳

외아들이라 그런가, 민재는 스킨십을 지나치게 좋아한다. 누가 보면 오해하기 딱 좋을 만큼 잠시도 떨어져 있질 못하고 비비적거리는 녀석 때문에 난처한 적이 한두 번은 아니었지만, 지금처럼 뭔가에 화가 난 듯 눈초리가 상큼 치켜 올라간 여자 친구 앞에서도 손가락을 만지작거리고 있을 때면 도무지 시선을 어디에 둬야 할지 알 수가 없다.

"할 수 없잖아. 이 녀석은 어릴 때부터 내 곰인형 대신인걸. 애가 내 곰인형 다리를 뽑아버렸단 말이야."

그런 말도 안 되는 이유를 수긍해 주는 건, 분명 이 허우대만 멀쩡하고 성질 더러운 녀석을 사랑하기 때문이겠지. 소영의 열 오른 시선이 잔뜩 얽혀 있는 손을 향했다 슬쩍 비껴 나가는 것을 알아챈 순간 가슴이 어쩔 수 없이 지끈거렸다. 안다, 저 표정이 무얼 의미하는지. 더는 견딜 수가 없어져 어느새 내 체온과 똑같아져 있는 손을 가만히 밀어내었다.

"왜?"

"화장실 갈 거야."

"무슨 화장실을 그렇게 자주 가?"

빨리 와. 곧 강의동으로 향해야 한다고 투덜대는 민재의 목소리를 건성으로 들어 넘기며 걸음을 옮기기 시작했다.

느리지도 빠르지도 않은 걸음으로 화장실이 있는 복도 중간을 지나 반대편 계단으로 향했다. 이만큼 떨어져 있으니 들릴 리도 없건만, 발소리를 죽여 몇 층인가를 내려가서는 아무도 없는 계단 한가운데에 가만히 주저앉았다.

'왜 끝까지 함께 다니려고 하니. 차라리 안 보고 살면 속이나 편할 텐데.'

가지고 있던 분자물리학 교재를 가슴에 꼭 끌어안으며 고개를 숙였다. 물리학 따위, 한 번도 재미있어 본 적 없었다. 민재한테야 세상에 그렇게 재미있는 게 없겠지만, 공간 개념이 서지 않는 나로선 정말이지 하늘의 별처럼 멀게만 느껴지는 분야였다. 그럼에도 유행이 한참이나 지난 것 같은 물리학과 따위에 들어온 건 순전히 민재의 성화에 의해서였다. 민재는 늘 그랬다. 유치원 때, 사립 초등학교를 택한 자신과 달리 나는 가까운 공립으로 진학하게 될 거라는 얘기를 듣고 몇 날 며칠을 드러누워 시위를 했던 게 시작이었다. 결국 민재는 힘들게 당첨이 된 사립학교를 포기하고 공립으로 진학을 했다. 무난히 같은 초등학교와 중학교를 마친 후엔 남고와 여고를 갈라지는 학군 내 고교로 진학을 하는 게 당연한 수순이었지만, 이번에도 민재는 가장 친한 친구이니 같은 학교에 다니는 게 당연한 거라고 무조건 고집을 부렸다. 할 수 없이 학원과 과외 선생까지 총동원해 벼락치기 공부까지 해서 기숙사제로 운영되는 자립형 사립학교로 진학을 해야 했다. 그 후엔 문과를 택하려는 나를 기어이 이과로 이끌었고, 그 결과가 지금이었다.

'난 바보일까.'

여전히 고개를 숙인 채, 그저 무난하기만 한 운동화를 신은 발끝을 물끄러미 내려다보며 생각했다. 그렇다. 민재를 좋아하는 마음이, 날 모든 것에 눈이 먼 바보로 만들었다.

민재를 좋아한다는 사실을 자각한 건 중학교 2학년 때였다.

학교에서 가장 예쁘다는 3학년 언니에게 고백을 받았다고 우쭐대던 모습을 본 순간, 견딜 수 없이 지끈거리는 가슴으로 인해 그를 마음에 품고 있음을 알았다. 그리고 몇 달이나 가슴앓이를 했다. 나도 좋아한다고 말해볼까. 처음으로 고백을 해준 사람이라 사귀는 거라고 말했었는데, 그럼 내가 먼저 고백했더라면 나를 사귀어줬을까. 방황은 길었지만 의외로 결론은 싱거웠다. 내 열다섯 번째 생일날, 사귄 지 백일 되는 여자 친구를 만나는 대신 약속했던 놀이공원에 데리고 가준 민재가 한 말은 그에게 내가 어떤 의미인지를 똑똑히 깨닫게 했던 것이다.

"야, 솔직히 계집애야 순간이고 친구는 영원하잖냐. 나 좋아한다고 매달리는 앤데, 설마 오늘 안 만나줬다고 깨지기야 하겠어. 한두 번 바람맞았다고 헤어지자고 한다면 그것밖에 안 되는 애지 뭐. 어쨌든 나한텐 네가 훨씬 더 중요해."

친구. 당연한 듯 싱글거리는 소년의 얼굴을 본 나는 그것이 내가 가질 수 있는 최선의 것임을 알았다. 그래서 일생에 처음, 어쩌면 마지막으로 영악한 판단을 내렸다.

'친구로 남아 있는 한 깨지지 않아.'

유치원 입학식 날 우연히 앞뒤로 섰다는 사실 하나에 큰 의미를 두고 있는 민재를 보며 안도했던 것도 같다. 그런 이유라면 그를 스쳐 간 수많은 여자애들처럼 어떻게든 밉게 보이지 않으려고 안간힘을 쓸 필요도 없었으니까. 아침 일찍 만나보니 눈이 부어 있어서. 왼쪽 뺨에 주근깨가 나란히 세 개나 있어서. 반찬을 집어먹을 때 젓가락을 탈탈 터는 습관이 있어서. 샌들을 신은 맨발이 너무나 못생겨서. 기타 등등. 기타 등등. 정말이지 말도 안 되는 이유를 들어 여자 친구들과의 이별을 선언하는 걸 보며, 자다 막 깬 부스스한 모습도 당연하게 받아주는 '친구' 라는 지위에 감사했었다.

'그렇지만 이젠 한계야.'

숙인 턱 아래 바인더를 끼워 고정을 시키며 우울하게 생각했다. 깨지지 않는 것만으로는 아무것도 얻을 수 없다. 그 당연한 사실을 깨달은 건 술집 사건이 있은 후 몇 달이 지난 후였다. 대학은 넓었고, 여자는 많았다. 여자라곤 손에 꼽을 정도로밖에 없는 이공계생 주제에 어디서 그렇게 많은 여자애들을 몰고 오는 건지, 끊임없이 만남과 헤어짐을 반복하는 민재의 곁에서 그의 화려한 역사를 직접 지켜보아야 하는 것은 고문에 다름 아니었다. 게다가 그중 몇은 모텔까지 들락거리는 사이였다는 얘길 전해 전해 듣곤 정말 녹다운돼 버렸다.

'다행이잖아. 그래도 난 매저는 아니었던가 봐.'

한때는 정말 심각하게 나의 성향을 고민했던 때도 있었다. 그래도 이제나마 박민재를 멀리하는 게 정신 건강에 도움이 되는 거라는 사실을 깨달았으니 다행이랄까.

풀썩 웃고 나서 시계를 보았다. 어느새 강의가 시작될 시간이다.

'가야 하는데.'

마음 한쪽에는 늦어서 큰일이라고 당황하는 내가 있고, 반대편엔 이대로 주저앉아 있고 싶은 내가 있다. 그러나 내내 강의에 들어가지 않으면 민재가 이상하게 생각할 것이다.

늘 그렇듯 민재를 기준으로 판단을 내린 나는 천천히 자리에서 일어나 들고 있던 교재들을 오른손으로 고쳐 들고 남은 계단을 내려가기 시작했다.

"오줌을 만들어서 싸고 오냐?"

화났다. 민재는 화가 나면 유난히 말투가 거칠어진다. 여태 안 들어갔단 말이야? 이미 강의가 시작됐음에도 복도에 서 있는 그를 망연한 표정으로 올려다보았다.

"너 왜 안 들어갔어."

"씨발! 화장실 간다던 계집애가 온데간데없이 사라졌는데 강의가 귓구멍에 들어와 박혀?"

간간이 교수님의 목소리가 들려오는 복도에 화난 외침이 쨍하니 울렸다. 난 화들짝 놀라 또 뭐라고 소리를 지르려는 민재의 입을 얼른 막았다.

"강의도 안 들어간 주제에 웬 큰소리야? 조용히 하고 얼른 들어가자."

팔을 끌어당기며 달래보았지만 민재는 꿈쩍도 하지 않았다.

"너, 어디 갔었어?"

"가긴 어딜 가. 그냥……."

"소영이 때문이야?"

이럴 때만 날카로운 놈. 얼른 고개를 저으며 강의실 쪽만 바라보았다.

"무슨 헛소리야. 자꾸만 졸려서 커피 한 잔 마시고 왔다. 됐어?"

허둥지둥 핑계를 생각해 둘러대는데 갑자기 얼굴이 확 들려졌다.

"너, 뭐야!"

헉! 정말이지 기절하게 놀랐다. 심장이 벌컥 튀어오르는 것 같아 뒤로 물러나려는데도 민재는 내 턱을 꼭 잡고 놓아주지 않았다. 오히려 서로 딱 닿을 정도로 바짝 얼굴을 들이밀고 코를 킁킁거리더니 잔뜩 의심스러운 얼굴로 중얼거렸다.

"막 커피 마시고 온 애가 커피 냄새도 하나 안 나?"

아, 이런. 나는 얼굴이 빨개진 채 허둥거렸다. 닿을 듯 가까운 민재 때문에 망상이 자꾸만 폭주해 간다. 민재와 키스를 한다면 이런 느낌일까. 따뜻하고 부드러운 피부 느낌이 잔뜩 달아오른 얼굴에 그대로 전해져 왔다. 그리고 웅얼거리는 바람에 일어난 진동도.

'이러다간 정말 죽겠어.'

미친 듯이 달리기 시작한 심장 때문에 가슴이 터질 것만 같아져 마구 버둥거리며 민재를 밀어냈다. 나를 겨우 놓아준 민재는 얼굴을 찡그린 채, 도무지 무슨 생각을 하고 있는지 알 수가 없는 요상한 표정으로 내 얼굴을 바라보았다. 차라리 화를 내는 게 낫지, 저렇게 뭔가 안타까운 것 같은 얼굴로 바라보면 더 견딜 수가 없다. 뭐든 잘못했다고 싹싹 빌어서라도 저 표정을 지워 버리고 싶은 기분이 든다. 실은 별 의미 없는 행동일 거라는 것을 알면서도, 난 늘 그렇다.

"그러지 마."

"뭘?"

"왜 그렇게 내 여자 친구를 신경 써? 네가 무슨 죄지었냐?"

죄, 지었지. 난 널 친구로 보는 게 아니거든. 그러니 소영이가 날 경계하는 거야. 속으로 중얼거리면서도 하릴없이 고개를 젓자 한숨을 폭 쉰 민재가 내 정수리에 손을 얹고 가볍게 톡톡 건드렸다.

"몇 번을 말해야 알아. 여자 친구든 뭐든, 나한테 너보다 중요한 사람은 없다고 했잖아. 그런데 왜 자꾸 쓸데없는 신경을 써? 뻘짓 하지 마라, 정해수. 어울리지도 않아."

"……."

"젠장. 누가 업어간 줄 알았잖아!"

어색한지 공연히 소리를 높이며 허공을 향해 발길질을 하는 민재를 바라보다 얼른 고개를 숙였다. 눈에 살짝 눈물이 고였다. 진짜 제멋대로인 녀석인데, 가끔씩 이럴 땐 정말 감정이 주체가 안 된다.

'그래도 난 이제 바보 안 할래. 가망도 없는데 옆에서 친구랍

시고 붙어 있는 짓, 더는 못하겠어.'

아무리 특별하다고 해줘도 친구는 그저 친구일 뿐이다. 좋은 관계지만, 내가 바라는 것은 이런 게 아니다. 굳은 다짐을 하며 민재 몰래 눈물을 닦아낸 나는 늦은 주제에 당당하게 뒷문을 열 어젖히는 그의 넓은 어깨 뒤에 그림자처럼 숨어들었다.

다섯 살이었다. 지금도 그 생각에는 추호도 변함이 없는데, 다섯 살이란 무언가를 규칙적으로 배우기보다는 천방지축으로 노는 것이 훨씬 더 어울리는 나이이다. 다섯 살의 박민재는 떼쓰는 데에만 능숙한 어리광쟁이였지만, 그 당연한 사실 정돈 본능적으로 아는 명석함도 지니고 있었다. 그러므로 어느 날 갑자기 싫어하는 헤어 젤이며 스프레이를 잔뜩 바르고, 팔도 제대로 돌리기 힘든 양복을 억지로 입고, 목에는 펭귄인형에나 달 것 같은 우스꽝스러운 나비넥타이까지 매고 끌려간 곳이 유치원이라는 사실을 알아차린 후 내가 부린 난동은 철없는 어린애의 망동이 아니라 삶의 진정한 가치가 어디에 있는가를 알고 있는 현자의 이유있는 저항이었다고 생각한다. 그날, 유치원에 입학한다는 사실에 대한 사전정보 한마디가 없었음에 온몸으로 항의하던 내가 바르작거림을 멈춘 것은 레고의 빠진 조각을 채우듯 억지로 신입원아들 사이에 끼워진 직후였다. 좀 더 정확히 말하자면 그렇게 끼워진 자리 바로 앞의 아이를 발견한 후라고 해야 하겠지만.

유난히 동그란 머리통이었다. 뒤통수가 조금 더 볼록하긴 했지만, 어디 한 군데 이지러진 데 없이 동그란 머리통 한가운데는 가르마가 지그재그로 타져 있었다. 자를 대고 그은 것처럼 정확한 각도를 이루고 있는 가르마는 유난히 하얘서 반짝반짝 윤기를 내는 까만 머리카락을 더욱 돋보이게 해주었다. 그리고 머리카락이 끝나는 곳, 그 보송보송한 솜털이 간지러울 것 같은 목덜미도 가르마만큼이나 하얗다.

"아얏!"

앳된 비명이 터진 후에야 내가 여자애의 양쪽으로 공들여 나눠 묶어 돼지꼬리처럼 동그랗게 말아 올린 머리채를 잡아당겼다는 사실을 깨달았다. 움찔. 놀라서 손을 거둬들이는데 여자애가 홱 뒤를 돌아보았다. 나는 멍청히 선 채 눈처럼 하얀 얼굴을 뚫어져라 바라보았다.

'예쁘다.'

제일 먼저 눈에 띈 건 뒤통수만큼이나 동그란 이마였다. 그러나 눈물이 그렁그렁한 까만 눈동자도, 귀엽게 솟아오른 콧방울도, 금방이라도 울음을 터뜨릴 것처럼 삐죽거리는 빨간 입술도 신기하긴 마찬가지였다. 이런 여자앤 생전 처음이었다. 하지만 내가 만족스러울 만큼 얼굴을 관찰하기도 전에, 원망스럽게 쳐다보던 여자애는 다시 고개를 돌려 버렸다.

'어라.'

서운해진 나는 다시 한 번 여자애의 머리카락을 잡아당겼다. 이번엔 달랑거리는 방울이 달린 머리핀이 떨어질 정도로 세게.

"엄마!"

그저 다시 돌아봐 달라고 한 짓일 뿐인데, 움찔하며 소리를 지른 아이는 곧바로 바닥에 쪼그리고 앉아 울음을 터뜨렸다. 얼굴을 가린 하얀 손도 앙증맞긴 했지만, 내가 원한 건 아니었다.

'얼굴을 보여달란 말이야.'

초조하게 입술을 짓씹고 있는데 사방에서 어른들이 달려왔다. 여자애의 부모로 보이는 사람들이 제일 먼저, 여드름 자국이 그대로인 누군지 모를 누나가 그 다음, 잔뜩 화가 난 엄마가 마지막으로.

"이 녀석이! 여기까지 와서 행패야, 행패는!"

민망해진 엄마에게 등짝을 두어 번 두들겨 맞고, 몇 번이고 고개를 숙여 사과하는 소리를 들으면서도 나는 시선을 돌리지 않았다. 관심이 가는 것은 오직 여자애. 한 번만 더 그 포도알 같은 눈동자로 바라봐 줬으면 했다. 그러나 여자애는 좀처럼 울음을 그치지 않았고, 서러운 그 소리를 따라 내 가슴도 터질 것처럼 울컥거렸다.

"이럴 거면 가자, 가! 정 유치원 다니기 싫으면 말아! 첫날부터 이 난리가 다 뭐니!"

어깻죽지가 빠지도록 잡아당기는 엄마의 등쌀에 못 이겨 끌려가던 내 눈에 뭔가 반짝거리는 것이 들어왔다. 화들짝 놀라 엄마를 뿌리치고 달려간 나는 바닥에 떨어져 있는 하얗고 빨간 핀을 집어 올렸다.

"이거."

달랑거리는 털 방울에 묻은 흙을 조심스럽게 털어내고 내밀자, 겨우 울음을 그친 아이가 겁에 질린 표정으로 그것을 받아들었다. 살짝 닿은 손끝이 차가운데도 보드랍다.

"난 박민재야. 박민재."

이름을 먼저 밝힌 건 처음이었다. 불러주길 바라는 사람이 없었기에. 혹시라도 잊을까 봐 두 번이나 되풀이해 주었다. 이 정도면 됐겠지. 만족스럽게 미소를 지으며 여자애를 내려다보고 있는데 어느새 쫓아온 엄마가 다시 나를 잡아끌었다. 아니, 이렇게 끌려갈 순 없지.

결심을 하고 고개를 돌린 나는 엄마를 상대로 백전백승을 거둔 착한 아이 표 미소를 환하게 지었다.

"엄마! 나 유치원 다닐 거야!"

"앗! 언니! 그거 제가 좋아하는 건 줄 어떻게 아셨어
요?"

왠지 달달한 게 먹고 싶어 학생회관 내 자판기에서 망고 맛
음료를 뽑고 있던 나는 막 병을 손에 든 순간 등에 착 달라붙는
보드라운 몸에서 끼치는 향기에 살짝 숨을 멈췄다. 롤리타. 내
가 해마다 민재의 생일에 선물하는 'Obsession night' 와 섞일
때면 그 부조화에 두통을 유발하곤 하던 향기. 천천히 몸을 돌
려보니 예상했던 얼굴이 생글거리며 나를 향하고 있었다.

"소영이도 하나 먹어도 되죠?"

저렇게 웃는 얼굴을 누가 외면할 수 있을까. 미소와 함께 작은 병을 건네며 야무지게 쌍꺼풀이 진 커다란 눈과 작고 오똑한 코, 체리 빛이 너무나도 잘 어울리는 도톰한 입술을 슬그머니 훑었다. 부러워. 둔통이 가슴을 스치고 지나갔다. 소영이 가진, '여자' 라는 사실에 그 누구도 이견을 제시할 수 없을 만큼 강력한 여성성에 스스로가 초라해지는 기분이 들었다. 순간적으로 비참해져, 보기 싫게 일그러지려는 얼굴을 얼른 돌리곤 자판기에 동전 몇 개를 더 집어넣었다.

"어머! 품절이네?"

호들갑스럽기까지 한 목소리가 은근히 거슬렸다. 품절. 그럼 난 이제 망고 맛 음료는 못 마신다는 얘기지. 내가 그렇지 뭐. 언젠 정말 가지고 싶은 게 날 기다려 준 일이 있었나. 하찮은 우연에 심사가 뒤틀린 나는 짐짓 아무렇지 않다는 듯 무심한 손길로 녹차 캔을 선택했다.

"어떻게 하지? 언니도 이거 드시려고 했던 거 아니세요? 이거 드릴까요?"

"됐어. 그냥 마셔."

귀여운 콧대에 살짝 주름을 잡으며 난처한 목소리를 내는 얼굴을 슬쩍 넘겨다보곤 입을 댈 위치를 손으로 두어 번 문지른 다음 캔 뚜껑을 땄다. 쓰다. 생리 전 증후군인지, 단것을 원하던 몸에 차가운 녹차가 들어가자 세포들이 못마땅한 비명을 질렀다. 그러나 그저 무시해 버리고 자학하듯 길게 한 모금을 더 들이마셨다.

"정말이네."

캔을 찰랑찰랑 흔들어 남은 양을 가늠해 보던 나는 조그맣게 중얼거리는 소영의 목소리에 고개를 들었다.

"응?"

"해수 언니는 그런 캔을 세 모금이면 다 마신다면서요? 하루 종일 병아리 눈물만큼씩 찔끔거린다고 혼났어, 나. 기다리기 지루하다나."

"……."

'누가?' 라는 말은 필요하지 않았다. 여자 친구한테 그따위로 말할 녀석은 세상에 하나밖에 없을 테니. 민망함에 고개를 숙여 캔 표면에 송송 맺히기 시작한 물방울을 바라보았다.

'누군 그렇게 마시고 싶어서 그러나. 한 자리에 서서 미적거리는 거 지독하게 싫어하는 바람에 이렇게 된 거지.'

제 몫을 다 마셔 버리곤 내내 안절부절, 자리를 뜨고 싶어 동동거리는 민재의 모습을 보고 싶지 않아 들이기 시작한 습관이었다. '그러는 저는. 두 모금이면 후딱이면서' 어쩐지 여자답지 못하다고 지적받은 것 같아 속이 상해 변명하듯 중얼거렸다. 그러곤 그 말이 사실임을 증명하듯 남은 녹차를 한꺼번에 들이킨 후 가치 없어진 캔을 재활용 쓰레기통에 휙 던져 넣었다.

"그럼……."

"저랑 얘기 좀 하실래요, 언니?"

나 먼저 갈게, 라고 말하려던 참이었다. 그러나 미처 입을 다

열기도 전에 가로채기를 당해 속절없이 고개를 끄덕였다. 사실은 민재 여자 친구와의 다정한 대화 따위, 원하지 않는다. 나직하게 한숨을 내쉬며 앞장서 바깥으로 향하는 소영을 천천히 따라갔다.

"벌써 몇 번째인지 셀 수도 없어요. 실컷 준비 다 하고 막 나가려는데 전화해선 '다음에 만나자. 오늘은 별로 안 내키네' 그러면 사람 얼마나 진 빠지는 줄 아세요?"

소영은 민재의 시큰둥한 말투까지 그대로 흉내 내며 열을 올리고 있었다. 차라리 좀 천천히 마실 걸. 노란색 음료가 든 병을 광고모델처럼 멋지게 쥐곤 가끔씩 흔들어대는 소영을 바라보며 멍하니 생각했다. 아무것도 든 것 없는 손이 너무나 거추장스러웠다. 어디에 어떻게 던져 놔야 어색하지 않을까, 고민하다가 커다란 바지 주머니에 슬며시 찔러 넣었다.

"그젠 정말, 너무 화가 나서!"

예쁜 눈에 분한 눈물이 고여들었다.

'그제라면, 나랑 같이 있었는데.'

도서관에서 공부하는 사람을 굳이 불러내 대뜸 같이 자자고 조르던 모습을 떠올리고 낮은 한숨을 쉬었다. 발정기가 주기적으로 찾아오나? 멀쩡한 여자 친구와의 약속을 깨고 불러내 그런 소리를 지껄이는 심리는 죽었다 깨도 알 수 없는 저 먼 차원의 일일 것이다.

"정말, 가끔씩 이럴 때마다 미치겠어요. 원래 제멋대로인 사람이란 건 알지만, 적어도 이유 정돈 말해줄 수 있는 거 아니에요?"

"……."

아무런 대답도 하지 않는 것이 자신에게 동조하는 것이라고 생각했는지, 옷에 풀물이 들지 않도록 조심스레 다가든 소영이 애원하듯 속삭였다.

"그래서 말인데, 언니가 민재 오빠한테 얘기 좀……."

나는 흠칫하며 몸을 뒤로 물렸다. 위험해. 아…… 위험해.

"소영아."

"네?"

기대감에 차 반짝이는 눈빛을 외면하는 건 힘들었지만, 그래도 모든 일엔 지켜야 할 선이라는 게 있는 법이다.

"사귀는 건 너희 둘이니까, 둘의 문젠 둘이서 해결하는 게 좋지 않겠어?"

멍해졌던 눈에 분명한 감정이 서렸다. 분함. 독기. 하지만 왜? 갑작스러운 적의에 허둥거리고 있는데 빨간 입술이 조용히 열렸다.

"그렇지요. 사귀는 건 저희 둘이지요."

"……."

"근데 왜 자꾸 아닌 것 같지? 이젠 저도 헷갈려서요."

철없어 보일 만큼 명랑하던 목소리와는 전혀 다른 나직한 음성에 심장이 철렁 내려앉았다. 그러고 이내 미친 듯 두구대기 시작했다. 몇 번이고 같은 상황이 반복됐던 것 같은 강렬한 기시감에 눈앞도 어찔해졌다. 아니, 반복됐던 것 같은 게 아니라 반복됐었지. 가까스로 깊은 숨을 들이쉰 나는 침울하게 가라앉은 작은 얼굴을 바라보며 생각을 정리했다.

"소영아. 있잖아, 그건……."

"늘 언니 얘기만 한다구요, 늘! 내가 언니에 대해 알고 있는 게 얼마나 많은지 알아요?"

"……."

"민재 오빠에 관한 것보다 언니에 대해 아는 게 더 많아요. 이게 정상이에요?"

그래, 분명히 정상은 아니었다. 그리고 정상이 아니어서 기쁜 바보가 한 명. 가만히 이마를 감싸 쥔 채 애처롭게 올려다보는 시선을 외면하며 고개를 돌렸다.

"나, 실은 알고 있어요. 그저께 민재 오빠 언니랑 만났다면서요? 둘이 카페에서 꼭 끌어안고 있었다던데."

"오해하지 마, 소영아. 민재는 그냥……."

"이번에도 단지 언니가 편해서 그런다고 할 셈이에요? 그럼 난 뭔데? 난 오빠 불편하게 하나? 도대체 우리 둘이 만나는 내내 왜 언니 얘기만 들어야 하는 건데요?"

나는 멀리서 방황하던 시선을 걷어 소영을 똑바로 바라보았다. 코끝이 빨개지고, 가끔씩 입술이 씰룩거리고 있었지만 여전히 예뻤다.

"언니가 없어졌음 좋겠어! 다신 민재 오빠 곁에 얼쩡거리지 않았으면 좋겠어! 언니가 뭔데 우리 둘 사이에 끼어들어요? 언니가 뭔데!"

지끈. 멋쩍었던 손이 이제야 할 일을 찾은 것을 감사하며 가슴께를 눌렀다. '우리 둘' 당연할 수밖에 없는 그 말에 가슴이 견딜 수 없이 아파왔다. 햇살이 따가운 잔디밭에 건조한 바람이 불었다. 고맙기도 하지. 가만히 있는 게 너무 힘들었는데 알아서 흔들어주니.

두서없이 생각하던 나는 매니큐어가 예쁘게 칠해진 손으로 얼굴을 감싸고 흐느끼고 있는 소영을 바라보다가 자리에서 일어섰다. 할 말은 없다. 다신 주위를 맴돌지 않으마, 자신하는 말 따윈 내뱉을 용기가 없어서. 민재를 보지 않고 살아본 적이 없어서, 할 수 있을지 없을지 스스로도 알 수가 없었다. 그래도 이런 말을 들은 이상엔 뭔가 대책을 강구할 생각이라도 해봐야겠지. 언제까지나 민재 여자 친구가 와서 해대는 하소연이나 들어줄 수는 없잖아. 씁쓸히 생각한 나는 흐느끼는 소리마저 여성스럽기만 한 소영에게서 시선을 돌린 채 천천히 자리를 떴다.

"소영이한테 좀 잘해줘."

주절거리던 말소리가 딱 끊겼다. 아, 역시. 고개를 더 수그리며 해물떡볶이에 든 조랭이 떡을 골라 먹었다. 낙지는 민재 몫.

해물이라면 사족을 못 쓰는 그를 위해 눈치 안 챌 만큼만 아껴두는 것도 오랜 습관이었다.

"네가 뭔데 잘해주라 마라야? 그 기집애가 뭐라고 그랬어?"

"아냐, 그런 거. 그냥, 내가 보기에 영 아닌 것 같아서."

"아니긴 뭐가 아닌데?"

끝없이 튀어오르는 목소리가 주위의 시선을 모을 것 같아 가만히 고개를 드니 꼬리가 사납게 치켜 올라간 눈이 쏘는 듯 노려보고 있었다.

"네가 잘하진 못하잖아, 솔직히. 여자 친구한테 그렇게 막 대하는 애가 어딨어, 요즘."

용기를 내 조금 더 밀어보았다. 그러자 한 치의 오차도 없이 예상한 대로의 반응이 돌아왔다.

"누가 너한테 그딴 거 신경 쓰래?"

들고 있던 포크까지 딱 소리가 나게 내려놓으며 화를 내는 얼굴을 보다가 벌겋게 물이 든 냅킨으로 시선을 내린 채 입 안에 든 떡을 씹었다. 작디작은 떡이, 좀처럼 넘어가지 않는다. 삭이고 삭이려고 해도 삭여지지 않는 감정처럼.

"소영이 문젤 왜 네가 나서서 이래라 마라야? 다신 그딴 짓 하지 마."

고개를 숙인 모양이 꽤나 초라해 보였던지 민재의 목소리가 금방 수그러들었다. 여간해선 없는 일에 고무된 나는 일본식 모찌보다도 더 질긴 것만 같은 떡을 간신히 삼키며 우물거렸다.

"그래도, 그러는 거 아냐."

"……뭐?"

"사랑하는 사람한테 그러는 거 아냐. 너도 걔 속상해하는 거 보면 마음 아플 거 아냐. 사랑이란 거, 그런 거잖아. 가슴 아픈 거, 속상한 거 보기 싫은 거."

내가 그런 것처럼. 너 난처할까 봐 이 마음 말하지도 못하는 것처럼. 차마 하지 못한 마지막 말을 삼키며 물을 한 모금 마셨다. 그리고 민재의 반응을 기다렸다. 적절할 때 그만두지 못한 참견에 소리라도 버럭 지를 줄 알았는데 어쩐지 답이 없었다. 용기를 내어 고개를 들어보니 민재가 또 알 수 없는 표정으로 나를 바라보고 있었다. 가끔, 아주 가끔 보여주는, 딱히 뭐라 정의하기 힘든 표정이었다. 서글픈 것 같기도 하고, 혼란스러운 것 같기도 한. 그러나 민재는 내가 그 의미를 헤아려 보기도 전에 고개를 돌려 버렸다.

"웃기지 말라고 해. 여자한테 목맬 일 있냐? 뽀다구 빠지게. 난 그딴 신경은 안 써. 사랑은 무슨!"

오죽하겠니. 지쳐 버린 나는 어깨만 으쓱해 보이곤 또 다른 떡을 집으려 했다. 그러나 어느새 포크를 잡은 손을 꽉 움켜쥔 민재가 멋대로 커다란 왕새우를 찍어 올렸다.

"떡만 먹냐. 누가 떡순이 아니랄까 봐."

퉁명스러운 목소리완 달리 손은 따뜻했다. 나는 금세 멀어진 온기를 잡아채고 싶은 마음을 억지로 누르며 슬며시 웃었다.

"웃지 마. 정 들어."

"여기서 더?"

"그러게, 더 들면 뭐가 될지 아주 징글징글하다. 새우나 먹어."

그래. 더는 들 정도 없지. 그러면 이제 멀어져야 하는 순서인 거 맞지? 서글픈 자각에 슬퍼지는 마음을 누르며 해실해실 웃었다. 정말로 속없는 아이처럼. 아무 근심 걱정 없는 사람처럼.

*

"나 소개팅 좀 시켜줘."

심상하게 중얼거린 말에 나보다 먼저 졸업을 해 대학원에 다니는 친구 혜진이 먹던 아이스크림을 뚝 떨어뜨렸다.

"아악! 세 입밖에 못 먹었는데!"

모양 그대로 땅바닥에 예쁘게 무너져 내린 아이스크림을 내려다보며 절규하던 그녀는 얼른 고개를 들어 나를 보다가 양 뺨을 덥석 움켜쥐었다.

"아야야!"

"넌 누구냐! 내 친구 해수의 탈을 쓴 넌 도대체 누구인 것이냐! 네 이놈! 당장 내 친구를 내놓지 못하겠느냐!"

"왜 이래, 썰렁하게."

간신히 기운도 좋은 손을 잡아떼어 내자 혜진이 고개를 갸웃했다.

"진심이야?"

"응."

"웬일로? 해준다고 난리를 쳐도 안 하던 애가?"

그래, 큰일나는 줄 알았지. 미팅이라도 한 번 하면 내 사랑의 순결이 깨지는 것 같아서. 바보도 무슨 이런 바보가. 씁쓸하게 미소를 지었다.

"정말 할 거지?"

"응. 나, 좋은 사람 소개시켜 줘, 혜진아."

"고럼고럼! 당연하지! 이 언니한테 맡겨라. 증말 끝내주는 킹카가 대기 중이다!"

나는 그새 신이 난 혜진을 보며 살짝 웃었다. 그래, 좋은 사람 만나자. 민재같이 어렵고 힘든 망나니 말고, 아주 따뜻한 사람. 자신감을 북돋듯 턱 끝을 들고 강렬하게 내리쬐는 태양을 올려다보았다. 너무 크고, 너무 뜨겁고, 너무 눈부신 구체. 어디에 있어도 그 존재를 잊을 수 없는 태양처럼, 민재는 너무 오래도록 내 안을 채우고 있었다. 모르고 있었다. 그토록 강렬한 태양조차 밤이면 그 존재를 물린 채 휴식을 준다는 사실을. 해바라기도 밤이면 아픈 목을 쉰다는 사실을. 바보 같기만 했던 지난 날이 문득 우스워진 나는 염두에 두고 있는 남자에 대한 소개말을 늘어놓느라 잔뜩 들뜬 혜진의 목소리를 들으며 조금 웃었다.

언젠가 사두고선 쑥스러워서 한 번도 입지 못했던 원피스는 생각보다 잘 어울리는 것 같았다. 어지간해선 살갗을 드러내는 옷을 입지 않기에 햇빛을 받지 못한 피부는 내 눈에도 뽀얘 보였고, 길쭉하기만 할 뿐 별 특징 없다고 생각했던 몸매도 심플한 원피스를 만나니 제법 봐줄 만했다. 전신거울 앞에 서서 어색한 곳은 없나 이리저리 둘러보다가 갑자기 생각이 나 혜진과 함께 샀던 달랑거리는 귀걸이를 조심스럽게 달았다. 구멍조차 뚫지 않은 터라 귓불을 꽉 조이는 느낌이 영 이상하기만 했지만, 그래도 꾹 참고 다시 한 번 거울을 들여다본 후에 서랍장 위에 올려두었던 립글로스를 손에 들고 몇 번을 망설이다가 문을 열고 나갔다.

"작은언니, 나 화장 좀 해줘."

화장이라곤 통 안 해본 나보다는 멋내기의 달인인 언니의 손을 빌리는 것이 훨씬 나을 것이다. 쑥스러움을 감추고 최대한 태연하게 들리게 한 말에 요가 비디오를 열심히 따라 하고 있던 해윤 언니가 화들짝 놀랐다.

"뭘 해줘? 화장?"

얼마나 놀랐는지 잔뜩 치켜들고 있던 엉덩이를 바닥에 쿵 찧는 모습을 보며 슬며시 웃는데 벌떡 일어난 언니가 다가와 나를 살폈다.

"우와! 너 오늘 웬일이냐. 민재랑 데이트 있어?"

"걔랑 무슨 데이트를 해. 소개팅 할 거야."

소개팅? 숨이 넘어가게 호들갑을 떤 언니는 재빨리 내 손을 잡고 자신의 방으로 들어갔다. 그러고는 파우더를 바른다, 마스카라를 칠한다, 눈썹이 선명하게 보이도록 아이섀도를 펴 바른다, 별별 요란을 다 떨었다.

"소개팅이라니, 세상에! 해수 넌 그런 거 한 번도 안 하다가 선봐서 시집갈 줄 알았다."

"내가 뭐."

"남자엔 요만큼도 관심없었잖아. 솔직히 말해봐. 너, 민재 말고 같이 밥 먹어본 남자 없지?"

"……."

그렇게 꼭 집어 말할 것까진 뭐 있어. 내가 뭐, 못해서 그랬나? 싫어서 안 한 거지. 입술을 부루퉁하게 내미는데 어느새 립글로스를 집어 든 언니가 손바닥으로 입술을 찰싹 때렸다.

"입!"

"치잇!"

고작해야 두 살 차이밖에 안 나는데 아기 취급을 하는 게 못마땅해 입술을 비죽거리면서도 시키는 대로 입술을 벌렸다 다물었다 하다 보니 손을 놓고 물러선 언니가 헤벌쭉 웃었다.

"우와! 우리 해수 되게 예쁘네. 어느 놈인지 오늘 횡재했다."

솔직히 예쁘진 않다. 언니가 들이민 거울을 본 나는 그만 우울해져 버렸다. 더도 말고 딱 20%만 더 예뻤으면 좋겠는데. 미인으로 소문난 언니들과는 조금 다른 수수한 얼굴을 들여다보며 짧은 한숨을 쉬었다. 그래도 평소보단 훨씬 낫다. 웅얼웅얼 입 안으로 감사의 말을 하며 집을 나섰다.

현관을 나서는 순간, 유난히 맑은 하늘의 햇빛이 강하게 눈을 찔렀다. 시큰거림을 참으려 얼굴을 찡그리면서도 기어이 둥그런 태양의 잔상을 눈 안에 가득 담아보았다. 그리고 보란 듯 버티고 선 채 중얼거렸다.

"오늘부터는 달라질 거야. 모든 게."

정말, 그럴 것이다. 그래야만 했다. 마음속에 든 무언가를 잘라내듯 강하게 고개를 젓고는 아직도 검고 붉은 점이 어른거리는 시야로도 똑바로 앞을 응시한 채 단호한 걸음을 옮겼다.

다른 생각이 있었던 건 아니었다. 정말로. 그저 주어진 시간을 거의 다 쓰고도 귀퉁이만 완성된 그림을 붙잡고 낑낑대고 있는 게 안쓰러웠을 뿐. 완성한 지 벌써 몇 분이나 지난 내 로봇 그림을 슬쩍 본 후 여자애의 꽃이 가득한 그림을 보고 느낀 차이란 별것 아니었다. 그냥 노란색 크레파스로 그려놓은 선에서 조금도 튀어나오지 않은 꼼꼼한 색칠이 유별나다고 생각한 게 다였다.

'무슨 그림인지 알아보기만 하면 되지, 뭘 저렇게 빈틈 하나 없이 칠하고 있어?

바보같이. 짐짓 심통을 부리며 돌아앉았지만, 곧 시간이 다 되니 마무리를 하란 말에 울상을 짓는 여자애의 발개진 볼이 머뭇거리던 마음을 확 날려 버렸다. 여자애의 크레파스 통에선 제일 많이 닳았고, 내 것에선 조금도 쓰지 않은 분홍색 크레파스를 들고 덤벼드니 여자애가 움찔하며 나를 보았다.

"이쪽은 내가 칠할 테니까 넌 그쪽이나 칠해."

"시, 싫어."

"뭐?"

"넌 막 대충대충 칠하잖아. 꽃은 예뻐야 돼."

"누가 막 칠한댔어?"

눈을 부라리면서도 크레파스 자루를 꽉 쥐었다. 좀처럼 섬세할 줄 모르는 손가락을 나무라듯. 그리고 뭐 대단한 작업을 하기라도 하듯 손을 덜덜 떨어가며 심혈을 기울여 색칠을 하기 시작했다. 난처한 듯 몇 번이고 선생님을 돌아보던 여자애는 제법 꼼꼼하게 여백을 메워가는 내 손길에 만족했는지 더는 군말이 없이 자기 일에만 열중했다.

'됐어.'

그러고 보니 하얀 도화지가 하나도 보이지 않게 빽빽하게 칠한 그림이 더 나아 보이는 것 같기도 했다. 여자애가 미적거리는 동안 꽃 두 송이와 강아지, 물뿌리개까지 칠하고 나니 별로 더할 것이 없었다.

망치려고 했던 게 아니었다. 정말로. 그냥 밍숭맹숭하게 서 있는 남자 그림이 영 어색해 보여서 좀 더 멋지게 만들어주려고 했을 뿐. 그러나 얼마 전에야 겨우 그리는 법을 터득한 로봇 얼굴을 가면처럼 덧칠하고, 커다란 광선 검을 남자의 손에 쥐어주는 수고를 베풀어준 내게 돌아온 건 여자애의 앙칼진 비명이었다.

"누가 그딴 거 그리랬어! 내 그림에!"

나는 놀라 멍하니 여자애를 바라보았다. 늘 순하고 둥글던 눈이 매섭게 치켜 올라가고, 꼭 쥔 주먹이 내 어깨를 사납게 밀어 냈다.

"나빠! 너 나빠! 일부러 그랬지! 선생님! 박민재가 일부러 제 그림 망쳤어요!"

여자애는 새된 소리를 지르며 계속해서 나를 때리고 화를 냈다. 울컥했던 건 여자애의 주먹이 아파서도, 선생님에게 고자질한 게 미워서도 아니었다. 어느 순간 그 조그만 입술에서 튀어나온 '너 정말 미워!' 소리 때문이었다.

'미워? 내가 미워?'

갑자기 가슴이 뻐근하게 아파왔지만, 그렇다고 여자애에게 해코지를 할 마음은 없었다. 결단코. 그런데 정신을 차려보니 어느새 바닥에 나동그라진 아이가 서럽게 울음을 터뜨리고 있었다.

"박민재!"

선생님의 엄한 나무람을 들으면서 나는 덜덜 떨고 있었다. 넘어지면서 바닥을 짚은 여자애의 손바닥이 빨갛게 까져 피가 나는 것이 너무 무서워서. 너무 아파서.

"따라 해봐. 사이좋게 지내자, 친구야."

"사이좋게 지내자, 친구야."

늘 파르스름할 정도로 깨끗하게 빛나던 흰자위가 빨개진 눈으로 훌쩍이는 여자애를 향해 풀기 없이 중얼거렸다. 그러나 여자애는 나를 바라봐 주지 않았다.

"또 따라 해봐. 사랑해, 친구야."

"사, 사랑해, 친구야."

무슨 뜻인지도 모르면서 가슴이 콩닥거렸다. 그러나 순하게 선생님의 말을 따라 한 나와 달리, 여자애는 빨간 입술을 고집스럽게 다물고 바닥만 내려다보았다. 곰돌이가 그려진 하얀 실내화가 꼼지락거리는 모습을 보면서 울고 싶어졌다.

"사랑해, 민재야. 얼른 안 따라 하니?"

선생님의 채근에 그 조그만 입술이 열리지 않았더라면, 나는 정말 울어버렸을지도 모른다.

"……사랑해, 민재야."

눈도 똑바로 마주치지 않는 여자애의 목소리에 심장이 쿵! 떨어지는 것 같았다. 얼굴이 시뻘게지고, 언젠가 독감에 걸렸을 때처럼 입 안이 바짝 말라왔다. '자! 친구들끼린 싸우는 거 아니에요. 알았죠?' 두 팔로 우리를 한꺼번에 안고 다독여 준 선생님이 저만치 사라진 후, 분이 덜 풀린 얼굴로 자기 크레파스를 정리하는 여자앨 바라보며 얼마나 망설였는지 모른다.

"미, 미안해."

내가 말하고도 깜짝 놀랐다. 그 이전까지는 누구에게도 미안하다는 말을 해본 적이 없었다.

"망치려고 했던 거 아냐. 난 그냥……."

뭐라고 말해야 할지를 몰라 머뭇거리고 있는데, 겨우 고개를 든 여자애가 나를 빤히 바라보았다.

"저기, 저기, 이거 줄게."

내가 내민 건 며칠 전에 이모에게서 선물 받은 연필이었다. 그냥 죽죽 그어도 무지개 색으로 써지는 물건이었다.

"예쁘다!"

신기해하는 여자애의 목소리에 머리가 어지러워졌다. 나 정말 감기 걸렸나 봐. 덜컥 겁이 나면서도 기분이 좋았다. 가슴을 쭉 내밀며 의기양양하게 말했다.

"나랑 친하게 지내면 이런 거 얼마든지 줄게. 그러니까⋯⋯."

뭔가 더 말하고 싶었지만 할 말이 떠오르질 않았다. 허둥거리고 있는데 여자애가 환히 웃었다. 그때 그 미소에 얼마나 가슴이 두근거렸는지, 둔한 계집애는 평생이 가도 모를 거다. 정말로.

"어제는 뭘 하느라 하루 종일 전화도 안 받았냐? 심심해 죽는 줄 알았다."

만나자마자 비난이라도 하는 듯 잔뜩 찌푸린 목소리로 물어오는 민재의 얼굴을 바로 보지 못하고 어물어물 시선을 낮추었다. 죄지은 것도 없이 가슴이 떨린다.

"그냥······."

"너 또 하루 종일 잤지? 왜, 또 밤샜냐? 요즘에도 그렇게 재미있는 드라마가 있던?"

한 번 관심이 가는 드라마가 있으면 인터넷을 샅샅이 검색해 밤을 새서라도 보는 습관을 뻔히 알고 하는 추측이었다. 귀찮은 일을 피하게 되어 잘되었다는 심정으로 고개를 주억거리다 마음을 고쳐먹고 턱 끝에 힘을 주며 고개를 들었다.

'이런 식으로 피해 버리면 달라질 건 없어.'

민재는 피울까 말까 망설이는 듯 불을 붙이지 않은 담배를 물고 질겅질겅 씹고 있었다. 남자치곤 드물게 붉은 입술과 하얀 담배가 어울려 색스럽기까지 한 그림을 자아낸다. 내가 저 아일 포기할 수 있을까. 잠시 망설이던 나는 굳게 마음을 다진 후 툭 내뱉었다.

"아냐. 어젠 소개팅 하느라 바빴어. 전화 온 건 봤는데, 받기가 좀 뭐해서."

"그래그래. 네가 그렇지 뭘. 하여튼 난 혼자 심심해서 그냥……."

제대로 듣지도 않고 투덜거리던 목소리가 뚝 그쳤다. 나는 도저히 못 믿을 소리를 들었다는 듯 눈이 커다래진 민재에게서 시선을 떼지 않고 도전적인 표정을 지었다. 가슴이 몹시도 두근거린다는 것은 들키지 않으면 좋겠다고 속으로만 생각하며.

"어제, 뭘 해?"

어지간히 놀랐는지 갈라져 나온 목소리에 짙은 불신의 빛이 묻어 있었다. 유난히 밝은 홍채는 숨길 줄 모르는 감정의 동요로 번들거렸고.

'내가 민재를 놀라게 했어.'

이유를 알 수 없는 짜릿함이 가슴에 퍼져 나가자 죄를 지은 듯 콩닥거리던 심장도 천천히 제 박자를 찾았다.

"씨바! 뭘 했냐고 묻잖아!"

화도 났구나. 뭘 해도 오 초 이상 기다릴 줄 모르는 민재의 목소리가 볶은 콩 튀듯 높아지는 것을 들으며 슬그머니 시선을 돌린 나는 짐짓 태연하게 대꾸를 했다.

"소개팅 했다고 했잖아. 들었으면서 뭘 물어."

'그깟 소개팅을 하느라 열두 번도 넘게 한 전화를 안 받았다는 말이냐', '어딜 가면 간다고 말이라도 하지', '하루 종일 혹시나 하고 기다리느라 제대로 놀지도 못했잖아'. 민재가 퍼부어댈 말을 예상하며 잔뜩 몸을 움츠리고 있었건만 아무런 반응이 없었다. 뭐야. 그깟 일은 화를 낼 이유조차 안 된다는 거야? 아무리 기다려도 그 어떤 목소리도 들려오지 않자 김이 샌 나는 슬쩍 시선을 돌려 민재를 보다가 깜짝 놀랐다.

"너, 제정신이야?"

박민재는 절대 조용히 불타오르지 않는다. 화가 나면 반경 이십 미터는 떠들썩할 정도로 고래고래 소리를 지르며 난동을 부릴지언정, 지독히도 화가 난 눈빛으로 이를 악물며 씹어뱉듯 차가운 소리를 낼 줄은 모른다. 여태는 그렇다고 생각했다. 그런데.

"뭘 해? 소개팅? 네가 진짜 남자에 환장을 했구나."

순수한 비난의 목소리에 속이 확 뒤집혔다.

"뭐?"

"남자가 그렇게 고팠냐? 그럼 그렇다고 나한테 말을 하지. 차라리 길 가는 괜찮은 놈 다리라도 걸어 넘어뜨리지. 소개팅? 쪽 팔리지도 않던?"

차갑다. 모질다. 잔인하다. 뼈아…… 프다. 떠올릴 수 있는 모든 부정적인 단어가 한꺼번에 가슴속을 헤집었다. 잠시 망연자실해 아무 말도 하지 못하고 섰다가 지을 수 있는 가장 사나운 표정으로 민재를 노려보았다.

"너, 무슨 말을 그렇게 해?"

"아니면 뭐라고 할까? 소개팅? 하필이면 왜 그런 지저분하고 느낌 더러운 짓을 하냐? 세상에 남자가 없어? 자연스럽게 만나는 인연 기다리면 안 돼? 어떻게든 남자 하나 건져 연애질 한번 해 보겠다, 작정하고 덤비는 애들이나 하는 짓을 네가 했단 말이야? 나 원, 기가 차서!"

"기가 찬 건 나야! 네가 뭔데 그따위로 나를 비난해? 넌 여자 안 사귀어? 왜 사람을 천하에 지저분한 인간으로 만들어! 너야 말로 못 말리는 바람둥이인 주제에!"

너무나 화가 나서 몸이 부들부들 떨렸다. 소개팅을 했다는 말을 했을 때 박민재가 보일 수 있을 모든 반응에 대해 예상을 해 보았지만, 이런 어처구니없는 상황만은 그 어떤 시나리오에도 없었다. 그러나 나의 격렬한 분노에도 민재는 전혀 반성의 빛이 없이 쏘아붙였다.

"난 적어도 여자애들한테 껄떡거리진 않아. 우연히 좋은 인연으로 만나지니까 사귄 거지, 너처럼 어떻게든 하나 건져 봐야겠다 허우적거리진 않았어. 기집애가 쪽팔린 줄도 모르고!"

"박민재!"

분한 마음을 누르고 누르며 주먹을 꼭 쥐었다. 팔다리가 후들거리는 것이 영 못마땅했다. 잘못한 건 저 녀석인데 왜 내가 상처받는가. 못난 가슴을 꾸짖으며 여전히 할 말이 남았다는 듯 잔인하게 입을 삐죽이고 있는 민재의 가슴을 거칠게 밀어냈다.

"너, 가! 이딴 소리나 할 거면 차라리 입 닫고 가!"

"싫어. 너 제정신 차릴 때까진 꼼짝도 안 할 거야."

밀어내도 밀리지 않는다. 한 치도. 그것이 일방적이기만 한 감정의 흐름을 상징적으로 보여주는 것 같아서 절망적으로 눈을 감았다가 자꾸만 고여오는 서러움을 이기지 못하고 고개를 돌렸다. 거칠어진 숨소리가 민재와 나 사이를 갈랐다. 꼴 보기 싫은 녀석. 정말, 미워 죽겠는 녀석. 속으로만 울먹이며 자꾸 주먹에 힘을 주었다.

"정신 차려, 정해수. 연애란 건 그렇게 하는 거 아니다. 느낌 좋은 사람을 만나 이 사람이면 좋겠다 싶어서 시작하는 거여야지, 연애를 해야겠다 결심부터 하고 사람을 거기다 끼워 맞추는 거 아냐. 너 그런 것도 몰라?"

한참 아래 동생을 가르치기라도 하는 것 같은 말투가 신경을 긁었다. 내가 왜, 왜 소개팅을 했는데. 속도 모르는 민재의 어울리지도 않게 로맨틱한 연애관에 맥이 탁 풀렸지만 내색하지 않고 애써 침착한 모습을 가장하며 그와 시선을 맞췄다.

"나 완벽하게 제정신이야. 그러니까 정신 차리라 마라 하지 마. 물론 네가 말한 것 같은 시작도 있겠지만, 소개로 사람 만나는 것도 흔한 일이야. 그게 비난받아야 할 일이라곤 생각 안 해."

"딴 기집애들이야 어쩌든 말든 난 상관 안 해! 그런데 네가 그러는 꼴은 못 보겠다. 그게 뭐냐? 웃기잖아! 나 남자 필요해요, 광고하냐?"

왜 화가 났니. 그럴 이유도 없는데 화가 나서 얼굴이 벌게진 민재를 가만히 올려다보았다. 말도 안 되는 억지를 쓰는 모습을 계속 보자니 오히려 마음이 차분해지는 기분이었다.

"응, 나 남자 필요해. 이제쯤이면 좋은 남자 친구 하나 있으면 좋겠다, 그런 생각 들어서 소개해 달라고 했어. 그러니까 남들이 뭐라고 생각하든 상관없어."

"뭐?"

어이가 없다는 듯 피식 웃던 민재가 갑자기 어깨를 꽉 잡아왔다. 사나운 눈길이 조금의 어긋남도 없이 부딪쳐 온다. 두렵다. 깊이 숨겨둔 마음을 들킬까 봐. 시선을 피하려 했지만 지나치게 매서운 눈빛이 그것마저 허락하지 않는다.

"네가 이제 아주 돌았구나?"

"……."

단정적인 말투였다. 내 마음, 내 생각, 그 모든 것을 속속들이 아는 듯 확신 어린 목소리였다. 아냐, 넌 아무것도 몰라. 움츠러들려는 가슴을 쭉 펴려는데 마지막 통고 같은 소리가 울렸다.

"어쨌든 소개팅은 안 돼. 차라리 맘에 드는 놈 하나 찍어서 나한테 말을 해. 내가 봐도 괜찮은 놈이라는 생각이 들면 무슨 수를 써서든 네 앞에 갖다 바칠 테니까."

미치겠다, 진짜. 견딜 수가 없어져 눈을 꼭 감았다. 내가 너한테 이런 말을 들어야 하니? 피눈물이라도 흘리고 싶은 심정이었다. 나한테 남자를 데려다 주고 싶어? 넌 그렇단 말이지? 입술을 꼭 깨물어 저절로 튀어나가려는 말을 눌러 버린 나는 독하게 마음을 먹고 고개를 저었다.

"필요없어. 내 일은 내가 알아서 해."

겨우 잠잠해지려던 갈색 눈빛이 확 타오르는 게 보였지만 물러서지 않았다.

"내 연애야. 누굴 어떻게 만나 어떻게 사랑하는지는 내가 정해."

민재의 화난 입술이 금방이라도 열릴 듯 달싹였다. 그러나 더는 험악한 소리를 감내하기가 싫다. 잽싸게 손을 들어 그를 제지했다.

"좋은 사람, 이미 만났어. 그러니까 오지랖 넓게 누굴 구해주고 말고 할 필요 없어. 네가 그러지 않아도 나, 알아서 잘살아. 그러니까 내 일에 신경 쓰지 마."

"신경…… 쓰지 마? 네 일? 너 지금 네 일이라고 했어?"

여전히 화난 목소리였지만 울림이 달랐다. 상처받았구나. 재빨리 민재의 변화를 눈치 채고 나니 아무 말도 할 수가 없었다. 심했던 걸까. 조금의 후회로 뚫어져라 바라보는 시선을 감내했다.

"좋은 놈을 만났단 말이지? 고작 한 번의 소개팅으로?"

"민재야."

달래주려고 뻗은 손을 고개를 휙 돌려 피한다. 전엔 한 번도 없던 일이다. 민재가 내 손길을 거부하다니. 가벼운 충격에 굳어 있는데 나를 차갑게 노려보던 민재가 혐오감이 섞인 목소리로 으르렁거렸다.

"재주가 좋은 거냐, 아니면 눈이 낮은 거냐?"

어느 쪽도 아냐. 실은 누구든 상관없는걸. 너를 잊을 수만 있다면. 결코 말할 수 없는 얘기를 우물거리고 있는 머릿속으로 차가운 선언이 들어와 박혔다.

"알았어. 네 멋대로 해봐, 어디. 너 같은 계집애, 어디 가서 무슨 짓을 하든 이젠 나도 몰라!"

어지러운 발자국 소리가 멀어진다. 'Obsession night'의 향기와 함께. 이렇게 민재의 관심도 멀어지는 거겠지. 이미 단단히 마음을 사려먹었건만 너무나 큰 상실감이 한꺼번에 밀려와 몸을 가눌 수가 없었다. 혼자 남겨진 채로, 어지럼증을 견디려는 사람처럼 가만히 손을 뻗어 가까운 벽을 짚었다.

'그럼 어떡해. 난 이제 더는 너와 평행선을 가기 싫은데. 허울

만 좋은 친구란 위치가 너무 힘이 드는데. 이제쯤 끊어내지 않으면 나, 정말 추해질지도 몰라. 네 여자 친구를 보는 일이 점점 더 힘이 들어. 민재야, 너 그거 아니?

나 혼자 힘든 일이면 그래도 낫겠는데, 어쩌다 보니 민재에게도 상처를 입혀 버렸다. 그것 때문에 너무나 슬펐지만 울지는 않았다. 그렇게 오래 고민해 벌인 일이니 후회 따윈 말자고 스스로를 다독였다. 그래도 눈물이 날 것 같아 얼굴을 찡그리는데 전화벨이 울렸다. 천천히 주머니에 손을 집어넣어 경쾌한 음악 소리를 내고 있는 핸드폰을 꺼내 멍하니 들여다보았다. 그 소리가 무엇을 의미하는 것인지 모르는 사람처럼. 그러는 사이 벨소리가 멈췄다가 다시 울리기 시작했다.

〈권혁진〉

멍해 있던 눈빛에 점점 힘이 실렸다. 또다시 전화가 끊기기 직전, 정신을 차린 나는 단호한 손길로 기세 좋게 플립을 열어젖혔다.

"여보세요!"

"이야! 대학가는 역시 다르네. 커피가 삼천 원? 게다가 토스트가 서비스?"

경쾌한 목소리가 참으로 푸근하다. 한껏 기분이 좋다가도 금방 어떻게 될지 알 수가 없는 민재와는 태생부터가 다른 사람. 처음부터 저 포근한 눈빛에 마음이 편했었다.

"여기 주인 언니가 저희 학교 선배시래요. 그래서 학생들한테 더 잘하시나 봐요."

"그래서, 해수도 자주 오는 집?"

아뇨, 나는 난처한 표정으로 혀를 내밀며 살짝 웃었다. 알바를 하는 여자 아이가 민재의 전 여자 친구라 좀체 오지 않던 곳이다. 그래서 여기를 선택했다. 여기라면, 아무리 학교 앞이라 해도 민재와 부딪칠 일이 없을 테니까.

"뭐야, 평소 어떻게 지내는지 보고 싶다고 했더니. 혹 신비주의?"

툭 던지듯 말하던 혁진이 난처함에 얼굴이 붉어진 나를 보며 하하 웃었다. 무척 귀엽다는 듯.

"해수 그렇게 웃는 거 보면 내가 정말 아저씨가 됐구나란 생각이 들어. 알아?"

"왜요?"

"완전 어린양 같거든."

우스꽝스럽게 어깨를 으쓱해 보인 그가 천천히 상체를 숙여 다가들더니 음산하게 속삭였다. '늑대가 나타났다! 아우!' 쿡! 나보다 나이 많은 남자의 익살에 웃음을 베어 물며 창가로 고개를 틀다가 얼굴이 딱딱하게 굳어졌다.

민재였다. 그가 온통 핑크색으로 귀엽게 차려입은 소영을 옆구리에 매단 채 이글이글 불타는 눈으로 카페 유리창을 뚫고 나를 노려보고 있었다.

"왜? 늑대가 그렇게 무서워?"

장난스러운 목소리에 겨우 고개를 돌린 나는 힘겹게 미소를 지었다. 부디 한껏 즐거워 보이기를 소망하며.

"네. 전 힘없는 어린양이라면서요."

전혀 즐겁지 않은데 웃으려니 입가가 당겼다. 갑자기 혁진에게 무척 미안해졌다. 그의 말에 집중할 수 없음이, 그의 향기에 적응할 수 없음이. 그러나 내 마음을 짐작할 수 없을 게 당연한 혁진은 즐거운 듯 다시 한 번 호쾌한 웃음을 터뜨렸다.

직장에서 있었던 재미있는 일을 털어놓는 혁진의 말에 적당히 맞장구를 치다가 몰래 고개를 돌려 민재가 서 있던 곳을 바라보았다. 그가 있었다. 여전히 화난 눈을 한 채. 그러나 그것도 잠시뿐, 나와 시선이 마주치자마자 관심없다는 듯 몸을 돌린 민재는 보란 듯 소영의 어깨를 끌어안고 사라져 버렸다.

'왜 내게 화를 내니. 항상 그 자리에 있던 장난감이 사라진 것 같아 기분이 나빠?'

울적했다. 모든 걸 가지고도 남는 손으로 나마저 움켜쥐고 있으려는 민재 때문에. 젖어드는 가슴을 가만히 달랜 나는 다시 고개를 돌려 눈앞에 있는 혁진에게 최대한의 관심을 기울이려고 노력했다.

'저절로 안 되면, 의지로 극복하는 수밖에.'

좋은 사람이다. 사려 깊고, 웃음이 많고, 다른 사람에 대한 배려가 몸에 밴 사람이라는 것을 단 한 번 보았지만 알 수 있었다. 그를 사랑할 수만 있다면 모든 것이 깨끗이 정리되는 셈이다. 민재도 지금은 심통이지만, 이내 받아들이게 될 것이다. 억지로 무거운 마음을 정리해 버린 나는 다정하게 웃고 있는 혁진에게 조심스러운 미소를 보였다.

충분히 각오를 했다고 생각했다. 민재의 성격에 대해선 알 만큼 알았고, 그가 하지 말라고 하는 일을 기어이 했을 때엔 어느 정도 대가를 지불해야 할 거라고 예상도 했었다. 그러나 한 가지 생각하지 못한 게 있었다. 이십 년 가까운 세월을 함께 지내오는 동안, 내가 민재의 화풀이 대상이 된 적은 단연코 한 번도 없었다는 사실을. 그래도 그 심술이 어느 정도인지는 안다고 생각했는데, 아무리 오래라곤 해도 곁에서 지켜봤던 것으론 예방 주사 정도도 되지 못했던 모양이다.

'정말, 그랬네.'

손조차 대지 못한 채 남겨진 과제물을 물끄러미 내려다보며 생각했다. 과대표인 현일이 민재에게 이것을 건네준 것은 전혀 잘못한 일이 아니었다. 대부분의 사람이 우리 두 사람을 한 묶음으로 생각하곤 했으니까. 현일은 아마 둘 중 누구에게 건네주

든 모두에게 준 셈이라고 믿었을 것이다. 문제는 하필이면 이걸 전해준 시점이 민재가 내게 한바탕 화를 낸 직후라는 사실이었다. 결과적으로 풀어내야 할 과제는 제출 마감일 아침에야 내게 건네졌다. 물론 하얀 백지 상태를 유지한 채.

"야, 박민재. 너 미쳤어? 이걸 안 전해주면 어떻게 해! 이 교수님 과제물 안내면 무조건 F 주시는 거 알면서!"

현일의 비명에 가까운 질책에도 민재는 아무런 반응이 없었다. 알 게 뭐야. 무심한 갈색 눈이 말한다. 저딴 계집애, 권총을 차든지 말든지. 잠자는 새 독심술이라도 익힌 건지, 입도 벙긋하지 않는 민재의 속마음이 고스란히 밀려들어 와 괴롭다.

'내가 뭘 그렇게 잘못했어?'

나 역시 민재를 향해 말해본다. 민재도 내 말을 알아들을 수 있을까.

쾅!

빙고. 차갑기만 하던 눈빛이 험악하게 번쩍이기 시작하더니 길게 뻗고 있던 다리를 확 들어 올린 민재가 내가 앉아 있던 의자를 거침없이 걷어찼다. 비틀. 원래부터 가분수인 의자가 한쪽으로 확 쏠리는 바람에 중심을 잃고 넘어질 뻔했지만 기겁을 하고 붙잡아준 현일 덕분에 바닥에 패대기쳐지는 것만은 겨우 면했다.

"야! 이 자식 이거 진짜 왜 이래! 니들 싸웠냐? 아무리 그랬어도 그렇지, 여자애 의자를 걷어차면 어떡해!"

"네 잘못이야, 정해수."

너무 놀라 얼굴이 하얗게 질린 현일의 말에도 민재는 눈 하나 깜짝하지 않은 채 너무나 당연한 듯 선언했다. 오만하게 치켜 올린 턱 끝이 이럴 때조차 아름다워 보인다. 나는 정말 미쳤어. 슬프게 인정해 버리고 온몸으로 적개심을 내뿜고 있는 민재를 슬며시 외면하며 허리를 숙여 책상에서 쏟아져 내린 물건들을 줍기 시작했다.

"네 잘못이라고."

"그래, 그렇다 쳐."

친구인 너를 사랑한 내 잘못이야. 낮게 한숨을 내쉬며 대답했다. 자포자기한 목소리가 또 마음에 들지 않았나 보다. 민재는 내가 막 걷어 올리려던 종이의 끝을 지그시 밟고는 화가 머리끝까지 솟은 목소리로 빈정거렸다.

"어쭈, 아주 저 높은 곳에서 내려다보시겠다? 너, 참 잘나서 좋겠다?"

"나더러 어쩌라고 이래. 이제 나한테 신경 안 쓴다며?"

나직하게 받아친 말에 민재가 멈칫했다. 언젠가 놀러갔던 시골의 실개천 속에 잠겨 있던 유리구슬의 황홀한 색채처럼 오묘한 색조가 섞여 있는 갈색 눈이 반짝인다. 저건 또 무슨 의미일까. 민재의 속내를 짚어보려 애를 쓰는데 어느새 발을 치우고 커다란 스포츠 가방을 덥석 집어 든 그가 내가 앉아 있는 곳에서 가장 먼 강의실 앞문 쪽으로 자리를 옮겨갔다.

"야, 쟤 왜 저래? 너들 무슨 일 있었어?"

"아무 일도 아냐."

"아무 일도 아닌 게 아닌데? 니들 정말 싸웠냐? 해가 서쪽에서 뜨겠네."

"현일아."

"응?"

"나 과제 어떡하지?"

"응? 아!"

미치겠다. 안 그래도 따라가기 버거워 죽겠는데. 맘먹고 풀어도 며칠은 걸릴 것 같은 문제들을 물끄러미 바라보다 그만 책상 위에 엎드려 버렸다. 베끼는 데도 한계가 있는 법. 사람마다 풀이과정이 조금씩 다를 수밖에 없으니 섣불리 누구 것을 베낄 수도 없다.

'F…… 이려나.'

너무 기가 차니 오히려 마음이 차분해졌다. 까짓것, 학점 못 따면 한 학기 더 다니지 뭐. 무심히 생각하다가 스스로도 어이가 없어 풀썩 웃었다. 어쩌면 이렇게 남의 일 생각하듯 할 수가 있을까. 입학을 같이 했으니 졸업도 같이 해야 한다고 우기던 민재 덕분에 그가 군대에 간 이 년 동안 별로 내키지도 않는 어학연수를 다녀왔다. 덕분에 착실히 제 과정을 밟은 여사 동기와는 이 년이나 차이가 벌어진 셈이고. 이러다가는 졸업도 하기 전에 취업 나이 제한에 걸리지나 않을까 걱정이었다.

'될 대로 되라지.'

부모님이 들으시면 기함하실 소리를 속으로 중얼거린 나는 엎드린 자세 그대로 가만히 눈을 감았다. 힘들다, 민재로부터 미움을 받는 것이. 그리고 그 이유가 너무나 하찮은 것이라는 사실이. 겨우 소개팅 한 번 한 것에 대한 대가로는 너무 심하지 않은가. 며칠간 보여준 적극적인 무시와 비난의 눈길만으로도 충분히 비참했다. 그런데 이런 일까지 저지를 정도로 미웠다니. 민재의 반응이 진심에서 빚어진 것이라는 사실은 너무나 큰 충격이었다. 잠시, 친구를 뺏긴 것 같은 기분에 심통을 부리는 것이라고만 생각했는데. 어쩌면 혼자만 마음을 정리한 채 조용히 원래의 친구 자리로 돌아갈 수 있으리라고 믿었던 건 나만의 심각한 착각이었나 보다.

'다, 귀찮아.'

빽빽하게 숫자들이 쓰인 친구들의 것과는 전혀 다른 빈 종이를 멋대로 구겨 버렸다. 이젠 나도 몰라. 박민재를 버리는 데 이만한 부작용도 없을 줄 알았니. 스스로를 향해 빈정거린 나는 상체를 벌떡 일으켜 세우곤 완전히 빈 종이인 과제물의 맨 위에 씩씩하게 이름을 적어 넣었다.

✳

그 어느 시간이든 바쁘게 걸음을 옮기는 학생들이 내는 소음과 킬킬거리는 웃음소리가 복도를 메우고 있는 강의동과 연구동의 분위기는 사뭇 달랐다. 그중에서도 교수 연구실이 줄줄이 늘어서 있는 삼층은 언제 와도 숙연하기까지 한 공기가 저절로 몸을 곧추세우게 만들곤 한다. 그중 하나, 복도 중간쯤의 방 앞에 서서 막막한 시선으로 '이서한'이라는 이름 석 자가 패널에 꽂힌 연구실 문을 뚫어져라 바라보았다. 짙은 밤색 문에 천창을 타고 넘어 들어온 햇빛 몇 줄기가 비쳐 미세한 먼지가 떠돌아다니는 모습을 선명하게 그려내 보이고 있었다. 복도는 지나치리만큼 적막했지만, 제 존재를 주장하며 쉼 없이 움직여 대는 먼지 입자를 보고 있자니 머릿속이 시끌시끌한 소음 속에 서 있는 듯 복작거렸다. 움찔. 한참이나 꼼짝도 않고 서 있던 나는 갑자기 누가 찌르기라도 한 듯 소스라쳐 뒷걸음을 치다가 조심스럽게 주먹 쥔 손을 입가에 대고 헛기침을 몇 번 했다. 용기가 나지 않는다. 그러나 억지로 스스로를 북돋듯 심호흡을 한 번 길게 한 후 굳게 버티고 선 문을 힘차게 두드렸다.

"뭐라고?"

"아까 박민재가 제 이름으로 제출한 과제, 제 것 아니라구요. 민재 것 맞습니다."

이서한 교수는 제대로 눈도 마주치지 못하고 중얼거리는 나를 빤히 바라보다가 쓰고 있던 무테안경을 벗었다. 그러곤 피곤한 듯 마른세수를 몇 번 하며 중얼거렸다. '이 자식들이 사람을 가지고 노나. 잘난 과제물 하나 가지고 내 거 네 거 따지고 놀아?' 낮은 목소리였지만 들으라는 듯 분명하게 의미가 전달되는 혼잣말이었다.

"그럼 네 건?"

"못했어요."

짧게 숨을 들이마신 후 빠르게 뱉어낸 대답에 이 교수의 날카로운 시선이 내 얼굴에 머물렀다.

"못한 거냐, 안 한 거냐?"

과제물에 유난히 엄격한 교수였다. 혹여 운이 좋아 졸업 전에 취업을 했다 해도, 학기당 적어도 열댓 개씩은 나가는 과제물 중 하나라도 놓치면 졸업을 안 시켜줄 정도로 깐깐한 교수였다. 나는 잠시 고민을 했다. 뭐라고 변명을 하면 기회를 잡을 수 있을까. 그러나 결국, 알량한 거짓말로 사태를 덮을 순 없을 것이라는 결론에 도달했다.

"안 했습니다."

"왜?"

나는 또 망설였다. 그러곤 작지만 분명한 소리로 대답했다.

"지난주에 실연을 했어요. 과제할 정신이 없었습니다."

침묵이 먼지처럼 공기 중을 떠돌았다. 무겁네. 이 정도의 압력이면 한 3G, 4G 정도는 되려나? 멍해진 머리로 생각하는데 커다란 책상 앞쪽으로 뭔가가 툭 떨어져 내렸다.

"세 번 읽고 요약해 와."

나는 고개를 번쩍 들고 아직 젊음이 채 물러나지 않은 교수의 명철한 눈동자를 들여다보았다.

"만만치 않을 거야. 요약이 맘에 들지 않으면 점수는 없다."

영어 논문이었다. 왜? 이해할 수가 없어 눈썹을 살짝 찡그렸다.

"다른 핑계 안 댄 게 맘에 들어. 징징거리는 건 딱 질색이다."

가만히 시선을 내려 여러 번 보았다는 게 분명히 드러날 만큼 가장자리가 너덜너덜해진 논문을 바라보았다. 나, F를 받지 않을 수도 있다는 건가? 어쩐지 맥이 빠졌다.

그토록 화가 난 얼굴로 가차없이 의자를 차버릴 땐 언제고, 막상 과제를 제출할 때가 되자 민재는 자기가 한 과제물을 내 이름으로 내고 나가 버렸다. 그대로라면 민재가 F를 받을 게 뻔했기에 점수를 회복시켜 줄 생각으로 용감하게 연구실을 찾아오긴 했지만, 막상 학점을 따지 못할지도 모른다는 걸 생각하자 막연하게 두려웠다. 그런데 구제 방법이 있다는 말인가.

믿기지 않는 마음에 논문을 주워 들 생각도 하지 못한 채 서 있는데 다시 한 번 교수의 목소리가 울렸다.

"왜, 아직도 과제할 정신이 없어?"

"……아닙니다."

나는 얼른 손을 뻗어 논문을 움켜쥐었다. 그러곤 어물어물 허리를 굽히며 감사의 말을 중얼거렸다.

"웅얼거리지 마. 기분 나빠."

"죄송합니다."

얼결에 사과를 하는데 시야 끝에 교수의 치켜 올라간 입술 꼬리가 들어왔다.

"실연 때문에 과제를 안 했다라, 좋을 때다."

전혀요. 과제가 백개천개가 된다 해도, 실연 따위 하지 않을 수 있었으면 좋겠는걸요. 우울하게 생각하며 두툼한 논문을 꼭 움켜쥐고 깊이 고개를 숙였다.

또 무슨 변덕이 나서 자기 과제물을 넘겨준 건지는 알 수가 없었다. 일말의 양심에 걸렸던 건지도 모르고, 그래도 남은 정이 있어서인지도 모른다. 그러나 어느 쪽이든 받아들일 수 없는 호의였다. 내가 어떻게 민재에게 F를 받을지도 모를 위험을 감수하게 할 수 있겠는가. 말도 안 되는 소리.

조심스럽게 연구실을 빠져나와 문 옆벽에 등을 기댄 채 낮은 한숨을 토해냈다.

'그래도 넌, 결국 내겐 다정했는걸.'

고등학교 때까지는 정말 아무도 나를 건드릴 수 없었다. 사소한 시비라도 붙은 날이면 어디선가 나타난 민재가 다 때려잡을 것처럼 펄펄 뛰어댔으니까. 기숙사에서 몰래 빠져나가 반딧불이를 본다고 돌아다니다 들켰을 때 내 몫까지 두 배의 매를 맞았던 것도 민재였고, 국토 순례단에 참가하여 하루 종일 걸은 후 만사가 귀찮아 뻗은 사이 내 발에 잡힌 물집에 조심스럽게 무명실을 꿴 바늘을 찔러 넣어 다음날이 편안하게 돌봐줬던 것도 민재였다. 아무래도 들쭉날쭉할 수밖에 없는 급식 배식 때, 혹시라도 부실한 식판을 받아 들고 돌아서면 당장에 뺏어들고 가 수북하게 주 메뉴를 담아다 주던 것도 민재였다. 언젠가 방학을 맞아 돌아왔던 동네에서 근처 고등학생들에게 몇 만 원인가 돈을 뺏겼을 때엔 웃기게도 이자까지 쳐서 두 배를 찾아왔던 녀석이었다.

'그랬었는데.'

미처 의식하지 못한 사이 눈에서 눈물 한 방울이 툭 떨어졌다. 친구라는 이름만 고수하면 그 모든 걸 가질 수 있다. 그러나 이젠 싫었다. 겉으론 다혈질에 입 거칠고 불평 많은 녀석이어도, 실은 누구보다 세심하고 다정하다는 것을 우정이란 이름으로 확인하고 싶지는 않았다. 그리고 그 우정으로 인해 민재의 사랑이 힘들어하는 것도 더는 보아줄 수 없었다.

'차라리 그냥 내내 못되게 굴지.'

왜 또 마지막에 사람을 흔들어. 나는 양손으로 논문을 꼭 움켜쥔 채 흐느꼈다. 민재가 너무 그리웠다. 다른 데선 몰라도 내 앞에선 애교도 잘 떨었는데. 웃기도 정말 예쁘게 잘 웃는데. 나만 아는 '나만의 민재'가 너무너무 보고 싶었다. 그러나 이젠 그리워해선 안 된다. 보고 싶어해서도 안 된다. 독하게 이를 사려 문 나는 옷소매로 얼굴을 대충 훔쳐 내곤 황급히 그 자리를 떴다.

나는 외아들이다. 지금에야 오히려 귀찮지 않고 편하다고 생각하지만, 어릴 땐 형제자매가 있는 아이들이 그렇게 부러울 수가 없었다. 특히, 해수와 작은 누나처럼 이층침대를 놓고 같은 방에서 잠드는 사람들을 보면 나도 그 곁에 파고들어 함께 잠들고 싶을 정도였다. 그런 생각을 하게 된 건 잠들기 전의 고요한 몇 분 때문이었다. 낮엔 아무렇지도 않았는데, 자려고 누워 있기만 하면 내 방의 모든 것들이 무서운 얘기의 주인공으로 변모했다. 너풀거리는 커튼 자락, 방구석에 서 있는 기다란 옷걸이, 금방이라도 문이 벌컥 열리고 괴물이 튀어나올 것 같은 옷장. 그때까지 보았던 모든 무서운 영화들을 떠올리며 덜덜 떠는 그 시간은 내게 너무도 괴로운 것이었다. 겁이 많아서 그랬던 것은 아니다. 그 시간 외의 다른 때에 용기가 부족하단 생각은 한 번도 해본 적이 없으니. 요컨대 난, 상상력이 풍부한 꼬마였던 것이다.

잠이 들려고 애를 쓰고 또 쓰다가, 결국 상상에 굴복하면 부모님의 침대로 파고들었다. 보고 듣는 게 늘어 아는 게 많아질수록 상상력은 풍부해졌고, 안방 문을 두들기는 횟수도 늘어갔다. 외동아들이 귀엽다고 오냐오냐하는 것도 하루 이틀이지,

급기야 내가 귀찮아진 부모님은 내 동생이라며 털이 북슬북슬 난 곰돌이를 사주셨다. 동생이니 잘 데리고 자라고 침대 속에 밀어 넣어주시는 그 배불뚝이 인형을 어이없는 눈으로 바라보았다.

'내가 바본 줄 알아?'

바보였던 모양이었다, 난. 그 곰돌이가 침대 구석을 차지하게 된 이후론 악몽을 꾸는 일도, 턱없는 상상 때문에 두려워 떠는 일도 사라진 걸 보면. 그때부터 난 그 곰돌이가 내 모든 두려움을 먹어 없애는 신통한 물건이라고 믿기 시작했다. 그리고 그 녀석을 나의 가장 가까운 친구로 여기기 시작했다. 부끄러운 얘기지만, 해수를 처음 본 날 신기한 걸 봤다고 제일 먼저 고백을 한 대상도 바로 그 곰돌이였다.

해수가 그런 곰돌이의 다리를 잡아 뽑은 건 절대로 우연이었다고 생각한다. 해수는 물건을 험히 다루는 아이도 아니었고, 그다지 힘이 세지도 않았으니까. 아마도, 해수가 아닌 그 누가 곰돌이를 만졌더라도 다리가 빠졌으리라고 생각한다. 그러나 어쨌든 멀쩡하던 곰돌이의 다리를 잡아 뽑은 당사자는 해수였고, 난 그런 해수에게 곰돌이가 없으면 절대로 잠을 잘 수가 없노라고 악을 썼다. 사실, 그날 당장이라도 끔찍한 괴물에게 시달릴 것 같은 두려움이 없었다고는 말 못한다.

그때 해수는 분명히 내게 약속을 했었다. 망가져 버린 곰돌이 대신 자신이 내 두려움을 없애주겠다고. 악몽을 꾸지 않도록 재워주겠다고. 하고픈 말이 있으면 뭐든 대신 들어주겠다고. 죽을 때까지 날 지켜주겠다고 했다. 그때의 약속에, 어른이 되면 마음이 변한다는 얘기 따윈 없었다.

약속을 해놓고, 까맣게 잊은 해수 쪽이 나쁜 거다.

이상하다. 담배를 피우려는 듯 막 건물 모퉁이를 돌아가는 민재의 뒷모습을 바라보며 생각했다. 벌써 며칠째 소영의 모습이 보이지 않는다. 전 같으면 한 시간이 멀다 하고 쫓아와 민재 곁에 들러붙어 있었을 텐데. 하긴, 요 며칠 민재의 곁엔 아무도 없다. 감히 옆에 다가갈 엄두를 내지 못한다는 말이 더 맞겠지만. 안 그래도 말본새 없던 녀석의 비틀린 언사는 요즘 거의 언어폭력 수준에 이르러 있었다. 덕분에 그의 주변엔 늘 달의 크레이터처럼 조그만 공동이 형성돼 있었고.

'싸웠나.'

가슴이 아릿하다. 늘 함께 있던 내가 있어주지 못하니 소영이라도 좀 허전함을 달래주었으면 좋으련만. 개똥도 약에 쓰려면 없다더니 하필 이럴 때 어딜 갔단 말인지. 한숨을 푹 내쉬는데 청바지 뒷주머니에 넣어두었던 핸드폰이 부르르 몸을 떨었다.

"여보세요."

[에이, 너 또 액정 안 들여다봤구나. 그렇게 건조하게 전화 받지 말아달랬지. 슬퍼.]

"아."

잔뜩 우울했던 마음에 조그만 기쁨이 피었다. 웃음을 담은 부드러운 목소리. 혁진이었다.

[어젠 잘 들어갔어? 문자라도 오지 않으려나 기대했는데. 매정한 해수.]

"너무 늦어서요."

[그래도 기다렸다구요, 아가씨. 어떻게 된 게 어린 네가 나보다 더 노인네 같냐.]

쿡. 내 입에서 그예 웃음소리가 터져 나왔다. 확실히, 여섯 살많은 남자와 소개팅을 하는 경험은 그리 흔하게 할 수 있을 것같지는 않았다. 그러나 혜진이 정말 확실한 사람이라며 소개한혁진은 전혀 나이 차를 느낄 수 없을 만큼 유행에도 밝았고, 무엇보다 다정다감한 성격이라 그다지 아기자기하지 못한 내게는차고 넘칠 만큼 자상했다.

[점심 먹었어?]

"아뇨. 이제 먹어야죠."

[그럼 나랑 같이 먹을까?]

"네?"

어리둥절해진 나는 잠시 전화기를 귀에서 떼어 액정을 바라보았다. 직장인이 이 시간에 무슨 점심을 같이 먹겠다는 건지. 혁진의 회사가 우리 학교와는 꽤 멀리 떨어져 있다는 것을 상기하며 의아해하다가 외근 중이라 가까운 곳에 있다며 맛있는 것을 사주겠다는 말에 흔쾌히 약속 장소를 정했다.

전화를 끊고 시계를 보니 시간이 그리 많이 남지 않았다. 서둘러야겠다 싶어 몸을 돌리는데 바로 앞에 민재가 서 있는 바람에 그만 깜짝 놀랐다. 이렇게 가까이서 본 건 꽤 오랜만이다. 그것을 생각하니 두근두근, 심장이 죄라도 지은 것마냥 빠르게 뛰어 올랐다. 얼른 스쳐 지나가야 하련만, 바보 같은 발이 땅에 들러붙은 듯 떨어지질 않는다. 그래도 차마 시선을 마주할 수가 없어 고개를 숙였는데, 집요한 시선이 거기까지 따라오는지 정수리가 뜨끈해 견딜 수가 없었다. 결국 포기하고 시선을 들다가 몸이 그대로 굳었다. 화가 났다, 또. 사납게 치켜 올라간 눈초리가 금방이라도 나를 잡아 삼킬 것 같았다. 차라리 그랬으면. 그럴 수 있었으면. 유난히 큰 홍채에 갖가지 색깔을 담은 저 아름다운 눈에 들어가 살아버릴 수 있었으면. 그럼 나, 당장이라도 정해수란 존재 자체도 포기해 버릴 텐데.

'네 말이 맞나 봐, 민재야. 나 정말 제정신이 아니구나.'

저도 몰래 뻗어 나가려는 손을 제지하려 아프게 주먹을 쥐어야 했다. 무엇 때문에 화가 난 건진 몰라도, 괜스레 느껴지는 죄책감에 가슴이 다 뻐근했다. 그러나 끝내 이를 악물어 스스로를 다잡고는 고개를 약간 숙인 채 길을 가로막듯 서 있는 민재의 곁을 스치듯 지났다. 한 걸음. 또 한 걸음. 떼어놓은 마음을 조금씩 길 위로 흘리면서.

"정말 이렇게 비싼 거 안 먹어도 돼요. 고작해야 점심 한 끼인데."

"에이. 무슨 말을 그렇게 해. 고작해야 점심 한 끼라니. 그래도 명색이 데이트인데."

"그래도. 이거 너무 비싸요. 저 그냥 파스타 먹을래요."

"이봐, 학생. 오빠 돈 잘 버는 직장인이거든?"

'오빠'란 말에 그만 쿡 웃음을 터뜨렸다. 혁진이 집요하게 오빠라 불러달라고 졸랐지만 어쩐지 입이 떨어지질 않았다. 언니만 둘이니 오빠 소릴 해볼 기회도 없었고, 있다고 해도 여섯 살이나 많은데 오빠란 말은 좀체 나오지 않았다.

"그냥 립 먹자. 좋아한다면서 뭘 그렇게 따져?"

"그래도……."

아무리 월급을 받는다 해도 만만치 않은 금액일 게 뻔한 액수에 다시 한 번 사양을 하다가 갑작스레 테이블가에 와서 서는 사람을 보고 깜짝 놀라 눈을 크게 떴다.

"누구……."

"가자. 나 심심해."

민재는 혁진의 의아한 물음을 뚝 자르며 나를 향해 말했다. 혁진 따윈 꼴도 보기 싫다는 듯, 아예 등을 지고 선 자세였다.

"민재야."

"그리고 졸려. 무릎베개 해줘."

"박민재."

"얼른 가자. 나 기다리기 싫어하는 거 알잖아. 얼른 일어나."

"아는 사람이야?"

나는 잔뜩 당황해 어이가 없다는 듯 피식 웃는 혁진을 보았다.

"아, 예. 같은 과 친구예요."

같은 과 친구? 두 남자의 입에서 동시에 똑같은 말이 흘러나왔다. 그러나 그 뉘앙스만은 전혀 달랐다. 옅은 호감을 담고 민재의 늘씬한 몸을 훑어 내리는 혁진과 반대로, 민재의 목소리엔 도저히 믿을 수 없다는 빈정거림이 담겨 있었다.

"심심한 모양인데, 같이 앉을래요? 점심 안 했으면 같이……."

"일어나라고 했잖아! 내 말 안 들려?"

갑자기 버럭 소리를 지르는 민재 때문에 웅성거리던 식당 안이 조용해졌다. 놀란 나는 얼굴이 빨개져 허둥지둥 민재의 소매를 낚아챘다.

"너 미쳤어? 여기가 어디라고 소리를 질러."

"나가자고! 나가잔 말이야, 당장! 너 진짜 내 말 안 들을래?"

민재는 꼭 미친 사람 같았다. 앞뒤 가리지 않고, 만류하려는 혁진의 팔을 더러운 것이라도 되는 듯 거세게 뿌리치며, 오로지 내게만 시선을 박은 채 고래고래 소리를 질러댔다.

"조용히 해, 박민재. 창피하게 정말 왜 이러니."

"내가 창피해? 이십 년 동안 아무렇지 않다가, 남자가 생기니까 이제 내가 창피하냐?"

도저히 말이 통하지 않는다. 얼른 시선을 돌리고 뜨악한 얼굴로 굳어져 있는 혁진에게 입모양만으로 호소를 했다. '잠시 나갔다 올게요'. 그러곤 자리에서 벌떡 일어나 숨까지 거칠어져 식식거리는 민재의 팔을 잡아끌었다.

"나가자. 얼른 나가. 나가서 얘기해."

그러나 민재는 쉽게 움직이지 않았다. 나가기는커녕 오히려 혁진 쪽으로 몸을 돌리고 테이블 깊숙이 손을 짚으며 상체를 숙였다.

"거, 낫살도 자실 만큼 자신 양반 같은데……."

삼류양아치 같은 말투에 기가 막혀 눈을 질끈 감았다. 정말, 어떡해.

"우리 해수 그렇게 가벼운 애 아닙니다. 어린 애인 필요하면 딴 데 가서 알아보세요. 알았어?"

"박민재!"

이젠 아예 반말이었다. 건디다 못해 날카롭게 소리를 높이자 민재는 언제 화를 냈냐는 듯 상큼한 얼굴로 빙긋 웃었다.

"나가자. 이 좋은 날 이 칙칙한 데가 다 웬 말이냐. 아, 구려."

나는 반쯤 울상이 되어 혁진을 돌아보았다. 준수한 얼굴이 살짝 찡그려진 채 굳어져 있는 것을 보니 미안해 죽을 것만 같았다. '죄송해요. 얘가 미쳤나 봐. 금방 달래서 보내고 올게요' 말이라도 꺼내려 했는데 민재는 그 틈도 주지 않고 손목을 홱 잡아끌었다.

수군거리며 바라보는 사람들의 시선에 온몸이 다 빨개지는 것 같았다. 그러나 민재는 부끄러움이라는 감정을 애초에 모르는 사람처럼 고개를 푹 숙인 나의 팔을 단단히 틀어쥐고 거침없이 레스토랑을 가로질러 갔다.

"이것 좀 놔, 민재야."

때아닌 소동에 얼굴이 굳어진 리셉셔니스트에게 허둥지둥 고개를 숙이는 것으로 사과의 뜻을 표한 뒤, 문을 나서자마자 성큼성큼 계단을 내려가는 민재의 손을 뿌리치려 애를 썼다.

"놓긴 뭘 놔. 일단 나가자. 음악도 구려요, 아주."

그러나 민재의 힘을 당한다는 것은 애초에 말이 안 되는 일이었다. 특히 지금처럼 단단히 심사가 꼬인 상태에서는. 와중에도 내가 넘어지는 것은 싫었는지 팔꿈치를 바짝 당겨 안고 빠르게 걸음을 옮기는 민재에게 이끌려 건물 밖으로 나간 나는 계속해서 어디론가로 향하는 그의 팔을 강하게 잡아당기며 몸을 뻗댔다.

"어딜 가는 거야!"

"스머프 동산에나 가자. 날씨 좋다."

혁진을 안에 기다리게 해놓고, 민재는 느긋하게 자연관 뒤 잔디밭에나 가자고 한다. 도무지 이해할 수 없는 그의 돌출 행동에 그만 어이가 없어졌다. 나는 다시 한 번 민재의 팔을 뿌리치려 시도했다.

"안 돼. 나 지금 혁진 씨랑 데이트 중이라고. 모르겠니?"

"누구 맘대로?"

민재의 눈에 날이 섰다. 다른 때 같으면 그가 화내는 게 싫어 수그러들었겠지만, 기다리고 있을 혁진의 생각에 애가 타 어깨를 움츠리며 잡힌 팔을 빼내려 버둥거렸다.

"누구 맘인지 몰라서 물어? 내 데이트니까 내 맘이야."

해사한 얼굴이 살짝 일그러지고, 혼란스러운 눈동자가 춤을 춘다. 그런 채로 잠시 할 말을 잊은 듯 서 있던 민재는 계속해서 꿈틀거리며 팔을 빼내려는 나를 확 놓곤 대신 손을 끌어가 단단히 깍지를 끼었다.

"안 돼. 나 지금 너무너무 심심해. 그러니까 데이트는 나중에 해."

"박민재!"

"나도 너 심심할 땐 만사 젖혀두고 너랑 놀아줬어. 그러니까 그놈은 그만 돌려보내."

단단히 얽힌 손을 풀어내려고 애를 쓰던 몸짓을 문득 멈추었다. 틀린 말은 아니다. 유난히 무료하다 싶은 날이면 어떻게 알았는지 어김없이 나타나 함께 시간을 보내주곤 했었다. 그러나 그 일로 인해 원망을 사야 했던 건 늘 나였다. 제멋대로면서도 비난받아 본 적 없는 민재가 아니라.

옛 기억을 떠올리며 민재와의 악연을 끊어내야 한다는 결심을 다진 나는 소용없는 반항의 몸짓을 멈추고 목소리를 가다듬었다.

"그건 우리가 친했을 때의 얘기고."

"……뭐?"

카랑카랑한 목소리가 잘못된 진동수를 만난 것처럼 삐거덕거렸다. 설마 내가 이렇게 나올 줄은 몰랐다는 듯 갈색 눈동자도 커다래졌다.

"이젠 나 같은 애 모른다고 했던 건 너야. 그리고 그거 아니라 해도 남자에 환장한 나 같은 애가 널 우선할 리가 없잖아. 그러니까 이 손 놔."

"정.해.수."

민재의 목소리에 경고성이 섞였지만 나는 멈추지 않았다. 이쯤에서 멈춘다면 우리 둘은 영원히 쳇바퀴 돌듯 같은 궤도만 그리게 될 것이다. 그건 안 된다.

"네가 하도 난리를 치니까 떼어내려고 따라 나온 것뿐이야. 혁진 씨 기다리잖아. 나 가봐야 해."

"혁진…… 씨?"

충격을 받은 것처럼 멍해졌던 눈이 순식간에 포악해졌다. 내 입에서 나온 그 호칭이 무슨 천하의 끔찍한 것이기라도 한 듯. 다음 순간 입을 꾹 다문 민재는 반항기 서린 눈으로 자신을 올려다보는 내게서 휙 고개를 돌리더니 잡은 손을 막무가내로 끌어당기며 걷기 시작했다.

"놔! 놔, 박민재!"

"시끄러."

"안 간다고 했잖아! 난 도로 들어갈 거야. 놔!"

행인들이 힐끔거리는 것조차 무시한 채 버티고 또 버티며 발악을 하자 성질을 버럭 낸 민재가 나를 건물 옆 주차장으로 끌고 갔다.

"너 정말 돌았지? 개념으로 쌈 싸먹었지?"

난폭하게 밀쳐진 등이 대충 마감이 된 시멘트 벽에 쓸렸다. 그러나 그것보다 더 아픈 것은 단정 짓듯 던져진 민재의 비난이었다.

"그래. 남자 친구 사귀고 싶다면 뭐, 좋다 쳐. 그런데 왜 하필 저따위 놈이야? 남자가 그렇게 없어? 왜 고르고 골라 저딴 아저씨를 사귀겠다고 설레발이야?"

"함부로 얘기하지 마, 박민재!"

"씨발! 사귀어도 좀 제대로 어울리는 놈을 고르든지! 어디서 늙다리 같은 놈을 데려다가 좋다고 헤벌쭉!"

"말, 함부로 하지 말랬지!"

부들부들 떨리는 몸을 벽에 기댄 채 화났을 때 으레 하는 버릇대로 거칠게 말을 내뱉는 민재를 무섭게 노려보았다.

"왜? 그것도 꼴에 남자 친구라고 욕하니까 듣기 싫냐? 그새 정이라도 새록새록 든 거야? 막말로 저놈이 네 서방이라도 되냐? 감히 욕도 한마디 못해?"

"박민재!"

"아니면 벌써 서방 삼기라도 한 거냐? 왜, 낮살 헛 처먹은 건 아니라 테크닉이 좋던?"

철썩!

잔뜩 움켜쥐었던 손을 쫙 펴고 민재의 얼굴을 후려갈겼다. 손바닥이 찌릿해 온다. 그러나 그걸로도 도저히 성이 풀리지 않아 민재가 가르쳐 준 대로 주먹을 말아 쥐고 명치를 강하게 내질렀다.

"이게 진짜!"

안타깝게도 혼신의 힘을 다한 일격으로도 큰 타격을 주진 못한 모양이었다. 굽혔던 허리를 이내 편 민재는 다시 한 대를 더 치려고 팔을 쳐드는 나를 어렵지 않게 옭아매었다.

"너, 이럴 때마다 정말 싫어. 그거 알아?"

"……."

옴짝달싹 못하게 매인 나는 그저 민재를 사납게 노려보았다. 몸이 마음대로 되지 않는다는 게 너무너무 분하다.

"화났다고 아무 말이나 막 하는 것도 싫고, 남의 사정 생각하지 않고 제멋대로 구는 것도 싫고, 네 기준을 나한테 강요하는 것도 싫어!"

눈물 고인 눈을 발견한 것일까, 민재의 팔 힘이 조금 느슨해진 것도 같았다. 지금이다. 눈물을 떨어뜨리지 않으려고 이를 악문 채 거칠게 팔을 휘둘러 민재에게서 벗어났다. 예상보다 순순히 풀어주는 바람에 몸이 비틀거렸지만, 꿋꿋이 버텨냈다. 민재를 잔뜩 노려보며 다시 단단히 자리를 잡고 선 나는 마구 날뛰어대던 일은 모두 잊은 것처럼 잠잠하기만 한 그에게 다시 비난을 퍼부었다.

"네가 그동안 사귄 여자애가 몇 명인지 알기나 해? 그 애들 모두 너와 어울리기만 했을 것 같아? 천만에!"

"……."

"그래도 난 한 마디도 안 했어. 왜인 줄 알아? 내가 아닌 네 여자 친구니까. 네 영역이니까! 그런데 뭐야. 넌 도대체 무슨 권리로 내게 이러는 건데!"

꾹 다물렸던 민재의 입술이 달싹였다. 그러나 그뿐, 말이 쉽게 흘러나오지는 않았다. 나는 기다렸다, 민재가 무슨 말이든 하기를. 그러나 민재는 계속 무언가를 망설이는 듯 좀처럼 입을 열지 못했다. 혁진 씨가 기다릴 텐데.

아무리 기다려도 깨지지 않는 침묵에 조바심을 쳤을 때야 겨우 낮은 목소리가 울렸다.

"네가 별로라고 했으면, 당장 그만뒀을 거야, 난."

"······민재야."

"사귀지 말라고 했으면, 당장 헤어졌어."

그게 중요한 게 아니잖아, 라고 하려고 했다. 그러나 억울한 듯 주먹을 꽉 움켜쥔 민재의 표정에 어린 그 무언가가 내 입을 다물게 했다.

"어쨌든 그 남잔 너무 아니야. 벌써 아저씨라고. 너한텐 도저히 안 어울려."

"그렇지 않아."

"씨발! 서른은 훨씬 넘어 보이던데 아니긴 뭐가 아냐!"

억지였다. 혁진은 이제 겨우 서른이 되었을 뿐이고, 나이보다 훨씬 생기있어 보이는 얼굴이었다.

"여섯 살 차이일 뿐이야. 적다곤 할 수 없어도, 그 정도 나이 차이는 흔해."

"어쨌든 너랑은 안 어울려. 안 어울려. 안 어울린다고!"

타이르듯 대답을 해 보았지만 민재는 듣기 싫다는 듯 거세게 머리를 흔들며 고함을 질렀다. 거친 숨소리가 괴롭게 울리고, 마구잡이로 흔들리는 눈동자는 오직 나만 바라보고 있었다.

"그리고 난 그 남자가 너무 싫어. 너무 싫어, 해수야."

바보····· 같아. 스물네 살이나 먹은 남자가 하는 말이라는 게 고작. 민재를 바라보는 내 눈에 새로운 눈물이 고여들었다.

"정말이야. 난 정말 싫어. 그러니까 그 남잔 만나지 마."

부드러운 머리카락이 뺨을 간질이고 움푹 팬 쇄골 언저리에서 낮은 목소리가 속삭인다. 어깨에 묵직하게 얹힌 온기를 끌어안고 싶다. 그 마음을 억지로 눌러 참으며 가만히 서 있었다.

"너한테 어울리는 남자 만나면…… 그러면 아무 말 안 할게. 심심해도 참을게. 그러니까 해수야, 그 남자 만나지만 마."

어릴 때부터 한 번도 거절해 본 적 없는 목소리였다. 이런 식으로 보채듯 졸라대면 그게 뭐가 됐든 들어주지 않고는 배길 수가 없었다. 터프함의 대명사 박민재가 내리라곤 누구도 생각지 못할 애처로운 목소리. 마음이 저절로 약해지려고 했지만, 그저 눈을 꽉 감는 것으로 그 목소리를 외면했다.

"좋은 사람이야."

"……뭐?"

"나, 꽤 바보 같잖아. 어리버리하고. 그런데 그것도 귀엽대. 진짜 어른이라 그런지 너무 포근해. 남자 처음 만나봐서 하는 얘기가 아니라, 정말로 좋은 사람이야, 민재야."

"……."

"너 그 사람 제대로 본 적도 없잖아. 얘기 한마디 해본 적 없잖아. 그러니까 그런 식으로 말하지 마."

민재는 천천히 고개를 들고 나를 마주 보았다. 옅은 갈색 눈동자가 완고함을 담고 똑바로 쏘아보고 있었다.

"삼십대 아저씨야."

나는 대답하지 않았다. 고집스러운 목소리. 열 살 차이가 나는 것도 아니고 스무 살 차이가 나는 것도 아닌데, 자꾸만 같은 말을 되풀이하는 민재가 답답했다.

"너 서른네 살이면 마흔. 마흔네 살이면 쉰. 쉰네 살이면……."

"이러지 마. 너 정말 왜 이래?"

"왜 이러는지를 몰라? 난 그 자식이 정말 싫다고. 안 들려? 계속 말하고 있잖아!"

또다시 버럭 소리를 높이는 바람에 저도 모르게 움찔했다. 그러자 민재는 괴로운 듯 한숨을 쉬며 나를 끌어안았다.

"너야말로 왜 이래. 모른다고 말해서 몰라질 사이가 아니잖아. 우리가 그래? 씨발, 내가 심술 좀 부렸다고 정말 모른 척 지낼 셈이었어?"

"……."

"네가 싫어하는 여자앤 안 만나. 절대로. 그러니까 너도 제발 괜찮은 놈 만나. 내가 인정해 줄 수 있는 놈."

네가 내 남자를 인정해 주는 일, 절대로 바라지 않아. 절대로. 그것만은 정말 견딜 수 없을 것 같아. 마음이 너무 아팠다. 누굴 만나든, 민재의 축복 따윈 원하지 않는다. 그럴 바엔 차라리 지금처럼 화를 내주는 편이 나을 것 같았다.

"해수야, 제발……."

"나, 이만 들어가 봐야겠어."

실팍한 가슴을 밀어내며 고개를 숙였다. 무심히 짚어낸 손바닥에 민재의 심장이 담겨 팔딱댄다.

"너, 내가 이렇게까지 말하는데도!"

"이건 네가 상관할 일이 아니야."

고집스럽게 턱 끝을 굳히는데 기가 막힌 듯 헛바람을 들이키는 소리가 들렸다.

"정해수, 너 진짜!"

"혁진 씨 기다리게 하기 싫어. 비켜."

민재와 나 사이의 공기가 팽팽하게 당겨진다. 나는 애써 눈에 힘을 주며 원망과 분노를 담은 눈빛을 맞받아냈다.

"해수야."

민재의 목소리가 갑자기 노곤하게 늘어진다. 불안하다.

"나랑 자자."

얼굴이 순식간에 빨갛게 달아올랐다. 심장이 터질 듯 뛰어대고 머리가 윙윙 울렸다. 너란 아인 어떻게 이런 때에! 원망이 솟구쳐 울음이 터질 것 같았다.

"한 번만 하자."

조금 전까지 화를 내던 사람은 어디로 갔을까. 유혹적인 목소리만큼이나 은근한 손길이 등줄기를 타고 올라와 부드럽게 뒷목을 받쳤다. 그러나 그 느낌은 다른 때처럼 설레질 않는다. 오히려 끔찍했다.

"넌 내가 그렇게 우습니?"

내 목소리에 드디어 울음기가 섞였다. 싫다. 그러나 더는 참

아낼 수도 없다.

"이런 때에도 그런 장난 하고 싶어? 저 안에서 내 남자 친구가 기다리는데, 이럴 수가 있어?"

"그딴 녀석 따위 난 몰라. 난 너한테만 관심있어."

"그딴 녀석이라고 부르지 마! 너보다 훨씬 나이 많은 사람이야! 그리고 내 남자 친구라고! 그런데 어떻게 모를 수가 있어! 어떻게 그렇게 신경 안 쓸 수가 있어!"

참고 참았던 설움이 터졌다. 생전 보지도 못했던 여자애가 민재의 팔을 휘감고 나타나 나보다 훨씬 친밀하게 굴 때에도 당연히 그래야 하나 보다 했었다. 전혀 성격이 맞지 않아도, 때로는 노골적으로 적의를 드러내도 여자 친구니까, 란 말로 모두 이해하려 했었다. 그런데 민재는 어떻게. 그동안 내가 했던 노력의 반의반만큼도 기울이려 하지 않는 민재가 너무나 원망스러웠다. 그것이 그대로 상대를 생각하는 마음의 크기를 드러내 주는 것이라 생각하니 비참하기 그지없었다.

"비켜! 너랑은 일 초도 더 있고 싶지 않아. 너 같은 녀석, 너 같은 녀석 이젠 내 쪽에서 몰라!"

밀어내는 손길이 여태와는 달랐다. 정말로 미워서, 견딜 수가 없어서 팔다리를 마구 휘둘러 대자 휘청하며 뒤로 물러나던 민재가 우악스럽게 어깨를 틀어쥐었다.

"뭐? 너 지금 뭐라 그랬어!"

"절교야, 박민재. 다신 내게 아는 척하지 마!"

사납게 춤추던 눈빛이 순식간에 얼어붙었다. 꼭 붙잡힌 어깨가 너무나 아팠지만 지지 않고 계속 버둥대는데, 민재의 차가운 목소리가 귀에 와서 닿았다.

"다시 한 번 말해봐. 뭐라고?"

"절교라고! 너랑 절교할 거야!"

절망적으로 소리를 높이다가 어느새 코앞으로 다가온 얼굴에 놀라 고개를 조금 뒤로 젖혔다. 그러나 민재는 내 반응 따윈 아랑곳하지 않겠다는 듯 이를 갈듯 중얼거렸다.

"절교라고? 그깟 남자 놈 때문에 나랑 절교하겠다고?"

"……."

"이십 년 가까이 쌓아온 우정보다 남자가 더 중요하다고?"

이십 년 우정. 가슴이 미친 듯 쑤셔댔다. 아냐. 바보 박민재. 이십 년 우정이라고 누가 그래. 지금 내가 버리려는 건 십 년 동안 키워온 사랑이야. 네가 그걸 알아?

"말해봐, 정해수. 정말 그런 거냐?"

죽일 듯 나를 노려보는 민재를 보며 바짝 마른 입술을 축였다. 굳게 결심한 일이건만, 도저히 입이 떨어지질 않았다. 그래도, 그래도 해야 했다.

"대부분의 사람들이, 우정보단 사랑을 중시해."

할 수 있는 건 이 정도가 한계. 남은 건 민재가 오해해 주길 바라는 마음뿐이었다.

그 얄팍한 수가 먹혔는지, 주박처럼 나를 옭아매고 있던 민재의 손가락이 천천히 풀리더니 익숙한 체취가 조금 멀어졌다.

"사랑이라. 사랑. 만난 지 몇 주 만에 사랑을 논한다 이 말이지?"

민재의 눈빛이 차갑다. 기분이 좋든 나쁘든, 저렇게 싸늘했던 적은 한 번도 없었는데. 완전히 감정이 식어버린 것 같은 모습에 목구멍이 까칠해져 왔다.

"그래. 알았다, 정해수. 말 그대로 절교하자. 겨우 이거란 말이지? 됐어. 나도 평생 갈 수 없는 얄팍한 우정 따위에 목매고 싶진 않다. 앞으론 너도 나 아는 척하지 마라."

덜컥. 더 놀랄 일이 뭐 있다고 심장이 떨어져 내렸다. 싫었는데. 미웠는데. 막상 민재의 입에서 절교란 말이 나오니 숨 쉴 공기를 빼앗긴 것처럼 막막해졌다.

"들어가 봐라. 잘난 남자 친구 기다리다 화나실라."

그런데 민재는 아무렇지도 않은 모양이다. 빈정거리는 목소리는 어느새 평소의 태연함을 회복하고 있었다. 나는 여전히 고개를 떨어뜨린 채 가만히 아래위로 끄덕거렸다. 언제 아파도 아플 거라면, 지금인 편이 나아. 내일이라면 하루만큼, 모레라면 이틀만큼 더 아플 뿐인걸.

당장이라도 방금 말한 사랑이 다른 사람 아닌 너를 가리키는 것이라고 말하고 싶어지는 가슴을 꾹 부여잡은 채 견디고 있으려니 거칠지도 난잡하지도 않은 발소리가 또박또박 멀어져 갔다. 나 하나쯤 잘라내는 것은 아무렇지도 않다는 듯 침착한 그

소리가 가슴에 울렸다. 한 걸음에 생채기 하나. 또 한 걸음에 생채기 두 개. 터질 것 같은 가슴 대신 입술에서 피가 흘렀다. 입 안에 팍 퍼지는 비릿한 피 맛에 그제야 입술을 깨물고 있다는 것을 알아챈 나는 천근만근 무거운 고개를 들어 큰길 쪽을 바라보았다. 민재가 없다. 시야에뿐 아니라 그 어디에도. 어쩌면 앞으로 다시는 없을지도 모른다.

'앞으로 어떻게 살아야 하지?'

민재 없이 시간을 보내는 법을 배우지 못했다. 그가 없이 무언가를 결정하는 법도 배우지 못했다. 민재가 없이…… 사는 법 따윈 처음부터 알지 못한다.

"허억!"

마음이 아파서 숨을 못 쉴 수도 있는 걸까. 꽉 막힌 가슴을 쥐어뜯다가 벽에 등을 기댄 채 스르르 무너지듯 바닥에 쪼그리고 앉았다. 눈물이라도 나오면 좋을 텐데, 잘도 흐르던 것이 어디선가 막히기라도 한 모양이었다. 숨도 막히고 눈물도 막히고. 견딜 수가 없어진 나는 가만히 무릎을 감싸 안은 채 몸을 앞뒤로 흔들었다. 괜찮아. 괜찮아. 스스로도 믿을 수 없는 거짓말을 되뇌며.

"이것도 너 줄게!"

빛을 받으면 찬란하게 무지개를 만들어내는 그 투명한 것을, 해수는 눈이 동그레져서 쳐다봤다.

"반지야. 이거 받고 나랑 결혼해."

"결혼?"

"어. 결혼하려면 여자한테 반지를 줘야 한댔어. 아, 부모님 허락도 받아야 한다고 했지만, 그까짓 건 안 받아도 상관없어. 내가 그러기로 했으니까. 뭐 해, 얼른 받아."

무슨 결혼? 중얼대던 해수가 망설이는 걸 기다리다 못해 손을 확 잡아끌었다.

"무슨 결혼은. 너 결혼이 뭔지 몰라? 남자 여자 같이 사는 게 결혼이잖아."

생각할 틈을 주지 않고 윽박질렀다. 그리고 내 나름대론 경건한 마음으로 해수의 손에 반지를 끼워주었다.

"너무 커."

"커, 커도 상관없어. 너도 자랄 거잖아. 어른 되면 맞을 거야."

"맞지 않으면 신데렐라가 아냐."

"응?"

신데렐라라니. 그 얘긴 모른다. 그깟 여자애들이나 읽는 동화 따위, 본 적 없다.

"신데렐라는 구두가 꼭 맞아서 왕자님 신부가 됐어. 맞지 않으면 신부가 아냐."

"그, 그렇지만……."

눈을 똑바로 마주치며 반지를 도로 빼서 건네는 해수를 두려운 마음으로 바라보았다.

"결혼…… 해야 하는데."

"안 맞으면 신데렐라 아냐."

잔뜩 울상이 된 내 앞에서, 해수는 야무지게 말하고 돌아섰다. 나는 뭔가 억울한 마음이 되어 반지를 꼭 움켜쥔 채 그 동그란 뒤통수를 바라보았다.

'안 맞아도, 내가 좋으면 된 거잖아!'

다시 한 번 거절당할까 봐 겁이 나 그 말은 맘속으로만 했다.

고등학생이 됐을 무렵의 해수는 그 일을 기억하지 못했다. 엄마 틈만 나면 그 일을 끄집어내어 만난 지 얼마 되지도 않은 여자애한테 빠져 엄마 결혼반지를 들고 나간 패륜아라고 놀려대곤 했었는데, 어째서 해수는 한 번도 듣지 못했던 걸까. 결국 다음 해엔 부모님 허락까지 받고 돼지저금통을 깬 돈으로 반지를 사주지 않았느냐는 엄마의 말에도 처음 듣는 소리라는 듯 눈이 동그래진 걸 보며 기운이 쭉 빠졌었다.

그러고 보면 역시 맞지 않는 반지가 문제였던 모양이다. 그때부터, 지금까지.

하지만, 그래도…… 반지가 맞지 않는다고 모두가 무효라는 건 너무하지 않은가. 어쨌든 나는 그때 내가 사줄 수 있는 한 가장 좋은 반지도 사줬단 말이다. 도대체 그건 어디다 던져 버리고.

다섯

시간이 얼마나 지났는지 몰랐다. 어서 일어나 혁진에게로 가야 한다는 생각이 머릿속 어딘가에 떠오르기는 했지만, 그걸 실천에 옮기기에는 민재와 주고받은 독한 말들이 준 충격이 너무 컸다.

'누가 보면 정말 미친 여자 같을 거야.'

정말, 그럴 것이다. 그나마 다행이라면 주차장에 드나드는 차가 없었다는 것일까. 그 와중에도 별별 생각을 다 하고 있다는 게 어이없어 풀썩 웃는데 잘 닦인 구두 한 켤레가 눈앞에 와서 멎었다.

"괜찮냐고 물으면 실례일까?"

태연하게 눈앞에 쭈그리고 앉는 단정한 얼굴을 멍하니 바라보았다.

"여보세요, 정해수 씨. 거기 있어요?"

장난스러운 말투이긴 했지만 신중한 배려가 묻어 있었다. 비로소 정신을 차리고 고개를 흔들며 우물거렸다.

"죄송해요. 곧 들어가려고 했는데……."

"괜찮아. 얼굴이 좀 팔리긴 했지만, 아무것도 안 시키고 그냥 나오는데도 그러려니 하던데? 해수 친구 덕분이랄까."

면목이 없어진 나는 고개를 더욱 깊이 숙였다.

"친구는?"

"……먼저 갔어요."

갔다. 그 간단한 말이 너무나 하기 힘들었다. 그래, 갔다. 나도 절교고 너도 절교라 했으니, 이젠 아주 간 거겠지. 또 한 번 잔인한 확인을 해 스스로를 할퀴었다.

"많이 좋아했나 봐?"

"네?"

푹 가라앉았던 목소리가 펄쩍 뛰어올랐다. 혁진은 무슨 말도 안 되는 소리냐는 듯 놀라는 나를 세심한 눈초리로 보다가 느긋하게 웃었다.

"그냥 친구라는 거짓말은 하지 마. 맘에 두고 있는 여자 눈이 어디로 가 있는지도 모를 만큼 바보 아니니까."

"아……."

그래도 아니라고 하려는데 갑자기 목이 메었다. 거짓말이라도 좀 수월하게 나와주면 좀 좋아. 민재 앞에선 잘도 숨기던 감정이 갑자기 터져 나와 온몸에서 흘러넘쳤다.

'울고 싶었을 때 나와주었으면 좋았잖아.'

그렇게 사람을 답답하게 만들더니, 꼴사납게 혁진 앞에서 터져 버리다니. 뒤늦은 반응이 원망스러워 얼굴을 가린 나는 북받쳐 오르는 울음을 도저히 삼킬 수가 없어 한참을 울었다.

"틈새시장을 노리는 게 마케팅의 전략 중 하나라지만 말이야."

얼마나 울었을까, 흐느낌도 잦아들어 꺽꺽거리고 있는데 가만히 어깨를 안고 토닥여 주던 혁진이 뜬금없는 말을 꺼냈다.

"이래 봬도 내가 꽤 잘나가는 놈이라 질척거리는 삼각, 사각, 그런 관계엔 관심이 없거든? 절대 그런 쪽으론 눈 돌리지 않겠다, 일종의 원칙 같은 건데 말이야."

나직한 목소리에 울컥 죄책감이 치밀었다. 지극히 불순한 의도로 시작된 관계. 한 사람을 잊기 위한 의도로 시작된 만남이라는 것은 새로운 사람에겐 얼마나 불성실한 짓인가.

아무 할 말이 없어져 가만히 고개만 끄덕이는데 혁진의 목소리가 다시 울렸다.

"그런데 살짝 원칙이 흔들리네."

이해할 수 없는 말이었다. 무슨 원칙이 흔들린다는 것일까.

계속 솟아오르는 눈물을 닦으며 생각하는데 혁진이 조그맣게 웃었다.

"아, 그래도 쫀심은 남아서, 영 아닌 자리에 삽질하긴 싫은데 말이야."

부드럽고 따뜻한 손길이 두 뺨을 감싸 안았다.

"하나만 묻자, 해수야. 소개팅을 한 건, 그 녀석 바라보는 거 그만두겠단 뜻이었겠지?"

나는 뿌예진 눈으로 혁진을 보았다. 평소처럼 부드럽게 웃고 있었지만, 무언가가 달랐다. 한 점 거짓도 용서할 수 없다는 듯 엄격한 눈빛이 나를 조금 주눅 들게 했다.

"난 어른이야. 어린애들 틈에 끼어 휘둘리다가 물러나기엔 너무 나이가 들었어. 보통은 이런 우스꽝스러운 일을 겪었다면 바로 뒤돌아섰겠지."

"죄송⋯⋯."

"그런데 뭔가가 이성을 잡네. 그게 해수, 너인가?"

무슨 말일까. 사과를 하기 전에 자기 이야기를 끝까지 들으라는 듯 단호하게 고개를 저은 혁진의 말이 나를 혼란스럽게 했다.

"너, 묘한 애야. 자기 생각 따위는 없다는 듯 조용하기만 한데, 은근히 사람 신경을 붙잡아두는 구석이 있어. 무심한 건지 귀찮은 건지 알 수 없는 태도도 그렇고. 남자한텐 확실히 매력 있어."

내가? 처음 듣는 이야기였다. 태어나 이십사 년을 사는 동안, 남자에게 인기가 만발했던 적은 단 한 번도 없었으니.

"그래서인가? 진흙탕 싸움 따윈 취미 없지만, 한 번쯤은 발 담가보는 것도 나쁘지 않겠다는 생각이 슬그머니 들려 해."

어른이란 이런 건가. 문득 그런 생각이 들었다. 속에 든 마음을 꺼내 보이면서도 전혀 부끄러워하지 않고 당당할 수 있는 것. 그것은 세월이 가져다준 선물일까.

'어쩌면 성격일지도.'

민재를 향해 거침없이 마음을 표현하던 여자애들을 떠올리며 우울함에 잠기는데 혁진이 갑자기 준비가 됐느냐고 물었다.

"무슨…… 준비요?"

멍하니 되물었다. 민재와의 충돌이 가져온 혼란이 아직 가시지 않은 탓인지 의식이 불분명한 듯 어지럽기만 했다.

"그 녀석에게서 눈을 돌릴 준비. 그래서 나를 바라볼 준비."

그런 준비 따위, 평생이 간들 될 수 있을 리가. 처참해진 나는 다시 고개를 숙였다. 거짓말로라도 그런 말은 못한다. 아직 감정이 이렇게 생생하기만 한데, 천연덕스럽게 부인할 수는 없었다.

"아, 이런."

'괜히 물어봤네' 뭐 그런 말이 들리는 것 같았다. 그러곤 이내 강한 팔이 나를 붙잡아 일으켜 세웠다.

"뭐, 됐어. 서두를 필욘 없겠지. 준비야 내가 천천히 시켜주면 되는 거고, 넌 그저 나를 따라오기만 하면 돼."

　말을 맺으며 싱긋 웃는 얼굴에 서린 자신감이 너무나 눈부셨
다. 멍하니 그 모습을 바라보고 있다가 다정하게 어깨를 두드려
준 혁진이 손을 붙잡고 뒤돌아섰을 때에야 겨우 입을 열었다.

　"저기, 그런 거 아니에요."

　"응?"

　"삼각관계라든지 질척인다든지, 그런 거 전혀 아니에요."

　강력한 부인에 혁진의 눈썹이 재미있다는 듯 위로 치켜져 올
라갔다.

　"그냥, 그냥 짝사랑일 뿐이에요. 민재는 제 맘도 모르고, 앞으
로도 모를 거예요. 그러니까 그 애와 얽힐 일 따위……."

　절대 없다고 생각하니 왜 그리 서러운지. 어깨를 들먹이다가
단호하게 중얼거렸다.

　"하여튼 민재가 문제될 일은 없어요. 그 앤 저한테 아무 감정
없는걸요. 그저 만만한 친구가 사라진 것 같아 심통을 부리는
것뿐이에요."

　안심시킬 만한 말이라고 생각했는데, 혁진의 얼굴은 오히려
더 가라앉아 보였다. 왜지? 나는 갑자기 불안해졌다. 저런 류의
모호함은 정말이지 너무 싫다. 가끔씩 민재가 보여주곤 하던,
도무지 의미를 짐작할 수 없는 표정. 남자들은 원래 저런 얼굴
을 가지고 있는 걸까.

　고민에 빠져 있는데 혁진이 조용히 웃었다.

"그래?"

확인의 뜻으로 고개를 끄덕였다. 그리고 차마 미안해 나오지 않을 것 같은 말을 조심스레 꺼냈다.

"마음을 확실히 정리하지 못한 상태에서 소개팅 한 것, 죄송해요. 그건 제가 잘못했어요. 그렇지만……."

잠시 말을 끊고 정확한 표현을 찾기 위해 잠시 우물거렸다. 지금의 이 마음을 어떻게 표현해야 할까. 필사적으로 단어를 고르고 있는데 혁진의 묵직한 목소리가 울렸다.

"난 이용당하는 거 좋아하지 않아."

아무래도 귀까지 빨갛게 달아올랐지 싶다. 열이 오른 얼굴을 슬며시 감싸며 시선을 피했다. 이용. 그래, 내가 저 사람을 이용한 셈이로구나. 냉정하다고 할 정도로 정확한 지적에 어쩔 줄 몰라 하는데 혁진이 씩 웃었다.

"그러니까 반성해, 해수."

화, 나지 않은 건가? 의외로 따뜻한 말투에 고개를 들자 반쯤 고개를 기울인 혁진의 미소가 나를 맞아주었다.

"미안하다는 생각이 들면 이제부터라도 최선을 다해 따라와. 그럼 용서해 줄게."

건너편 차도를 지나던 차의 유리창에 반사된 햇빛이 눈을 찔렀다. 그래서였을 거다, 갑자기 눈이 시큰해진 것은. 몇 번 눈을 깜박여 고이려는 물기를 털어내고는 진심을 다해 고개를 끄덕였다.

'이 사람이라면 민재를 잊게 해줄지도 몰라.'

기대하지도 않았던 희망이 솟았다. 이 사람이라면. 따라가기
만 하면 된다면, 한번 해볼래. 가만히 용기를 내어 회사에 들어
갈 시간이 늦었다며 슬쩍 눈썹을 찡그려 보이는 혁진에게 미안
한 미소를 지었다.

"앞으로 무슨 일이 있어도 내 앞에서 그 친구 생각은 하지 말
기."

괜찮으니 서둘러 회사로 가라는데도 기어이 못 먹은 점심 대
신 샌드위치를 사서 쥐어준 후, 학교 앞에 나를 내려준 혁진의
말이었다. 자신이 원하는 대로 따라오려면 앞으로도 몇 가지 주
문이 더 있을지도 모른다는 말을 하며 싱긋 웃은 그는 미안함에
어물거리는 내 볼을 살짝 쥐었다 놓고는 차를 출발시켰다.

'좋은 사람이야.'

저런 사람이라면 그냥 기대도 좋을 것 같았다. 민재처럼 어디
로 튈지 몰라 걱정하지 않아도 되고, 민재처럼 시시때때로 불안
하게 만들지도 않을 것이다. 민재처럼 내 마음에는 요만큼도 관
심없지도, 또한 민재처럼 상처 주는 말만 골라서 하지도 않을
것이다.

'그리고 민재처럼 지독하게 사랑할 수는 없을지도.'

거기까지 생각하고 우울하게 웃었다. 하루 동안에 너무 많은
감정의 소용돌이를 겪은 탓인지 지독히도 피곤했다. 그러나 빠

질 수 없는 전공 수업이 있으니 언제까지고 이렇게 늘어져 있을 수는 없었다. 재빨리 마음을 추스른 나는 멀고 먼 자연대 건물로 이어지는 언덕길을 천천히 오르기 시작했다.

＊

일이 되려면 그렇게 되기도 하는 모양이다. 딱히 전공에 애정이 있는 것도 아니고, 그렇다고 그 이상 하고 싶은 게 있는 것도 아니라서 그저 남들 하는 만큼만 어영부영 취업 준비 비슷한 것을 하던 내가 하루아침에 직장인이 되다니. 물론 그래 봐야 작은아버지가 하시는 회사에 사무원이 갑자기 빠지는 바람에 그 자리를 메운 것에 불과했지만. 어쨌든 덕분에 나는 과에서 가장 일찍 취업에 성공한 사람이 되었다. 취업을 해서 제일 좋은 것은 더 이상 민재와 얼굴을 마주치지 않아도 된다는 사실이었다. 그래도 한때는 죽고 못 살던 때도 있었는데, 어쩌면 그렇게 냉랭해질 수가 있는 건지. 절교가 아니라 원수 선언을 했던 게 아닐까 싶을 정도로 무섭게 변한 민재의 모습을 보는 것은 너무나 괴로운 일이었다.

'그래도 아예 볼 수 없는 것보다는 덜 괴로웠던 걸까.'

아파트 정문 건너편의 버스 정류장에 서서 버스를 기다리다가 가늘게 눈을 좁혀 뜨며 길 건너 단지를 보았다. 정문 양쪽으로 늘어선 동 사이로 조금만 더 들어가면 민재가 사는 동이 보인다. 이 먼 곳에서 민재의 방 창문이 보일 리도 없건만 미련을 버리지 못하는 것이다. 하긴, 그렇게 미련하니 십 년 가까운 세월을 지치지도 않고 짝사랑을 했겠지만. 따져 보니 민재를 보지 못한 지 벌써 한 달이 넘었다. 아무리 학생과 직장인의 생활 사이클이 다르다지만, 어쩌면 동네에서 우연히 마주치는 일 한 번이 없는지. 점점 더해가는 그리움에 가끔은 민재의 집으로 달려가 마구 초인종을 누르고 싶은 충동을 누르느라 죽을힘을 다해야 했다.

'나만 그런 거겠지?'

실은 그게 제일 비참했다. 혼자서만 그리워하고 혼자서만 아파하고. 민재는 그저 오랜 친구 하나 없어진 셈치고 약간의 허전함으로 넘길 일을 나 혼자만 이렇게까지 힘들게 앓아야 하다니. 왠지 억울해지기까지 하는 마음으로 다닥다닥 붙은 창문들을 노려보다가 타야 할 버스가 도착하는 바람에 바쁘게 걸음을 옮겼다.

✳

"야, 이 녀석! 어째 오래 버틴다 했더니 이런 대박을 터뜨리려고!"

"그러게. 재주도 좋아요. 어디 가면 이런 풋풋한 베이붸를 만날 수 있는 거냐?"

"아무나 만날 수 있는 기횐 줄 아냐? 느이들은 꿈도 꾸지 마!"

친구들의 짓궂은 질문에 여유만만하게 웃으며 내 어깨를 감싸 안는 혁진의 행동에 얼굴을 붉혔다. 혁진과 사귀기 시작한 지 어언 석 달이 넘어, 처음으로 그의 친구들을 만나는 자리였다. 혁진의 친구들은 꼭 혁진처럼 유쾌하고 푸근한 사람들이었다. 서른 살의 남자들. 그들은 스물을 넘긴 지 얼마 안 된 사람이 대부분인 학생들과는 많이 다른 종족이었다. 이미 사회에 뛰어든 지 몇 년이 지나 여유와 적절한 처세술이 몸에 밴 사람들. 이제 직장 생활을 시작했다 해도 아직까지 학생의 마인드를 벗어나지 못한 나로서는 조금은 어색한, 그리고 어려운 자리였다. 많이 웃고 그만큼 많이 난처해하고, 혁진과 나를 딱 한 묶음으로 보는 시선에 조금은 부담스러워하다가 내게 권해지는 술잔을 번번이 가로채 대신 마셔 버리는 혁진을 걱정스럽게 건너다보았다.

"괜찮아요? 너무 많이 마시는 것 같아요."

당연한 걱정을 했을 뿐인데 술자리에 작은 웃음이 감돌았다. 그러곤 또다시 은근한 놀림이 혁진에게로 쏟아졌다. 나이 어리고 순진해 보이는 데다 착하기까지 한 애인을 만났다고 부러움 반 비난 반인 말들을 하는 친구들을 보던 혁진은 기분이 좋은 듯 거만한 웃음을 터뜨렸다.

"부럽냐? 부러워도 할 수 없다. 이건 내 복이니까."

혁진에게선 처음 보는 모습이었다. 거침없고 솔직하며 날카로울 만큼 재기발랄했다. 항상 몇 살 위인 나이를 느끼게 하던 약간의 진중함을 버리고 친구들과 스스럼없이 어울리는 모습을 보니 그가 다른 때보다 더 친숙하게 다가왔다. 게다가 한창 대화에 빠져 있는 것 같은 때조차 나에게 일어나고 있는 모든 일을 예민하게 알아채는 그의 배려는 둘만 있을 때보다 몇 배는 더 돋보였다.

"피곤하지?"

항상 돈에 쪼들리는 학생들과는 달리 2차, 3차, 장소와 종목을 바꾸어가며 거방지게 이어지던 술자리가 파하고, 집으로 돌아가는 길에 자연스럽게 어깨를 감아온 혁진이 물었다. 무게를 더하지 않으려고 가볍게 얹힌 팔이 주는 느낌이 몹시도 생경하다. 저도 모르게 가볍게 떨며 고개를 저었다.

"오늘따라 애인 데려온 애가 하나도 없네. 여자는 너 혼자라 피곤했을 텐데 뭘."

"아녜요. 괜찮았어요. 다들 친절했으니까. 오히려 혁진 씨가 힘들 것 같은데……."

"응? 내가 뭘?"

혁진에게서 채 삭이지 못한 알코올 냄새가 짙게 풍겨왔다. 취해서 힘든 거 아닐까, 걱정스럽게 들여다봤지만 그는 생각보다 멀쩡했다. 민재라면 벌써 난리가 났을 텐데. 겉으로 보이는 모습과는 달리 술이 약한 민재를 생각하다가 나도 모르게 화들짝 놀라 시선을 돌렸다. 함께 있을 땐 절대 민재 생각을 하지 않기. 혁진이 그 얘기를 꺼낸 후 반드시 지키려고 노력하던 원칙을 무의식중에 깬 것이다.

"해수야."

다정한 목소리에 죄책감이 더 깊어졌다. 어정쩡하게 고개를 끄덕이며 혁진을 돌아보던 나는 옅은 미소를 지으며 내 얼굴을 들여다보는 진지한 눈빛에 놀라 얼어붙었다.

남자였다, 혁진은. 늘 곁에 있어도, 심지어 함께 자자고 졸라대도 편안하기만 하던 민재가 아니라. 여자인 나를 너무도 강하게 느끼게 만드는, 남자였다. 입가에 띠고 있는 잔잔한 미소마저도 그 강렬한 느낌을 덜어주지는 못했다. 왠지 두렵다.

안절부절못하던 나는 어깨를 감았던 혁진의 손에 살며시 힘이 실리며 몸이 그에게로 쏠리는 순간 넓은 가슴에 손을 짚어 혁진을 밀쳐 냈다.

"아!"

키스, 하려던 건가. 뒤늦은 깨달음과 동시에 얼굴이 발갛게 달아올랐다.

"저기, 저기……."

혹 화가 났을까, 눈도 맞추지 못하고 더듬거리는데 혁진이 푸하하 웃었다.

"아아! 이 아가씨를 언제 키워 잡아먹나 그래."

푸념엔 구질구질한 기색이 없다. 정말로 유쾌한 듯, 조금 더 쿡쿡 웃던 혁진은 그때까지도 어쩔 줄 모른 채 입술만 깨물고 서 있는 내 볼을 톡톡 쳤다.

"미안. 놀라게 했다면 미안해. 그냥, 네가 너무 예뻐 보여서."

이런 때, 이렇게 자연스럽게 벗어날 수도 있구나. 아직은 스킨십이 어색하기만 한 나를 배려하듯 가볍게 손을 잡은 채 다시 걸음을 옮기는 혁진을 보며 생각했다.

'좋은 사람인데.'

왜 밀어냈을까. 스물네 살이나 먹어 키스 한 번 못해봤다면 그것도 퍽 자랑스러운 일은 아닌데.

생각 끝에 떠오르는 얼굴을 애써 지워내며 아파트 공동현관 까지 데려다 주는 혁진의 에스코트를 묵묵히 받아들였다. 늘 그래 왔던 버릇대로 민재의 방 창문 쪽으로 돌아가려는 시선은 누구도 눈치 채지 못하도록 조심스럽게 갈무리하며.

여섯 살 때였다. 날씨가 너무 좋아 밖에서 놀고 싶었는데, 해수는 끝까지 집 안에서 놀겠다고 뻗댔다. 그런 애를 무슨 수를 써서 놀이터로 끌고 나간 건지는 기억이 나질 않는다. 다만 기억나는 것은 우리보다 한참이나 나이가 많던 남자애 하나가 유난히 해수를 쫓아다니며 괴롭혔다는 사실이다. 급기야 해수가 들고 있던 과자 봉지까지 뺏겼다는 것을 알았을 때, 나는 분개했다.

그건 바쁘다는 엄마를 조르고 졸라 만들어달라 한, 해수를 닮은 양 갈래머리 여자애 모양의 쿠키였다. 얼굴 부분엔 해수가 좋아하는 땅콩버터를 듬뿍 넣고, 머리카락 부분엔 역시 해수가 좋아하는 코코아 파우더를 잔뜩 넣어달라는 내 말에 엄마가 짜증을 부렸던 것이 기억난다. 쪼끄만 게 주문사항도 많다고 눈을 흘기는 엄마에게 그랬다.

"해수가 좋아하는 거란 말야!"

그 말 한마디면 모든 게 당연한 것처럼, 그랬다.

미끄럼틀 맨 위에 달랑 올라앉아 그 '특별한' 쿠키를 맛있게 먹고 있는 녀석을 보니 어린 나이에도 살의가 들끓었다. 용감하게 계단을 올라가 손을 내밀었지만, 치사하게도 어린애의 과자를 뺏은 그 녀석은 꿈쩍도 하지 않았다. 엎치락뒤치락, 나 혼자만 씩씩대는 실랑이를 벌이다가 어느 순간 몸이 허공에 붕 떴다. 눈 한가득 파란 하늘이 보이는가 싶더니 이내 철퍼덕 몸이 땅에 처박히고 서걱서걱한 모래가 입 안을 채웠다.

"민재야!"

달려오는 해수의 얼굴이 전에 없이 새파랗다는 생각을 마지막으로, 나는 정신을 잃었다.

그때, 뒤늦게 깨어난 내가 운 건 절대로 아파서가 아니었다. 그깟 팔이 부러진 따위로 그렇게 목 놓아 울 만큼 형편없는 엄살쟁이는 아니었다. 분하게도 과자를 돌려주지 못했다. 해수를 괴롭히는 나쁜 놈에게 한 방 먹여주지도 못했다. 보란 듯 과자를 되찾아와 자랑스럽게 내밀면 또 그렇게 예쁘게 웃어주었을 텐데, 그러질 못했다. 그게 너무 분해서, 너무 속상해서 울었다. 옆에 내내 쪼그리고 앉아 있던 해수마저 같이 울음을 터뜨릴 만큼, 서럽게 울었다.

아, 젠장. 지금 생각해도 참 쪽팔리는 일이다. 그깟 과자 따위로 환심을 사려 하다니. 아무리 어렸다지만 너무 한심하지 않은가. 게다가 그렇게 바보같이 울어버리다니. 나중에 정신이 들고 생각하니 너무너무 부끄러운 짓이라, 무겁게 둘러맨 깁스에 대고 맹세했다. 죽었다 깨어나도 다시는 정해수 앞에서 울지 않겠다고. 그런데 정말이지, 저 눈치없는 계집애 곁에 계속 붙어 있

다 보면, 가끔은 저도 모르게 눈물이 나려 한다. 정말, 한심하
게.

　……울어서 알아준다면 사나이 자존심 따윈 천 리 밖에 버리
라고 해도 버리겠다. 젠장.

날이면 날마다 아침 일찍 일어나 출근을 하고, 비는 시간 하나 없이 동동거리며 일하다가 해가 진 뒤에야 퇴근을 하는 생활은 생각보다 더 힘이 들었다. 학교 다닐 땐 남들에게 처지지 않으려 애를 쓰는 게 그 무엇보다 힘들다고 생각했는데, 왜 어른들이 공부할 때가 제일 좋다고 하는 건지를 이제야 알았다면 철이 없는 걸까. 적응을 하기 위해 정신없이 돌아치는 와중에 중간고사 철이 돌아오자, 이번엔 시험을 면제 받은 대신 제출해야 하는 리포트들이 줄지어 나를 괴롭혔다.

'전 같으면 민재가 도와줬을 텐데.'

강의도 듣지 못한 탓에 막막하기만 한 과제를 하느라 밤을 새우며 늘 하던 생각이었다. 쏟아지는 졸음을 몰아내려 창문을 열고 습관처럼 건너다본 민재의 창에 불이 밝혀진 걸 봤을 땐, 저도 모르게 핸드폰 쪽으로 가는 손을 막기가 무척 힘들었다.

'보고 싶어.'

이제는 사랑인지 습관인지 알 수도 없었다. 그저 길어지는 이별의 시간만큼 미련만 길게 늘어지고 있을 뿐. 그러나 아무리 보고 싶었다 해도, 지금 눈에 들어오는 것과 같은 모습마저 반가운 건 아니었다.

절대로 리포트로 대체할 순 없노라고, 예상과 전혀 다르지 않은 목소리로 차갑게 자르는 이 교수님과의 통화 끝에 모처럼 월차를 내고 시험을 보러 온 참이었다. 여전히 학생다운 모습을 유지하고 있는 친구들의 환대 속에 시험이 치러질 강의실로 들어서는 순간, 굳이 찾으려 하지 않아도 제일 먼저 눈에 들어오는 모습에 놀라 굳어졌다.

"야, 너 여기 앉아. 가능할지 안 할지는 모르겠지만, 그래도 시도는 해봐야지 않겠냐?"

현일이 이끈 곳은 비교적 친한 녀석들이 우물 정 자로 둘러앉은 곳의 가운데 자리였다. 커닝이라도 시켜주겠단 의지의 표현인 모양이었다. 아무래도 공부가 부족할 나를 배려한 현일의 말에 따라 의자에 앉으면서도 삐딱하니 앉아 창밖을 내다보고 있는 갈색머리로부터 시선을 떼지 못했다.

"다른 건 몰라도 이건 꼭 나온다. 그러니까 얼른 봐둬. 그리고 이건⋯⋯."

"민재, 왜 저렇게 말랐어?"

그냥 궁금해서 물어보는 것 정도로 보이려 했는데 어쩔 수 없이 목소리가 떨려 버렸다. 당황해 입술을 꽉 깨무는데 창가의 인물을 획 돌아본 현일이 한숨을 쉬었다.

"아, 저 자식⋯⋯."

사람 좋은 현일의 목소리에 묻어 있는 심란한 탄식에 온몸의 신경이 바짝 곤두섰다. 뭐지? 소식 한 자락 듣지 못하고 지내던 시간 동안 무슨 일이 있었던 건가, 대답을 기다리며 불안해하는데 현일이 다시 한 번 한숨을 쉬었다.

"몰라, 왜 저러는지. 그냥 어느 날부터 말 한 마디 안 하고 킬리만자로의 표범 흉내를 내는데, 아주 그냥 봐줄 수가 없다. 밥이나 먹고 다니나 몰라. 자식! 요즘은 말을 걸어도 그냥 씹어. 이젠 포기다, 나도."

왜, 너 왜 그러니. 속이 상해 눈물이 다 나려 했다. 그 한심한 꼴을 보이기 싫어 고개를 푹 숙였을 때 현일의 옆에 앉아 있던 준수가 중얼거렸다.

"실연당해서 그러는 거 아닐까?"

실연? 그럼 소영과도 헤어졌다는 말인가. 의외의 소식이었다. 여자 친구에겐 크게 살가울 줄 모르는 민재였지만, 그래도 소영은 적극적인 성격 탓인지 잘도 붙어 있다고 생각했는데. 속으로 놀라고 있는데 현일이 준수의 뒤통수를 소리 나게 갈겼다.

"실연은 무슨! 짜샤, 자기가 차고 죽을상 하고 다니는 놈도 봤냐?"

"찬 거래?"

"소영이 계집애, '비어팔라'에서 영화 찍었다며? 온 국민이 다 듣게 떠나가라 울면서 민재 데려오라고 난리난리 쳤다더만."

"그래서, 갔대?"

"저놈이 갈 놈이냐? 소영이만 쪽팔렸지."

"이햐! 진짜 독한 놈."

어느새 나를 까맣게 잊고 수다를 떨고 있는 친구들의 눈을 피해 민재를 살펴보았다. 보고 싶어 견디기가 힘들어서 그렇지 객관적으론 그다지 길다고 할 수 없는 한 달 정도가 흘렀을 뿐인데, 이만큼 떨어져서 바라보기에도 민재는 몹시 말라 있었다. 안 그래도 호리호리한 몸은 이제 날카로워 보일 정도였고, 원래도 가늘었던 목은 더욱 여위어 안쓰러웠다. 반항적으로 삐딱하니 앉아 앞자리에 발을 턱 걸쳐 놓은 품새만큼은 여전했지만 전체적으로 위태로워 보이는 분위기엔 저도 모르게 가슴이 졸아들었다.

'왜 그래, 너. 나 정말 속상하게, 너 왜 그렇게 보기 안 좋아.'

잘 지낼 거라 믿었는데, 전혀 그렇지 못한 모습을 보니 속이 상해 견딜 수가 없었다.

'그러게 소영이랑은 왜 헤어져. 널 무척 좋아하던 애였는데.'

그쯤 하고 눈을 돌리는 게 좋았을 것이다. 그러나 그만둘 수가 없었다. 너무 오래 지켜보면 들킬 거라 생각하면서도 차마 눈을 떼지 못하는 사이, 시선을 느낀 민재가 천천히 고개를 돌려 나를 보았다.

"……씨발."

넓은 강의실의 끝과 끝, 꽤 먼 거리를 사이에 두고 있었지만 민재의 목소리를 온전히 알아들을 수 있었다. 몹시도 짜증이 나고 화가 날 때와 꼭 같은, 신경질적인 목소리였다. 말을 하는 것조차 아깝다는 듯 끝이 사그라지는 목소리. 그리고 그와 더불어 던져진 차가운 시선에 심장에 얼음물이 퍼부어진 것 같았다.

나, 정말 미움받는구나. 비로소 깨달았다. 그냥저냥 맘에 안 들어 화를 내고 심술을 부리는 것과는 차원이 다른, 순수한 미움. 겉으론 못되게 보여도 누굴 미워할 줄은 모르는 아이라고 생각하고 있었는데 그것마저 틀렸나 보다. 말라서 커다래진 채 독기만이 가득 서린 민재의 눈동자가 사납게 치떠진 순간, 막연하게 붙잡고 있던 희망이 송두리째 사라졌다. 아무리 절교를 선언했어도 우리 둘이 공유하고 있던 그 긴긴 시간만큼 끈끈긴 정만은 어디 가는 게 아닐 거라고, 지금은 화를 내지만 언젠간 다시 친구처럼, 가족처럼 서로를 마주 대할 수 있을 거라고, 그때가 되면 다시 고등학교 때끼지처럼 든든한 울타리로 돌아와 줄 거라고 믿고 있었던 것은 모두 혼자만의 착각이었다는 것을 이제야 알았다. 민재는 지금 심술을 부리고 있는 게 아니었다. 정말로 죽도록 나를 미워하고 있는 거였다.

'그렇지만 왜.'

아무리 생각해도 이유를 알 수가 없었다. 마음 아프게 만든 건 민재였는데. 친구로서 존중해 주지 않은 것도, 사정 살펴봐 주지 않은 것도, 그나마 친구라고 붙잡고 있던 끈마저 이어질 수 없게 잠자리나 함께하자고 했던 것도 민재였는데.

'그런데 왜 네가 화를 내. 왜.'

잘 안다고 생각했다. 민재에 대해서라면, 언제 어디로 튈지 모르는 행동까지는 아니더라도 그 마음만은 훤하게 읽고 있다고 생각했다. 그런데 이젠. 뭐가 뭔지 아무것도 알 수가 없게 돼 버렸다. 저 앤 왜 내게 화를 내는 걸까. 내가 뭘 잘못한 걸까? 아니면 도대체 왜. 두서없이 생각하고 있는데 눈에서 눈물이 뚝 떨어졌다. 서럽고 서러워 견딜 수가 없었다. 볼 수 없는 것만도 괴로운데, 이젠 미움까지 받아야 하나. 뭐 하나 얻을 수 없는 심정이 되어 흐느낌도 없이 눈물만 떨어뜨리고 있는데 그때까지도 쏘아보고 있던 민재가 벌떡 일어나더니 한달음에 다가왔다.

"아주 짜증나니까, 딱 그쳐."

인정머리라고는 하나도 없는 싸늘한 목소리에 수군거리던 대화 소리가 딱 끊겼다. 어리둥절한 눈으로 민재와 나를 번갈아 보던 친구들의 입에서 수런대는 소리가 나왔다. '해수 울어?', '왜?', '저 자식은 또 왜 저래?' 저희들끼리 속삭이는 친구들의 목소리를 배경으로 잔뜩 인상을 쓴 민재의 말소리가 다시 울렸다.

"도대체 넌 누군데 사람을 보고 울어? 재수없게."

도대체 넌 누군데. 가슴을 후벼 파는 말에 숨을 훅 들이마셨지만 조금도 나아지는 것 같지 않았다.

"쳐다보지도 마. 사람 기분 나쁘게 왜 빤히 쳐다보고 있어?"

"야, 인마! 박민재! 너 해수한테 왜 그래?"

당황해서인지 눈물이 잘 멎질 않았다. 후드득. 주책없이 떨어지는 눈물이 부끄러워 고개를 숙이는데 강의실 앞문이 열리며 시험을 감독할 조교가 들어왔다.

"다들 자리에 앉아!"

모르겠어. 아무것도. 정말, 아무것도 모르겠어. 난 바본가 봐. 공부도 제대로 못한 시험은 그렇다 치고, 왜 민재에 대해서도 아무것도 아는 게 없는 거지? 십구 년이나 친구로 지내왔는데, 비밀 따위 하나 없을 만큼 친했었는데, 그런데 왜 아무것도 모르겠는 거지?

길고 긴 시험 시간 내내 나는 울었다. 아무에게도 들키지 않으려 고개를 푹 숙인 채, 시험에만 집중하는 것처럼 팔까지 단단히 시험지 위에 고이고 조용히 울었다. 모르겠어. 모르겠어. 언제부터 민재가 저렇게 낯선 사람이 되어버렸을까. 생각하고 또 생각해 봐도 알 수가 없었다. 나는 정말 바보.

울기도 지친 나는 동기들이 하나둘 답안지를 제출하고 밖으로 나가 버리는 것을 보고 책상 위에 엎드려 버렸다.

[시험 잘 봤어?]

"아뇨. 전혀."

두꺼비가 따로 없구나. 버스 창문에 희미하게 비치는 얼굴을 보며 코를 찡긋했다.

[저런! 위로가 필요하겠는걸?]

"네. 정말 그래요."

허세 부리지 않고 솔직하게 대답했다. 여태 혁진이 보고 싶다고 생각한 적은 없었던 것 같은데, 지금만은 그가 몹시 그리웠다. 혁진이라면 이 우울한 기분 따윈 단숨에 날려줄 수 있을 것이다. 떠올리기도 싫은 민재의 싸늘한 눈빛도, 안쓰러워하며 동정의 눈길을 보내던 동기들의 얼굴도 모두 잊을 수 있을 것이다. 혁진과 함께라면.

[그렇단 말이지. 음, 그럼 무슨 짓을 해서 우리 아가씨를 위로해 주지?]

다정한 목소리에 희미한 죄책감이 밀려왔다. 이 사람은 무슨 죄가 있어 이런 취급을 받나. 그만큼 좋은 사람을 민재를 잊는데 이용하고 있다는 생각이 들자 가슴 한편이 콕콕 찔렸다.

"아뇨, 그러실 거 없어요. 그냥 해본 소린데요 뭐. 그까짓 시험, 됐어요. 저 그냥 집에 가서……."

[지금 집으로 가는 길?]

"네."

[잘됐다. 집으로 가지 말고 우리 회사 앞으로 와.]

"아니, 전……."

[나 외근 나간다 그러고 땡땡이칠 거니까 얼른 와. 알았지?]

"네? 아녜요, 혁진 씨. 전 그냥……."

땡땡이라니. 놀라서 거절을 하려 했지만 혁진은 어느새 전화를 끊어버렸다. 그러곤 바로 다시 건 전화를 받지 않았다. 무조건 오라는 얘기겠지. 허탈한 눈으로 핸드폰을 들여다보다가 유리창에 천천히 이마를 기댔다. 우울했다. 원래는 월차를 낸 김에 모처럼만에 만난 친구들과 실컷 수다도 떨고, 한 달 사이 몹시도 그리웠던 '엄마손 분식'에 가서 떡볶이와 오므라이스도 먹고, 3500원이면 팥빙수를 얼마든지 리필해 주는 카페에도 갈 생각이었다. 그러나 실컷 울어 엉망이 된 얼굴로 강의실을 나서자마자 부딪친 친구들의 동정심 가득한 표정을 보니 그냥 머릿속이 하얘졌다. 게다가 이미 흔적도 없이 사라진 민재 때문에 더 마음이 아팠다. 다른 사람에겐 몰라도 내겐 잘 화를 내지 않았던 민재지만, 드물게 화를 내고 나선 미안함에 어떻게든 만회를 해주던 지난날을 생각하니 도저히 더 그 자리에 있을 수가 없었다.

'달라졌어, 정말.'

민재와의 관계는 이제 정말 달라졌다. 이젠 미련 가지려 해도 어쩔 수 없어진 것이다. 바라던 것인데, 실은 그렇게 되지 않기만을 바랐던 것도 같다. 나는 도대체 뭔가. 도무지 알 수 없는 마음을 가만히 들여다보다 지쳐, 차가운 유리창이 마음을 진정시켜 주기만을 바라며 눈을 감았다.

"신발, 낮은 거 신었지?"

좁고 어두운 계단을 내려가 마치 극장 상영관의 출입구처럼 두터운 문을 밀어 열려던 혁진이 갑자기 생각난 듯 물었다.

"네?"

"단화 신었네. 그럼 됐어. 손, 꽉 잡아."

의미심장하게 씩 웃은 혁진이 힘주어 문을 열더니 나를 안으로 이끌었다. 문이 닫힘에 따라, 등 뒤에 길게 늘어졌던 미약한 빛이 천천히 작아지다 완전히 사라졌다.

"어?"

당황한 나의 반응이 재미있었던지 혁진이 조그맣게 웃었다. 그러나 그에게 신경 쓸 겨를이 없었다. 그저 출입구 바로 앞에 꼼짝도 하지 못하고 선 채, 전혀 예상하지 못했던 실내의 분위기에 적응하려 애를 썼다. 예민해진 귀에 아주 작게 깔린 음악 소리가 점점 선명하게 들어와 박혔다. 그리고 무어라 정확히 이름 붙이기 어려운 향기도. 허브라는 것까진 알겠지만 그 이상은 짐작도 할 수 없을 만큼 청아한 향기가 지하라는 느낌을 완전히 날려주는 듯했다. 그러나 그게 전부였다. 아무리 기다려도 아무것도 보이지를 않았다.

"여기, 원래 이래요?"

불안해진 목소리를 알아챘는지, 뒤에 서 있던 혁진이 더욱 가까이 다가서는 게 느껴졌다. 따뜻하다. 살며시 잡힌 손에 조금 안심한 내 귀에 장난스러운 목소리가 닿았다.

"들어오면서 이름 못 봤어? 여긴 'Nigror'. 라틴어로 암흑이란 뜻이야."

"암흑?"

그게 콘셉트인 건가. 우리가 들어선 카페는 완벽한 어둠에 잠겨 있었다. 얼마나 넓은 곳인지, 사람은 몇 명이나 있는 건지 보이질 않으니 그 어느 것도 알 수가 없었다.

"아아, 이꼴저꼴 보기 싫을 때 가끔 들르는 곳이야. 아무것도 보이지 않는다는 게 생각보다 마음 편할 때도 있는 법이거든."

무거웠던 기분을 잊고 고개를 갸웃했다. 내가 보기에 혁진은 늘 느긋한 사람이었다. 스트레스 같은 건 잘 받지 않을 정도로 균형적인 성격이라고, 그렇게 생각했었는데. 의외의 사실에 조금 놀라 물었다.

"혁진 씨도 그럴 때가 있어요?"

"무슨 때?"

"이꼴저꼴 다 안 보고 어두운 곳에 틀어박히고 싶을 때."

그저 궁금해서 물은 것뿐인데, 혁진은 쉽사리 대답을 하지 못하고 침묵을 지켰다. 몽환적인 음악에 섞여 낮고 느릿한 숨소리만이 전해져 왔다. 괜히 물었나. 소리 나지 않게 주의하며 침을 꿀꺽 삼켰다. 잡고 있는 손이 조금 서늘해진 것 같은 건 착각인 걸까. 여태까지 다정하던 혁진의 존재 자체가 성큼 멀어진 느낌과 함께 바닥이 아주 깊은 슬픔 속에 빠져들어 가고 있는 것 같은 기분이 들었다. 두근두근. 혁진에게서 전해지고 있음이 분명한 그 쓸쓸함에 가슴이 조여들어 저도 모르게 몸서리를 치는데 오래도록 미동도 없던 그에게서 낮은 목소리가 흘러나왔다.

"그럼, 있지."

"······."

"차라리 어둠속에 잠겨 내 존재까지 지워 버리고 싶을 때가, 있지."

담담하긴 했지만, 혁진의 말에 어렴풋이 묻어 있는 고통의 흔적에 가슴이 턱 막혔다. 정말로 바닥까지 떨어져 도저히 어찌할 수 없는 슬픔에 울어본 사람만이 공감할 수 있을 것 같은, 그런 느낌이었다. 나는 저도 모르게 혁진의 손을 꽉 쥐었다. 가슴이, 아프다.

"저기, 저기······."

"애기들은 잘 모르는, 어른들만의 세계가 있는 법이거든."

'나도 알아요. 그런 기분'. 위로하려던 말은 장난기 넘치는 목소리에 쏙 들어가 버렸다. 뭐지? 순식간에 달라져 버린 분위기에 적응을 하지 못하고 서 있을 때 앞쪽에서 희미한 바람 같은 게 느껴졌다.

"카페 '니그로르'에 잘 오셨습니다. 처음이십니까?"

흡! 정말 간이 떨어지는 거 아닌가 싶게 놀랐다. 그러나 혁진은 그렇지도 않았는지, 크게 기척도 내지 않고 다가선 종업원과 몇 마디 말을 주고받더니 잡고 있던 손을 놓고 대신 어깨를 꼭 끌어안은 채 나를 이끌었다.

"발 아래 조심하고 따라와."

정말 이상한 기분이었다, 아무것도 보이지 않는 어둠 속을 걷는다는 것은. 저절로 고개가 위로 치켜올려지고 자유로운 쪽 손이 허공을 향해 내뻗어졌지만 별 도움이 되진 않았다. 그런데도 그 깜깜한 곳이 아무렇지 않은 듯 가끔씩 튀어나온 곳을 조심하라고 일러주며 이리 꼬불 저리 꼬불 걸어가는 종업원이 신기하기만 했다. 아무 말 않고 그를 따라가다가 바로 곁에 느껴지는 혁진의 숨결을 의식하며 소곤거렸다.

"저 사람은 도대체 어떻게 보는 거예요? 여기 오래 있으면 익숙해지나?"

"하하."

혁진이 시원하게 웃었다. 조금 전의 심각함은 아예 없던 사람처럼 유쾌한 웃음소리였다. 이제 괜찮은 건가. 가슴이 선득하도록 나를 흔들어놓았던 목소리를 생각하다가 무언가에 걸려 비틀거렸다. 그 순간 혁진이 잽싸게 어깨와 팔꿈치 중간쯤을 움켜쥐어 중심을 잡아주었다.

"괜찮아?"

"네, 괜찮아요."

말은 그렇게 했지만 심장이 미치도록 두근거렸다. 넘어질 뻔했던 것 때문이 아니라 혁진 때문에. 나 하나쯤은 한 팔로도 들 수 있다는 듯 강한 힘으로 지탱해 주던 것을 떠올리니 자꾸만 얼굴이 붉어졌다.

'어두워서 다행이야.'

아무것도 보이지 않을 수 있어서 편하다는 말, 이해할 수 있을 것 같았다. 그래도 피가 잔뜩 몰린 얼굴이 홧홧해서 괴로운 것만은 피할 수가 없었다. 얼굴이 보이지 않는데도 민망함을 숨기려 고개를 돌린 채 혁진에게 잡히지 않은 쪽 손을 들어 부지런히 손부채질을 했다.

자리에 앉아서도 아무것도 보이지 않기는 마찬가지였다. 더듬더듬 테이블을 확인하고 엉거주춤 의자에 앉아 불러주는 메뉴 중에 골라 주문까지 마치곤 사방을 둘러보았다. 그렇지만, 잔잔한 음악과 간간이 들리는 다른 테이블의 속삭이는 대화 말고는 아무것도 느껴지지 않았다. 신기하다, 정말. 이런 어둠을 찾아오는 사람들이 있다니. 그러고 보니 혁진은 이런 이색카페를 참 많이도 알고 있었다. 다양한 코스프레를 시도하게 해주는 카페, 마술을 배울 수 있는 카페, 케이크를 직접 만들어 가져가게 하는 카페, 살사댄스를 출 수 있는 카페, 기타나 드럼, 키보드 따위를 연주할 수 있는 카페, 그날그날 주제에 맞춰 시를 쓰고 낭송하는 카페에 이르기까지, 혁진과 함께하는 데이트는 항상 신선하기만 했었다. 그래도 그렇지, 무려 암흑 카페라니. 이런 공간에서 도대체 무엇을 할 수 있다는 말인가. 아무래도 아까의 일은 내가 뭔가 착각한 건지, 평소처럼 쾌활하기만 한 혁진에게 이것저것을 물어보는 사이 주문한 음식이 나왔다.

"주문하신 부리또와 치킨핑거, 그리고 마가리따입니다. 즐거운 시간 되십시오."

테이블 위에 무언가가 부딪치는 소리, 접시끼리 달그락거리는 소리, 쇠로 된 물건이 도자기와 부딪치는 소리가 몇 번 들리더니 경쾌한 목소리로 인사말을 한 종업원이 물러갔다. 아니, 가는 것 같았다. 보이질 않으니 무엇도 확실하진 않지 않은가. 그러나 종업원의 움직임이 거침이 없다는 것만은 알 수 있었다. '니그로르'의 종업원들은 모두 적외선 고글을 착용하고 근무를 한다고 했다. 그러니 당연히 어둠에 구애받지 않을 것이다.

'그렇지만 사람들이 모두 괴물처럼 보일 거야.'

TV에서 보았던 적외선 카메라에 비친 녹색의 사물들이 얼마나 그로테스크했던가를 떠올리며 쿡쿡 웃자 바로 곁에 앉아 있던 혁진이 다정하게 어깨를 감아왔다.

"뭐가 그렇게 웃겨?"

나는 정말 궁금한 듯 물어보는 혁진을 향해 조금 몸을 틀어 앉았다. 그러곤 여태 생각했던 것에 대해 종알거리기 시작했다. 마치 작정한 사람처럼 수다스럽게. 말하는 사이사이 그저 이쯤에 접시가 있겠지 싶은 곳을 더듬거려 음식들을 집어 올려 먹고, 목이 마르면 뚜껑이 단단히 덮인 잔을 찾아내 마가리따를 한 모금씩 마셨다.

"그리고요……."

"뭐가 그렇게 즐거워?"

"네?"

"아깐 목소리가 그렇게 무겁더니, 지금은 왜 이렇게 기분이 좋아?"

질문이 아니었다. 차분하긴 하지만 곧바로 정곡을 찔러오는 말. 그만 말문이 막혔다. 입 안에 남아 있던 나초 칩이 유난히 껄끄럽다. 이래서 옥수수 가루로 만든 음식은 싫어. 입술을 깨물다가 들고 있던 마가리따를 한 모금 빨아 올리곤 더듬더듬 테이블 위에 내려놓았다. 손이 떨려 제대로 자리를 찾지 못해선지 모서리에 놓는 바람에 미끄러질 뻔했지만 다행히 떨어뜨리진 않았다. 그런데 아무래도 괜히 내려놓은 모양이다. 허전해진 손을 어떻게 가눌 수가 없어서 안절부절못하는데 어둠 속에서도 가만히 나를 지켜보는 것 같던 혁진이 입을 열었다.

"위로해 달라고 했었잖아. 그런데 이렇게 발랄해 버리면, 난 뭘 위로하지?"

"……."

"내가 왜 하필 여길 왔을 거라고 생각해?"

알 턱이 없지. 가만히 고개를 저었다. 어차피 보이진 않겠지만, 상관없는 일. 입을 벌려 대답을 하는 일은 너무 고역이라 그렇게 할 수밖에 없었다.

"아무것도 보이지 않는다는 것은 곧 아무것도 감추지 않아도 된다는 뜻이니까. 난 네가 이 안에서 감정을 다 털어버리길 바랐어."

나무라는 말이 아님에도 얼굴이 화끈 달아올랐다. 단지 목소리일 뿐인데, 무리하고 있는 것이 역력히 드러났던 모양이다. '미안해요' 그렇게 말하고 싶었다. 그러나 목소리는 좀체 돌아와 주지 않았고, 머뭇거리는 사이 가만히 기다리던 혁진이 낮게 한숨을 내쉬었다.

"네가 여태까지 속상할 때 어떻게 대처해 왔는지 난 몰라. 그렇지만 난, 네가 적어도 내 앞에선 억지로 웃지 않았으면 좋겠다."

여전히 아무런 대답도 하지 못한 채 가만히 앉아 있었다. 심장이 두근두근, 그 어느 때보다도 빨리 뛰었다.

'어떡해.'

참을 수가 없었다. 아니, 어쩌면 참기가 싫었던 건지도. 가슴 속 깊은 곳에서 무언가 끓어오르는 것을 느끼며 혁진이 있을 법한 곳을 바라보고 있다가 어느 순간 내가 울고 있다는 것을 깨달았다.

"흑! 흑흑……."

어깨를 안았던 손에 가만히 힘을 준 혁진이 나를 자신 쪽으로 끌어당겼다. 저항하지 않고 그대로 몸을 맡겼다. 혁진의 품은 크고 따뜻했다. 왜 이 사람 앞에선 자꾸 울게 되는 걸까. 보기 싫을 텐데. 답답할 텐데. 그러나 생각은 곧 저 먼 곳으로 흘러갔고, 민재가 나를 외면하던 순간부터 내내 막혀 있던 응어리가 대신 터져 나와 눈물 속에 녹아갔다.

"오늘까지만이야."

담담한 목소리가 어딘지 차갑게 들렸다. 부은 눈이 민망해 땅바닥만 쳐다보고 있던 눈길을 드니, 밤인데도 '니그로르' 보다는 훨씬 환한 도시의 조명 사이로 냉정한 표정을 짓고 있는 혁진의 얼굴이 보였다. 그가 저렇게 싸늘해 보이는 것은 처음이었다. 화가 난 걸까. 가슴을 졸이고 있을 때 낮은 목소리가 울렸다.

"나 아닌 다른 사람 때문에 우는 것, 오늘이 마지막이어야 해."

못을 박듯, 분명한 말투였다. 오늘이 마지막. 가슴에 선득한 것이 흘렀다. 오늘이 마지막. 다시 한 번 혁진의 말을 새겨보다가 천천히 고개를 끄덕였다. 그래, 오늘이 마지막. 아니라면 혁진에게 너무 미안한 일이 될 터였다. 다부지게 마음을 먹고 고개를 끄덕이는 순간, 굳어 있던 혁진의 얼굴이 거짓말처럼 개었다. 방금 전의 싸늘함은 착각인 듯, 잠깐 사이 늘 보여주던 쾌활한 표정을 되찾은 그는 마주 보고 있던 나의 손을 잡고 빙글 몸을 돌리게 해 자신의 곁에 세우고는 천천히 걸음을 옮기기 시작했다.

"다음 주 금요일이 생일이지?"

"……어떻게 알았어요?"

가르쳐 준 적이 없는데. 그러나 혁진은 그저 어깨만 으쓱해 보이곤 나를 들여다보며 웃었다.

"스물네 살이라니. 정말 눈부신 나이다."

생일날엔 잔뜩 기대해도 좋아. 여자의 마음을 들뜨게 할 만큼 매력적인 목소리로 덧붙인 혁진은 마주 잡은 손에 힘을 주며 차 리모컨을 작동시켰다.

어렸을 때, 내가 세상에서 제일 싫어하는 게 있다면 바로 당근이었다. 그중에서도 익힌 당근. 제대로 들큰하지도 쌉쌀하지도 않은 게 물컹거리기까지 하면 정말 소름이 끼칠 만큼 싫었다. 엄만 항상 내가 음식에 당근이 들었다는 것을 눈치 채지 못하게 하려고 애를 썼다. 그깟 당근 하나 안 먹으면 뭐가 어때서 그렇게 죽자고 먹이려고 했는지는 모르겠지만, 어쨌든 난 당근 '다운' 형체를 갖춘 음식은 먹어본 적이 없었다. 당근이라는 건 모름지기, 갈아서 싹 보이지 않게 되거나 색깔만 겨우 나타나는 정도로 존재하는 야채였으니까.

그러던 내가 익은 것이든 날것이든 당근을 먹기 시작한 건 고등학교 때였다. 도대체 누가 그런 의견을 내놓은 것인지, 급식으로 나온 음식을 조금이라도 남기면 벌금을 내 학급비로 쓰게끔 하자는 말도 안 되는 규칙이 생기면서부터였다. 그깟 벌금 따위, 싫었던 건 내 생각일 뿐, 모든 규칙은 지키라고 있는 거라고 생각하는 고지식한 정해수는 꼭 죽을 것 같은 얼굴로 못 먹는 것들을 씹지도 않고 꿀꺽꿀꺽 삼키곤 했다. 저러다 체하고 말지. 걱정스러운 마음에 대신 먹어주는 일은 별로 어렵지 않았다. 해수는 가리는 음식이 많았고 난 아니었으니까. 그런데 어느 날, 정말 거짓말 안 하고 엄지손가락만한 당근이 둥둥 떠다니는 스튜가 음식이랍시고 나왔다.

"저기, 오늘은 그냥 내가 먹을게."

인당수에 빠지기 직전의 심청이 얼굴이 딱 그랬을 것이다. 비장함이 지나쳐 화가 난 것처럼 보이는 해수를 비웃어주며 먹기는 했으나, 아무리 세월이 지나도 싫은 건 싫은 거였다. 걱정스러운 표정 때문에 차마 내색도 못하고 점심시간을 다 보내고 난 후, 5교시 수업 중에 화장실로 달려간 나는 억지로 먹었던 것을 모두 토해내고 말았다. 그래도 해수에게 그 사실을 들킬 순 없었다. 그럼 그 바보 같은 건 또 자기 탓이라고 눈물을 글썽댈 테니까. 짐짓 아무렇지도 않은 척 교실로 돌아가서, 잔뜩 뒤집힌 속을 해가지고도 유난히 기분이 좋은 듯 굴었다. 그렇게 매번 토해내면서도 대신 먹어주기도 몇 차례, 고등학교 시절 내내 하도 먹다 보니 이젠 당근도 그럭저럭 먹어내기는 하는 음식이 되어버렸다.

감정이라는 것도, 오래오래 겪다 보면 내성이 생길 수 있는 거라면 참 좋을 것이다.

"오늘 정말 즐거웠어요. 신경 많이 써주신 거, 고마워
요."

여느 때처럼 아파트 현관을 조금 못 미친 어둑한 자리에 차가
멈춘 후, 혁진에게로 몸을 돌린 나는 지나치게 들뜬 티가 나지
않도록 조심하며 말을 골랐다. 진심이었다. 태어나서 오늘처럼
극진한 대우를 받은 날은 처음이었다. 하루에 단 한 테이블만을
손님으로 받는다는 근사한 프렌치 레스토랑도, 생전 처음 듣는
라이브 재즈가 흐르는 카페에서의 생일 축하노래도, 자그마한
핑크색 보석이 박힌 반지도 너무 근사했지만, 그보다 더 감동적
이었던 건 한순간도 내게서 눈을 떼지 않는 혁진의 따뜻한 눈빛

이었다. 어쩌면 내가 애정결핍이었나, 뜬금없는 생각이 들 정도로 새록새록 고마워지는 눈빛. 진심으로 감사하는 마음을 담아 미소를 지으니 혁진이 그에 화답해 시원스러운 웃음을 보였다. 뭐라고 더 말을 해야 하나. 머뭇거리다 그만 포기를 하고 어색하게 웃으며 차 문을 살짝 밀어 열려 했다.

"잠시만, 해수야."

"네?"

문이 열리는 바람에 불이 켜져 혁진의 얼굴이 좀 더 분명히 보였다. 언제 보아도 기분 좋은, 사내다운 얼굴. 그 얼굴로 살며시 미소를 보인 그가 손을 길게 뻗어 조수석의 문을 제대로 닫았다. 그리고 다시 드리운 어둠 속에 부드러운 목소리가 울렸다.

"난 아직 헤어지기 싫은데."

두근. 두근. 뭔가 의미심장한 목소리에 가슴이 불규칙하게 튀어 올랐다.

"아니면 오늘도 그냥 가야 하나?"

얼결에 주먹을 꼭 쥔 손에 부드러운 치맛자락이 휘어 감겼다. 기대인지 불안인지 모를 느낌에 목이 졸리는 듯, 아리도록 선명한 통증이 식도를 타고 올라왔다. 그런 채로 눈만 동그랗게 뜬 채 아무런 말도 못하고 있는데 나를 가만히 들여다보던 혁진이 낮은 소리를 내며 웃었다.

"확실히, 무슨 말인지 모를 정도로 어리진 않은가 보네."

바로 곁에서 울리는 웃음소리는 '남자'를 확연히 느낄 수 있을 만큼 관능적이었다. 그래서였나 보다. 혁진의 얼굴이 점점 다가오고, 따뜻한 입술이 단호하고도 선명한 느낌으로 부딪쳐 오는데도 내치지 않은 것은. 혁진에게선 뭔가 시원한 향기가 났다. 시원하면서도, 아주 분명한 향기. 그 향기에 의식을 뺏긴 사이 키스가 깊어졌다. 미처 예측하지 못했던 친밀함에 움찔하던 것도 잠시, 탄탄한 팔이 어깨를 감싸 안아 바짝 끌어당기자 그가 이끄는 대로 몸을 내맡기며 눈을 꼭 감았다.

　　'괜찮아, 나는 지금 죄를 짓고 있는 게 아니야.'

　　마음 한구석에 떠오르는 얼굴을 애써 지우며.

　　혁진은 부드러웠지만 우유부단한 연인은 아닌 모양이었다. 아주 잠시의 흔들림도 방심도 허용하지 않겠다는 듯, 구석구석까지 나를 헤집어놓은 후에야 겨우 놓아준 걸 보면. 덕분에 혁진이 인사를 남기고 떠난 후에도, 쉽사리 걸음을 옮기지 못하고 멍하니 그 자리에 서 있었다. 왠지 모르게 지치는 기분이 들었다. 뭐랄까. 내가 어느 한구석부터 닳아서 없어지는 것 같은 느낌? 이러다 어느 순간엔 기둥만 남은 건물처럼 파삭! 무너져 내릴 것만 같았다.

　　이상하게 신경이 예민해졌다는 생각을 하며 머리를 흔들다가 습관처럼 고개를 들어 건너편 민재의 방을 바라보았다. 익숙한 눈이 불 꺼진 창문을 찾아낸 순간, 가슴속에서부터 무언가가 울

컥 치솟아올랐다. 해묵은 원망과 안타까움. 그리고 그리움. 그
리움. 그리움. 몸에 힘을 바짝 준 채 이를 지그시 물었지만 별
소용 없었다. 미련한 것도 이 정도면 병이다.

답답함에 한숨을 흘리고 어릴 때부터 둘의 아지트와도 같았
던 놀이터를 향해 천천히 걸음을 옮겼다. 머릿속이 너무 복잡해
서 이대로는 집에 들어갈 수가 없었다. 혹 잠들지 않고 깨어 있
는 식구가 있다면 견딜 수가 없을 것 같았다. 조금만 앉아 있다
들어가야지. 우울했던 마음은 꼼짝도 하지 않고 그네에 걸터앉
아 있는 그림자를 보는 순간 바짝 얼어붙었다.

"……!"

생명이 없는 사물인 양 미동도 없는 민재를 알아보고 내가 제
일 먼저 한 행동은 혁진의 차가 서 있던 자리를 돌아보는 일이
었다. 봤을까? 보였을까? 짐작을 해 보려 해도 쉽지는 않았다.
각도상으로는 훤히 보이는 위치지만 어두운 밤이었다. 어두운
차 안이었다.

'설마, 못 봤을 거야. 그렇지?'

애써 위안을 하며 조심스럽게 뒷걸음질을 쳤다. 왜 도망가려
고 하는지는 모르지만, 이대로는 민재 앞에 나설 수가 없었다.

'절교했잖아, 우리. 그러니까 안 보는 게 당연해.'

핑계를 댔지만 거짓이라는 건 스스로도 알았다. 죄책감을 느
끼는 거였다, 실은. 아무도 그런 거 느끼라고 하는 사람 없는데.
거기에 생각이 미치자 그만 허탈해져 더는 움직일 수가 없었다.

어쩌면 좋아. 마음이 가는 대로 눈길을 주었을 때 잔뜩 상체를 숙인 채 바닥을 내려다보고 있는 민재의 발밑에 굴러다니는 술병이 보였다.

"……너!"

너무나 놀라 절교 중이라는 사실마저 잊은 채 빠르게 민재의 앞으로 다가섰다. 도대체 이게 몇 병이야? 푸르고 투명한 병을 보니 기가 막혔다. 민재는 유전적으로 술에 약하다. 주정을 하거나 토악질을 하지는 않았지만, 몇 잔만 들어가도 깨어질 듯 심한 두통 때문에 괴로워하곤 했었다.

"이걸 혼자 다 마셨어? 너 미쳤니?"

다그치다가 아직도 술병 하나가 민재의 손에 쥐어진 채인 것을 발견하고 잽싸게 낚아챘다.

"너 왜 이래? 생전 안 하던 짓을 하고. 다른 땐 억지로 술을 먹이려 해도 화를 내는 주제에!"

술병이 거칠게 흔들리며 흘러내는 알코올 냄새가 역하다. 인상을 찌푸린 채 화가 난 손길로 바닥에 널브러진 병들을 주섬주섬 주워 모았다. 그러나 바로 옆에서 그렇게 부산하게 구는데도 민재는 아무런 반응도 보이지 않았다.

"박민재! 너 정말 왜 이래?"

속상하게. 결국 슬며시 눈물이 고였다. 꽤 쌀쌀한 날씨임에도 얇은 긴팔 라운드셔츠 하나만을 입은 민재의 몸에 어깨뼈가 두드러져 보였다. 정말, 너 왜 이렇게 마른 거야. 눈을 빠르게 깜빡거려 눈물을 참아내고 있는데 그때까지도 바다만 멍하니 내려다보던 민재가 천천히 입을 열었다.

"생일인데, 네가 없어서……."

뭐? 고개를 들어 민재를 올려다봤다.

"네 생일인데, 늘 내가 축하해 줬었는데, 그런데 오늘은 네가 없어서. 뭘 어떻게 해야 할지 알 수가 없어서……."

느릿느릿하니, 괴롭게 잠겨든 목소리였다. 머리가 많이 아픈가 보다. 이마를 한번 짚어보고 싶었지만, 이미 예전 같지 않은 사이엔 어려운 일이었다.

"네 생일인데. 항상 함께 있었는데. 그런데 올해는……."

잦아들던 목소리가 다시 가늘게 이어졌다.

"지나 버렸어, 이미. 그렇지?"

"……."

비난하는 투는 아니었지만, 그 이상으로 가슴 아팠다. 하긴, 그 익숙함을 어떻게 끊을까. 생일이면 항상 둘이 함께하던 기억. 생일 케이크에 초를 꽂아두고 기다리는 가족들을 따돌린 채 둘이서만 시시덕거리던 어린날의 치기 어린 시간.

간신히 참아냈던 눈물이 다시 솟아오를 것 같아 꼼짝도 못하고 있는데 민재의 고개가 비로소 들렸다. 멀찍이 서 있는 가로등 불빛에 어둡게 반짝이는 눈빛이 겨우 구분되었지만 그 눈동자는 나를 향해 있지 않았다. 우리 집 앞, 정확히는 방금 전까지 혁진의 차가 서 있던 곳을 향해 있었다.

"화, 안 냈어."

"뭐?"

지나가는 얘기를 하듯, 무심한 어조였다. 무슨 말을 하는 거야, 얘가? 의아하던 마음은 이어진 얘기에 덜컥 내려앉았다.

"그 남자가 키스했는데, 너 화 안 냈어. 울지도 않고, 때리지도 않고. 너 그냥……."

민재의 입이 다시 굳게 닫혔다. 나는 절대 돌아보지 않겠다는 듯 단단하게 굳어진 어깨로 고개를 돌린 민재를 보며 한 손으로 입을 틀어막았다. 봐버린 걸까. 민재가? 잘못하는 거 아니라고 생각했었는데, 지금은 혁진을 거절하지 않은 것이 사무치게 아팠다.

"나한텐, 그렇게 화를 냈으면서. 울고 때리고, 며칠이고 얼굴한 번 안 보여줬으면서."

너무 낮아 분간하기도 힘든 목소리였지만, 흐느낌처럼 덧붙여진 말에 가슴이 철렁했다. 기억은 어느새 먼 곳을 향해 달려가고 있었다. 그리고 순식간에 민재가 말한 그때를 되살려 냈다. 설마, 그때를 말하는 건가? 하지만 그때는…….

갈팡질팡하고 있는데 거칠게 땅을 걷어찬 민재가 머리를 감싸 안으며 울분을 이기기 힘들다는 듯 분한 목소리를 내었다.

"왜 저 자식은 괜찮은 건데! 난 안 되는 게, 왜 저 자식은 되는 건데!"

"……."

"저 자식 안 지가 얼마나 됐어, 너. 세 달? 네 달? 그런데 어떻게 그렇게 아무렇지가 않아! 너 정말 그렇게 가벼운 애였어?"

"박민재!"

너무도 화가 나, 가슴 아프던 것도 다 잊고 소리를 높였다. 다신, 다시는 민재에게서 폭언을 듣고 싶지 않았다. 다시는! 그러나 내 목소리는 자리에서 벌떡 일어나 무섭게 쏘아보는 민재의 기세에 눌려 잦아들고 말았다.

"저 자식이 뭐가 그렇게 대단해서! 저 자식이 너한테 해준 게 뭔데!"

민재는 정말 화가 난 것 같았다. 미칠 것 같은가 보다. 도저히 참을 수 없을 만큼 화가 났는지, 커다란 눈동자엔 눈물마저 글썽거리는 것 같았다. 설마, 잘못 봤겠지. 박민재가 우는 건 여섯 살 때 미끄럼틀 위에서 거꾸로 떨어져 팔이 부러진 이후론 한 번도 본 적이 없었다. 그래도 놀라 주춤거리는데 바짝 다가들어 어깨를 꼭 움켜쥔 민재가 으르렁거렸다.

"어릴 때부터 널 지켜온 건 나야. 아무도 괴롭히지 못하게, 아프지 않게, 힘들지 않게!"

"민재야."

"씨발! 너한테 꼬이는 사내놈들, 그 껄렁껄렁한 놈들 알아서 정리한 것도 나라고! 너 하고 싶다면 재미도 없는 쇼핑 다 따라다녀주고, 기집애들이나 보는 영화 하나도 안 빠지고 다 봐준 것도 나였다고!"

그건 사실이었다. 입은 좀 거칠어도, 그 어떤 여자 친구보다 더 살갑게 챙겨주던 게 민재였다. 그래서 항상 기대하게 했었다. 결과는 참담했다는 단점은 있었지만.

"남기면 벌금 내야 하는 급식, 너 싫어하는 거 대신 다 먹어준 게 누구였는데, 너 지금 나한테 어떻게……."

바깥에 있었던 게 꽤 오래되었던가 보다. 어깨를 파고들듯 움켜쥔 민재의 손은 두어 겹의 옷 너머로도 얼음처럼 차가웠다.

"민재야. 저기, 난……."

그런 거였나. 민재는 아마도 극심한 상실감을 느끼나 보다. 항상 그 자리에 있어주리라 믿었던 친구가 혼자서만 앞서 가버리는 것 같아 섭섭했던 모양이다. 애틋한 마음에 눈물이 울컥 치솟으려 했다. 미안해, 미안해. 내 마음 때문에 네 가슴 아프게 해서 정말 미안해. 티 내지 않고 나 혼자서만 정리하지 못해서 정말 미안해. 울먹이며 사과의 말을 하려는데 민재가 내 어깨를 가만히 끌어안더니 나를 품 안에 가두었다.

"그러니까 해수야, 나랑 자자. 응?"

그러나 이어지는 말은 또다시 나를 절망하게 했다. 왜 이 아이는 이토록! 끝까지 섹스에 집착하는 말에 치가 떨려 밀어내려는데 민재는 절대 놓아줄 수 없다는 듯 나를 더욱 꽉 끌어안았다.

"너랑 나랑, 둘이서만 한 거 많잖아. 우리 둘이 처음으로 한 거, 정말 많잖아. 그러니까 해수야, 나랑 자자. 다른 자식하고 말고, 나랑……."

바짝 밀어붙여진 몸에 민재의 떨림이 고스란히 전해지고 있었다. 추위 때문인지, 안쓰러우리만큼 파들거리는 몸과 목소리에 그만 울음이 나올 것 같았다.

"나랑 해, 해수야. 나랑. 나랑……."

이 아이, 취했나 보다. 울먹이는 소리를 들으며 입술을 꼭 깨물고 가만히 눈을 감았다.

'꼭 이런 식으로 끝나야 하는 거니? 친구인 채로는, 안 되는 거야?'

절교라 해도 뭐라 해도, 친구로 남겨두고 싶었다. 전처럼 스스럼없을 순 없다 해도, '내 친한 친구야'. 그렇게 민재를 말하고 싶었다. 그런데 민재의 마음은 무엇일까. 그토록 오래 졸랐는데, 결국 한 번 자보지도 못하고 다른 사람에게 뺏기는 게 분한 걸까. 그래서 끝까지 잠자리를 요구하는 걸까. 그래, 네가 원하는 게 결국 그런 거라면. 선득해지는 가슴을 견디며 두 팔에 힘을 주어 민재를 밀어내었다.

"해수야……."

억지로 밀어내지는 민재의 말꼬리가 길게 늘어졌다. 조르듯, 보채듯 미련을 가지는 목소리가 못 견디게 사랑스러울 때도 있었다. 그렇지만 이젠 모든 것을 끝내야 할 때. 단절을 위해 마지막으로 상처를 내야 할 때. 단단히 마음을 다진 나는 민재의 턱 끝쯤에 시선을 주며 물었다.

"아저씨 아줌마, 집에 안 계시지?"

여행을 가셨다는 얘길 아침에 엄마에게 듣고 묻는 말인데 대답이 없었다. 뜬금없는 질문에 당황한 건가. 눈을 들어 표정을 확인하고 싶었지만 용기가 나지 않았다. 못난 나의 용기라는 것은, 그저 여기까지.

"그럼 너네 집으로 가자."

"뭐?"

"그래, 해. 해버리자, 우리."

수백, 수천 번은 더 드나들었을 집이 이렇게 낯설어질 수도 있는 거였다. 눈을 감아도 내 집처럼 환한 집인데, 들어서는 순간부터 어쩐지 극히도 이질적인 느낌이 전해져 몸이 덜덜 떨려왔다.

"추워?"

염려스러운 듯 묻는 민재의 말에 힘겹게 웃어 보였다. 추워서일 리가. 떨리는 건 지독한 죄책감 때문일 것이다. 너무도 많은 사람에게 죄스러워 금방이라도 무릎이 꺾일 것만 같았다. 그러나 마지막 용기를 끌어 모아 뻔뻔함을 가장했다.

"아니. 우리 먼저 씻자. 나, 바깥 욕실 써도 되지?"

붉어지는 얼굴을 자연스럽게 돌리며 중얼대자 어깨를 감싸고 있던 손에 순간적으로 힘이 더해지는 것이 느껴졌다. 이런 나보다 몇 배는 더 떨리는 몸. 몇 년이고 졸라대던 일이 이루어진다는 감격이 그토록 큰 것일까. 허탈함에 미친 듯 웃고 싶은 것을 억지로 감추고 있는데 어느새 몸을 홱 돌려 세운 민재가 성급하게 입술을 찾아댔다.

"씻고 나서. 일단 씻고 나서."

바람 냄새가 날 만치 차가운 입술에 눈물이 왈칵 솟았다. 이대론 싫어. 결사적으로 버둥대자 단단하던 속박이 겨우 풀렸다. 그래도 아쉬운 듯, 떨리는 손가락이 잠시 입술을 더듬다 치워졌다.

"수건, 새 거 꺼내 써."

"……응."

파리한 얼굴이 내가 보기에도 참 한심했다. 이게 뭐 하는 짓일까. 스물네 번째 생일. 혁진의 말대로 눈부셔야 할 날이 이렇게 참담하게 되리라곤 상상도 못했다.

뿌연 김이 서린 거울 너머로 어렴풋이 보이는 나신을 멍하니 바라보다 가만히 입술을 만져 보았다. 상상이나 해보았을까. 스물넷이 되는 날엔, 두 남자와 키스를 하고 그중 하나와 잠자리를 하게 되리라고. 지끈거리는 가슴을 꼭 누르자 그 와중에도 펄떡이는 심장이 손에 잡혔다.

'난, 이렇게 완전히 잘라내고 싶진 않았어, 민재야.'

말갛게 씻은 얼굴이 또다시 붉어졌다. 오늘이 지나고 나면, 이젠 그 어떤 이름으로도 민재를 규정짓지 못하게 될 것이다.

이제 더 이상은 친구라는 이름으로도 기댈 수 없을 테니까. 절교라는 어이없는 단어보다 훨씬 더 강력한, 절대 지워낼 수 없는 상처가 우리 사이를 가를 테니까. 가만히 서서 지금부터 내가 하려는 짓의 의미를 가슴에 되새겨 보고 천천히 몸을 숙여 차곡차곡 개어둔 옷을 주워 입으려다 생각을 고쳐먹었다.

'부끄러워할 이유도 없는걸.'

그저 값싼 욕망을 충족시켜 주는 일일 뿐이다. 사랑으로 맺어지는 것도 아니고, 기껏해야 제일 가까운 친구란 이름으로 모든 걸 함께하던 사람을 잃기 싫어하는 민재의 이기심을 만족시켜 주는 일일 뿐이다. 그런 일에 자발적으로 응하는 주제에 수줍음 따위는 당치 않은 것이다. 턱 끝에 바짝 힘을 주며 손을 뻗어 수건걸이에 걸어두었던 커다란 타월을 끌어당겼다.

민재는 방금 샤워를 마친 모습으로 자신의 방 침대 위에 걸터앉아 있었다. 청바지 하나만 걸친 차림새여서, 드러나게 살이 내렸어도 여전히 보기 좋은 골격을 고스란히 내보이고 있었다. 젖은 머리는 대충 말리고 만 것처럼 엉망인 채로 무슨 생각을 하고 있는지 손가락 끝을 마주 붙인 양손을 내려다보느라 정신이 없는 민재 앞에 서니, 그제야 겨우 정신을 차린 듯 고개를 든 그가 깜짝 놀랐다.

"정해수, 너!"

겨우 타월 한 장을 걸친 채로 눈앞에 선 내가 의외였던 모양이다. 얼굴이 붉어져 말을 더듬는 민재를 보며 조금은 우울하게 웃었다.

"왜? 어차피 벗을 거잖아."

이건 자학일까. 놀랐던 표정 대신 빠르게 자리 잡는 갈증을 읽어낸 마음을 스치는 생각이었다. 잘라냄은 항상 상처를 동반한다. 그렇다면 가장 빠르고 정확하게. 치명적으로. 다시는 돌이킬 수 없도록 잔인하게 도려내리라. 단단히 이를 사려 물고 떨리는 손으로 타월의 매듭을 풀어내는 것으로 혼자만의 이별 의식을 시작했다.

"해수야. 해수야. 해수야……."

민재의 키스는 서투르고 거칠었다. 부드럽게 하려고 무척 애쓰는 것 같았지만, 표가 나게 조급했다. 그러나 퍼부어지는 키스 사이사이 몇 번이고 되풀이해 불리는 이름이 너무나 다정해서, 너무나 애달파서 미칠 것만 같았다. 젖었지만 여전히 부드러운 머리카락이 손에 휘감긴다. 처음 느껴보는 민재의 맨살은 너무나 매끄러웠다. 왜 내 것일 수 없을까. 왜 넌 내가 친구여야만 하는 걸까. 나도 여잔데. 너는 왜 내가, 그냥 이유도 없이 한 번 자보고 싶은 대상에 불과한 걸까. 억울해서 죽을 것만 같은 심정도 한없이 소중하게 온몸을 훑어 내려가는 손길에 맥없이 녹아내리고 말았다. 그리고 남은 건 그저 슬픔뿐이었다. 오늘이 지나면, 유일하게 가질 수 있었던 '친구' 박민재조차 잃어야 한다는 생각이 발끝부터 차올라 온몸을 잠식하는 것 같았다. 그리고 그 슬픔은, 마침내 민재가 나를 가득 채워오는 순간 팍 터지고 말았다.

"흑!"

결국 견디지 못하고 울음을 터뜨리며 두 손으로 얼굴을 가려 버리자 당황한 민재가 움직임을 멈추었다. 어쩔 줄 모르며 손을 붙잡아 치우더니 나를 들여다봤다. 붉어진 얼굴. 민재도 무언가를 참고 있는 것일까.

"아파? 그렇게 많이 아파? 그만 할까?"

"아니, 아니야."

몸이 아픈 게 아니야. 민재야, 난 지금 죽을 것 같아. 마음이 아파서. 그냥 잠시 절교하는 건 그래도 견딜 수 있었는데. 민재야, 난 지금 정말 죽을 것 같아. 마음속 말을 하지 못하고 고개만 젓는 나를 보는 민재의 목소리에도 울음기가 섞였다.

"그런데 왜 울어, 바보야. 네가 울면 나더러 어떡하라고."

"괜찮아. 괜찮아."

계속해서 눈물을 흘리며 잔뜩 일그러진 민재의 얼굴을 쓰다듬었다. 어려서부터 내가 우는 건 질색하던 민재였다. 무슨 말을 해도 소용없는 고집쟁이였지만, 내가 울어버리는 순간 모든 걸 다 양보할 만큼 우는 것만큼은 싫어했었다. 그러니 울지 말아야지. 울지 말아야지. 슬픈 마음을 다독이고 두 팔을 벌려 민재의 어깨를 감싸 안았다.

"괜찮아. 괜찮아질 거야."

우리 둘 모두. 별로 희망없는 위로를 계속해서 중얼거리는 나의 귀에 민재의 애절한 목소리가 와서 닿았다.

"사랑해, 해수야."

"나도, 나도 사랑해."

정말로, 사랑해. 너를 너무너무 사랑해서 죽을 것 같아. 말을 할 수가 없는데, 네가 원하지 않을 거라는 걸 알기에 숨겨야만 하는데, 그런데 그러기가 너무너무 힘들 만큼 너를 사랑해서 미칠 것 같아. 가만히 마음속에 그 말을 묻은 나는 어정쩡하게 움직임을 멈춘 민재를 재촉하듯 두 손으로 등을 쓸어내렸다.

어른들 말이 늘 틀린 건 아니다. 사춘기에 들어선 아이들은 하루가 다르게 변한다는 말은 정말 맞는 얘기였다. 동글동글하던 눈매가 점점 깊어지고, 귀엽기만 하던 콧방울이 오뚝해지고, 솜털이 보송보송하던 팔다리도 하루가 멀다 하고 길어지고 늘씬해졌다. 해수 말이다. 5학년 시작할 때만 해도 키가 작은 편에 속했는데, 6학년이 끝날 무렵에는 반에서도 제일 큰 편에 들 정도가 되어버렸다. 그렇게 갑작스럽게 커버렸는데, 틀은 그대로 두고 아래위로 잡아 늘인 것처럼 이목구비가 어색해지는 남자애들하곤 달리 원래부터 그런 생김이었던 것처럼 자연스러운 것도 신기하기만 했다. 하긴, 따지고 보면 해수는 처음 본 그날부터 내겐 그저 신기하기만 한 존재였다.

그렇다 해서 내가 해수를 대하는 태도가 변한 건 아니었다. 겉이 어떻게 변했든 해수는 여전히 유림유치원 한누리 반 시절 그대로 천진하기만 했고, 마치 한배에서 태어난 강아지들처럼 엉켜 놀던 우리들의 모습이 변한 것도 아니었으니까. 이제 슬슬 여자애들을 멀리하거나 특별히 졸졸 쫓아다니기 시작하는 친구들을 보며 비웃기도 했었다. 뭘 새삼스럽게 가리는 거야. 대놓고 투덜댄 적도 있었다. 나로선, 해수와의 관계가 달라져야 한다는 것을 도무지 받아들일 수가 없었기에.

　그 마음에 변화가 생긴 것은 승경이 녀석 집에 놀러갔다 온 날부터였다. 그 자식이 아침부터 실실 웃으면서, 놀이공원 자유 이용권까지 대주며 요란을 떨었던 생일파티에 초대할 친구들을 고를 때처럼 까다롭게 굴 때부터 뭔가가 있다 싶긴 했다. 같은 반에서 공부하는 친구들에게 등급을 매기는 것 같은 눈빛이며 기분 나쁘게 번들대는 여드름투성이의 상판이 마음에 들지 않긴 했지만, 저렇게까지 빼기며 초대를 하는 이유가 무엇일까, 궁금했었다. 그리고 꽤 은밀한 분위기를 풍기며 모인 멤버가 남자로만 예닐곱 명. 덩치도 크고 목소리도 슬슬 갈라지기 시작한, 웃자란 놈들이 대부분이었다. 그 멤버로 뭔가 대단한 일을 할 것처럼 초여름 햇살 속을 걸은 게 십여 분, 반짝반짝 닦인 대리석 바닥이 끝없이 이어진 승경이네 거실에서 드디어 공개된 '그것'은 이제 막 사춘기 초입에 들어선 사내 녀석들의 입이 떡 벌어지게 하기에 전혀 손색이 없었다.

　제멋대로 다리를 뻗은 채 앉고 누운 친구들의 앞에 당당히 선 승경은 짐짓 신중을 기하는 손길로 당시로선 흔치 않던 DVD 플레이어를 작동시켰다. DVD가 생겼다고 자랑을 하려는 건가, 삐딱하던 마음은 흔한 예비화면도 없이 갑자기 커다란 모니터를 채우기 시작한 영상을 보는 순간 놀람으로 변했다. 어수선하던 거실 공기가 순식간에 긴장되었다. 꿀꺽. 누군가가 요란하게 침을 삼키는 소리는 강아지가 앓는 것 같은 여자의 기묘한 신음 소리에 흔적도 없이 묻혀 버렸다.

질척한 소리와 뱀처럼 꿈틀거리는 살색 몸뚱이로 가득 찬 화면은 아직까지 어린 티가 남아 있는 놈들에겐 확실히 감당하기 어려운 자극이었다. 그 증거로, 잔뜩 숨이 넘어갈 것 같은 여자의 다리 사이가 여과없이 화면에 비쳤을 때쯤엔 대부분의 아이들이 엉거주춤 사타구니를 움켜쥐고 눈이 뻘게진 채 어쩔 줄 모르고 있었으니까. 승경이 녀석이 다시 나선 것은 바로 그때였다. 미친 듯 흔들리는 여자의 하체에서 눈을 떼지 못하고 있는데, 느긋하게 뒤쪽 소파에 있던 녀석이 묘하게 어른스러운 신음 소리를 냈다. 돌아보니, 녀석은 소파 등받이에 잔뜩 고개를 기댄 채 오른손을 바지 섶 안으로 집어넣고 있었다.

"뭘 보냐, 자식들. 이런 거 안 해봤어?"

젖혀졌던 고개를 바로 한 승경이 여유있게 둘러보는 시선을 똑바로 받은 녀석은 거의 없었다. 나는 기분이 나쁜 듯 슬쩍 눈썹을 찡그렸지만, 그건 평소처럼 심드렁해서가 아니었다. 승경이 갑자기 어른처럼 느껴졌다. 천천히 아래위로 오르내리는 녀석의 손길이 의미하는 것이 무엇인지, 두렵기까지 한 당혹감에 머리가 터져 버릴 것 같았다.

"해봐. 저 여자 죽이잖아."

부추기듯, 웃으며 중얼거린 승경은 손놀림을 조금 더 빨리하

며 긴 신음을 흘렸다. 그게 무슨 신호였던 모양이다. 최면에라
도 걸린 듯 주저없이 다리 사이로 손을 가져가는 녀석들을 나는
기가 차서 바라보았다. 순식간에 거실의 온도가 몇 도는 올라가
버린 듯했다.

"아우! 죽겠네."

승경이 몸까지 부르르 떠는 성현에게 크리넥스 통을 던지는
것까지 보고, 나는 자리에서 일어섰다.

돌아오는 길엔 내내 고개를 숙이고 길가의 돌멩이를 툭툭 차
며 걸었다. 함부로 걷어찬 돌멩이에 맞아 구두 끄트머리가 까진
아줌마가 소리를 꽥 질렀지만 쳐다보지도 않았다. 다른 놈들처
럼 흥분해서였던 건 아니었다. 흥분하기는커녕 기분이 몹시 나
빴다. 일단 유원지 풍선만큼 잔뜩 부풀어 오른 여자의 가슴이
마음에 들지 않았고, 잔뜩 호들갑을 떨어대는 목소리도 역겨웠
다. 죽을 것 같다니, 뭐가 말인가.

'시시해.'

그깟 싸구려 여자 따위. 바보 같은 얼굴을 해가지고. 여자라
면 좀 더 깨끗하고, 순진하고……. 마구 투덜대던 얼굴이 순식
간에 시뻘게졌다. 지나치게 노골적이던 여자의 반응을 불평하
며 떠올린 얼굴이 누구인지를 깨달았기 때문이다.

"씨발!"

두 주먹을 불끈 움켜쥐고 소리를 지른 나는 집까지 남은 거리

를 단숨에 달려가기 시작했다. 십오 분, 혹은 이십 분. 내내 전속력으로 뛰어가기엔 좀 먼 거리였지만 한 번도 쉬지 않았다. 도착해서는 늘 버릇처럼 챙겨 보곤 하던 해수네 집 쪽으론 고개도 돌리지 않고 엘리베이터로 뛰어들었다. 미친 듯이 뛰어대는 심장은 무리해서 달려왔기 때문이다. 손쉬운 변명을 조금도 의심하지 않았다.

옆으로 누운 채, 짙은 청색과 나무색이 번갈아 자리한 책
장 가득 꽂힌 책을 주르륵 눈으로 훑었다. 어두운 방에 익숙해
질 대로 익숙해진 눈은 사물을 보는데 아무런 불편함도 없었다.
전공 교수님들이 추천하신 참고서적까지 하나 빠짐없이 가지런
히 꽂힌 민재의 책장. 그것도 모자라 넘쳐 난 책들이 책상 위며
침대와 책장 사이 틈새며 바닥까지 온통 차지하고 있었다. 한
가지에 집중하면 죽어도 그것밖에 모르는 민재의 성격 그대로
방 안의 책들은 오직 물리학, 물리학, 물리학뿐이었다.

별다른 생각 없이 차례차례 책들을 훑는데 책장 한가운데, 가
장 눈에 잘 들어오는 자리에 어색하게 빈 공간이 보였다. 아마

도 고등학교 2학년 땐가, 친구들 사이에 돌던 유행대로 만들었던 초콜릿 바구니 때문이었다. 맛도 없던 수제초콜릿은 이미 다 사라지고 없었지만, 술집의 일회용 라이터나 열쇠, 손톱깎이나 챕스틱 따위의 자질구레한 물건들이 대신 그 자리를 차지하고 양옆의 책들을 멀찍이 밀어내고 있었다. 손잡이를 장식했던 조악한 리본마저 이미 색이 바랬는데 버리지 않는 이유는 무엇인지. 정말이지 알 수 없는 애야. 살며시 한숨을 쉬며 허리를 단단히 둘러 안은 민재의 팔을 조심스럽게 밀어내고 일어나 앉았다.

"......"

바닥에 얌전히 놓인 발을 물끄러미 내려다보다가 엄지발가락을 가지런히 모아보았다. 언젠가 들은 얘기가 생각났다. 남자경험이 있는 여자는 저도 모르게 다리가 벌어져 팔자걸음을 걷게 된다던 얘기. 그럼 발레리나는 다 어쩌라는 거냐고 킬킬댔었지만, 막상 내 일로 다가오고 보니 역시 어디에선가 표가 나는 게 아닌가 두려워졌다. 한참을 꼼짝도 하지 않고 앉아 따끔거리고 얼얼한, 낯선 느낌이 가득한 몸에 적응을 하려 애쓰다가 아주 느리게 고개를 돌려 깊은 잠에 빠진 민재를 바라보았다.

이상한 기분이었다. 민재가 자는 모습은 몇 백 번은 본 것 같은데, 오늘만은 느낌이 아주 달랐다. 모처럼 편안한 잠을 잔다는 듯, 숨소리조차 내지 않고 잠이 든 얼굴은 무기력해 보일 정도로 평화스러웠다. 그런데 왜 자꾸 눈물이 날 것 같은지. 울컥울컥, 불쾌한 덩어리가 치미는 가슴을 꾹 내리누르며 떨리는 손을 뻗어 민재의 얼굴을 한 번 쓰다듬었다.

'이제 진짜 안녕이야, 박민재. 다신 너 때문에 가슴 아프지 않을 거야.'

따뜻한 입술 사이로 놓치기 안타까운 숨결이 새어나왔다. 그곳에 가만히 손가락을 댄 채 민재의 생명을 느껴보다가 후들거리는 다리에 힘을 주며 일어섰다. 검푸른 방 안, 창살 무늬 사이로 기다란 그림자가 드리워졌다. 사내애처럼 짧은 머리에 비죽이 길기만 한 몸. 물끄러미 미동도 없는 그림자를 응시하던 나는 드디어 내 자신에게도 작별을 고했다. 더 이상, 박민재만을 바라보던 정해수는 없다. 누구에게도 부끄럽지 않을 순결한 몸도 더는 없다. 슬프게, 또 벅차게 두 사람으로부터 눈을 돌린 나는 작은 소리조차 내지 않고 방 안을 빠져나왔다.

✳

새벽은 차가웠다. 입김이라도 보일 것 같은 기온뿐 아니라 작은 온정조차 없을 것처럼 시린 빛으로 내려다보는 모습까지가. 옷깃을 파고드는 냉기가 왠지 나를 꾸짖는 것 같아 자꾸만 몸을 움츠리며 집으로 돌아오는 길에, 나는 조금 울었다.

살금살금 집으로 들어가니 눈이 빨갛게 된 작은언니가 졸지도 않고 소파에 꼿꼿이 앉아 있었다. 소리를 잔뜩 죽인 질책과 꾸중을 듣고 나서, 언니가 방으로 들어간 뒤 욕실로 들어가 피가 묻은 속옷을 빨았다. 손이 아리게 차가운 물에 씻겨 나가는 핏물. 기억도 그렇게 깨끗이 씻어버릴 수 있다면 행복하겠다 싶었다. 그러나 그럴 수 있을 리가. 이미 작은 얼룩조차 남지 않은 작은 천을 헹구고 또 헹구다 문득 얼굴을 들어보니, 귀신처럼 창백해진 얼굴이 가만히 나를 응시하고 있었다.

'보기 싫어.'

얼른 시선을 내리고 손에 잔뜩 힘을 주어 속옷을 쥐어짰다. 이제, 흔적 따윈 어디에도 없다. 그래야 할 것이다. 단단히 마음을 먹고 거칠게 물방울을 털어낸 속옷을 옷걸이에 넌 뒤 방으로 들어가 잠을 청했다.

딩동. 딩동딩동딩동.

성급한 벨소리와 함께 쾅쾅거리는 소리가 들렸다. 누가 문을 걷어차기라도 하는 걸까. 죽음 같은 잠에서 겨우 빠져나와 머리까지 뒤집어썼던 이불을 걷어내고 시계를 보았다. 잠에 취한 눈으로 시계바늘을 확인하는 게 조금 어렵긴 했지만, 아마도 열 시는 너끈히 넘은 것 같았다.

'아무도 없나.'

다시 한 번 미친 듯 문을 두드리는 소리에 부스스 일어나다 익숙한 목소리에 그대로 굳어졌다.

"해수야! 정해수! 집에 있어?"

어떻게 해. 눈을 질끈 감은 채 가만히 마음을 다스렸다. 더는,

정말이지 더는 민재에게 내줄 가슴이 남아 있지 않았다. 웃음이든 비난이든, 더는 아무것도 민재에 대해서는 감내할 수가 없었다. 그냥 이대로 가주었으면 하며 숨을 죽이고 있는데, 민재는 절대 포기할 생각이 없다는 듯 계속해서 벨을 누르고 문을 두드렸다.

"너 진짜!"

문을 열자마자 쏟아지듯 밀고 들어온 민재가 우악스럽게 어깨를 잡아왔다.

"넌 도대체 무슨 애가!"

살이 빠져 윤곽이 더욱 선명해진 얼굴이 붉어져 있었다. 몹시 놀란 사람마냥.

"아, 정말 내가!"

또 한 번 끝을 맺지 못한 말을 토해놓은 민재가 내 어깨를 쥔 채 털썩 현관 바닥에 주저앉았다. 그 바람에 덩달아 마루 끝에 앉혀진 나는 가만히 민재의 손을 털어내려 했다. 그러나 저항하듯 더욱 힘이 들어간 손을 떼어낼 수가 없었다.

"넌 무슨 매너가 그래?"

매너. 무슨 매너? 물끄러미 민재를 바라만 보았다. 다신 안 보기로 결심한 사람에게 지켜야 할 매너 따윈 모른다. 굳어버린 사람처럼 가만히 앉아 있는데 긴 한숨 소리와 함께 뜨거운 숨결이 어깨에 닿았다.

"씨발, 사라져 버린 줄 알았잖아."

"……."

"가면 간다고 말이나 하든지. 내가 진짜 깨서 너 없는 거 보고 얼마나……."

"왜 왔니."

차분한 물음에 천천히 물러간 온기가 찌푸린 눈동자가 되어 눈앞에 자리 잡았다.

"우리 절교했잖아. 그런데 왜 왔어."

지친 목소리를 내니 민재가 조심스럽게 나를 살폈다. 겁이 더럭 실린 눈빛이 마치 어느 어린 날의 민재 같다.

"해수야, 너 왜 그래?"

뭘 왜 그래? 무심한 눈으로 민재를 보았다. 깨자마자 그대로 달려온 것인 듯, 흐트러진 갈색 머리카락이 멋대로 뻗쳐 있었다.

"왜 그래, 너. 새삼스럽게."

"……."

"절교라니, 무슨 그런. 물론 그동안 우리가 좀 뜨악했던 건 사실이지만, 그렇다고 우리가 그깟……."

쑥스러운 듯 중얼거리던 말이 딱 멈추더니 민재가 놀란 눈으로 나를 바라보았다.

"혹시, 어제 때문이야? 어제…… 싫었어?"

주춤거리는 말소리가 불안하게 흔들린다. 그러나 민재의 눈동자는 뭔가를 찾아내려는 듯, 필사적으로 내 얼굴에 고정된 채였다.

"저기, 물론 내가 좀 서툴긴 했겠지만, 그래도 싫어하지는 않았잖아. 너, 나 안아줬잖아. 그런데 갑자기 왜 이래. 깨우지도 않고 가버리질 않나. 너 정말 왜 이래, 낯선 사람처럼."

억지로 웃음기를 담아낸 것 같은 목소리에 그만 눈물이 터지려 했다. 그래도 이젠 정말 안 울 거야. 눈을 깜빡여 고인 눈물을 털어내고 모진 말투를 가장했다.

"난 그런 거 몰라. 그냥, 난 이제 정말로 너 안 보기로 했으니까 이만 가줘."

"왜 그래, 해수야. 내가 뭐 잘못했어? 너 많이 아프게 했어? 그래서 화난 거야?"

민재의 생각은 오직 '어젯밤'에만 쏠려 있는 것 같았다. 어젯밤의 그 '행위'에서 파생된 어떤 이유 때문에 내가 이런다고 생각하는 모양이었다. 그러나 처음 겪은 그 일이 좋았는지 안 좋았는지, 그런 건 내게 조금도 중요하지 않다는 걸 민재가 알 수 있을까.

"그런 거 아니니까 그만 하고 가. 난 정말 너 안 보고 싶다니까."

"너 정말 도대체 왜 이래!"

참지 못하고 소리를 버럭 높이는 민재를 빤히 들여다봤다.

"한 번만 하자며. 그래서 한 번 했어. 그럼 이제 끝인 거 아니니?"

"……뭐?"

"너 하자는 대로 다 해줬잖아. 그러니까 제발 이제 나 좀 내버려 둬."

충격을 받은 듯, 민재가 짧게 호흡을 들이마셨다. 그러곤 이내 거칠게 내 몸을 흔들었다. 어지러워. 민재가 흔드는 대로 맥없이 움직이며 눈을 감았다.

"너 그게 무슨 소리야. 하자는 대로 다 해줘? 너, 싫은데 내가 하자고 해서 그냥 한 거야?"

"……."

"말해봐, 정해수. 그런 거야?"

"……그래."

고집스럽게 바닥을 내려다보다 툭 내뱉었다.

"하나도 하고 싶지 않은데 할 수 없이 했어. 그러니까 이제 가. 너 보기 싫어."

잔뜩 놀란 눈동자가 나를 향했다가 갈 곳을 모르고 헤맨다. 그러다 다시 돌아와 매달리듯 나를 바라보았다. 그 모습에 가슴이 찌르르 아파졌다. 기껏해야 자는 것에만 관심있었으면서. 또다시 기대하게 하는 표정이 밉고 야속했다. 가끔씩 보이는 저런 표정과 눈빛 때문에 십 년이나 가슴앓이만 한 내가 너무 서럽다.

"이제 잤으니 됐잖아. 너한테 더 해줄 거 없어. 그러니까 이제 날 그만……."

"그따 식으로 말하지 마!"

흥분한 민재가 자리에서 벌떡 일어났다. 환한 아침인데 주책없는 현관 등이 그의 움직임을 따라 켜졌다.

"해주긴 뭘 해줘! 말이면 다 말인 줄 알아? 넌 애가 어떻게……."

민재가 버럭 화를 내는데 달그락거리는 소리가 들리더니 문이 벌컥 열렸다.

"어머, 깜짝이야!"

현관 앞을 가로막고 있는 민재의 뒷모습에 놀란 작은언니의 외침에 두 개의 시선이 동시에 언니에게로 쏠렸다.

"니네, 뭐 해? 싸우니?"

"아, 아니야. 싸우긴."

혹시, 다 들었나? 당황해 말을 더듬는데 휙 몸을 돌린 민재가 언니의 어깨를 거칠게 밀치며 밖으로 튀어나갔다.

"어머, 쟤 왜 저래?"

언니의 기가 막혀하는 음성에도 해줄 말이 없어 가만히 고개를 숙이는데 날카로운 목소리가 날아와 정수리에 꽂혔다.

"해수 너, 지금 그게 무슨 꼴이야?"

무슨? 놀라 고개를 드니 잔뜩 얼굴을 찌푸린 언니가 나를 쏘아보고 있었다.

"아무리 니들 둘이 친해도 그렇지, 너네 나이가 지금 얼만데 생판 남인 남자애 앞에 그 꼴로! 얘가 진짜 정신이 있어, 없어?"

그제야 나는 내가 얇은 잠옷 하나만 입고 있다는 사실을 알아 챘다. 방금 전까진 그런 걸 의식할 겨를도 없었다.

"그러다 무슨 일이라도 나면 어쩌려고 그래? 제아무리 친하다 해도 넌 여자고 민재는 남자야. 앞으로도 그거 잊지 말고, 조심 좀 해. 알았니?"

끄덕. 울음을 참으며 고개를 흔들었다.

"다 커가지고 소리소리 지르며 싸움들이나 하고, 도대체 얘들은 언제 어른이 되려고 그래. 스물넷 나이가 적어?"

어이가 없다는 듯 중얼거린 언니가 방으로 들어가 버린 후에도 현관 앞에 가만히 앉아 있었다. 온갖 생각이 머릿속을 헤집어놓아 정신을 차릴 수가 없을 지경이었다. 이제 정말 그만. 포화상태가 되어 터져 나갈 것 같은 머리를 잊으려 애쓰며 눈을 감았다.

"조금 더, 자자."

이윽고 눈을 뜨고 중얼거렸다. 모두 다 잊고 편해지고 싶었다. 그런데도 쉽사리 몸이 움직이질 않는다. 그대로 민재가 사라진 문만 바라보며 멍청히 있는데 바깥에서 과일을 사라고 확성기에 대고 외치는 소리가 시끄럽게 울리기 시작했다. 관리사무소에서 뭐라고 할 텐데. 혼잣말을 하다가 천천히 자리에서 일어났다. 그런 게 무슨 상관이람. 이젠 이런 걱정 많은 성격도 지겹다. 먼지가 묻지도 않은 옷을 툭툭 털어낸 나는 현관 바닥을 딛고 있느라 차갑게 얼어붙은 발을 움직여 내 방으로 향했다.

시간이 얼마나 지난 걸까. 두어 번 잠에서 깨어나 기계적으로 밥을 먹고 또 잠이 들기를 반복하다 보니 모아둔 잠도 모두 동이 난 모양이었다. 시계를 보니 밤 열 시. 남들은 이제 겨우 잠자리에 들 시간인데 나는 도저히 더는 잘 수가 없었다. 차라리 계속 깨지 않고 잠을 잘 수 있었으면. 괴롭게 뒤척이는데 아까부터 몸살을 앓던 핸드폰이 또 울렸다. 끈질긴 민재. 집요한 민재. 절대 포기할 줄 모르는 민재. 온갖 수식어를 갖다 붙여 원망을 하면서도 끝내 모르는 척했다. 그러는 동안에도 쉬지 않고 울려대던 벨소리는 몇 시간이 지나서야 겨우 조용해졌다. 이제는 끝난 걸까. 뜻 모를 한숨을 내쉬는데 핸드폰이 부르르 몸을 떨었다. 문자다.

〈나와〉

짧은 말만 떠올라 있는 액정을 한참이나 내려다보았다. 생각이 미처 정리되지 않았다. 그러나 단 한 가지 확실한 것은 내가 민재를 배겨내지 못할 거란 사실이었다.

"후우."

뭐라고 말을 해야 할까. 막막한 기분으로 침대에 앉아 있는데 손에 쥔 핸드폰이 다시 문자를 토해놓았다.

〈당장 나와〉

너무도 박민재다운 행동이었다. 조금도 기다려 줄 줄은 모르지. 다시 한 번 나직하게 한숨을 내쉬고 느릿느릿 손을 움직여 하나의 문장을 조합해 냈다.

〈난 더 할 말 없어〉

진심으로 거부하고 있다는 게 느껴진 걸까, 전화는 오래도록 조용했다. 내팽개치듯 침대에 핸드폰을 던져 버리고 자리에서 벌떡 일어나 어두운 방 안을 서성거렸다. 갑갑하다.

〈내가 지금 올라가서 식구들 다 깨워?〉

한참이나 지나 다시 온 문자에 그만 비죽 울음이 났다. 정말, 나더러 어쩌라고. 이기적인 녀석. 절교하자 했다가 아무렇지 않은 듯했다가. 못 견디게 사람을 흔드는 민재에게 온갖 원망이 솟아났다. 그래. 도대체 무슨 말을 하겠다는 건지, 들어주겠어. 적의에 가까운 감정에 사로잡혀 결연히 방문을 열었다.

식구들 몰래 집을 빠져나가 공동현관을 나서니, 바로 앞에 차를 세워놓고 비스듬히 기대 서 있던 민재가 후다닥 몸을 바로 세웠다.

"타."

조수석 쪽 문을 열어놓고 보닛을 돌아가는 민재를 물끄러미 보다가 느릿하게 내뱉었다.

"그냥 여기서 얘기해."

막 운전석 문을 열어젖히던 민재가 타는 듯한 눈으로 쏘아보았다. 무섭다. 민재가. 아니, 민재를 아직도 사랑하는 내가.

"너랑 나랑 잔 얘길 떠들 만한 장소냐, 여기가?"

"……."

"잔소리 말고 타."

별수없이 차에 올라 문을 닫으니 곧바로 거친 출발이 이어졌다.

"아!"

미처 벨트를 매지 못한 몸이 한쪽으로 쏠리며 문에 부딪혔는데도 민재는 별다른 반응 없이 운전에만 몰두했다.

'화, 많이 났구나.'

하지만 왜? 원하는 건 이미 다 얻었잖아? 솟아나는 반감에 입술을 꾹 다물고 보란 듯 요란한 손길로 벨트를 잡아당겼다.

밤이 한참이나 무르익은 탓에 길은 한적했다. 화려한 불빛 속에서도 어쩐지 쓸쓸해 보이는 거리를 가만히 보고 있자니 격앙됐던 마음이 점점 가라앉아 갔다. 문득 오래전 일이 떠올랐다. 그때도 이렇게 조수석에 앉아 창밖을 내다봤었지. 기억이 영화처럼 선명하게 떠올랐다. 대학교 1학년 때였나, 민재와 드라이브를 한 일이 있었다. 대학에 합격한 겨울방학에 나란히 면허를 딴 후 몇 달이고 묵혀둔 면허증을 꺼내 도전한 첫 드라이브였다. 지금 생각해도 기가 막힌 경험이었다. 겁도 없이 둘만 차에 타서 한 바퀴를 돈다는 게 얼결에 경부 고속도로를 타버린 것을 시작으로, 반쯤 패닉상태에 빠져 가다 보니 어느새 천안이었다. 어쩌자고 여기까지 와버린 거냐고 울먹이자 민재가 화를 냈었다.

"다시 서울 가면 될 거 아냐. 누가 안 간대? 기집애가 드라이브를 시켜줘도 뭐래요!"

그리고 돌아오는 길. 뜬금없이 휴게소에 들러선 우동을 먹어야 한다고 박박 우겨댔었지. 입가에 그리운 미소가 떠올랐다. 휴게소 우동을 먹어야 고속도로 운전의 참맛이 나는 거라고 배도 고프지 않은 나를 잡아끌더니, 막상 주문한 우동을 받아 들고선 입이 딱 붙어버렸던 민재가 생각났다. 미소가 친절하던 휴게소 직원이 내준 것은 아주 맛깔스러운 가다랭이 국물이 고급스럽던 정통 일식 우동이었다. 서울선 이제 고춧가루 팍팍 푼 일명 가락국수를 먹기가 힘들다며, 마치 그것 때문에 일부러 고속도로를 탄 것처럼 큰소리치던 게 조금 머쓱하기도 했을 거였다. 어쨌든 우동을 다 먹고 나서 다시 고속도로에 들어섰을 땐 또 다른 공포가 우리를 기다리고 있었다. 갑자기 늘어버린 트럭들 때문에 이리 쏠리고 저리 쏠리고, 불안하게 흔들리던 차 안에서 손잡이를 꽉 움켜쥔 채 외쳤다.

"네가 운전하는 차 다신 안 타!"

그 후론 민재가 운전하는 거 못 봤었는데. 어느새 이렇게 능숙해진 걸까. 거침없이 차선을 바꿔가며 질주하는 민재를 넘겨다보며 낯섦을 느꼈다. 항상 함께라고만 생각했는데, 그런 동안에도 우리는 이렇게나 멀어져 있었다.

'나만 몰랐던 걸까.'

민재는 이제 어릴 때의 그 순수하던 아이가 아니란 사실을. 어른이 되면 자신과 결혼하겠다고 떠들었다던 유치원생이 아니란 사실을. 아니, 실은 알면서도 외면하고 싶었던 걸지도 모른다. 수없이 많은 여자 아이들을 사귀지만, 그래도 언젠간 자신도 '여자'란 사실을 불현듯 떠올릴지도 모른다고, 그러면 나처럼 걷잡을 수 없는 감정이 솟을지도 모른다고, 가망도 없는 희망을 품었었다.

'이제는 꿈에서 깰 때도 됐어.'

생각을 정리하고 나니 마음도 차분해졌다. 절대 이루어지지 않을 거라는 것을 인정했다면 이제 포기하는 일만이 남았다. 미련 많은 성격이지만, 한 번쯤은 단호해도 괜찮다. 여전히 입을 꾹 다문 채 전방만 주시하고 있는 민재를 몰래몰래 훔쳐보며 마음을 다졌다.

그래도 예상보다 멀리 오진 않았다. 간간이 차들이 세워져 있는 강변을 바라보며 생각했다. 차가 멈춘 지는 좀 됐지만 민재나 나나 입을 열지 않는다. 시동을 끄지 않은 채 핸들을 잡고 멍하니 있던 민재는 천천히 오른손을 뻗어 엔진을 끄고 핸드브레이크를 채우더니 갑갑해 죽겠다는 듯 크게 숨을 들이쉬며 벌컥문을 열고 나섰다. 파랗게 작은 불꽃이 피어나고, 이내 담배가타 들어가기 시작한다. 나는 조수석에 들러붙어 버린 사람처럼꼿꼿이 앉아 차에서 조금 떨어진 곳으로 걸어가 담배를 피우는민재를 바라보았다. 그제야 지금 상황이 현실이라는 것이 선명하게 인식이 되었다.

'내가 지금 뭘 하는 거지.'

밤늦은 시간, 단둘만의 장소, 화가 난 민재. 피하고 싶은 모든것이 한꺼번에 갖추어진 여기서 난 뭘 하는 걸까. 남의 일 보듯하던 정신이 맑아진 순간 담배를 다 피운 민재가 성큼성큼 다가와 운전석에 앉았다.

탁.

문이 닫히는 소리에 나는 가만히 입술을 깨물었다.

"도대체 널 이해할 수가 없어."

"……"

"너, 나 가지고 노냐?"

가지고 논다. 누가, 누굴? 두 사람 사이의 저울추가 어디로기울어져 있는지 모르는 민재가 원망스러웠다.

"그런 거 아냐."

"이니면? 도대체 이 황당함을 어떻게 설명할래?"

어떻게 설명할까, 내 마음을. 도저히 어떻게 할 수도 없을 만큼 커져서, 이제는 그만 지쳐 버린 사랑을 어떻게. 꿀꺽. 입 밖까지 튀어나오려는 감정을 억지로 집어삼키며 멍하니 대시보드 위로 시선을 던졌다.

"너한테 어제는 도대체 뭐였던 거야? 내가 하자고 해서 해 줘? 너한텐 그게 그런 의미였어?"

어이없어 하는 목소리를 듣다가 느릿하니 대꾸했다.

"어차피 별거 아니었잖아."

"뭐?"

하얀 얼굴이 딱딱하게 굳어진다. 마치 상처를 받기라도 한 것 같은 그 표정을 보며 설움이 치솟았다. 그래. 너한텐 정말, 별거 아니었잖아. 그런데 갑자기 왜 이래. 무슨 대단한 일이라도 되는 양.

"그냥 한번 자보고 싶었던 거 아냐? 그럼 된 거잖아. 넌 소원 푼 셈이고, 난 이제 너한테 더 시달리지 않아도 되고."

말을 할수록 발음은 분명해지고 가슴은 차가워졌다. 그래. 그래. 결국 그렇게 끝을 내도록 한 건 너야, 박민재. 점점 자라기 시작한 원망이 가슴을 가득 채웠다.

"너 지금, 말 다 했어?"

그래도 정말 화가 난 민재와 정면으로 부딪치는 건 좀 어렵다. 슬쩍 시선을 피하는데 날카로운 목소리가 따라와 꽂혔다.

"정말로 그게 다라고? 내가 졸라서, 싫은데 억지로. 정말 그런 거라고?"

"……그래. 말했잖아."

"그게 말이 돼? 싫은데 어떻게 자! 어떻게 날 안아줘! 도대체가 말이 되는 소리를 해!"

"네가 졸랐잖아! 벌써 몇 번이나 싫다고 했는데도, 끈질기게 조르고 또 졸랐잖아! 너무 지겨워서 그냥 해버리는 게 낫겠다 싶었어. 그게 나빠? 아님 내가 어떻게 했어야 한다는 거야!"

도저히 더는 참을 수가 없었다. 어제는 내게 너무도 슬픈 날이었다. 나를 사랑하지 않는 민재에게 '몸만' 안긴, 더는 그럴 수 없이 비참한 날이었다. 그 기분을 누가 알까. 절망감에 소리를 높이자 민재가 화가 나 견딜 수가 없다는 듯 무섭게 나를 노려봤다.

"웃기지 마! 어젠 그런 거 아니었어! 거짓말하지 마!"

그런 게 뭔데? 아닌 건 또 뭐야? 고집스럽게 시선을 피하지 않았다.

"어제, 어젠 그런 거 아니었어. 난 너 그런 식으로 안지 않았어. 까불지 마, 정해수. 웃기고 있어, 아주."

떨리는 목소리는 무엇 때문일까. 분해서? 화가 나서? 아니면…… 혹 두려워서? 무엇이?

"웃기지 마. 네가 널 몰라? 넌 그런 식으로 남자랑 잘 수 있는 애가 아냐."

단정적인 말에도 대꾸를 하지 않자 떨림이 심해진 목소리가 다시 울렸다.

"아냐. 절대로. 아…… 냐."

'헛소리 하지 마', '기집애가 아주 웃겨', '아냐, 그런 거 아냐', 내 쪽으론 눈길도 주지 않고 혼란스러운 듯 머리를 쥐어뜯으며 중얼거리던 민재가 다시 나를 돌아봤다.

"아냐, 아니지?"

필사적인 물음을 다시 한 번 외면했다. 가슴에선 뜨거운 피가 뭉클뭉클 솟아나는 것 같았다. 민재는 도대체 무얼 바라고 저러는 걸까. 내가 어떻게 하길 바라는 건지 알 수가 없었다. 한 번 잠자리에 완전히 굴복하기를 바라는 걸까. 자신은 그저 충동이지만, 그래도 나는 진심이었기를 바라는 걸까. 여자들은 몸이 가면 마음도 가는 법이라는 속된 말처럼, 몸을 정복하고 났더니 사랑한다며 발아래 무릎을 꿇는 걸 기대하기라도 했던 걸까. 혹시 처음부터 그 꼴을 즐기고 싶었던 걸까. 그런데 내가 그렇질 않아서 자존심이 상한 걸까. 생각이 깊어질수록 가슴은 더욱 고통스러웠다. 아니곤 저럴 수가 없다. '한 번만 자자'라는 집요한 요청이 이뤄진 지금, 전에 없이 화를 내는 이유가 뭔지 그것 말곤 떠오르는 게 없었다. 그렇다면 더더욱 내 마음을 들키지 않을 것이다. 더는 민재의 변덕스러운 욕망의 대상이 되지 않을 것이다. 민재를 끊어내는 일은 너무도 힘들지만, 앞으로도 계속 이런 식으로 휘둘리며 바라만 봐야 하는 고통보단 한 번 지독히 아프고 마는 게 한결 낫다. 마음을 다지고 다지며 고집스럽게 고개를 돌리고 있으려니 민재가 아프도록 어깨를 쥐어 억지로 자신을 보게 만들었다.

탁.

조수석 등받이에 왼쪽 어깨가 부딪히는 순간 아주 짧게 민재를 향했던 시선을 얼른 내리깔았다. 눈을 마주한 채로는, 도저히 마음을 굳게 먹을 수가 없다.

"아니야. 아니잖아. 왜 이래, 해수야. 너 정말 무섭게 왜 이래. 어제 우리……."

"이제 그만 좀 해, 민재야. 나, 정말 미치겠어."

독한 마음은 간 데 없이, 결국 눈물이 투둑 떨어졌다.

"더 뭘 어쩌라고 이래. 내가 너한테 뭘 어떻게 했으면 좋겠어. 하라는 대로 다 했잖아. 정말, 나더러 뭘 어쩌라고!"

거친 숨소리가 바로 앞에서 울린다. 정말, 뭘 어쩌라고. 도대체 이해할 수가 없는 애다. 내 마음을 이렇게 찢어놓고, 왜 자기가 울 것 같은 표정을 하고 있다는 말인가. 그저 흥미 삼아 나를 안은 주제에 무엇이 이렇게 당당하단 말인가. 아니라고 말하길 바라는 건가? 그럼 뭐가 달라지는데? 나더러 지금보다 더 비참해지라고? 흐느끼며 민재의 어깨를 팡팡 쳐댔다.

"정말 못살겠어. 제발, 제발 나 좀 내버려 둬."

제발, 나 좀 혼자 있게 해줘. 너 내 마음에서 비워내는 거, 그거 하나만 하기도 너무 힘들어. 이유도 없이 나 흔들어대는 짓은 제발 그만 해. 손이 아플 때까지 마구 민재를 쳐대며 흐느껴 울었다.

"이제 그만 해. 우린 이제 친구도 뭣도 아니야."

"아니야!"

격렬한 반대에 고개를 저었다. 다, 끝났어.

"넌 어떤지 몰라도 난 그래. 어제까진 넌 내 둘도 없는 친구였어. 절교를 했든 뭘 했든, 적어도 나한텐 그랬어. 하지만 이젠 아냐. 친구랑 자고도 아무렇지 않게 헤헤거릴 수 있는 사람 아냐, 난. 너도 알잖아. 그런 내가 너랑 잤다는 건, 이제 정말 다신 안 보겠다는 각오를 했단 뜻이야. 모르겠어?"

"해수야······."

"난 정말 그러고 싶지 않았어. 너랑 오래오래 친구로 지내고 싶었어. 그걸 망친 건 너야, 박민재. 그래서 내내 싫다고 그랬는데, 아무리 거절해도 계속해서 졸라댔잖아."

이렇게 가슴이 아픈데 말은 줄줄 나오다니, 정말 신기하다. 그렇게 느끼는 건 나만이 아니었는지, 내내 흥분해 있던 민재도 아무 말 없이 내 얘길 듣고 있었다.

"그래도 너니까, 나한테 그걸 원하는 게 다른 사람 아닌 너니까, 싫은데도 응했어. 그렇게까지 소원하는데, 더는 모른 척할 수도 없다고 생각했어. 그게 다야. 그런 내가 잘못인 거야?"

너니까, 그래. 너니까. 끝내 말하지 못한 마음을 그 한마디에 녹여내고 눈을 감았다.

"어쨌든 다 끝났어. 난 이제 네 얼굴 못 봐. 아니, 안 봐. 그러니 이제 우리 정말, 친구든 뭐든 다 그만두자."

이제 차 안에는 간헐적인 흐느낌과 거친 숨소리만이 떠돈다. 숨 막혀. 보이지 않는 손이 목줄을 내리누르는 것 같은 고통에 시달리는데 부들부들 떨면서도 고집을 버리지 못한 목소리가 울렸다.

"⋯⋯싫어."

길고 긴 침묵 끝에 민재가 내놓은 대답은 어린애 같은 거부였다.

"싫어. 죽어도 싫어. 난 너, 죽어도 못 놔."

"민재야."

"끝내? 뭘? 우리 사이가 어떻게 끝나!"

"이러지 마, 민재야. 난 너, 이제 더는 못 견디겠어."

천천히 고개를 흔들며 애원했다. 그래, 더는 견딜 수 없다. 더는, 더는 민재 곁에서 아무렇지 않은 척 가슴을 죽여가는 짓, 못한다.

"그거 알아? 난 네가 너무 힘들어."

내밀한 마음 한 자락을 들춰 보인 말에 민재의 눈동자가 심하게 흔들렸다.

"너랑 같이 있는 게 너무 힘들어. 힘들고 버거워."

"내가⋯⋯ 힘들어?"

"그래, 힘들어. 더는 너한테 휘둘릴 자신이 없어. 정말 못하겠어. 그러니까 제발, 이러지 마."

이글이글 불타다가, 가련하게 흔들리다가, 두려움에 떠는 것 같던 눈빛이 순식간에 식어버렸다. 경멸, 증오, 원망, 슬픔. 엮어낼 수 있는 모든 감정을 또박또박 짚어보았을 때쯤, 신경질적인 웃음소리가 차 안을 울렸다. 금방이라도 툭 끊어질 듯, 위태로운 소리였다.

"내가 힘들어? 이제 와서 그런 말을 해? 그렇게 힘들고 싫은데 어떻게 그 오랜 시간을 버텼냐. 징그러운 계집애."

"민재야……."

"그럼 어젯밤은 뭐야. 나한테 주는 이별 선물 같은 거? 정말 싫은데, 그냥 떼어내려면 죽어도 안 될 것 같으니까 눈 딱 감고 한 거?"

그렇게 말하지 마. 그런 뜻 아니야. 제발 그렇게 빈정거리지 마. 마음이 아파 고개를 마구 저었다.

"에라, 이 찐드기 같은 놈. 이거나 먹고 떨어져라, 딱 그거였다고?"

아냐, 그런 거 아냐. 나는……. 먹먹해진 가슴으로 바라보는데 차갑게 나를 외면해 버린 민재가 차 시동을 걸었다.

"……나쁜 계집애."

울 것 같은 목소리에 내 가슴이 또 한 번 찢어졌다.

"정말, 못된 계집애."

증오가 가득 서린 나직한 말과 함께 차가 거칠게 돌려졌다.

＊

　"민재야."

　"……."

　"민재야, 너무 빨라. 속도 조금만 줄여."

　돌아오는 길, 멍하니 넋을 놓고 있다 문득 보니 차창 너머로 풍경들이 정신없이 달려들고 있었다. 언뜻 본 속도계는 90㎞를 가뿐히 넘어선 상태였다. 이런 길에서? 겁을 집어먹고 애원하다 놀라 짧게 숨을 들이마셨다. 절대 한 마디도 내뱉지 않겠다는 듯 이를 앙다문 민재의 얼굴이 전에 없이 험악하다. 무섭다.

　"민재야……."

　"시끄러."

　"그, 그치만, 여기 겨우 60㎞ 길인데……."

　"시끄럽댔지!"

　민재가 버럭 고함을 지르며 돌아보는 순간 차가 위태하게 휘청거렸다. 헉! 두려움에 질려 재빨리 길을 내다보았다. 다행히 다른 차는 보이지 않는다.

　"여기다 그냥 떨구고 가기 전에 입 다물어. 네 목소리 다신 듣고 싶지 않으니까!"

　빈말만은 아닌 듯한 위협을 끝으로, 차 안은 다시 침묵으로 잠겨들었다.

"너란 애, 정말 질려. 그거 알아?"

민재가 다시 입을 연 것은 조금은 복잡해진 길에 들어선 후의 일이었다. 도무지 마음이 가라앉지 않는다는 듯, 점점 더 거칠어지기만 하는 숨소리에 가슴을 잔뜩 졸인 터라 무슨 말이든 반가울 것 같았지만, 막상 민재의 비난으로 시작되는 말을 들으니 가슴이 아팠다.

"항상 조용하고 나긋나긋한 것 같으면서, 실은 무슨 생각을 하는지 알 수가 없어. 옆의 사람은 볼 생각도 안 하고 자기 속만 들여다보고, 질릴 정도로 고집은 센 데다 말 한마디 없이도 사람을 미치게 만들어."

멍한 눈으로 운전대를 꼭 틀어잡고 있는 민재의 하얗게 굳은 손가락 관절을 바라보았다. 내가 왜 이런 비난을 들어야 하는 거지? 도대체 알 수가 없는 건 너였으면서.

"내가 그렇게 싫고 힘들었는데, 어떻게 그동안 말 한마디 없을 수가 있었어? 왜 늘 같이 있었어? 왜 항상 내가 하는 말은 뭐든 다 들어줄 것처럼 굴었어? 도대체 왜!"

"……."

"나한테만 보여주는 얼굴로 웃을 땐 언제고, 나한테만 그렇게 다정해 놓고, 왜 이제 와서 사람을 이렇게 비참하게 만들어! 왜!"

이해할 수 없었다. 민재가 무슨 말을 하는 건지. 누가 할 소릴 하고 있는 건가. 비참했던 건 항상 나였다. 놀란 눈으로 민재의 옆얼굴을 바라보고 있는데 격정을 못 이긴 그가 오른손으로 핸들을 거세게 내려쳤다.

"그런 생각을 하고 있으면서 어떻게 나랑 잤어! 정말이지 잔인하고 무신경한 계집애!"

자자고 한 건 내가 아니다. 내가 원한 일이 아니다. 그런데 왜 내게.

"도대체 날더러 뭘 어쩌라고. 어떻게 해야 돼! 사람은 있는 대로 미치게 만들어놓고, 너 혼자만 쏙 빠져나가면 나는 여기서 어떻게!"

민재가 고개를 홱 돌리는 바람에 시선이 부딪쳐 버렸다. 무섭다. 나는 민재의 시선에 갇힌 채 육식동물의 시야에 든 피식동물처럼 가련하게 떨었다. 이해할 수 없는 민재의 비난에 정신이 하나도 없었다.

"넌 항상 그래. 내가 무슨 말을 하려고 할 때마다 잔뜩 겁먹은 눈으로 눈물을 글썽거려. 너도 실은 알고 있는 거야. 그럼 내가 아무 말도 할 수 없을 거라는 거. 그렇지?"

몰라, 난 네가 무슨 말을 하는지 몰라. 나는…… 고개만 자꾸 내저었다.

"어떻게 몰라! 어떻게 모를 수가 있어! 도대체 여기서 뭘 더 해야 돼! 내가 어떻게 해야 네가……."

민재의 어깨가 형편없이 떨린다. 운전을 하고 있다는 게 용하다 싶을 정도였다.

"넌 정말 최악이야, 정해수. 그런데, 그런데도 난……."

괴롭게 일그러진 표정을 마주하기가 너무 힘들어 얼굴을 돌리다 그만 얼어붙어 버렸다.

"민재야! 앞!"

비명을 질렀지만 조금 늦었다. 그 후론 모든 것이 엉망이었다. 귀를 찢을 듯 요란한 브레이크 소리, 섬뜩한 충돌음, 날카롭게 파고들던 고통. 순식간에 부풀어 오른 에어백이 숨통을 막을 무렵, 정신을 잃어가면서 마지막으로 느낀 것은 필사적으로 내 손을 움켜잡은 민재의 처절한 울부짖음이었다.

"안 돼! 해수야! 제발! 해수야! 안 돼……."

승경이네 집에서 돌아온 날 밤, 나는 꿈을 꾸었다. 드물게도 찬란한 총천연색 꿈에 출연한 사람은 다름 아닌 해수였다. 한 번도 상상해 본 적 없던 해수의 알몸. 낮의 여자를 보며 역겨워하던 내가 바라던 대로 수줍고 청초한 반응을 보이던 해수는 부끄러워하면서도 나긋하게 내게 안겨왔다. 그 토할 것 같은 영상 속 여자와 같은 행동이었지만, 너무도 달랐다.

"아아, 죽을 것 같아!"

"윽!"

꿈속의 해수가 DVD 속 여자와 똑같은 말을 읊조리며 황홀한 표정을 지은 순간, 나는 벼락같이 꿈에서 깨어났다. 그러나 깨어난 뒤에도 한동안 극치감에 빠져 꼼짝도 하지 못했다.

"미, 미쳤어!"

거칠었던 숨소리가 겨우 잦아들고 나서야 아랫도리가 축축하다는 것을 깨달은 나는 기가 막혀 중얼거렸다. 몽정이 처음이었던 것은 아니다. 나는 퍽 성장이 빠른 편이었고, 성적으로도 그다지 늦되지는 않았으니까. 그렇지만 꿈은 늘 불분명했고, 아스라한 쾌감만을 가져다주었었다. 몸조차 제대로 가누지 못할 정도로 잔뜩 흥분한 지금과는 달리.

나는 모든 것을 부인하듯 재빨리 자리에서 일어나 찜찜한 흔적들을 제거하고 옷을 갈아입었다. 그러나 죄책감만은 지워낼 수가 없었다. 어떻게, 어떻게 내가 해수를……. 승경이네 집에 가야 해서 오늘은 함께 돌아가지 못한다고 했을 때, 불만스러운 듯 조금 입술을 쫑긋하던 얼굴을 떠올리며 반성을 하던 나는 당혹감에 낮게 으르렁거렸다. 그저 얼굴을 생각해 본 것뿐인데, 다리 사이가 또다시 무지근해졌다. 믿을 수가 없었다. 해수를 두고 이런 불온한 상상을 하다니. 그 깨끗한 아이를 두고 내가 어떻게.

침대에 걸터앉은 채 잔뜩 몸을 숙이고 흥분을 가라앉히려 했지만 그럴 수가 없었다. 아무리 딴생각을 하려 해도 되질 않는다. 결국 내 안의 짐승에게 무릎을 꿇은 나는 머뭇거리며 바지 속으로 손을 가져갔다. 뚜렷하게 맥박 치는 것을 슬쩍 쥔 채 또 한 번 망설였다. 그러나 처음 맛본 금단의 유혹은 쉽게 이겨낼 수 있는 게 아니었다. 결국 저항을 포기한 나는 승경이 하던 것을 떠올리며 서투르게 손을 움직이기 시작했다.

"아…… 해수야……."

머리가 아찔해지는 순간, 내 귀에 들린 목소리는 너무도 낯설었다.

눈앞이 온통 부글부글 끓었다. 세상 전체가 용암인 것처럼 격렬하게 뒤틀리고 끓어오르며 뒤죽박죽으로 섞여갔다.

똑. 똑. 똑.

어디선가 물방울 떨어지는 소리가 들렸다. 그리고 그 한 치의 오차도 없는 울림 속에 누군가의 흐느낌이 섞여 들렸다.

"내가 잘못했어. 내가, 내가……. 해수야, 내가 잘못했어."

민재다. 온몸을 날카로운 칼로 저미는 것 같은 고통 속에서도 민재의 떨리는 손길을 느꼈다.

'울지 마. 너 왜 자꾸 울어.'

어린 민재가 미끄럼틀에서 떨어져 부러진 팔을 움켜쥐고 서럽게 울고 있다. 그 위로 어른이 된 민재가 겹친다. 그리고 흐느낌.

'저건 민재가 아냐.'

민재는 절대 울지 않는다. 화가 나도 화를 내고, 슬퍼도 화를 내고, 부끄러워도 화를 낸다. 어디에도 우는 민재는 없다. 그런데 왜.

"다신 욕심내지 않아. 곤란하게도 안 해. 네가 싫다는 일은 절대로 하지 않을 거야. 그러니까 해수야……."

용암이 이마에 닿았나 보다. 뜨겁다. 그러나 놓치고 싶지 않다. 의식은 허우적대며 민재를 끌어안으려 애를 쓰는데 몸은 여전히 용암인 상태 그대로다.

"미안해. 미안. 미안해……."

민재의 목소리를, 물방울 소리가 덮어간다.

똑. 똑. 똑.

귀를 찢을 듯 커지는 그 소리가 듣기 싫어 도리질을 쳐보지만, 소용이 없다. 절대 빨라지지도 느려지지도 않는 소리. 마치 최면에 빠지기 위한 전조이기라도 한 것처럼 의식을 온통 지배하며 울리는 소리에 나는 끝내 무릎을 꿇었다.

의식이 들고 난 후, 가장 먼저 느낀 건 링거액이 떨어지는 소리였다.

똑. 똑. 똑.

평소에는 느낄 수도 없는 그 미약한 소리가 어찌 그리 선명하게 들리는 건지. 그제야 어지럽던 의식 속의 물방울 소리가 무엇인지 알아챈 나는 좀처럼 떠지지 않는 눈꺼풀에 힘을 주어 빛을 맞아들였다. 지끈, 이마에 통증이 일었다. 멍하던 눈동자에 초점이 맞춰졌을 때, 제일 먼저 눈에 띈 건 특색없이 하얀 천장이었다.

'여기가 어디지?'

생각하던 것도 잠시, 신경이 다시 링거에 쏠리자 이내 내가 병원에 있음을 깨달을 수 있었다.

'민재…… 는?'

끔찍했던 순간으로 기억이 달리는 순간, 오싹하는 공포가 나를 뒤덮었다. 사고가 났어! 깜짝 놀라 벌떡 일어나려 했지만, 실제로 움직인 건 의식뿐인 모양이었다. 날카로운 통증에 입이 떡 벌어질 정도인데도 여전히 몸은 침대에 누운 그대로였다.

"……민재는?"

속절없이 누워, 누구든 듣기를 바라며 입을 움직여 보았지만 내 귀에도 거슬리는 잔뜩 쉰 속삭임만이 되돌아왔다. 혼자인 건가. 민재에 대한 걱정으로 타 들어가는 가슴을 부여잡고 천천히 고개를 돌려보니 옆구리 옆쯤, 보드라운 머리카락이 흩어져 있는 게 보였다.

'민재?'

반가웠던 마음은 손끝에 닿는 사람의 느낌을 인식하는 순간 사그라졌다.

"언…… 니. 작은언니."

온 힘을 다한 부름에 잠이 들었던 언니가 깜짝 놀라 깨어났다.

"어머! 얘 깼네. 해수야, 이제 정신이 들어?"

반가움에 눈물을 글썽이는 언니의 손을 잡았다. 욱씬. 가슴이 아프다.

"어…… 언니. 민재는?"

다친 곳은 갈비뼈와 이마, 그리고 무릎이었다. 갈비뼈는 완전히 부러진 건 아니라 했고, 무릎은 그저 타박상에 불과했다. 좀 심각한 건 이마였다. 열한 바늘이나 꿰맨지라 아무래도 상처가 좀 남을 거란 말을 태평하게 내뱉은 의사는 그래도 몇 달 후 상처가 완전히 아문 후에 성형수술을 몇 차례 하면 거의 보이지 않을 거라며 별것 아니란 태도를 보였다. 그 말에 제일 분개한 건 아버지였고, 아버지가 화를 냄에 따라 병원에 붙어 있다시피 하던 민재의 어머니도 어쩔 줄을 몰라 했다.

"미안하다, 해수야. 그저 내가 죄인이다. 그 녀석이 정말 미쳤지, 그 한밤중에 애는 왜 불러내서……."

눈물을 흘리며 몇 번이고 사과를 하시는 바람에 내가 오히려 어색할 정도였다. 속도를 좀 내긴 했지만, 사고는 민재의 잘못이 아니었다. 보험사에서도 중앙선을 완전히 넘어와 돌진한 트력 과실이라고 결론 내렸다 했다. 우리는 그저 운이 나빴을 뿐이다. 그러나 그 말은 누구에게도 하지 못했다. 사고가 난 후 간단한 타박상에 대한 처치를 받고는 바로 퇴원해, 그 후론 두문불출 문밖 출입 한 번 하지 않는다는 민재가 한 번도 나를 찾아오지 않는 것에 모두가 화를 내고 있었기 때문이다.

"그 녀석은 멀쩡해. 아주~우 멀쩡해. 너무 멀쩡해서 내가 후려 패서라도 좀 다치게 하고 싶을 정도로 멀쩡해. 됐냐?"

민재는 어떠냐는 질문에 화를 내던 작은언니의 대답이 양가 식구들 모두의 생각인 모양이었다. 여자애 얼굴에 흉을 만들어놓고, 저만 혼자 멀쩡한 주제에 사과 한마디가 없다고 못마땅해하는 소리가 사람을 바꿔가며 끊임없이 쏟아져 나오는 걸 보면.

'민재가 찾아오지 않는 건 내가 더는 보지 않겠다고 해서야.'

잘됐지 뭐. 이젠 드디어 알아들은 모양이야. 다 잘됐어. 멍하니 생각하는 사이에도 마음은 끊임없이 진실을 속삭이고 있었다.

'거짓말하지 마, 정해수. 사실은 보고 싶잖아. 사고가 나기 직전, 민재가 한 말들이 무슨 뜻인지 궁금하잖아. 내내 흐느끼며 사과하던 게 꿈이 아닌 진짜 민재라고 믿고 싶어하잖아.'

천하의 미련퉁이, 해수. 미련은 정말 질긴 것인가 보다. 작정하고 마무리를 지은 지금에도 혹시나 하는 기대는 좀처럼 수그러들 줄을 모른다. 그러나 이번에도 내가 틀렸다. 만일 내가 잠시나마 두근거렸던 그 상상이 사실이라면, 민재는 이미 오래전에 내게로 와서 곁을 지켰을 것이다. 이렇게 나를 내버려 두는 대신.

　'이제 인정해, 정해수. 민재는 한 번도 너를 여자로 사랑한 적 없어. 알고 있잖아. 바보 같은 기대는 그만 버려.'

　아니, 그 정도가 아니다. 내가 원했고 민재가 받아들였듯, 우린 이제 완전히 끝인 거다. 인정하고 싶지 않은 그 사실을 기어이 인정하고 나서 괴롭게 눈을 감았다.

　다시는 그와 같은 사람은 만나지 못하리라. 같이 있을 때도 그렇지 않을 때에도 온전히 그 사람만을 생각하게 만드는 그런 사람은, 죽을 때까지 다신 없을 것이다. 슬픔에 눈물이 그치질 않았다.

　회복은 더뎠다. 아프다는 것을 이유로 애지중지, 모두가 조심스러워하는 바람에 마음껏 응석을 부려도 된다는 사실이 나로 하여금 모든 것을 방치해 놓게 했다. 하루 24시간. 아무것도 하지 않는 채로 멍하니 누워 다섯 살 이후로의 모든 날들을 되살려 냈다. 추억은 아름답다. 그러나 그 말은 그 추억에서 파생된 기억이 행복할 때만 적용된다는 사실을 이제야 알았다. 추억 속에서 걸어 나온 인물이 온통 민재인 지금, 추억은 그저 나를 괴롭히는 악몽일 뿐이었다.

간혹 혁진에게서 연락이 왔다. 처음에 그는, 사고가 났다는 사실을 혜진에게서 전해 듣고 조금 화가 난 듯했다. 전화를 걸 만한 상태가 아니었다는 말에 이내 누그러지긴 했지만, 실제론 혁진에 대해선 생각할 만한 의지도 여유도 없었다는 것을 알게 되면 뭐라고 할까. 찾아오겠다는 말을 극구 사양하며 만남을 미뤘다. 한없이 사람이 좋은 혁진에게 못할 짓만 계속 하고 있다는 것도 결코 가볍지 않은 부담이었다. 말을 해야지, 전부 다. 결심은 이미 굳어졌지만, 도대체 어떤 얼굴을 하고 어떻게 얘기를 해야 하는 건지 감이 잡히질 않았다.

'모든 건 다 나은 후에 생각하자.'

너무나 손쉬운 핑계를 대고 있는 거라는 사실을 알면서도 짐짓 모른 척했다. 모든 걸 한꺼번에 받아들이기엔 너무 힘이 든다. 민재 하나 잘라내는 것만으로도 이미 차고 넘치도록 아프다. 다른 건 조금 있다가. 나중에. 그런 마음으로 밀려드는 죄책감을 모두 밀어냈다.

깜빡. 깜빡.

옅은 커튼이 드리워진 창문에 동그란 빛이 반짝인다. 길게 두 번. 짧게 세 번. 다시 길게 두 번. 벌써 며칠이고 이어진 불면증 때문에 피곤함에 지쳐 늘어져 있던 몸이 절로 벌떡 세워졌다. 다시 길게 두 번. 짧게 세 번. 길게…… 습관처럼 밖으로 튀어나가려다 막 문고리를 잡은 손을 힘겹게 거둬들였다. 어릴 때,

민재에게 휴대용 손전등이 생긴 이후로 늘 사용하던 둘만의 신호.

'지금 나와.'

항상 들뜨게 했던 그 신호에 가슴이 콱 막혔다. 꼭 팔 주 만이었다. 사고가 나기 직전, 미친 듯 화를 내는 것을 보고 난 후론 단 한 번도 만나본 적이 없었다. 그런데 왜 갑자기, 이 새벽에. 울컥해진 가슴을 다독이고 고개를 저으며 독하게 중얼거렸다.

"안 나갈 거야, 박민재. 이젠 더 이상 너한테 휘둘리지 않아."

나의 다짐을 비웃듯, 전등 빛이 다시 한 번 창문을 휘저었다. 그래도 외면하고 이불을 뒤집어썼다. 그러나 꼭 감은 눈에도 옅은 빛은 계속해서 비쳐 들었다. 어쩌면 미처 잘라내지 못한 마음이 그 희미한 잔광을 느끼는 걸지도. 얼마나 되는지 모르는 시간 동안, 할 수 있는 한 오래 깜빡이는 불빛에 저항을 하다가, 더 이상은 견딜 수가 없어져 절망적으로 이불을 걷어내고 벽에 걸린 시계를 바라보았다. 이미 새벽 네 시. 살금살금 창가로 다가서 조심스레 커튼을 밀어젖히고 창밖을 내다보았다.

"저 바보."

저절로 흐느낌 섞인 혼잣말이 흘러나왔다. 또 얇은 티셔츠 하나만 입고 나와 서 있다. 날이 이렇게 추운데. 울컥울컥, 치미는 속상함에 되는대로 웃옷을 걸쳐 입고 하나를 더 집어 들고선 몰래 집을 빠져나가 계단을 내달렸다.

"왜 이러고 돌아다녀, 바보같이! 넌 추운 줄도 몰라?"

슬리퍼 밖으로 삐져 나온 발가락이 아프도록 시리다. 이런 날씨에 저런 옷만 입고! 파랗게 얼어버린 피부를 보니 울음이 터질 것 같았다. 화가 났음을 그대로 드러내며 들고 있던 점퍼를 거칠게 떠안기는데도 민재는 그저 얌전히 받아 들기만 할 뿐 걸칠 생각도 하지 않았다.

"지금이 도대체 몇 시야! 왜 사람 잠도 못 자게 괴롭혀. 왜!"

안타까움에 소리를 높이는데도 민재는 입을 열지 않았다. 다만, 다시는 보지 못할 사람을 대하듯 낯선 눈빛으로 조용히 나를 응시하기만 할 뿐이었다.

"……"

일단 민재의 얼굴을 보고 나니 나도 아무런 말을 할 수가 없었다. 마음을 접었다 해서 기억마저 사라지는 것은 아니다. 함께 나눠온 시간이 한꺼번에 떠오르며 마음을 헤집어놔, 수많은 감정들이 압도적으로 밀려와 숨을 쉬기조차 힘들었다. 들썩들썩. 어깨를 들썩이며 힘겹게 호흡을 이어가고 있는데 아주 오랫동안 가만히 바라만 보고 있던 민재가 천천히 손을 내밀었다.

'차가워.'

그게 내가 느낄 수 있는 전부였다. 아주, 아주 차가운 손가락이 만지는 것조차 두렵다는 듯 머뭇거리며 이마에 와서 닿았다. 조심스레 머리카락을 헤치고 이제 분홍색으로 변하기 시작한 흉터를 훑어 내렸다.

"괜찮아. 다 사라진댔어."

울음을 꾹 참으며 말했는데도 민재의 손가락은 거기서 오래오래 떠날 줄을 몰랐다.

"……무서웠어."

비로소 입을 연 민재의 목소리는 아주 나직했다.

"미친 거야, 내가. 내가, 내가 널……."

겨우 이마를 떠난 손이 느릿하게 볼을 쓰다듬더니 그림을 그리듯 얼굴의 윤곽을 따라 타고 내려갔다. 그러고는 다시 미끄러져 입술에 닿는 순간 민재가 재빠르게 뒤로 물러섰다. 아니, 손뿐 아니라 민재 전체가 뒤로 두어 걸음 물러섰다. 이제, 민재는 완전히 어둠속에 묻힌 사람 같다.

"……차라리 이렇게 예쁘지나 말든지."

아마 그렇게 말한 것 같았다. 너무 나직해서 알아듣기 힘든 목소리는. 별로 예쁘지 않은 나는 조금 어리둥절해져 민재를 올려다보았다. 그러나 푸른 어둠에 잠긴 눈빛은 여전히 분간하기가 힘들다. 침묵이 길어지고, 눈싸움하듯 서로를 바라보는 사이 어둠이 조금씩 걷혀갔다.

"갈게."

갑자기 입을 연 민재가 들고 있던 웃옷을 불쑥 내밀었다. 얼결에 그것을 받아 드니 민재는 미처 뭐라고 말할 틈도 없이 뒤로 돌아서 버렸다. 안타까움에 두꺼운 천을 꽉 움켜쥐었다. 어스름한 여명에 비친 어깨가 아프게 눈에 박혀 든다. 그리고 저벅저벅. 조용한 새벽 거리를 울리는 발걸음 소리에 맞춰 익히 알고 있는 뒷모습이 조금씩 멀어진다.

"아!"

그리 짙지 않은 어둠이 민재의 모습을 삼켜 버리자, 나도 몰래 따라가듯 몇 걸음을 옮기다 서글픔을 견디지 못하고 주저앉았다. 가슴이 콱 막혀 숨을 쉴 수가 없었다. 울고 싶다. 몇 번이고 반복해서 생각했지만 눈물이 나와주지 않았다. 마치, 울음마저 가슴을 막은 덩어리에 가로막힌 듯. 한 손엔 여전히 민재에게 걸쳐 주지 못했던 옷을 움켜쥐고 몇 번이고 가슴을 두드려 봤지만, 끝내 울음은 터지지 않았다. 절대로 나와주지 않는 울음을 원망하며 그 자리에 쪼그리고 앉아 있다가, 날이 훤해졌을 무렵에야 겨우 힘을 내어 자리에서 일어섰다.

며칠 후에 민재가 유학을 갔다는 소식을 들었다. 아주 춥고, 눈보라가 심한 곳으로 떠났다고. 식구들은 이미 다 알고 있는 일이라 했다.

"도대체 그런 얘기를 왜 나만 몰랐던 건데!"

소리를 높인 질책에도 다들 누군가 했으려니 했다는 무책임한 대답만이 돌아왔다. 민재가 유학을 가다니. 미칠 것 같아 다시 물었다.

"언제. 언제?"

나에게 뜻 모를 소리를 했던 그날이었다 했다. 그 푸르던 새벽에, 그렇게 떠나선 곧바로 비행기를 탔다는 뜻이었다. '감게' 그 짧은 말이 그런 의미였을 줄이야. 멍청해져 있다가 벌떡 일어나 단숨에 민재의 집으로 달려갔다.

"어머, 해수야! 네가 웬일이니? 몸은 좀 괜찮아?"

반갑게 나를 맞는 아줌마에게 대충 고개를 숙이며 집 안을 살폈다. 민재가 제일 좋아하는 생선찌개 냄새가 난다. 우리 집만큼이나 눈에 익숙한 풍경. 달라진 건 하나도 없었다.

"저기, 민재는요? 민재는……."

"아, 잘 도착했대. 아파트도 깨끗하니 마음에 든다더라."

정말, 가버렸단 말이야? 경쾌한 목소리에 의미없이 고개를 끄덕였다. 뒤이어 무슨 일로 왔느냐고 묻는 말에 억지로 머리를 쥐어짜내 더듬거렸다.

"저번에, 민재 방에 두고 간 게 있어서……."

"그래? 들어가서 찾아봐, 그럼."

"예."

다시는 돌아오지 않을 거라 생각했던 장소에 발을 디뎠다. 다리가 후들후들 떨린다. 침대 쪽으론 애써 시선을 주지 않으며 작은 방 안을 둘러보았다. 모든 것이 그대로다. 민재의 책들, 옷걸이에 걸린 야구모자, 협탁에 흩어진 CD들까지. 그런데 왜 민재는.

'그럴 리가 없어.'

민재가 떠났다는 사실을 믿을 수가 없었다. 손을 놓아도, 언제까지고 그 자리에 있을 거라 생각했다. 거기 있을 거니까 그래도 괜찮을 거라 생각했다. 볼 수 없어도, 만질 수 없어도, 민재가 늘 그 자리에 있다는 사실 하나만으로 견딜 수 있을 거라 생각했다. 그런데 이젠 아니라니. 믿을 수 없다. 고개를 저으며 현실을 부정하던 눈에 어색하게 가운데가 뻥 뚫린 책장이 들어왔다. 그 순간 가슴이 무너져 바닥에 주저앉았다.

없다. 민재가 내내 보관해 오던 초콜릿 바구니가. 도대체 왜 버리지 않느냐는 질문에 '그래도 네가 처음으로 만든 건데, 불쌍해서 못 버리겠다'는 말도 안 되는 이유를 댔던 그 낡아빠진 물건이, 보이질 않는다. 아주 오래도록 거기에 앉아 우리의 추억을 지켜보아 왔던 것이 사라졌다.

"흐윽……."

민재가 떠나던 날 터지지 않던 울음이 또 한 박자 늦게 터졌다. 나는 항상 이렇다. 조금씩 늦고 후회하고, 그러고도 또 조금 늦고. 그러나 늦는다고 해서 느끼는 감정의 강도가 약한 건 아니다. 미칠 것 같다. 먼저 손을 놓은 건 난데, 민재가 나를 두고 성큼성큼 가버린 것 같아 견딜 수가 없다. 민재는 여태 한 번도, 단 한 번도 나를 두고 먼저 가버린 적이 없었다. 그런 다정함이 이젠 끝났다. 그것이 너무나 슬퍼서 울고 또 울었다.

"찾았니?"

"……네."

"저녁 먹고 갈래? 생태찌개를 끓였더니 민재 생각이 유난히 나네. 너라도 같이 먹으면 좀 나을 것 같다, 얘."

"다음에, 다음에요, 아줌마. 제가 지금은 입맛이 좀 없어서……."

애써 시선을 피하는데 따뜻한 손이 내 손을 꼭 감싸 쥐었다.

"너, 울었니?"

낭패로워 입술을 깨물었다. 최대한 흔적을 지우고 나왔는데도 티가 났나 보다.

"하긴, 너라고 안 허전하겠니. 나도 정말……."

다정하던 목소리에 물기가 스몄다.

"갑자기 유학을 가겠다는 말을 들으니 얼마나 심란하든지. 사년 동안 고생했으니 졸업식이라도 하고 가라고 붙잡았는데도, 얼른 가서 어학부터 해결해야 제때 대학원을 시작할 수 있다고 서둘러 대지 뭐야."

왜 그렇게 서둘러서. 말도 없이. 슬픔에 몸속 어딘가가 찢어지는 것 같았다.

"너도 알다시피 우리한테 자식이라곤 그거 하나뿐인데, 하나밖에 없는 아들놈 보내놓고 이제 난 어떻게 산다니. 박사까지 마치려면 몇 년이 걸릴지 모르는데. 그 녀석 군대 갔을 때보다 더 막막하다니까."

울먹이는 목소리에 가슴이 콱 막혔다.

"도대체 왜 갑자기 유학 타령인지 알 수가 없어, 정말."

말을 하던 아줌마가 길게 한숨을 내쉬었다.

"아무래도 그놈이 널 볼 낯이 없어서 그랬나 보다. 그래서 그랬나 봐. 해수야. 너도 알잖니. 민재 그놈이 입은 험해도 마음은 약해. 아무래도 너 얼굴에 상처 낸 거, 그거 미안해서……."

탄식처럼 이어지던 말은 이내 작은 흐느낌에 삼켜졌다. '미안하다. 미안해', '넌 아직도 회사도 못 다니고 아픈데 나 속상하다고 이래서 미안한데……', '제 손으로 밥도 하나 할 줄 모르는 녀석이 혼자서 몇 년이나 어떻게 산대니'. 마음 약한 아줌마의 하소연에 마음이 욱신거린다. 슬픈 목소리가 나를 질책하는 것만 같아서. 내가 민재를 쫓아냈다 비난하는 것만 같아서. 그런 사고만 나지 않았다면 민재는 떠나지 않았을까. 아니, 내가 그렇게 독하게 굴지만 않았더라면. 그냥 여태까지처럼 지내며 내 마음만 참았더라면 이런 일이 없었을까. 가늘게 이어지는 울음소리를 듣다가 아줌마의 몸을 어설프게 끌어안았다. 민재의 보드라운 머릿결은 엄마를 닮았다. 흐느끼며 내 목을 간질이는 머리카락의 익숙한 감촉에 그리움이 툭 터져 버렸다.

'왜, 왜 네가 떠나. 도망을 치고 있는 건 난데, 왜 네가.'

내가 혼자 좋아하고 내가 혼자 포기한 건데, 왜 네가.

눈물을 참으려 꾹 감은 눈꺼풀 사이로 파랗게 얼어 있던 민재의 얼굴이 밀려들어 왔다. 그게 마지막이라니. 그 얼굴로 민재를 기억해야 하다니. 견딜 수가 없어져 눈을 더 꼭 감았다.

혜진으로부터 전화가 왔다. 들어보니 학교에서도 갑작스러운 민재의 유학이 상당한 화젯거리인 듯했다.

[곧 죽어도 이 교수님 밑에서 공부 끝낼 것 같더니, 갑자기 웬 심경의 변화래? 그 녀석, 국내파 박사도 잘나갈 수 있다는 걸 보여주고야 말겠다고 늘 자신만만이었잖아.]

궁금함 가득한 혜진의 목소리에 한숨을 쉬었다. 그랬다, 민재는. 반드시 유학을 다녀와야만 행세를 하는 세태가 못마땅하다며, 자신만은 국내파로 당당히 자리매김을 하겠다고 큰소리를 치곤 했다. 혜진의 말에 따르면, 이서한 교수도 민재가 갑자기 유학 쪽으로 가닥을 굳힌 것에 대해 못내 괘씸해하는 듯하다 했다. 온갖 제안을 뿌리치고 고국으로 돌아온 자신의 배경 탓인지, 이 교수는 국내에서 공부를 마치겠다는 생각이 확고한 민재를 유난히 총애했다. 재능이 있고, 심지가 굳은 제자에게 외국에서 배울 수 있는 것 이상을 가르치겠노라 야심이 대단했다. 그런데 갑자기 유학이라니. 배신감을 느끼는 것도 어찌 보면 당연할 것이다.

[도대체 갑자기 왜 그런 거래? 걘 대학원 시험, 보기만 하면 당연히 합격이었을 텐데 시험 날 나타나지도 않아서 사람 뜨악하게 만들더니, 갑자기 웬 유학? 지금 가면 어차피 미국 쪽 학기 시작도 못 맞추고 몇 달은 허송세월해야 할 텐데. 도무지 이해가 안 가. 뭐가 그리 급해 졸업식도 안 하고 떠났다니? 너 혹시 뭐 아는 거 있어? 민재 진짜 무슨 큰일 있는 거 아니야?]

조심스러운 물음에 아무런 대답도 못했다. 내 탓일 거라고 어떻게 말할까. 그만큼 오만해도 되는 걸까. 실은 민재가 떠난 건 내가 꼴도 보기 싫어져서가 아닐까. 아니, 아마 그럴 것이다. 잔인하고 무신경한 계집애라고 하지 않았던가. 서글픔을 참으려 입술을 깨물었다. 이제 슬퍼도 울지 않을 것이다. 울 때마다 손을 내밀어주던 민재는 더 이상 내 곁에 없다. 그것을 되새겨야 하는 일이 괴로워서라도, 나는 이제 울 수가 없다. 울지…… 않을 것이다.

"아팠다더니, 더 예뻐졌는걸? 몸은 이제 정말 다 괜찮아진 거야?"

커다란 카푸치노 잔을 꼭 움켜쥐고 앞자리에 앉는 혁진을 올려다보았다. 반갑게 웃는 얼굴에 죄책감이 울컥 솟았다. 전화로 몇 번이고 상태를 설명했는데도, 직접 확인이라도 하겠다는 듯 자리에 앉자마자 나를 샅샅이 살피는 모습에 눈물이 날 것 같았다. 저렇게 좋은 사람인데, 왜 사랑할 수가 없을까. 안타까움을 꾹 눌러 참으며 바라보자 혁진이 싱긋 웃어주었다. 기억에 있는 그대로 다정하게 웃는 얼굴. 잘 간직해 두자. 민재에게 상처받을 때마다 기댔던 포근함을 가슴에 또렷이 새기며 혁진이 커피를 시키고 그것이 날라져 오는 것을 지켜보았다.

"이마를 다쳤다더니, 말하는 법을 잊었어? 여보세요, 정해수 씨?"

고개를 갸웃하며 장난스럽게 손가락을 잡아당기는 혁진을 보니 갑자기 유혹이 솟았다. 말, 안 하면 안 될까. 그냥 눈 딱 감고 기대 버리면. 나는 지금 너무 외롭다. 그러나 그것은 너무도 비겁한 일이 될 터였다. 혁진에게도, 민재에게도. 욕심 많은 나를 꾸짖으며 힘겹게 눈을 감았다 떴다. 입술이 무겁다. 너무.

"저, 고백해야 할 게 있어요."

한가롭게 손가락을 희롱하던 손이 딱 멈추었다. 남자답게 힘 있는 그의 손가락을 멍하니 바라보며, 지금 이 자리가 다 꿈이었으면 했다. 어떻게 이 사람을 상처 낼까. 가슴이 아렸지만 내가 저지른 일은 절대로 없었던 일로 할 순 없을 만큼 큰 잘못이었다.

"듣고 나면 저, 다신 안 보고 싶어지실 거예요."

비장하게 중얼거렸는데도 반응이 없었다. 잘 못 들었나? 초조하게 입술을 깨물고 다시 말했다.

"저, 혁진 씨한테 너무 잘못한 게 있어요."

"앞으로도 내가 모를 가능성이 많은 일이라면, 말하지 마."

여태까지 혁진에게선 한 번도 들은 적이 없을 만큼 냉정한 목소리였다. 저 사람에게도 저런 면이 있었나? 놀라서 잠시 입을 다물었다. 침묵이 깔린 사이로 브람스의 교향곡이 파고들어 왔다. 너무, 무거웠다. ·하긴, 그래도 지금 꺼내놓은 말보다는 가벼우려나.

"사람은 누구나 조금씩 잘못을 해. 굳이 몰라도 되는 일이라면 말할 것 없어."

"하지만……."

"때로는 모르는 게 약이란 말도 있어. 해서 도움 될 말이 아니라면 안 해도 돼."

단칼에 잘라내는 목소리에 죄책감이 더욱 짙어져 갔다. 짓눌릴…… 것 같다.

"안 하고 이대로라면…… 제가 못 버틸 것 같아요."

완전히 죄인의 심정이 되어 고개를 떨구니, 머리 위로 차분한 목소리가 쏟아졌다.

"그 무게를 나한테 떠넘기겠단 말이로군."

차분하다고 해서 만만한 건 아니다. 차갑다고까지 느껴지는 음색에 가슴이 덜컹 내려앉아 숨도 못 쉬고 있다가 겨우 시선을 들어 올리자, 표정을 읽기 힘든 검은 눈동자가 똑바로 나를 향하고 있었다. 너무도 냉정한 표정. 당황해서 눈을 깜빡였다. 차라리 화를 내지. 절대로 평정을 잃지 않는 모습에 가슴이 서늘해질 정도였다.

"좋아. 말해봐. 그 죄책감, 기꺼이 내가 떠맡아주지."

겨우겨우, 모든 일을 털어놓고 나니 부끄러움에 얼굴이 말도 못하게 달아올랐다. 막상 말로 표현해 내니 내가 저지른 짓이 얼마나 경멸스러운 것인가가 다시 한 번 되새겨져 견딜 수가 없었다. 그러나 내 괴로운 고백에도 혁진은 별다른 반응이 없었다. 그저 리필을 청한 커피 잔을 들어 한 모금 마셨을 뿐이다.

"이유는?"

달칵. 차분하게 내려놓은 찻잔이 받침과 부딪쳐 내는 소리에 귀를 기울이다가 다시 한 번 힘겹게 혁진의 얼굴을 바라보았다. 화가 났을 텐데, 쏘는 듯한 시선 외엔 여전히 변한 것이 없었다.

'무섭다.'

평소의 서글서글한 모습에선 짐작할 수 없었던 자제력에 덜컥 겁이 나 고개만 저었다. 그렇게 대답을 회피하고 싶었지만, 혁진은 가차없이 다시 나를 채근했다.

"이유를 묻고 있어."

갑자기 목구멍이 아팠다. 목감기에 걸린 사람처럼. 꿀꺽. 힘겹게 침을 삼키며 고개를 숙여 내 몫의 카푸치노를 내려다봤다. 시간이 흘러 거품이 조금씩 꺼지고 있었지만, 코코아 파우더로 그려놓은 앙증맞은 고양이 그림은 사라지지 않고 그대로 남아 있었다.

"끝내고 싶어서."

"누구랑?"

주눅 든 목소리에도 용서가 있다. 다시 한 번 재우쳐 묻는 질문에 입술을 꼭 깨물었다 놓으며 순순히 대답을 했다. 그것이 혁진에 대한 마지막 예의일 것이다.

"민재하고요. 어떻게든, 차마 다신 볼 수 없게 되어버리고 싶어서."

이번엔 채근이 없었다. 다만 길고 긴 침묵이 그 자리를 대신했을 뿐. 그게 더 견디기 어려워서 나는 다시 한 번 입술을 깨물었다. 피하고 싶지만, 그럴 자격도 없다. 그저 따라오기만 하면 된다고 기회를 준 사람의 마음을 배신한 주제에 이 정도 껄끄러움조차 견디지 못한다면 말이 되지 않는다.

"후우!"

겨우 반응다운 반응이 느껴진다 싶더니, 등받이에 기댄 혁진이 느릿하게 안주머니에 손을 넣어 담배를 꺼내 불을 붙였다.

"……."

한 번도 내 앞에서 담배를 피운 적이 없는 혁진이었다. 그런 그가 의사조차 묻지 않고 담배를 피워 무는 것을 보며, 더 큰 죄스러움을 느꼈다.

"끝을 내기 위해서? 다신 보지 않으려고?"

차가운 목소리가 듣기에 많이 아팠다.

"그래서, 겨우 끝을 낼 마음은 든 건가?"

이번엔 내가 말을 잊을 차례였다. 높낮이가 느껴지지 않는 질문에 깊이 고개를 숙인 채, 코끝을 괴롭히는 담배 냄새를 민감하게 느끼며 긴 생각에 잠겼다.

"끝낼…… 거예요, 이런 마음 따위."

정말이다. 그렇지 않았다면 굳이 그런 식으로 민재와 나, 모두에게 상처를 남겨가며 마침표를 찍지는 않았을 것이다.

'다신 민재를 사랑하지 않아.'

뼈아프게 다짐을 하는데 갑자기 혁진의 목소리가 들렸다.

"그렇다면, 나는 어쩔 셈이지?"

할 말이 없어 고개를 푹 숙였다. 어쩔…… 거란 생각조차 해보지 못했다. 그땐, 민재만 생각했다. 민재만.

"전에 내가 말하지 않았던가. 애들 사이에 끼어들어 우습게 되고 싶은 마음 없다고."

분명히, 했다.

"그런데도 무시한 건, 역시 어려서? 스물넷이 그렇게까지 어린 나이인가?"

질책엔 거침이 없었다. 더불어 죄책감에도 한계는 없었다.

'울지 마. 넌 울 자격도 없어.'

입술을 지그시 물며 버티는데 재떨이를 끌어당긴 혁진이 아주 신중한 손길로 담배를 비벼 껐다.

"내가 왜 널 선택했는지 알아?"

차갑기만 하던 목소리에 냉소가 섞였다. 그 미묘한 차이에 따라 이야기의 초점도 바뀐 듯했다. '왜?' 마치 내게는 관심도 없다는 듯, 뒤로 물러앉아 팔짱을 낀 혁진을 보며 혼란스러워졌다.

"처음 만났을 때부터 넌, 다른 사람을 사랑하고 있다는 것을 숨기지도 못하고 있었어."

그런! 당황해서 얼굴이 빨개졌다.

"그래서 널 선택했다. 그토록 순도 높은 표정으로 하는 사랑이라는 거, 내게로 돌리고 싶어서."

뭐? 순식간에 멍해져 혁진의 얼굴만 바라보았다.

"끝내기로 했다고 했나? 그럼 됐어. 이제부턴 날 사랑해."

마치 저녁에 무얼 먹을지, 그걸 결정하기라도 했다는 듯 말끔해진 표정에 마음이 더욱 어지러워졌다.

"저기, 혁진 씨. 지금 전……."

"요즘 세상에 스물넷까지 숫처녀이기를 바라는 건 죄악이라던데, 너도 애초부터 아니었다 생각하면 그만이야. 어제 일어난 일이든 몇 년 전에 일어난 일이든, 과거는 과거일 뿐이야. 그러니 그 얘긴 여기서 끝내도록 하지."

"하지만!"

깔끔하게 얘기를 접어버리려는 혁진을 만류하고도 갈팡질팡, 어떻게 해야 할 바를 모르다가 혼탁한 머릿속을 비워내려 고개를 저었다.

"그냥 이렇게 묻어버리다니, 그건 말도 안 돼요. 모른다면 모를까, 알면서 어떻게. 아무리 생각해도 그건 아니야. 그러니까……."

"헤어지자고?"

"네."

"싫어."

"혁진 씨!"

"내가 괜찮다고 하는데, 뭐가 문제인 거지?"

기가 막히게도, 혁진은 빙글빙글 웃고 있었다. 문제는 그 웃음이 전처럼 다정하지가 않다는 거였지만.

"착각하고 있는 것 같은데, 정해수. 이제 이 관계를 계속해 나갈 건지 아닌지는 전적으로 내 결정에 달렸어. 헤어지자고? 네가 무슨 권리로?"

망연자실해 있는 나에게 혁진은 또다시 말했다.

"내게 미안해? 죄책감이 느껴지나? 그렇다면 날 사랑해. 그걸로 용서해 주지."

한없이 시니컬한 미소는 전혀 다른 사람 같았다. 도대체 뭐가 어떻게 된 걸까.

'늑대가 나타났다, 아우!'

오래전, 혁진의 농담이 떠올랐다. 나는 정말 어린양이 되어버린 것 같은 기분이 들었다. 꼼짝없이 늑대의 발톱에 갇혀, 잡아먹히기를 기다리고 있는, 가련한 어린양.

"전심을 다해, 정해수. 그래서 사랑이라는 게 절대 영속적인 것일 수 없다는 걸 증명해 보여. 그럼 너에게 내 전부를 주지."

혁진의 얼굴이 비로소 진지해졌다. 그러나 반갑지는 않았다. 저런 무시무시한 말을 아무렇지도 않은 표정으로 하는 남자라니. 혁진을 믿을 수가 없어졌다. 무섭다. 사람이. 무섭다. 사랑이. 진심으로.

꿈은 너무도 자주 나를 찾아왔다. 마치 서큐버스의 덫에 빠진 것만 같았다. 끊임없이 반복되는 꿈에서 깨어나면 다시 한 번 그것을 떠올리며 혼자만의 유희에 빠진다. 그 일은 마치 정해진 코스와도 같았다. 그러나 쾌락을 얻는 일에 점점 열중하는 몸과 달리, 마음은 불안함과 죄책감에 피폐해져 갔다. 무리도 아니다. 머릿속에서 상대로 삼은 게 해수라니. 미쳐 버리지 않는 것만도 다행이었다. 그러나 도저히 다른 사람을 떠올릴 수가 없었다. 승경은 이제 일주일이 멀다 하고 친구들을 끌어들여 가지각색의 컬렉션을 자랑했지만, 나는 그 어떤 것을 봐도 끌리질 않았다. 아니, 단 한 번 비디오를 보고 흥분한 적이 있었다. 그러나 전혀 다행이다 싶진 않았던 건, 그게 바로 오랜 소꿉친구를 쓰러뜨려 농락하는 내용이었다는 사실 때문이었다. 어쩌면 좋을까. 난 점점 더 이상해져 가고 있었다.

"에, 뭐야. 저거 지지난주에 한 거잖아."

"케이블이잖아. 그것도 삼방. 이미 본 걸 해주는 게 당연한 거 아냐."

"그래도. 최소한 한 달 정돈 지난 걸 해줘야지."

두 어머니는 백화점 세일에 가고, 둘만 남겨져 놀던 어느 오후였다. 어지간히 지루했는지, 해수는 소파에 다리만 올린 채 누워 거꾸로 TV 화면을 보며 빈둥거리고 있었다. 짧은 바지 아래로 삐져나온 긴 다리가 소파 등받이까지 걸쳐져 흔들거렸다.

"심심해. 재미있는 게 하나도 없어."

투덜거리던 해수가 베란다 쪽 창문에 기대어 게임을 하고 있던 내게로 데굴데굴 굴러왔다. 게으른 몸짓이었지만 그건 또 그대로 귀여웠다. 나는 해수에게로 눈길을 돌리지 않으려 애를 쓰며 게임에만 집중하려 했다. 그러나 제길. 바로 곁에 다가온 달콤한 향기에 정신이 팔려 때를 놓치고 말았다. 나쁜 괴물이 든 커다란 낫에 허리가 동강난 내 캐릭터를 멍하니 바라보던 나는 짧은 머리가 흐트러진 채 내 발밑에 누워 있는 해수를 흘끗 내려다보았다.

"더워."

작은 소리로 중얼댄 해수가 손으로 티셔츠 가슴 부분을 팔락거렸다. 브이 자로 패인 목선 아래로 아직 속옷을 입지 않은 속살이 보일 듯 말 듯했다. 그런 것까지 알고 있는 건 해수와 나의 엄마들 때문이다. 막내딸이 유난히 발육이 늦은 것 같다고 걱정하는 얘기 따윈, 내가 듣지 못할 곳에서 해달란 말이다. 덕분에 해수가 반에서 유일하게 브라를 하지 않는 아이라는 쓸데없는 정보까지 듣고 말지 않았는가.

"아, 포도다."

반색을 한 해수가 내 곁의 테이블에 있던 과일 그릇을 끄집어 내렸다. 그러곤 팔꿈치를 기대고 엎드린 채 포도를 먹기 시작했다.

"외삼촌 댁 거?"

"……응."

"아직 남아 있구나. 우린 벌써 다 먹어치웠는데."

"너넨 식구가 많으니까."

요즘 들어 죄책감에 제대로 바라볼 수가 없었던 모습을 몰래 훔쳐보고 있는데 문득 고개를 든 해수가 생긋 웃었다. 하얀 앞니 사이엔 까만 포도알이 물려 있는 채였다. 시고, 달콤한 포도. 순식간에 입 안에 침이 고여왔다.

"미, 민재야."

입 안에서 툭 터지는 포도알. 뒤를 따라 새큰한 즙이 혀를 감싸고돌았다. 달콤한 건 포도가 아니라 해수. 보는 것보다 더 보드라운 입술에 정신이 아득해지는 것 같았다. 먹을래? 포도알을 넘겨주는데도 해수는 꼼짝도 하지 않았다. 그래서 다시 낚아채왔다. 포도알보다 더 달콤한 설육까지. 열 번 백 번, 상상만 하던 감촉을 실제로 느껴보고 있다는 사실 때문에 미친 듯 흥분했다.

"민재야. 미, 민재야……."

울 것 같은 목소리를 무시했다. 엎드려 있던 해수를 단숨에 눕히고 내리눌렀다. 단순히 엎치락뒤치락할 땐 느끼지 못했던 감각이 척추 끝부터 머리 꼭대기까지 치솟아올랐다.

"해수야, 해수야……."

꿈에서 깨어나면 늘 그랬듯 정신없이 이름을 부르며 탐했다. 길고 곧은 목덜미도, 이제 겨우 몽우리를 만들어가기 시작하는 가슴도. 매끄러운 피부는 땀에 젖어 촉촉했고, 향기로웠다.

"하지 마! 싫어!"

정신을 차린 건 해수가 나를 미친 듯 밀어내기 시작했을 때였다. 깜짝 놀란 난 들썩거리는 가슴으로 천천히 심호흡을 하며 해수의 반바지 지퍼 위에 있던 손을 치웠다. 당황해 고개를 들어보니, 잔뜩 말려 올라간 해수의 티셔츠 아래로 드러난 몸에 몇 개고 붉은 자국이 생겨 있는 게 보였다.

"저리 가!"

다시 한 번 매섭게 어깨를 치는 주먹을 피하며 풀어주었더니 후다닥 자리에서 일어난 해수가 티셔츠를 끌어내리며 엉덩이 걸음으로 슬금슬금 물러났다.

"해, 해수야."

뭐라도 변명을 해 보려 했지만, 해수는 자꾸 뒤로 물러나기만 했다. 절망적으로 손을 뻗던 나는 잔뜩 겁을 집어먹은 눈에서 눈물이 주르륵 흘러내리는 것을 보며 그대로 굳어졌다.

"저, 저리 가. 만지지 맛!"

신경질적으로 소리를 지른 해수는 겨우 다리에 힘이 들어온 듯 일어서더니, 말릴 새도 없이 현관으로 달아나 버렸다.

"해수야!"

"너 따위, 정말 싫어!"

잔뜩 화가 난 비명 소리에 멍해 있다 뒤늦게 쫓아가 보았지만, 늦었다. 텅 빈 계단에 요란한 발걸음 소리가 멀어지고 있었다. 엘리베이터를 기다릴 여유도 없었다는 거지. 허둥지둥, 엉망인 발소리를 들으며 그 자리에 쭈그리고 앉아 무릎 사이에 고개를 처박았다.

시간은 빠르게 흘러갔다. 어려서, 빨리 어른이 되기를 바란 시절이 있었다는 것을 믿기 힘들 정도로 '어른의 세계'라는 것은 시시했다. 어쩌면 크게 바라는 것이 없는 하루하루가 계속 이어져서인지는 모르겠지만, 고작해야 이런 것을 얻기 위해 스물 몇 살이 되기를 고대했던가 하는 생각이 들 때면 그저 실소를 머금을 수밖에 없었다.

'비가 오네.'

머시멜로우가 잔뜩 든 커다란 핫초콜릿 잔을 들고 앉아 거무스름하게 선팅이 된 창을 통해 거리를 내려다보았다. 이층에서 내려다본 거리엔 어느새 갖가지 색깔의 우산들이 꽃처럼 피어 있었다.

"빌어먹게도 쏟아지네. 넌 비 안 맞았냐?"

투덜대며 앞자리에 앉는 혁진을 향해 생긋 웃으며 브이 자를 그려 보였다.

"아슬아슬하게 세이프!"

"세이프 좋아하네. 우산 안 샀다. 갈 때 실컷 맞아봐라."

심술궂은 표정으로 젖어버린 재킷을 확 털어 내게로 물방울을 튕겨내는 혁진을 보며 웃었다. 말은 그렇게 하지만, 집에 갈 때가 되면 슬그머니 우산을 챙겨 씌워줄 사람이다. 이젠 저 이중적인 심술에도 익숙해질 만큼 익숙해졌다.

"마실 것도 미리 시켰냐? 어째 애가 갈수록 뻔뻔해져."

"여긴 리필 되잖아요."

깍쟁이처럼 대꾸하니 혁진이 피식 웃었다. 예전의 녹아내릴 것 같은 미소와는 아주 다른 시니컬한 표정이었다. 처음의 다정함 따위는 어느 은하계의 얘기냐는 듯 생소해져 버렸지만, 나는 지금의 혁진 쪽이 더 좋았다. 뭐랄까. 조금은 못돼져도 뻔뻔해져도 그게 '나'인 이상 혁진에게만은 아무렇지 않게 받아들여질 것 같달까. 만사 냉소적인 혁진과 함께 있으면 세상 무엇도 중요한 것 같지가 않은 묘한 이율배반적인 느낌에 늘 마음이 편했다. 어쩌면 이건 이성 '친구'라는 내게는 익숙한 관계가 가져오는 조건반사적인 감정일지도 모르지만.

절대 헤어져 줄 수 없다며, 민재를 잊을 거면 이제부턴 자신을 사랑하라고 강압적으로 명령하던 모습과는 달리, 혁진은 얼마 지나지 않아 나를 포기했다. 민재가 떠난 지 딱 육 개월이 되는 날이었다. 혁진이 그렇게나 잘해주는데도, 아무리 해도 민재를 마음에서 떨쳐 버릴 수가 없어서 우는 날 보다가 그만 화가 난 모양이었다.

"지겹다, 지겨워. 맹목적인 사랑에 빠진 여자라는 거, 정말 끔찍하다. 그래! 네 사랑 참 대단하다. 숭고하다! 너 혼자 많이많이 해라, 그놈의 사랑!"

두 손을 번쩍 쳐들며 변할 줄 모르는 내가 징그럽다고 소리를 지르던 모습이 기억난다. 그때부터였다. 혁진이 지금 내 앞에 앉은 것과 같은 모습으로 변모한 것은. 때때로 섬뜩할 만큼 차가운 면이 있고, 그보다 더 드물게는 남들과 전혀 다른 시각을 보여줘서 당황시키기도 했지만, 그래도 항상 배려를 아끼지 않던 그는 사실 껍데기에 불과했던 것이다. 그건 마치 지킬박사와 하이드와도 같은 극적인 변모였다.

"어쩜 그렇게 사람이 달라질 수가 있어요? 이전의 그건 뭐야. 완전 사기? 이중인격?"

언젠가 물었을 때 혁진은 담배연기를 길게 뿜어내며 씩 웃었다.

"컨셉이지."

마음을 터놓을 필요가 없는 사람에겐 굳이 본모습을 내보일 필요가 없는 것 아니냐 했다. 불필요한 시선도 경계도 받을 필요 없이, 그저 상대가 원하는 대로의 모습을 보여주면 만사가 편안한 법이라고. 특히 여자들이 원하는 환상이라는 건 너무도 천편일률적이어서 연기랄 것도 없이 그저 보기 좋은 껍데기를 둘러쓰기만 하면 된다고도 했다. 그런데 나한테는 이제 더 이상 그럴 필요가 없다 했다. 더 이상은 '그의 여자 후보'가 아니라서.

"그래도 너무해. 전엔 그렇게 잘해줘 놓고, 이럴 수가 있는 거예요?"

볼멘소리에도 피식, 멋모르는 소리 말라는 듯 비웃기만 했었다.

"잡아놓은 물고긴 제 건데도 밥 안 주는 게 남자들의 특성이다. 그런데 내가 왜 내 어장 소속도 아닌 물고기를 먹여 살려야 되는 건데?"

귀찮다는 듯 내뱉는 말에 오히려 실소가 터졌었다. 그리고 그 후로, 혁진은 내게 둘도 없는 오빠이자 친구가 되었다.

'오빠치고는 많이 특이하지만.'

무엇을 의논해도 시니컬한 답만 내놓는 주제에, 이상하다고 말하는 나를 더욱 이상한 사람 취급하곤 하는 혁진을 생각하니 살짝 웃음이 났다.

"어머니 등쌀에 허리가 휘청해. 독하기도 하시지, 양반 참."

내가 무슨 생각을 하는지 알 턱이 없는 혁진은 삼십대 중반이 되도록 장가도 가지 않는 아들놈이 괘씸하다며 대신 그동안 번 돈으로 명품 가방을 선물하라고 닦달했다는 어머니 애기를 꺼내며 한숨을 짓고 있었다.

"말이 되냐. 아들이 밤잠 못 자고 일해서 번 돈으로 당신 명품 치장이나 하라 하시는 게?"

"에이, 엄살인 거 다 알아요. 그래도 보기 좋은 걸요? 어머니 선물로 고민하는 모습."

"선물? 선물 좋아하네. 이번에도 선 안 본다고 그랬다고, 안 볼 거면 대신 가방이나 하나 사내라고 하신 거라고. 그게 무슨 선물이냐. 이건 어디까지나 대가성 뇌물이야, 뇌물."

"그럼 선을 보지 그랬어요? 남자 나이 서른셋이면 이제 슬슬 꼬부라지기 시작하네."

"너까지 그 소리냐?"

흥! 코웃음을 친 혁진이 담배를 피워 무는 걸 보며 천천히 잔을 들어 핫초콜릿을 한 모금 머금었다. 마시기에 적당할 만큼 식은 액체가 입 안을 부드럽게 감싸주었다.

"가끔은 보지 그래요, 선."

조심스럽게 건넨 말에 혁진이 시큰둥한 시선을 보내왔다.

"선봐서 뭐 하라고. 결혼? 그럴 거면 차라리 너랑 하지. 네가 가질래, 내 마누라 자리?"

쿡. 혁진의 아내라니. 상상도 가지 않아 그냥 웃어버리자 혁진이 어깨를 으쓱했다.

"그거랑 똑같은 소리 아냐. 너한테 나랑 결혼하자 하는 거나,

나한테 선을 보라는 거냐.”

똑…… 같은 건가. 곰곰이 생각에 잠겼다.

“도대체 어른들이란 포기를 몰라. 그만큼 결혼 안 한다고 했으면 이제 좀 포기하실 때도 되지 않았나.”

“정말로 안 할 거예요, 결혼?”

말을 내뱉은 순간 이미 후회했다. 아닌 것 같아도 어딘지 모르게 굳어져 버린 혁진의 표정을 감지해 버렸다. 실수, 했다.

“미안. 월권했어요.”

“지금 막, 엉덩이를 한 대 두들겨 줄까 생각 중이었어.”

별것 아니라는 듯 대꾸하지만 담배를 비벼 끄는 손길이 유난히 집요하다. 또, 떠올리게 해버렸구나. 미안해져 가만히 입술을 깨물었다.

‘첫사랑도 딱 나 같았다고 했지. 그래서 내게 그런 거라고.’

빗발이 점점 거세지는 창밖을 향해 투덜거리는 혁진을 바라보면서 생각에 잠겼다.

혁진은 한눈에 빠지는 사랑을 안다고 했다. 대학에 입학한 직후, 단 한 번 스쳐 간 여자에게 정신없이 빠져들었다고. 알고 보니 여자 쪽이 선배였고, 오 년이 넘게 헌신적으로 사랑하고 있는 남자가 있다는 사실마저 다 무시할 만큼 맹목적인 사랑이었다고 했다. 그러나 아무리 사랑해도, 아무리 아껴줘도, 여자는 그를 돌아보지 않았다고도 했다. 가끔, 너무나 사내다운 남자의 독선적인 행동에 상처 입을 땐 그의 품에서 울었지만.

217

한 번은 그런 말을 하기도 했단다.

"네가 그 남자였으면 정말 좋았을걸. 너 같은 남자, 정말 너무 좋은데."

혁진은 항상 '너 같은 남자'였다. 그 여자를 사랑하는 '권혁진'이란 존재가 아니라. 그래도 좋았다. 아직 가능성이 남아 있다면, 그것만으로 좋았다. 혁진은 그 여자를 세상 누구보다도 사랑했고, 그 여자의 남자는 여자에게는 정말 나쁜 놈이었으니까. 언젠간 변할 거라 생각했다. 알아줄 거라 생각했다. 그런데 누가 봐도 분명한 그 사실을 여자만은 모르는 듯, 혹은 알고 싶지 않다는 듯, 눈을 감고 귀를 막고 그 남자만 사랑했다.

"왜 그놈이야! 왜 내가 아니고 그놈이야! 널 행복하게 해줄 남자가 누군지, 정말 그렇게 몰라!"

드디어 청첩장이 뿌려지던 날, 아름다운 신부가 되기 위해 마사지를 받고 돌아오는 그녀를 납치하다시피 데려다가 물었다. 안 된다고, 이건 사랑이 아니라 습관일 뿐이라고 울부짖었다. 그러나 돌아온 대답은 너무나 다정한 한마디였다고 했다.

"혁진아, 중요한 건 내가 그 남자를 사랑한다는 사실이야. 모르겠니?"

그런 것 하나 모르는 '좋은 동생' 권혁진은 여자가 한들한들 걸어서 자신을 떠나는 것을 멍청히 바라만 보았다.

그게 끝이었다고 했다. 결혼하고 여자는 이내 남자와 함께 외국으로 유학을 떠났고, 들려오는 소문은 내내 그 남자가 여전히 얼마나 호탕한지, 아내를 제외한 모든 이에게 얼마나 관대한지 하는 얘기뿐이었다. 행복하지 않을 거라 생각한다. 어느 여자도 그렇게 자신에게, 자신의 사랑에게 엄격한 잣대를 들이대는 남자와는 행복할 수 없다고 생각한다. 그래서 기다린다. 언젠가는, 여자가 눈먼 사랑으로부터 눈을 뜨는 날이 오기를.

'내가 정말 그 여자를 닮은 걸까.'

첫눈에 알아봤다고 했다. 한 남자만을 바라보는, 맹목적인 사랑을 가슴에 품은 눈빛. 그래서 꺾어보고 싶었다 했다. 마음을 돌려보고 싶었다 했다. 내가 돌아봐 준다면, 그쯤에서 기약없는 기다림을 그만두어야겠다고 생각했다 했다. 절대로 자신의 사랑을 꺾지 않았던 첫사랑 대신, 나를 평생의 반려로 여기며 엄청나게 아껴주었을 거라며 시니컬하게 웃었다. 그러나 혁진도 알고 나도 안다. 그런 일은 있을 수 없다. 내가 그렇듯이 혁진 또한 미련한 바보에 불과한 것을. 삼 년이 걸려 기껏 깨달았다는 게 '민재에 대한 마음을 접을 수는 없다. 아무래도 불가능하다. 누구에게도 들키지 않는 게 그마나 내가 할 수 있는 최선인 것 같다' 가 전부인 나나, '평생이 걸려도 좋으니 언젠간 다시 내 품에서 울어주기를' 이 인생의 목표인 혁진이나 막상막하인 결함인간들이랄까. 때론, 그래서 이토록 잘 맞는지도 모른다는 생각을 했다. 남들이 보기엔 사귄다는 말에 전혀 위화감이 없을 만큼 자주 어울리고 마음을 털어놓는 사이. 그러나 정작 둘은 서로의 사랑에 대해서 완벽하게 인정을 해버린 사이. 어쩌면,

민재가 없는 그 긴 시간을 버티게 해준 원동력이 바로 혁진일지도 몰랐다. 아이러니하게.

"네가 좀 골라봐라. 어머니 선물. 상대적으로 덜 비싸고 더 비싸 보이는 놈으로."

"언니들한테 물어볼게요."

"제대로 고르면 너한테도 우수리 조금 떨어진다."

"정말?"

배시시 웃는 나의 코를 혁진이 가볍게 튕겼다.

"여우 짓은 그놈한테 가서나 해. 어디 내 앞에서."

겸연쩍게 웃으며 혀를 날름했다. 민재 앞에서. 그러면 무슨 소용이 있을까.

'할 수 있을 턱이 없잖아, 내가.'

또다시 기억 저편에서 떠오르려 하는 그림자를 누르며 중얼거렸다. 할 수 있다 해도 달라질 건 없다. 무엇도 소용이 없었을 거라고 생각한다. 혁진처럼.

'그럼 나도 기다려야 하는 걸까.'

모르겠다. 기다리면 무엇이 바뀌기나 하는 건지. 그냥, 시간이 지나면 이 마음도 조금은 엷어지지 않을까 싶다. 삼 년이 지난 지금은 민재를 생각해도 울지는 않는 걸 보면, 한 삼십 년쯤 지나면, 혹은 삼백 년쯤 지나면 아주 잊을 수도 있을 것이다. 아마 그럴…… 것이다.

✳

"저기, 그러니까 제가 미리 말씀드렸잖아요. 너무 늦은 시간이라서 집 앞까지 좀 부탁드린다고……"

"이 아가씨 정말 말로 해선 안 될 사람이로구만! 여자인 게 벼슬이야? 그깟 거 몇 걸음도 안 되겠구만 그냥 걸어가면 되지, 뭐 그리 귀하신 몸이라고 차를 이 좁아터진 길에 밀어 넣어서 오도 가도 못하게 해?"

난감한 마음으로 빡빡하게 이중 주차가 되어 있는 아파트 주차장을 바라보았다. 오늘따라 차가 좀 많기는 했다. 그러나 지나가지 못할 정도는 아닌데, 꼼짝하지 않고 멈춰 서서 소리를 높이는 택시기사의 행동을 이해할 수가 없었다.

"그렇게 밤길이 겁나면 일찍일찍 다니든지! 밤늦게까지 싸돌아다니다가 열심히 일하는 사람을 엿 먹여, 엿 먹이길. 말만한 기집애가."

재고조사 때문에 며칠째 밤샘을 하다시피 하는 중인 줄도 모르는 주제에 마구 내뱉는 말에 순간적으로 화가 났지만 가만히 호흡을 고르며 조심스럽게 입을 열었다.

"죄송해요. 이렇게 길이 좁을 줄 몰랐어요. 평소엔 이 정돈 아닌데. 여기서 그만 내릴게요."

"자기 몸만 싹 빠져나가면 다야? 이 시간엔 움직이는 게 다 돈인데, 사람 여기다 묶어놓으면 뭘 어쩌겠다는 거야!"

이제 겨우 알 만했다. 웃돈을 바라는 거로구나. 빤히 보이는 속내를 감추려고 더욱 소리를 높이는 기사가 불쾌했다. 생각 같 아선 한 푼도 더 주고 싶지 않았지만, 지갑을 쥐고 망설이던 끝 에 미터기에 찍힌 금액에 미안하지 않을 만큼의 돈을 더한 액수 를 꺼냈다. 싸움은 싫다. 막나가는 사람도 무섭다. 그러나 나도 화가 난 터라 곱지 않은 손길로 말없이 돈을 건네고 택시에서 내리는데 거친 욕설 소리와 함께 운전석 문이 벌컥 열렸다.

"이 아가씨가 정말 장난치나. 야! 남의 차를 못 빼게 박아놨으 면 최소한 두 배는 줘야지. 너 지금 내가 거지로 보여?"

함부로 던져진 말에 놀라 뒤로 두어 걸음 물러서며 기사를 바 라보았다.

"요거 아주 돼먹지 못한 기집애 아냐! 지금 나한테 꼴랑 돈 삼 천 원 먹고 떨어져라 이거냐?"

언제 봤다고 막말인지. 울컥 화가 나는 한편 두려워졌다. 지 친 어깨에 메고 있던 가방끈을 꼭 붙잡으며 달래듯 대꾸를 했 다.

"미터기보단 더 드렸잖아요. 제가 운전은 잘 못하지만, 이 정 도면 충분히 지나가실 수 있을 것 같은데 왜 자꾸 이러세요."

"뭐? 너 지금 뭐라 그랬어!"

뭐가 그렇게 분한지, 미친 듯이 펄펄 뛰던 기사가 단숨에 보 닛을 돌아 다가왔다. 뭐, 뭐야. 이 아저씨. 겁에 질려 조금 더 뒤 로 물러섰다.

"재수가 없으려니까 진짜! 어디 기집애가 날 바뀌고 제일 먼저 타서는! 오늘 하루 재수 털릴 거 뻔히 알면서도 불쌍해서 태워다 줬더니 뭐? 충분히 지나갈 수 있어? 지금 니가 날 가르치냐? 어? 어디서 기집애가 눈을 똑바로 뜨고 어른한테! 이게 진짜 확!"

광분해서 날뛰는 모습에 질려 주춤주춤 뒤로 물러서는데 마구 핏대를 세우던 기사가 금방이라도 한 대 칠 듯 팔을 잔뜩 치켜올렸다. 엄마! 놀라 눈을 질끈 감으며 본능적으로 몸을 움츠리는 순간 갑자기 뒤에서 나직한 말소리가 들려왔다.

"아저씨, 뭐야?"

목소리보다 'Obsession night'의 향기를 먼저 알아챘다. 두근두근. 머리에서 시작된 깨달음이 혈관을 타고 뜨겁게 달려 내려간다. 민재다. 민재가 돌아왔다. 몸이 덜덜 떨리기 시작했다. 모든 세포가 빨리 그를 보고 싶다고 아우성을 친다. 아아, 두렵고 또 기쁘다. 민재라니. 삼 년 만에 겨우, 민재를 볼 수 있다니. 눈을 뜨면 이 모든 게 꿈일 것 같은 두려움에 망설이고 망설이다가 조심조심 눈꺼풀을 밀어 올렸다. 바로 앞에, 어느새 나를 단단히 가로막은 민재의 뒷모습이 있다. 아니, 기억에 있는 민재와 닮은 그 누군가의 뒷모습이.

놀란 눈으로 낯선 등을 바라보았다. 길다고도 짧다고도 할 수 있을 삼 년 사이, 민재는 많이 달라져 있었다. 후리후리 선이 가늘던 몸은 어디로 사라졌는지 옷 위로도 충분한 양감이 느껴질 정도로 단단한 근육질의 몸이 몹시 낯설었다. 바람에 살랑살랑 날릴 때면 마음도 함께 흔들리게 하던 가느다란 갈색 머리카락도 바짝 짧게 쳐져, 이젠 어지간한 바람이 분다 해도 흩날리지 않을 것 같았다.

'무슨, 군인 같아.'

짧은 시간에 떠오른 생각에 낯설어하고 있는데, 손에 들고 있던 담배를 귀찮은 듯 느릿하게 한 모금 빨아들인 민재가 연기를 기사의 얼굴에 훅 뿜었다.

"아저씨, 운전 말고 애들 삥 뜯어서 먹고 살아?"

"이, 이 머리에 피도 안 마른 녀석이!"

"머리에 피는 벌써 애저녁에 다 말랐고, 혹 그렇다 쳐도 더 어린애 삥은 안 뜯어. 양아치같이 힘없는 여자한테 손질하려고 달려들지도 않고. 아저씨, 그렇게 힘이 세? 아무한테나 손 올릴 만큼? 누굴 못 패서 안달이 났으면 나랑 한번 붙어볼래?"

성의없이 툭 담뱃재를 털어내며 하는 대꾸가 어지간히 불량하다 싶었는지, 입을 다문 택시기사가 흘끗 자기 차를 돌아보았다.

"이 넓은 길에 차도 못 빼는 실력에 택시를 몰아? 제발 잘라 달라고 회사에 전화 넣을까?"

다시 한 번 이죽거리니 성에 못 이긴 기사가 또 욕설을 내뱉었다.

"그 주둥아리 못 닥쳐? 누구한테 계속 욕질이야, 욕질이!"

민재도 화가 났다. 들고 있던 담배를 홱 던져 버림과 동시에 앞으로 한 걸음 나선 몸이 팽팽하게 당겨져 있었다. 기사 역시 그것을 느꼈는지 벌게진 얼굴로 뒤로 물러섰다.

"나 참, 재수가 없으려니까! 이래서 기집애들은……."

"씨발! 헛소리 그만 하고 안 꺼져?"

주먹 쥔 손을 조금 들어 올린 민재가 두어 걸음 더 다가서자 그제야 기사의 입이 딱 닫혔다. 그러곤 후다닥, 운전석에 올라탄 그는 길이 좁다고 타박하던 것을 무색하게 할 만큼 빠른 속도로 주차된 차 사이를 빠져나갔다.

'잘만 빠져나가네.'

어이없는 기분으로 요리조리 좁은 틈을 빠져나가는 택시를 보다가 문득 정신을 차렸다. 두근두근. 잊고 있던 심장박동이 다시 아프도록 선명하게 느껴지기 시작했다. 민재가 바로 옆에 있다. 그걸 의식하자 온몸의 신경이 잡아당겨지는 것만 같았다. 어쩌지. 그렇게 헤어진 민재를 어떤 얼굴로 보아야 하는 걸까. 한참을 쩔쩔매다가 겨우 용기를 내어 옆에 선 민재를 올려다보았다. 아무리 봐도 좀 낯설다. 달라진 모습도 그렇거니와, 바로 옆에 있는 나를 쳐다도 보지 않는 무심한 표정도 그랬다.

"저기, 언제 왔어?"

어색한 분위기가 싫어 조심스레 묻자 민재가 흘끗 돌아봤다. 순간 가슴이 쿵 소리를 냈다. 정말, 변했다. 전에 익히 알던, 쉽게 화내고 쉽게 웃던 민재는 아주 딴 사람인 것처럼 깊고 차분해진 눈빛이 너무나 어색했다.

"만날 이렇게 늦냐?"

"아니, 요즘은 재고조사가 있어서……."

민재는 내 말엔 대답도 하지 않고 물었다. 마치 어제 헤어졌다 만난 사람처럼 아무렇지 않은 모습이었다. 나무라는 것 같은 말투에 조금 주눅이 들어 중얼거리자, 고개를 한 번 짧게 끄덕인 민재가 저벅저벅 걸음을 옮기기 시작했다. 우리 집 쪽이다. 잠시 그 자리에 서서 발치로 길게 드리워진 민재의 그림자를 내려다보다 천천히 그를 따라 걸었다. 느릿한 내 걸음만큼 민재의 움직임도 느리다. 걸음걸이에 따라 움찔거리는 그림자만을 가만히 응시하다 용기를 내어 주머니에 손을 찔러 넣은 민재의 등을 바라보았다. 삼 년 만이다. 저 모습을 보는 건. 남들은 유학 기간 동안 한국에 나오질 못해 안달인데, 방학이 되어도 도무지 나올 생각도 하지 않는다고 푸념하시던 민재 어머니의 얼굴이 눈앞을 스쳐 지나갔다.

"다니러 온 거야?"

"……."

다시 한 번 용기를 내어 물었지만 이번에도 대답이 없었다. 민망함에 얼굴이 조금 붉어져 다시 고개를 숙였다. 두상이 그대로 드러난 민재의 그림자가 역시나 낯설다. 헤어스타일에 유난히 신경을 쓰던 민재였는데. 남달리 말을 잘 듣는 머릿결에 어울리는 스타일을 찾으러 유명하다는 미용실을 두루 순례하는 일도 마다하지 않았었다. 그런데 이제 보니 아주 짧은 머리도 잘 어울린다. 넓어진 어깨와 탄탄해진 몸 탓인지도. 멍하니 생각에 빠져 있다 화들짝 놀라 고개를 털어냈다. 이렇게 넋을 빼고 있다간 내가 무슨 생각을 하는지 다 들키겠다. 돌아보지도 않는 민재의 눈치를 살피며 벌렁거리는 심장을 달랬다.

"앞으로도 계속 늦냐?"

겨우 현관 앞에 도착했다 싶었을 때 내내 입을 다물고 있던 민재가 다시 물었다. 나는 천천히 고개를 끄덕였다. 창고가 한 군데만 있는 게 아니기에 앞으로도 일주일 정도는 계속 늦어야 할 것이다. 무언의 대답을 들은 민재가 입속으로 뭔가 중얼거리더니 고갯짓으로 재촉을 해 보였다.

"들어가라."

퉁명한 민재의 말에 따라 낮은 계단을 몇 개 올라가 엘리베이터 버튼을 눌렀다. 머뭇거리다 뒤를 돌아보니, 민재는 여전히 그 자리에 서서 나를 올려다보고 있었다.

"저기……."

"……."

"조금 전에, 고마웠어."

상식 이하였던 택시기사를 떠올리며 인사를 했는데도 민재의 표정엔 변함이 없었다. 그저 비스듬히 주머니에 손을 찔러 넣은 채 꼼짝하지 않고 서 있었을 뿐이다. 스르륵. 엘리베이터 문이 열리는 소리에 몸을 돌린 나는 아무도 없는 엘리베이터 안으로 들어가 9층 단추를 눌렀다. 천천히 닫히는 문 사이로 민재가 보였다. 여전히 움직이지 않은 채 가만히 나를 바라만 보는. 그러고 보니, 두 시도 넘었는데 이 시간에 밖에서 뭘 한 걸까. 때 늦은 의문은 땡 소리와 함께 엘리베이터 문이 열리는 바람에 잊혀져 갔다.

피곤에 절어 죽을 지경인데도 잠이 오지 않는다. 가만히 두 무릎을 세우고 앉아 민재의 모습 하나하나를 되새겨 보았다. 달라진 외모. 달라진 눈빛. 달라진 표정. 그 안에, 삼 년 전 몇 번이고 되풀이해 생각해 보았던 사고 직전의 절박한 모습은 없었다. 떠나던 날 보았던 쓸쓸한 표정도 없었다.

'그래도 혹시나 했었는데.'

어리석은 내가 불쌍해 조용히 머리를 감쌌다. 그 의미심장하던 말들, 미칠 것 같던 표정. 이해할 수 없는 단어의 편린들 속에서 뭔가 희망을 찾아내려다 한숨짓던 날이 며칠이었던가. 결국 민재가 짧은 인사만을 남기고 떠나 버려 그 꿈을 버린 후에도 한 가닥 소망만은 버리지 못했다. 민재가 돌아오면, 이만큼 떨어져 있다 다시 만나면 뭔가가 달라질지도 모른다고. 그때쯤이면 혹시 내가 여자로 보일지도 모른다고.

그런데 현실은 이런 것이다. 돌아온 민재의 눈에 나는 아예 보이지 않는 것 같았다. 이십 년 가까운 세월 동안 보아오던 친근함도, 내게만 보여주던 다정함도, 마지막 몇 달 간 보여주던 증오에 가까운 반감마저도 더는 없었다. 그런 표정을 보여줄 이유마저 이젠 사라진 모양이다. 비참함에 몸서리치다, 그러면서도 민재를 보게 되어 기뻐하는 심장을 깨닫고 말았다. 보지 못하는 사이 삼 년. 벌써 삼 년. 그런데도 난 아직 조금도 변하지 못한 채였다. 한심하게도.

✱

하루 종일 들어온 자료들을 빼곡히 문서에 채워 넣고 저장을 한 후 뻐근해진 뒷목을 주무르며 컴퓨터 전원을 껐다. 마지막까지 함께 있던 정윤도 밤 열한 시쯤 퇴근을 해버렸기에 아무도 없는 사무실은 그저 을씨년스럽기만 했다. 찬찬히 문단속을 한 후 열쇠를 핸드백 앞주머니에 넣고 야무지게 지퍼를 닫고 나서 엘리베이터를 타고 아래로 내려갔다. 막 순찰을 돌고 온 참인지, 손전등을 들고 경비실로 들어서려던 경비가 나를 보며 반갑게 손을 흔들었다.

"오늘도 늦었네? 이제 다 나온 거지?"

"네. 제가 마지막이에요."

"그놈의 재고조사가 사람 잡네, 잡아. 언제까지 해?"

"한 일주일만 더 하면 될 것 같아요. 직접 나가서 뛰시는 분들이 힘드시죠 뭐."

생긋 웃으며 계단을 내려가는 내 뒤로 밤길 조심하라는 의례적인 인사가 던져졌다. 살짝 뒤를 돌아보며 고개를 까딱하고 길로 나선 나는 택시는커녕 지나다니는 차 한 대도 보이지 않는 밤거리를 보며 한숨을 쉬었다. 혹 어제 같은 기사를 만나면 어떻게 하나. 걱정에 마음이 무거워졌다. 그래도 교통량이 많은 큰길로 나가려는데, 갑자기 뒤에서 웬 자동차가 헤드라이트를 켰다 껐다 했다. 방해가 된 건가. 되도록 길가로 붙어 서서 계속 걸음을 옮기는데 이번엔 가볍게 빵빵거리는 소리가 들렸다.

'뭐지?'

뒤를 돌아보니 흔히 볼 수 있는 검은색 세단 한 대가 불을 밝힌 채 길가에 서 있었다. 방해되진 않을 텐데. 뜨악하게 생각하며 다시 몸을 돌리는데 운전석 쪽 창문이 열리더니 누군가의 머리가 불쑥 튀어나왔다.

"꼭 불러야 누군지 아냐? 타."

민재? 갑자기 나타난 인물을 보고 깜짝 놀랐다. 이 시간에 여긴 웬일일까. 아니, 우리 회사는 어떻게 알았지? 두서없이 떠오르는 생각에 멍청히 서 있는데 다시 한 번 가벼운 채근이 던져졌다.

그러고 보니 민재 어머니의 차였다. 흔한 차종이기에 미처 알아보지 못했을 뿐. 조수석에 올라타니 엄마의 차에서와 똑같은 향기가 풍겼다. 하긴, 어지간히 친한 두 분이니 방향제 하나라도 함께 고르셨을 가능성이 클 터였다.

"언제 왔어?"

도대체 무슨 얘기를 해야 하나 고민하다가 그나마 제일 무난한 것을 물었다. 민재는 휙 고개를 돌려 길이 빈 것을 확인하며 아무렇지 않게 대꾸했다.

"방금."

"……."

방금 왔다니. 언제 끝나는지도 몰랐을 거면서. 어쩐지 신빙성 없는 대답에 그냥 고개를 주억거리며 조심스럽게 안전벨트를 맸다. 가슴이 너무 떨렸다. 왜 온 걸까. 이미 새벽 한 시가 훌쩍 넘은 시간이었다. 그런데 여태까지 자지 않고 마중을 나온 이유가 무얼까. 아무리 생각해 봐도 짐작이 가지 않았다.

'어제 그 일 때문인가?'

생각을 해 보았지만 그렇다 해도 너무 늦은 시간이었다. 전 같으면 아무리 늦어도 마중을 나와줬겠지만, 이젠 다르지 않은가. 무심하기 짝이 없는 옆얼굴을 훔쳐보며 고민에 빠졌다.

"넌 여태도 운전 안 하냐?"

가끔 신호에 걸리는 게 답답할 정도로 텅 빈 거리를 달리던 민재가 불쑥 물었다. 그 흔한 음악조차 틀어놓지 않아 한없이 조용한 실내가 숨이 막히려던 찰나였다. 민재와 함께 있는 일이 이렇게까지 긴장되다니. 전에 없던 분위기가 서글퍼 슬쩍 웃으며 가만히 손을 펼쳐 손등을 내려다보았다.

"내가 좀 둔하잖아."

겸연쩍게 대답을 하니 민재가 불쑥 물었다.

"혹시 사고 때문에⋯⋯."

"응?"

"아니다."

말을 하다 말고 흐려 버린다. 사고라면, 혹시 그? 아직도 신경 쓰고 있는 건가 싶어서 바라봤지만, 민재는 돌아보지 않는다. 그걸 핑계로 시선을 돌리지 않았다. 조금 쳐다보는 것쯤은 괜찮겠지. 친구 아니라도 그 정도는 하니까. 열심히 변명을 하며 그리웠던 얼굴을 찬찬히 훑어 내렸다. 그런데 암만 해도 귀가 시원하게 드러난 머리 모양이 낯설다. 머뭇거리다가 결국 말을 걸고 말았다.

"머리."

"응?"

"짧은 거 진짜 오랜만이다. 고등학교 때 이후론 처음인 것 같네."

애써 아무렇지 않은 듯 말을 붙여봤지만 마음은 저절로 오그라들었다. 이렇게 태연하게 말을 걸어도 되는 걸까. 잔뜩 긴장한 채 기다리는데 민재는 어깨만 으쓱하고 아무런 말도 하지 않았다. 어색해. 입술을 깨물며 머리카락을 귀 뒤로 넘겼다. 음악이라도 좀 틀지. 까맣고 동그란 버튼만 노려보다가 꾹 누르니 시끄러운 성인가요 소리가 와르르 쏟아졌다.

"아! 아줌마 음악 취향 진짜!"

트로트라면 질색하는 민재가 음악을 탁 끄더니 목소리를 높였다. 이제야 조금 민재 같네. 어쩐지 반가운 마음을 감추지 못하며 바라보았다. 그러나 그뿐, 차 안은 또다시 침묵이었다.

'어쩌지.'

나는 입술을 꾹 다물었다. 민재하고라면 하루 종일 아무런 말도 하지 않고 빈둥거릴 수도 있었는데, 지금은 잠시도 더는 못 버틸 것 같다. 무슨 말이든 해야 돼. 두리번거리던 눈에 변속기 위에 걸쳐 놓은 민재의 팔이 들어왔다. 분명하게 모양이 잡힌 근육이 자리 잡은 팔도 내겐 낯설기만 하다.

"운동, 많이 했나 봐."

여자의 팔뚝과는 아주 다르지만, 그래도 매끈한 선을 자랑하던 옛 기억을 떠올리며 물었는데도 금방은 대답이 없었다.

"……할 짓이 없어서."

한참 만에 대꾸하는 목소리에 그냥 가슴이 탁 막혔다. 민재 목소리가 저렇게 저음이었나. 바닥에 깔릴 듯 나직한 음성이 느릿하게 울려, 괜히 더 감정을 건드리는 것 같았다. 답답해. 얘기를 할수록 어쩐지 더 겉도는 것 같은 기분에 막막해져 크게 숨을 들이쉬었다. 왜 왔느냐고 물어보고 싶은데 그럴 수가 없다. 저 무덤덤한 얼굴로 무슨 말을 할지가 겁이 나서. 아니, 실은 또다시 품어버린 기대가 사그라질 게 두려워서. 기대하고 실망하고. 그 과정이 지겨워서 둘 모두에게 상처를 냈던 주제에, 나는 또다시 기대를 품고 있다. 이젠 아무리 나라지만 신물이 난다. 한쪽으로만 고정돼 버린 마음을 저주하며 창 쪽으로 시선을 돌렸다. 엔진 소리가…… 유난히 크다.

✳

혼자 택시 타고 다니지 말라고 했지. 정신없이 자료를 입력하다가 잠시 손을 늦추며 벽시계를 흘낏 바라보았다. 어제, 주차장에 차를 세우고, 또 조용히 집 앞까지 따라와 엘리베이터가 빈 걸 확인하고 민재가 한 말이 그랬다. 밤늦은 시간엔 위험하니 택시 탈 생각 하지 말라고.

'혹시……'

막 열 시를 넘어가는 시각을 확인하고 머뭇거리다 자리에서 일어나 창가로 다가갔다. 빽빽하게 처진 블라인드를 조금 젖히고 거리를 내려다보다가 한숨을 쉬었다.

"어젠 금방 온 거라더니."

"네?"

제 몫의 일을 하느라 바쁘던 정윤이 반문을 해오는 바람에 얼른 고개를 저으며 미소를 보이곤 가로등 불빛을 받아 반짝이는 차 지붕을 가만히 내려다봤다. 도대체 무슨 생각인 걸까. 알 수가 없어 서글퍼졌다. 나한테는 손톱만큼도 관심이 없는 것 같은 얼굴을 하고도 삼 년 전과 별다르지 않은 행동을 하는 민새의 의중이 뭔지 도무지 이해할 수가 없었다. 어떻게 그럴 수가 있는지 궁금했다. 나는 민재의 모습만 보아도 가슴이 덜컥하는데.

민재를 생각만 해도 그 슬프기만 하던 밤이 떠올라 견디기가 힘들 정도인데. 민재와 나 사이에 이만큼 깊은 골이 패였다는 사실을 떠올리는 게 너무 괴로운데. 생각을 하니 또 가슴이 아파져 창틀에 이마를 기댄 채 저 아래 보이는 차 지붕을 내려다보았다. 민재는 너무나 아무렇지도 않았다. 말 한마디 걸려면 목구멍이 아프도록 긴장하고, 시선이 마주칠까 봐 조마조마한 나와는 너무도 다르다. 민재는 나를 보는 게 아무렇지 않아서 저렇게 여전할 수 있는 걸까. 눈물이 울컥 솟으려 했다.

"바보."

잔뜩 쌓인 일마저 잠시 젖혀둔 채 차 안에 있을 민재를 생각하다가, 언제부터 기다렸을지 모를 그 우직함을 안타깝게 생각하다가, 내게만 겨우 들릴 만큼 작게 속삭인 다음 몸을 돌렸다.

탁탁. 낮은 계단을 달려 내려가는 마음이 바빴다. 너무 오래 기다리게 했다.

'아무래도 아직 시차 때문에 피곤할 텐데.'

민재를 보는 것조차 힘겨워하던 일은 까맣게 잊고, 몇 시간이고 기다렸을 생각에 걸음을 서두르며 저만치 서 있는 검은 승용차로 다가가려 할 때였다.

"야, 타!"

가까운 곳에서 울린 장난스러운 외침에 고개가 자동으로 획 돌아갔다.

"시간 기가 막히게 맞췄구만. 지금 끝났어?"

"아…… 혁진 씨. 어쩐 일이에요? 미리 얘기도 없이."

"팀장님이 도저히 더는 못해먹겠다고 오늘은 이만 가라잖아. 옳다구나 하고 달려왔지. 왜, 모처럼 친히 왕림해 줬는데도 별로야? 어째 전혀 안 반기는 것 같네."

역시 상반기 결산에 시달리고 있는 혁진의 대꾸를 듣는 둥 마는 둥 하며 슬그머니 시선을 돌렸다. 그러다가 어느새 차에서 내렸는지, 열린 운전석 문을 잡은 채 서 있던 민재와 정면으로 눈이 마주쳤다.

"뭐 해? 안 타?"

어쩌지. 난감함에 바짝 마른 입술을 깨무는데 말없이 차 안으로 돌아간 민재가 팔을 뻗어 차 문을 닫았다.

탁.

작은 소리가 심장에 울리는가 싶더니, 유일하게 켜져 있던 보조등이 조용히 꺼졌다.

"어이, 정해수. 뭘 기다려? 땅에 돈 떨어졌냐?"

채근에도 망설이고 있는데 차에서 내려 성큼성큼 다가온 혁진이 팔을 잡아 조수석에 밀어 넣으려 했다.

"저, 혁진 씨. 오늘은 저기 민재가……."

"그래서 뭐?"

태연스럽게 웃는 얼굴이 심술궂다. 알고 있었어? 눈을 크게 뜨는데 다정해 보이는 얼굴로 손을 들어 올린 혁진이 친근하게 뺨을 쓰다듬더니 흘러내린 머리카락을 귀 뒤로 넘겨주었다. 전에는 한 번도 하지 않던 일이었다.

"이래 봬도 간신히 시간이 난 거라고. 그럼 날 그냥 보낼 거야?"

부드럽지만 단호한 손길이 완강해지는 바람에 조수석에 밀려 들어가 앉았다. 어떡하지. 돌아보니 민재의 차는 여전히 불을 끈 채 그 자리에 서 있었다.

"저기, 혁진 씨."

차를 빙 돌아 운전석에 앉는 혁진에게 다시 뭐라 하려는데 씩 웃은 그가 차를 출발시켰다.

"배고파 죽는 줄 알았다. 야식이나 먹고 가자. 간만에 볶음짬뽕, 오케이?"

기분이 좋은지, 혁진의 목소리가 유난히 쾌활했지만 귀에 닿지 않는다. 내 마음은 온통 뒤에 남은 민재에게 쏠려 있었다. 천천히 기울어지던 몸. 마지막으로 차 안으로 사라지던 머리. 탄탄해진 팔이 뻗어나와 문을 닫던 동작. 한 박자 쉬었다가 꺼져버린 조명. 아주 짧은 시간 곁눈으로 본 이미지들이 마음을 괴롭혔다.

"왜, 속상하냐?"

웃음기 담긴 목소리에 혁진을 보았다. 모처럼 즐거운 듯 표정이 아주 밝았다.

"그 녀석한테 가고 싶어?"

입술을 깨물었다. 당연한 것 아닌가. 내 마음을 잘 알면서 묻는 혁진이 순간적으로 미워졌다. 그런 내 모습이 조금 우스웠는지, 언뜻 돌아본 혁진이 피식 웃었다.

"아주 해맑은 표정으로 달려가시더만. 전화로는 저 친구가 이제 널 무엇으로도 생각하지 않는다고 징징대더니, 그런 것도 상관없나 봐?"

조롱기 섞인 말에 가슴이 덜컹 내려앉았다. 그래. 혁진의 말이 맞다. 민재는 이제 예전의 그 민재가 아니다. 그걸 잊으면 안 된다. 그렇지만.

"……민재 있는 거, 어떻게 알았어요?"

"나 도착할 때쯤 나와서 담배 피우고 섰더만."

그랬구나. 이만큼이나 달려왔음에도 금방 뒤를 돌아볼 것처럼 불편하던 몸을 그제야 바로 앉혔다. 그래도 결코 편하지는 않다.

"왜…… 그랬어요?"

앞뒤 다 잘라먹은 질문에 혁진이 슬쩍 돌아보았다.

"아까, 내 머리."

"아아."

혁진이 피식 웃었다.

"그 녀석한데 보여주고 싶어서."

뭘? 한없이 비참한 마음으로 혁진을 보았다.

"저만 멀쩡한 거 아니라는 사실."

"……거짓말이잖아."

"그럼 안 돼?"

느긋하게 물은 혁진이 담배를 꺼내 물었다.

"넌 어차피 고백할 생각도 없잖아. 그럼 적어도 멀쩡한 척은 해야지. 그 녀석만 눈에 보이면 공 쫓아가는 강아지처럼 정신없이 따라갈래?"

여전히 여유있는 목소리지만 알 수 있었다. 혁진은 지금 나를 질책하고 있다. 등받이에 등을 꼭 붙인 채 고개만 잔뜩 숙였다. 싫다. 이런 내 자신. 내내 그 자세로 고개 한 번 들지 않자 혁진의 말에도 드디어 짜증이 배었다.

"뭐야. 정말로 돌아가기라도 하고 싶은 거냐?"

"……민재는, 열 시도 전부터 와서 기다렸단 말야."

볼멘소리로 말하는데 눈물이 뚝 떨어졌다. 혁진은 그 모습에 기가 질린다는 듯 바람 빠지는 소리를 내며 고개를 흔들었다.

"지겹지도 않냐, 그놈의 짝사랑."

"……그런 생각이 들었으면, 벌써 끝낼 수 있었을 거예요."

"그럼 말을 하든지."

"할 수 있었으면 여태까지 이러고 있지도 않아요!"

"정말 바보인 건가."

혁진이 길게 한숨을 쉬었다.

"그러는 혁진 씨도 나 못지않은 바보면서."

발끈해 되받으니 혁진이 다시 한 번 땅이 꺼져라 한숨을 내쉬었다.

"눈치가 없어도 어떻게 저렇게까지……."

"네?"

목소리가 너무 작아 잘 못 알아들었다. 그러나 혁진은 다시 말해줄 생각이 없다는 듯 유쾌하게 소리를 높였다.

"아니다. 내가 누구 좋으라고! 볶음짬뽕이다. 네가 아무리 안달이 났어도, 그거 다 먹기 전까진 들어갈 생각 하지 마. 알았어?"

혁진은 꽤나 느긋하게도 볶음짬뽕을 먹었다. 그 앞에 앉아 있어야 한다는 게 정말이지 고역일 만큼. 다 늦은 시간에 무슨 심술인지, 바로 옆 커피숍에 들어가 커피까지 맛있게 한 잔 들이켰다. 그동안 나는 바짝바짝 애가 타 들어가고 있었다. 민재는 어쩌고 있을지, 집에 돌아오기는 했을지, 그렇게 두고 와버려서 화가 나지는 않았을지. 미칠 것 같았지만 혁진은 끝내 나를 못 본 척했다.

금방이라도 폭발할 것 같은 마음으로 버티고 버티다가 겨우 집으로 돌아와 보니, 주차장에 민재의 차는 없었다. 아직 오지 않은 걸까. 민재가 아직도 그 자리에 그대로 서 있는 환상에 시달리며 서성거리는데 움직이는 것은 아무것도 없는 주차장에 연한 불빛 두 개가 비춰졌다.

"왜 이제 와!"

차에서 내리며 나를 힐끗 보더니 태연하게 리모컨으로 문을 잠근 민재가 다가오는 것을 기다렸다 물었다. 기다리는 새 초조함이 극에 달해, 말 걸기도 두려워하던 마음 따윈 이미 간 곳 없었다. 민재는 그런 내가 귀찮은 듯 눈썹을 찡그렸다.

"뭐야, 너 여태 안 들어갔어?"

"네가 아직 안 왔잖아!"

"내가 계집애냐. 뭐가 걱정이야."

무심하게 중얼거린 민재가 턱 끝으로 우리 집 쪽을 가리켜 보였다. 먼저 가란 말이겠지. 얼결에 몸을 돌리다가 짧게 숨을 들이마시며 민재를 보았다.

"저기, 아깐 미안했어."

"뭐가?"

"혁진 씨가 올 줄 알았으면……."

"오지 말라고 할 거였다고?"

슬며시 틀어 올린 입매가 차가웠다. 덜컹. 가슴이 또 내려앉았다.

"그게 아니라 공연히 헛걸음하게 한 게 미안해서."

"미안할 게 뭐 있냐. 누가 됐든 데리고만 오면 되는 거지. 별 걸 다 신경 쓰네."

말을 마친 민재가 나를 스쳐 지나가더니 휘적휘적 걸음을 옮겼다. 딱 벌어진 어깨로 가로등 불빛이 쏟아진다.

'정말, 정말 아무렇지도 않아?'

왜 눈물이 날 것 같은 건지. 정말로 여자가 밤늦은 시간에 다니는, 그거 하나만 걱정이었던 건지. 물어보고 싶었다. 정말로 누가 날 데리고 다니든 상관없는 거냐고.

'전엔 그렇게 질색을 했으면서.'

그럴 거면 데리러 오긴 왜 왔어. 사람 마음만 설렁거리게. 꼼짝 않고 서서 원망을 하고 있는 사이 걸음을 멈춘 민재가 뒤를 한 번 돌아보더니 담배를 피워 물었다. 검푸른 대기에 흐릿한 연기가 퍼져 간다. 흔적도 없이 사라져 버리는 담배 연기. 내 마음도 그렇게 부질없이 사라져 버릴 것만 같았다. 분명히 존재하는데도 존재한다고 말하기 어려운, 허상과도 같은 그 무엇.

'징징거리지 마. 이런다고 달라지는 건 없어.'

눈을 한 번 꾹 감았다 뜨는 것으로 마음을 추스르고 민재에게로 다가서니, 성가신 듯 살짝 찌푸린 얼굴이 나를 내려다보았다. 그 다정하지 않은 표정에 오히려 불쑥 용기가 나버렸다.

"나, 왜 데리러 왔었어?"

민재는 대답 대신 다시 담배를 물었다. 길게 연기를 빨아들이느라 홀쭉해진 볼을 지켜보며 기다렸다. 연기와 함께 대답이 토해져 나오기를.

"밤늦게 위험하잖아."

"그렇다고 이 늦은 밤에 데리러 다니는 거 이상해."

투정처럼 내뱉으니 민재가 나를 빤히 들여다봤다. 마치 이해하지 못했다는 듯 덤덤한 얼굴이라 한마디를 덧붙였다.

"우리 사이에."

눈빛이라도 좀 흔들려 주기를 바라고 한 소린데, 민재는 꿈쩍
도 하지 않았다.

"늦은 밤은 무슨. 나 미국서 금방 왔다. 이 시간엔 어차피 잠
이 안 와."

흔들린 건 이번에도 내 쪽이었다. 잠이 오지 않아서. 민망함
에 얼굴이 확 붉어졌다. 또 뭘 기대한 건가. 그만큼 실망했으면
이제 무뎌질 만도 하지 않은가. 굳이 확인하고 상처받고 마는
어리석은 마음을 쥐어뜯어 내던져 버리고 싶었다.

"잠도 안 오는데 들척거리느니 마중이나 가주자 싶어서 한 일
인데. 왜, 싫냐?"

뚫어져라 민재를 바라보다가 결국 가만히 고개를 저었다. 싫
지 않아. 네가 와줬으면 좋겠어. 그런데 널 보면 괴로워. 어떻게
해야 하지? 마음속으로만 울먹이는데 어느새 시선을 돌린 민재
가 중얼거렸다.

"그 자식 못 올 것 같은 날은 미리 말해. 방학이라 할 일도 없
는데, 옛정을 생각해 기사 정도는 해주지. 이상한 놈들 만나 봉
변당하는 것보다야 낫지 않겠냐."

다시 만난 후 들은 말 중에 제일 긴 말이었다. 그리고 제일 친
절한 말. 그런데 그 말이 마음을 아프게 할퀴었다. '옛정을 생각
해서', 그 말이 그렇게 아팠다. 옛정이 아니고는 아무것도 남지
않은 관계. 그래야 하는 사이. 삼 년 전에 버리겠다고 큰소리를

쳤다가 완전히 나가떨어져 패배를 인정한 나와는 달리, 민재는 이미 다 털어버리고 좀 더 먼 곳을 바라보고 있는 것이다. 어제 오늘, 밤늦은 시간까지 귀찮음을 마다하지 않고 데리러 와 줬다고 해서 당치도 않은 착각을 해버리다니. 바보같이. 민재는 그저 잠이 오지 않았을 뿐인데. 민망하고 참담해 죽을 것만 같았다.

"그래, 고마워."

겨우 담담하게 인사를 하고 조용히 시선을 들어 올려 민재를 바라보았다. 반짝이는 눈동자만은 여전했다. 딱히 한 가지 색이라고 꼬집어 말하기 힘든 특이한 홍채도 그대로일 것이다. 그런데 달랐다. 전에 민재는 한 번도 이렇게 감정없는 눈으로 나를 바라본 적이 없었다. 기분이 좋으면 좋은 대로, 화가 나면 화가 난 대로 생생한 눈빛을 사랑했었다.

'그래. 그랬었지.'

쓸쓸히 생각하다 돌아서 다리에 힘을 주어 걷기 시작했다. 역시 민재가 나보단 명확했다. 감정을 질질 흘리는 건 박민재답지 않지. 친구 그만 하기로 했으면 그만 하는 게 박민재다워. 그래도 내게 친절한 이유는 질기디질긴 옛정. 그게 다라는 거로구나. 너무나 갑자기 민재와 다시 부딪치는 바람에 복잡해졌던 마음에 쓰디쓴 자각이 고여갔다.

"그래도, 잘 왔어. 박민재."

"……뭐?"

"아줌마가 많이 보고 싶어하시더라."

나는 그 이상이었지만. 얼굴이라도 보여줘서, 고마워. 감춰 버린 마음 대신 둘러대니 따라오던 발소리가 딱 멈췄다. 그러나 이내 다시 이어졌다. 저벅저벅. 내가 대충 일곱 걸음을 걸을 때 민재는 다섯 걸음을 걷는다. 열 네 걸음이면 열 걸음. 어쩔 땐 열 한 걸음. 변하지 않은 그 리듬에 공연히 슬프던 마음이 조금 씩 위로를 얻었다.

열병에 걸렸다. 이유도 없이 치솟는 열. 한여름임에도 오싹, 한기가 들어 견딜 수가 없는데도 피부는 뜨겁고 건조했다. 아무것도 먹지 못한 게 얼마나 됐는지 모르겠다. 뭐라도 좀 먹으라고 우는 어머니를 생각해서라도 무엇이든 음식을 뱃속에 집어넣어 보고 싶었지만, 먹는 대로 바로 토해내는 데엔 어머니도 나도 그만 포기할 수밖에 없었다.

미친 듯 열이 오를 때면 잠시 정신을 잃었다가 잠에 빠지고 다시 깨어났다. 그럴 때면 꿈인 듯 환상인 듯, 본 적도 없는 영상들이 눈앞을 수놓고 사라져 갔다. 온갖 생각이 머릿속을 들고나며 헤집어놓았다. 가슴이 풍선만한 금발미녀의 역겨운 교태. 길게 신음하던 승경의 젖혀진 목. 꿈마다 찾아와 미소 짓던 해수의 하얀 몸. 손바닥에 토해놓던 더러운 욕망. 그 몸의 불온한 자국들은 이제 지워졌을까.

거기까지 생각하면 또 확 열이 치솟고, 아득한 무의식의 세계가 나를 불렀다.

방 안은 적당히 어두웠다. 에어컨 소리가 웅웅거리는 걸 제외하면 지극히 고요하기도 했다. 혼자로구나. 잠에서 깨어나 그것을 깨달은 나는 뼛속까지 외로움을 느끼며 눈 위에 팔을 얹었다. 꾸욱. 안와를 누르자 후끈한 열기가 조금은 시원해져 있던 팔뚝을 덥혔다.

'죽고 싶다.'

왜 그런 짓을 저질렀을까. 상대는 해수인데. 겨우 명징해지기 시작한 머리로 생각하는데 조용히 방문이 열렸다.

"……"

아무 말도 들리지 않았지만 심장이 두근대는 소리로 알았다. 해수다. 조용히 다가오는 발자국 소리가 침대에서 조금 떨어진 곳에서 멈춘 걸 알았을 때엔 그만 울고 싶어졌다. 나, 아픈데. 응석을 부리고 싶은 마음에 속으로만 중얼거리는데 침대 한쪽에 누군가 기대앉는 기색이 느껴졌다.

"깨어 있지?"

나는 아무런 대답도 하지 않았다. 하긴, 뭐라 할 수 있었겠는가.

"많이 아파?"

걱정스러운 기색이었지만, 전처럼 이마를 짚어주거나 하진 않는다. 당연한 걸까. 바짝 마른 입술을 꾹 다무는데 침대에 기댄 느낌이 조금 더 묵직해졌다.

"너, 왜 그랬는지 알았어."

깊은 한숨 뒤에 망설이듯 올린 말은 그랬다. 알아? 내 마음을? 덜컥. 심장이 내려앉았다.

"니네, 승경이네서 이상한 비디오 봤다며?"

"……."

"그렇다고 그걸 나한테 실험해 봐? 나쁜 놈."

잔뜩 화가 난 듯한 책망에 어이없는 웃음이 났다. 실험. 실험이라. 하!

"정말이지, 절대로 용서하지 않으려고 했어, 너."

"……."

"그렇지만, 음……. 네 나이 때 남자애들은 원래 자제심이 없는 법이라고 그랬으니까……."

한참이나 말끝을 빼던 해수가 평소보다 조금 빠른 말투로 얘기를 이었다.

"너, 다신 나한테 그런 짓 안 한다고 약속하면 용서해 줄게. 이번만이야."

나는 꼼짝도 하지 않고 침대에 누워 있었다. '그런 짓 안 한다고 약속하면' 이라는 해수의 말은 내게 사형선고와도 같았다. 해수는 알고 있을까. 방문이 열리고, 그 어렴풋한 체향을 맡는 순간 나는 이미 '그러고 싶어졌다' 는 사실을.

"약속하지 않으면 다신 너 안 봐. 농담 아냐."

제법 매서운 목소린 순둥이 해수답지 않았다. 아니, 이만한 것도 저 순둥이니까 가능한 걸까. 다른 아이 같으면 아마 이렇게 찾아오지도 않았을 것이다. 고민하고 고민하다가, 겨우 올 마음이 든 거겠지. 독하지 못한 해수의 처사에 피식 웃음이 났다. 그래, 그게 정해수지.

"박민재!"

그때까지도 반응이 없던 나를 꾸짖듯 해수의 목소리가 높아졌을 때, 난 겨우 입을 열었다. 그래. 네가 원한다면.

"안 할게."

지끈. 가슴이 울렸다. 심장이…… 쪼개지나 보다.

"네가 싫어하는 짓, 다신 안 해."

열이 나서 다행인 게 있다면, 눈물이 나기 전에 말려 버린다는 것인 듯했다. 미친 듯 울고 싶은 기분인데 눈가엔 아무것도 느껴지지 않았다.

"네가 정말 싫어하는 일이라면, 그게 뭐가 됐든 안 해. 약속해."

목소리가 내 것 같지 않았다. 너무 오랜만에 말을 해서였을까. 어쩐지 목구멍 깊숙한 곳이 아프단 생각을 하며 입을 꾹 다무는데 부스럭거리는 소리가 들리더니 서늘한 손이 이마에 닿았다. 그리고 또 다른 손이 그때까지 눈을 가리고 있던 내 팔을 걷어냈다. 나는 갑작스레 밝아지는 바람에 하얗고 붉은 점들이 떠다니는 시야 안에 잡히는 해수의 얼굴을 물끄러미 올려다보았다. 보고 싶었다. 진심으로.

"열, 진짜 심하다."

입술은 웃고 있었지만, 해수와 내 입 안에 들어 있던 포도알처럼 까만 눈동자는 여전히 겁먹은 듯 떨고 있었다. 그때, 나는 제대로 알아버렸다. 내 멋대로 저질러 버린 그 일이, 해수에겐 얼마나 큰 두려움이었는지.

"해수야."

"응?"

"다신, 안 그럴게. 네가 싫다면 정말⋯⋯."

"됐어. 이젠 그 얘긴 그만 해."

해수는 부끄러운지 고개를 돌렸다. 어둑한 방 안의 엷은 햇살에 드러난 그 목덜미가 얼마나 예뻤는지 모른다. 그러나 만질 수 없다. 언제까지고.

나는, 해수의 남자가 아니니까.

열하나

그후로도 민재는 별로 달라지지 않았다. 여전히 무뚝뚝했고, 여전히 무덤덤했으며, 여전히 '옛 친구'인 내게 말없는 배려를 베풀었다. 나는 어찌할 바를 몰랐다. 화를 내고 부딪쳐 내 마음을 털어놔야 할지, 그냥 이대로 이 어정쩡한 상황을 이어가야 할지, 아니면 어떻게든 민재를 피해 이 기가 막힌 상황 자체를 없애야 할지. 그러나 어떻든 인정할 수밖에 없는 사실은 내가 민재를 보고 싶어한다는 것이었다. 가슴이 아무리 아파도, 다가서기 어려운 거리를 두고 선 민재가 주머니에 손을 찔러 넣고 나를 방관하듯 바라본다 해도, 볼 수도 없는 것보다는 한결 나았다.

'매저 성향, 있었던 건가 봐, 역시.'

오래전에 내렸던 결론을 뒤집었다. 이렇게 괴로우면서도 행복해하다니, 나는 미친 거다. 이럴 바엔 애초에 이 관계를 끊으려 하지 말 걸 그랬다 싶은 생각에 나날이 우울해졌다. 민재를 볼 때마다 슬펐다. 이제는 다신 돌아갈 수 없는, 어느 행복한 순간을 잃어버렸다는 사실을 싫어도 깨달아야만 한다는 것이.

✳

유난히 더운 날씨였다. 지하철역을 나와 고작 삼백여 미터를 걸어온 것만으로도 땀으로 목욕을 하는 게 아닐까 싶어졌을 만큼. 숨까지 헉헉대며 계단을 올라 곧바로 화장실로 들어갔다. 큰언니의 사무실로 들어가기 전에 차가운 물이라도 한 번 만져보고 싶었다.

'월차까지 내고 쉬는 날에 고작 언니네 사무실에나 놀러오다니.'

한심해서 피식 웃었다. 결혼한 후로 자주 보기 어려운 큰언니를 만나는 것은 좋았지만, 때로는 단조로운 삶이 꼭 '나'라는 사람 자체를 말해주는 것 같아 쓸쓸한 기분이 들기도 한다. 원래 바깥에서 잠그게 돼 있는 잠금장치의 경첩이 떨어져 나간 문을 밀고 들어갔을 때, 좁은 화장실 안에는 한 여자가 한참 손을 씻고 있는 중이었다. 안에는 세면대가 하나뿐이었기에 우두커니 서서 기다리는 동안 여자의 뒷모습을 찬찬히 관찰했다. 이 더운 날에도 자연스럽게 흘러내리는 웨이브 머리를 늘어뜨린 여자는 세찬 물줄기 아래 은어처럼 빛나는 두 손을 정성 들여 씻는 중이었다. 왼손, 오른손, 손가락 사이사이, 보통은 지나치게 마련인 엄지와 검지 사이의 보드라운 살까지 샅샅이 훑어가며 비누칠에 여념이 없는 모습은 마치 신에게 자기 몸을 드리기 전의 희생물과도 같은 경건함마저 느껴질 정도였다. 나는 반쯤은 호기심으로, 반쯤은 놀라움으로 여자를 자세히 관찰했다. 여자는 정말이지 오래오래 손을 씻었다. 저 정도면 좀 과한 게 아닐까 싶을 정도로 긴 시간 동안. 도대체 뭘 저렇게 열심히 씻는 거지? 호기심이 생겨 목을 길게 빼다가 인기척을 느꼈는지 뒤를 돌아본 여자와 눈이 마주치는 바람에 그만 깜짝 놀랐다.

'앗!'

얼굴을 붉히며 어색하게 미소를 지었다. 비로소 드러난 여자의 얼굴이 너무도 아름다워 가슴이 두근거렸다. 그러나 여자는 내게는 관심이 없다는 듯 이내 고개를 돌려 다시 손 씻는 일에 열중했다.

'언제까지 씻을 건가.'

옅은 무시에 살짝 기가 죽어 있다 조용히 뒷걸음질을 쳐 화장실을 나왔다. 기다리는 사이 땀은 조금 식었다. 생각해 보니, 언니의 사무실에도 싱크대 정돈 있었던 것도 같다.

"해수 왔구나! 조금만 기다려. 언니 이 서류만 정리해서 올리면 끝이다. 그럼 맛있는 삼계탕 사줄게, 딱 십 분만!"

"응. 나 신경 쓰지 말고 천천히 해, 큰언니."

언니의 반가운 미소에 기분이 조금 좋아졌다. 큰언니는 흔히들 여성학자를 떠올릴 때 생각하는 이미지와는 많이 다른 사람이었다. 화려한 미모에 미소 가득한 표정이 누구에게라도 쉽게 다가서 마음을 열게 하는 묘한 힘이 있었다. 덕분에 여성학의 도움이 필요할 때 매스컴을 타는 일도 잦았고, 그 일이 여성학이라는 분야가 일부에게 줄 수 있는 거부감을 희석하는 데 도움이 된다는 평가를 받기도 했다. 정작 언니는 그런 평가야말로 여성을 외모로 판단하는 썩어빠진 세태가 불러온 착각에 불과하다는 반응이었지만. 빠른 속도로 자판을 치며 때로는 인상을 찡그리고 때로는 빙그레 미소를 짓는 언니를 바라보다가 가까운 빈 의자에 앉았다. 주변을 둘러보니, 늘 그렇듯 지극히 단순한 집기들 위에 어지럽게 쌓인 서류들이 정신없다. 그러나 이곳에 오면 늘 마음이 편했다. '모두를 위해 열려 있어요!' 라고 말하는 것 같은 분위기와 활기찬 공기 때문일 것이다.

"무지 더웠지."

여전히 모니터에 코를 처박고 무심히 묻는 말에 고개를 끄덕였다.

"아! 큰언니, 나 지금 여기 들어오다가 정말 예쁜 여자 봤다?"

"미모는 그저 피부 한 꺼풀에 불과하다니까."

"정말 예뻤어. 무슨, 인형 같더라. 게다가 분위기가 너무너무 우아하고 세련된 거 있지."

언니는 잠시 고개를 돌려 나를 바라보며 웃었다.

"너도 예뻐, 정해수. 무지무지 예뻐."

"마음이?"

따라올 말을 미리 해버리고 혀를 날름했다.

"그런데 좀 이상하긴 했어. 내가 뒤에서 기다리는데도, 한 오 분은 손을 씻는 것 같더라니까. 결벽증 환잔가?"

중얼거리며 고개를 갸웃하는데 타닥거리던 자판 소리가 딱 멈췄다.

"한 삼십대 중반쯤 된 여자?"

"어?"

어떻게 아는가 싶어 눈을 크게 뜨는데 언니가 얼굴을 찌푸리며 재우쳐 물었다.

"머리, 이렇게 길고 얼굴 하얀 여자? 키는 한 162, 3 되고?"

끄덕끄덕, 여자의 키가 어느 정도나 됐던가를 생각하며 고개를 주억거리니 입속으로 뭔가를 중얼거리던 언니가 벌떡 일어났다.

"이 새끼가 또!"

헉! 열혈 정해영 여사가 돌아오셨다. 저 나긋나긋하고 부드러운 표정 뒤, 진정한 투사의 모습이 숨겨져 있다는 것은 겪어보지 않은 사람은 모르겠지.

"난 날마다 전쟁터에서 살아."

엄살 가득한 형부의 얼굴을 떠올리며 눈알만 데굴거리는데 의자를 뒤로 확 밀어버린 언니가 출입구를 향해 돌진했다.

"괜찮아요. 괜찮다니까요, 연진 씨. 잠깐만 들어왔다 가요. 네?"

"아, 아니에요. 저 정말 그냥 우연히 지나는 길에 화장실만 잠시⋯⋯."

"그럼요, 그럼요. 알아요. 알죠. 네에, 아주 잘 알아요. 그러니까 들어가서 시원한 녹차라도 한 잔 하고 가요, 네?"

언니가 나가고 얼마 되지도 않아서 입구가 떠들썩해졌다. 언니는 내가 방금 전 화장실에서 보았던 미인을 억지로 끌다시피 하며 데리고 들어오려 하는 중이었다. 반대로 여잔 문틀을 꼭 붙잡으면서까지 끌려 들어오지 않으려고 애를 쓰고 있었고.

"저기, 다음에 올게요. 오늘은 여기 올 생각도 아니었어서 빈손이고⋯⋯."

"에이, 무슨 섭섭한 말씀을. 우리사이가 빈손이면 못 볼 사이입니까."

언니는 호탕하게 하하 웃으면서도 힘을 불끈 썼다. 덕분에 가녀려만 보이는 여자가 휘청, 하며 안으로 밀려들어 왔다.

"미안해, 해수. 너 거기 앉아서 좀 기다려라."

이글이글 불타는 눈을 보고 감지했다. 오늘은 삼계탕을 얻어먹긴 글렀구나.

✳

"그래서. 점심도 못 얻어먹고 왔단 말이야? 거기까지 가서?"

무슨 이런 바보를 다 보았냐는 듯 피식 웃는 혁진을 살짝 쏘아봐 주곤 접시 위에 놓인 참치샌드위치를 허겁지겁 먹었다. 어지간히 급히 서두르는 것처럼 보였는지, 혀를 쯧쯧 찬 혁진이 함께 주문한 키위주스를 바로 앞으로 밀어주었다.

"점심 언제 먹을 거냐고 말할 분위기가 아니었다니까요, 진짜."

"흐음."

혁진의 눈썹이 장난스럽게 치켜 올라갔다. '보나마나 또 배가 고프단 말도 못했겠지'. 악의없는 타박이 느껴지는 바람에 불끈해서는 먹던 샌드위치를 내려놓고 고개를 저었다.

"정말 충격이었다니까요. 여자가 정말 나보다 한 십 센티는 작겠는데, 몸이 이렇게 여려서!"

여자의 한 줌이나 될까 싶은 허리를 상상하며 허공에 대고 팔을 저으니 아이스녹차 잔의 빨대를 입에 문 혁진이 풀썩 웃었다.

"개미냐. 허리가 그만하게."

"정말 그랬다니까요."

억울해져 눈을 동그랗게 뜨니 잔을 내려놓은 혁진이 고개를
주억거렸다.

"그래. 그렇다 치고. 그 여자 허리 가는 거랑 너 점심 굶은 거
랑 무슨 상관인데?"

"아……."

쓸데없는 일에 흥분하던 마음이 확 가라앉았다. 사실은 아직
도 충격에서 벗어나지 못했다. 낮에 보았던, 상상할 수 없던 일
들이 눈앞에 차례로 펼쳐지며 정말로 울적해져 버렸다.

"너무너무 예쁜 여자였거든요."

"흐음."

"나보다 나이도 훨씬 많은데, 정말 인형 같았어. 그런데……."
길게 한숨을 내쉬었다.

"그 예쁜 여자를, 남편이 상습적으로 학대한대요."

울컥, 눈물이 나올 것 같은 심정으로 말했는데도 혁진은 별
반응이 없었다. 오히려 별로 재미없는 얘기라는 듯 지루한 표정
이었다. 그게 어쩐지 억울해져 더욱 열심히 설명을 하기 시작했
다. 여자의 하얀 피부에 남아 있던 기괴한 상처들. 오래된 상처
와 새로 난 상처가 한데 어우러져 있던 그 그로테스크한 색감.
그렇게 지독하게 학대하면서도 보이는 곳은 교묘하게 피한 비
겁함까지.

"남편이 정신병자예요. 그…… 부부관계를 하면서,"

말을 하다가 순간 멈칫했다. 너무 열중하다 보니 좀 무안한

얘기까지 하게 되어버렸다. 그러나 남에게야 무슨 일이 있거나 말거나 싶은 듯한 혁진의 표정을 보니 어떻게든 동감을 얻고 싶다는 묘한 오기가 생겼다.

"피부를 담뱃불로 지진대요. 그래야 다른 남자한테 못 간다면서. 그게 사랑의 증거라고 말한대요."

꿈틀. 혁진의 잘생긴 얼굴에 희미한 혐오감이 서리는 것을 보고서야 기분이 조금 나아지는 것 같았다.

"미친놈."

"그러니까요."

처음 사무실에 들어와 안절부절못하던 것과 달리, 일단 말문이 열리자 여자는 주저하지 않고 자기 속내를 털어놓았다. 외부인인 해수를 내보내려는 언니의 시도에도 상관없다는 반응이었다. 언니는 여자의 그런 면이 이미 도움의 손길이 절실하다는 것을 무의식적으로라도 깨달았기 때문이라고 했지만, 여자는 그건 아니라고 단호하게 말했다. 자신은 그저 누군가에게 답답한 심정을 털어놓고 홀가분해지고 싶을 뿐이라고. 그러곤 아주 가만한 음성으로 그동안 겪은 얘기들을 털어놓았다.

그 여자에게 들은 모든 얘기들이 충격적이었지만, 그중에서도 가장 끔찍했던 것은 바로 담배 얘기였다. 여자의 몸에 지워지지 않는 상처를 남기는 것이 사랑의 증표라니. 담뱃불이 피부에 닿아 비벼지면서 꺼질 때까지의 느낌에 대해 표정 하나 없는 얼굴로 남의 일처럼 설명을 하던 모습은 죽을 때까지 잊지 못할 것만 같다. '널 너무 사랑해서 그래. 너무 사랑해서' 고통에 몸부림치는 모습을 지켜보며 황홀해하는 남편을 볼 때면 죽지 않고 살아 있는 게 죄인 것 같다고 했다.

"그걸 왜 살아? 그런 놈이랑 사는 여자도 미친 거지. 제정신이야, 그게?"

"그게······."

아직도 이혼할 생각이 없느냐는 큰언니의 질문에 여자는 금방이라도 눈물을 떨굴 것 같은 얼굴로 웃었다. 이 사람은 자기 운명이라고. 내가 없으면 안 될 것 같다고. 내가 떠나면 무너질 것 같아 어쩔 수가 없노라고. 함께 죽어지지 않고서는 끝낼 수가 없을 것 같다고.

"거봐, 미친 여자잖아. 끼리끼리 잘 만났네."

"아녜요! 미친 여자라니, 무슨 말이 그래! 큰언니도 그랬어. 그런 건 그냥 방어기제가 발동한 탓이래요. 그렇게라도 합리화시키지 않으면 본인이 너무 비참하니까······."

"그러게, 비참하니까 그만두면 될 것 아냐. 미련하기는."

"미련한 게 아냐! 혁진 씨가 봤어요? 연진 언니는 진짜로······."

얘기가 별로 재미없는지 빨대를 빙빙 돌리며 장난을 치던 혁진이 갑자기 고개를 들더니 나를 뚫어져라 바라봤다.

"왜요?"

"연진······ 언니?"

"그 언니 이름이에요. 너무너무 착하고 예쁜 언니야."

혁진의 표정이 묘하게 변했다. 뭔가 충격을 받은 사람처럼 굳어진 얼굴이었다. 뭐지. 전에 없던 표정에 불안해졌을 때 어느새 평소의 모습으로 돌아온 혁진이 경멸스럽다는 듯 한마디를 툭 내뱉었다.

"착하고 예쁘면 뭘 해. 그런 한심한 여자."

나는 그만 입을 다물어 버렸다. 혁진이 이렇게 나올 줄은 정말 몰랐는데. 문득 울고 싶어졌다. 그런 미친 남편을 만났다고 해서, 누군지도 모르는 사람에게 한심한 여자라는 말을 들어야 하는 연진이 너무 가여워서.

"한심한 여자라고 말하지 말아요. 그런 남편을 만난 게 연진 언니 잘못은 아니잖아."

"그 남편을 선택한 건 바로 그 여자야."

몰인정한 말에 순간적으로 열이 솟구쳐 소리를 높였다.

"그런 사람인 줄 미리 어떻게 알아!"

"어떤 인간인 줄 알면서도 불구덩이에 뛰어드는 사람들도 간혹 있지. 주위 사람의 만류 따윈 들은 척도 않고."

"혁진 씨!"

"게다가 빠져나올 생각조차 하지 않아. 그런 게 한심한 게 아니면 도대체 뭐라는 거지?"

"혁진 씨 도대체 왜 그래요? 누가 뭐래도 연진 언닌 잘못 없어! 그 남자가 미친 거라고요. 연진 언니는 정말 그런 일을 겪어야 할 이유가 없어!"

"때로는⋯⋯."

거침없이 내리꽂히는 목소리가 너무 싸늘해서 조금 놀랐다.

"잘못된 선택에 대한 대가가 너무 클 때도 있는 법이야. 그 여자도 그걸 알기에 받아들이려 하는 거겠지. 그걸 누가 말리겠어? 본인은 그것마저도 무슨 숭고한 희생인 줄 아는 마당에."

나는 멍하니 앉아 차갑게 빛나는 혁진의 얼굴을 올려다보았다. 손에 든 참치샌드위치의 빵 한쪽이 미끄러져 내려가는 줄도 몰랐다. 가끔, 많이 냉정한 사람이기는 했다. 그러나 아무런 잘못도 없는 여자의 불행에 대해 저런 식으로 말을 하다니. 갑자기 등이 오싹해졌다.

어디선가 여자의 호소하는 듯한 노랫소리가 계속해서 울렸다. 끊어졌는가 하면 다시, 또다시. 점점 명료해지는 의식 속에서 그게 내 핸드폰 벨소리라는 것을 겨우 깨닫고 더듬더듬 손을 내뻗었다.

"여보세요. 혁진 씨?"

가득 잠에 취한 소리로 대답을 했는데도 수화기 저 너머에선 말이 없었다. 끊어졌나. 핸드폰을 귀에서 떼어 흘끗 들여다보니 통화 중 표시가 선명했다.

"혁진 씨?"

[여자가 몇 살이라고?]

"네?"

나직하게 깔리는 혁진의 말뜻을 알아듣지 못했다. 후우, 수화기 너머에서 긴 한숨이 들리더니 조금 뚜렷해진 목소리가 울렸다.

[낮의 그 여자, 최연진. 몇 살이라고?]

어둠 속에서 침대 머리기둥을 붙잡으며 일어나 앉았다. 갑자기 불안해졌다. 혁진 씨한테 연진 언니의 성을 말한 적이 없는데. 어떻게…… 아는 걸까.

"서른…… 다섯."

[……제길.]

전화가 뚝 끊겼다. 어이없는 단절. 멍해진 채로 아직 액정의 불이 꺼지지 않은 핸드폰을 내려다보고 있는데 다시 벨이 울렸다.

[언니 집이 어디야.]

"네?"

[최연진이 피신해 있다는 큰언니네 집! 주소가 어떻게 되느냐고!]

저도 모르게 움츠러들 만큼 험악한 고함이었다. 움찔. 놀란 나는 혁진과 무언가 대화를 시도해 보려 했지만 되지 않았다. 그가 원하는 건 오직 하나, 지금 '최연진'이라는 여자가 있는 곳이 어디냐는 것뿐이었다.

그 후의 일은, 글쎄. 너무 지독히도 빠르게 진행이 된 터라 뭐라고 표현해야 할지를 모르겠다. 한밤중에 문이라도 부술 듯 대단한 기세로 들이닥친 남자 때문에 큰언니네 집안이 발칵 뒤집혔단다. 언니는 처음에 그 남자가 연진의 남편인 줄 알고 야구방망이로 때려눕히려 했다고 한다. 그러나 겁에 질려 방 안에 숨어 있다 뒤늦게 나온 연진의 통곡에 섞인 말들로 그게 아닌 것을 알았고, 후에는 어떻게 말릴 사이도 없이 연진을 데려가 버린 혁진 때문에 제정신이 아니었다고 했다. 이혼을 할 의사가 정해진 것도 아니고, 단지 두려운 남편을 잠시 피해 있으려던 여자를 반강제로 데려가 버린 '외간 남자'라니. 큰언니는 자칫 잘못하다간 연진에게 악영향이 미칠 거라 생각해 몹시도 걱정을 했던 모양이었지만, 일은 의외로 순조롭게 잘 해결이 되었다.

대단한 정치가의 아들로, 본인도 곧 총선에 출마할 계획이었다던 그 외양만 멀쩡한 남편을 혁진이 어떻게 구워삶은 건지는 몰라도 연진은 몹시 빠르게 이혼을 했고, 곧 혁진의 여자가 되었다.

"행복하지 않을 거라고 했었지?"

연진의 이혼이 결정된 며칠 후, 겨우 만난 혁진은 몹시 피곤해 보였지만 눈빛만은 전에 본 적 없을 만큼 깊었다. 큰언니와 함께 연진의 짐을 가지고 찾아온 길이었다. 언니는 연이어 밀어

닥친 일들로 불안해져 있는 연진과 잠시 얘기를 나누길 원했고, 집안에 틀어박힌 두 사람에 의해 쫓겨난 혁진과 나는 작은 바에 앉아 함께 술잔을 기울이게 됐다.

"입버릇처럼 말하면서도, 그 말이 사실이기를 바랐던 적은 없어."

'맹세해도 좋아' 라고 나직하게 덧붙이는 혁진의 얼굴은 괴로워 보였다. 연진은 통 잠을 이루지 못한다고 했다. 아주 작은 소리에도 흠칫 깨어 일어나고, 바람만 불어도 두려움에 부들부들 떤다 했다. 그런 그녀의 방문 밖에서 혁진 역시 잠을 자지 못하고 지킨다 했다. 그녀가 불러주기를, 안겨 울 품을 찾아주기를 기다리며.

"그렇게 살면서 팔 년을 버텼단 얘기야. 이 미련한 여자가."

신음처럼 내뱉은 혁진이 느릿하게 다시 잔을 채웠다. 독한 알코올 향에 눈이 알싸하다.

"담배도 끊었어. 연진이가 담배만 보면 경기를 일으키더군."

눈물이 나려 했다. 혁진은 진정한 애연가였다. 아무리 줄이라 해도 차라리 수명을 줄이겠다 대꾸할 만큼.

"……힘들지 않아요?"

걱정을 담아 조용히 물었을 때, 혁진은 고개를 들어 나를 바라보았다. 말간 눈빛이라는 것이 저런 거로구나. 깨달아 버린 나는 더는 아무런 말도 하지 못했다.

"한지붕 아래 내 여자가 잠들어 있다는 사실이 얼마나 가슴

벅찬 일인지 아니?"

"……."

"힘들지 않느냐라……. 힘들다고 포기할 수 있을 거라 생각해?"

말을 마친 혁진이 조금 웃었다. 아주 작은 미소였지만, 확신에 가득 찬 표정이었다.

"아무리 힘들어도 난 포기 안 해. 아니, 못해."

혁진이 단숨에 잔을 비우자 이번엔 내가 술을 채워주었다.

"언니는 도대체 어떻게 그렇게 빨리 이혼을 했는지를 궁금해해요."

"……정치인들이란, 지켜야 할 게 많은 법이니까."

피식. 메마른 웃음을 흘린 혁진은 멍한 시선을 들어 술병이 가득 놓인 바의 벽을 바라보았다. 거울로 된 벽에 잔뜩 조각난 우리 둘의 모습이 보인다.

"엉망이지, 엉망이야……."

혁진이 중얼거렸다.

"연진이는 끊임없이 불안해하고, 어머니는 당장 호적에서 파버리겠다고 난리시고, 난 혹시나 우리 식구들이 쳐들어올까 봐 전전긍긍하고."

카운터에 기댄 채 마른세수를 몇 번 한 혁진이 느릿하게 고개를 흔들었다. 그리고 다시 고개를 들었을 때, 그의 얼굴에서 무력감은 깨끗이 지워져 있었다.

"어쨌든 내게 왔으니 됐어. 나머진 천천히 치유해 나가면 돼."

혁진은 '치유'라는 단어를 썼다. 그러나 그게 얼마나 고단할 과정일지, 큰언니의 일을 어깨너머로 지켜봐 온 나는 알았다. 연진은 몸뿐 아니라 영혼에도 크게 상처를 입었고, 쉽게 회복되지 못할 것이다. 어쩌면 혁진은 앞으로도 아주 오랫동안 그녀의 이유없는 분노를 받아내야 할지도 모른다.

"누가 뭐라 해도 내 선택은 이거다. 대가가 있다면 받아들여, 기꺼이. 그러니 그렇게 가여운 놈 보듯 하지 마라."

내 우울함의 이유를 알았는지, 헤어지기 직전 혁진이 던진 말이었다. 담담하게 웃는 혁진의 얼굴에서 익숙하던 지루함이 지워져 있었다. 그에게는 너무도 길었을, 기다림에 지친 세월 동안 자연스레 새겨졌을 그 냉소적인 표정이 이제는 보이지 않았다.

'그거면 된 거겠지.'

돌아오는 길, 우울한 마음을 안은 채 차창 밖을 내다보며 생각했다. 사랑은 선택. 사랑은 용기. 사랑은 그것을 원하는 사람에게는 항상 합당한 대가를 요구하는 것. 나로선 도저히 상상도 할 수 없을 경지였지만, 다가올 고통마저 두려움없이 마주하려는 혁진의 강인한 표정이 가슴에서 지워지지 않았다.

잔뜩 생각에 잠겨 집으로 돌아오니 현관이 온통 캄캄하다. 다른 라인은 그렇지 않은데, 유독 우리 집으로 향하는 현관만 그랬다. 갑자기 겁이 더럭 났다. 어두운 건 질색이다. 얼른 후다닥 뛰어 들어가면 그만이라는 것을 알면서도 어물거리는데 어두운 현관 안에서 빨간 빛이 반짝였다.

"엄마!"

담뱃불이다. 인식하는 순간 저도 모르게 비명이 터졌다. 내 나이의 여자에겐 차라리 아무도 없는 밤길이 차라리 덜 무섭다는 것을 아는 탓이었다. 그러나 순간적으로 모골이 송연해졌던 감각은 끝이 발간 담배를 물고 나선 사람의 모습을 확인하는 순간 안도로 확 스러졌다.

"왜, 누가 쫓아오냐?"

날카로운 눈으로 물은 건 민재였다.

"아니."

대답을 하며 놀란 가슴을 추슬렀다.

"기집애가 왜 이렇게 늦게 다녀?"

야단이라도 치는 듯 무뚝뚝한 말투에 나도 모르게 더듬거렸다.

"그, 그러는 너는 이 시간에 왜……."

"아저씨랑 술 한 잔 하다가 장기를 두자셔서. 에이!"

보나마나 한 수만 물러달라고 떼를 쓰시며 몇 판이고 되풀이하셨겠지. 아들이 없는 덕에 마주 앉아 장기 한 판 두어주는 놈이 없다고 늘 불만이시던 아버지로서야 이게 웬 떡이냐 하셨을 터였다.

"이 시간까지?"

그저 반사적으로 되받은 말이었을 뿐인데 민재는 의외로 슬쩍 눈을 피했다.

"집에 가기 전에 담배나 한 대 피우려고."

'기집앤 안 들어왔는데 전구는 나갔고' 들릴 듯 말듯 이어진 말에 가라앉았던 심장이 다시 쿵쿵 뛰기 시작했다. 설마 여태 나를 기다린 건가? 어두운 걸 질색하는 날 걱정해서? 생각하다가 고개를 저었다. 기대하지 말자, 정해수. 늘 그러다가 실망하곤 했잖아. 씁쓸하게 되새기며 어두운 계단참으로 바짝 붙어 섰다.

"들어갈게."

"발밑 조심해라. 세 번째 계단 끄트머리 까졌더라."

막 발을 내딛으려다가 민재의 말에 멈칫했다. 자세히 내려다보니, 계단 모서리마다 붙어 있는 미끄럼방지 쇠가 떨어져 덜렁대고 있었다.

"어, 고마워."

조심스럽게 한 단을 건너뛰어 계단을 오른 후 엘리베이터 단추를 눌렀다. 민재로부터 등을 돌린 채 서 있다가 머뭇거리며 뒤를 돌아보았다. 민재는 아직 가지 않았다. 그 사실에 왠지 마음이 위로를 받은 듯했다. 오늘 저녁 내내 짓눌려 있던 가슴이 편안해지며 크게 숨을 쉴 수 있을 것도 같았다.

"잘 자."

문이 열리고, 안으로 들어서며 작게 속삭였다. 돌아서서는 다시 현관 앞을 바라보았다. 민재는 여전히 현관 앞에 우뚝 서서 담배를 피우고 있었다. 민재의 입가에서 바알간 불빛이 강렬해졌다 잦아졌다. 그리고 하얀 연기. 저 멀리서 어스름하게 비치는 불빛이 민재의 실루엣을 고스란히 드러내고 있었다.

'하아.'

문이 닫히기 시작했다. 민재의 모습도 그에 따라 점점 작아져 갔다. 그러나 그는 여전히 꼼짝도 하지 않고 서서 이쪽을 응시하고 있었다. 어두움에 갇혀 보이지 않는 눈빛. 혹 나를 향하고 있는 걸까. 충동적으로 손을 뻗어 열림 버튼을 눌렀다. 잠시 멈췄다가 서서히 넓어지는 틈으로 민재의 모습이 점점 더 많이 드러난다. 마치, 짧은 월식을 거쳐 제 모습을 드러내는 달처럼. 꿀꺽. 마른침을 한 번 삼키고 입을 열었다.

"민재야, 우리 술이나 한 잔 할까?"

다시 전처럼 아무렇지 않게 해수를 만질 수 있게 되기까지는 몇 달이 걸렸다. 그것도 두 가족이 어울려 스키장엘 가서야 겨우. 박정하게도 아직 스키에 그리 익숙지 못한 우리 둘만 남겨놓고, 나머지 가족들이 상급자 코스로 가버린 다음의 일이었다. 해수는 오히려 실력이 줄어버렸는지 자꾸만 넘어졌고, 그걸 계속해서 붙잡아주다가 그만 나마저 지쳐 버렸다. 스키고 폴이고 딱 내던져 버리고 싶은 걸 억지로 참고 해수가 넘어지며 저만치 날아간 폴을 주워 어기적거리며 경사진 언덕길을 다시 올라오니 추위에 얼굴이 빨갛게 변한 해수가 울음을 참는 것 같은 얼굴로 주저앉아 있었다.

"일어나."

무뚝뚝한 내 말에도 해수는 고개만 저었다. 발목을 삐었나 봐. 미안해하며 올려다보는 얼굴을 보며 짜증스러운 표정을 지었지만 속으론 은근히 기뻤다. 발목을 삐었다면 이제부터 해수는 온전히 내게 기댈 수밖에 없다는 생각이 들어서였다. 해수는 아파서 쩔쩔매고 있는데 그런 생각이나 하고 있었다는 걸 누군가가 알게 된다면 날 욕할까. 새벽부터 내리 스키를 탄 덕에 엄청 지쳐 있었지만, 패트롤을 불러 의료실에 들렀다가 콘도로 돌아가는 길, 등에 업은 해수의 온기에 가슴속까지 따뜻해졌다. 다시 이렇게 가까이 있을 수 있으리라곤 기대도 못해봤다. 하마터면 그 말을 입 밖에 낼 뻔했다.

"무겁지."

"어릴 때보단 가볍다."

"거짓말."

킥킥대는 해수의 숨결이 귀를 간질여 정신이 아찔해졌다.

"거짓말 아냐."

진심으로 대꾸했다. 나는 해수보다 훨씬 더 많이 커졌다. 이젠 해수를 업었다고 해서 어릴 때처럼 쩔쩔매거나 하지 않는다. 그 당연한 사실에 터무니없이 기뻐졌다.

"해수야."

"응?"

"사랑해."

"응. 나도."

사랑한다는 말이 안타깝다는 생각을 한 건 그때가 처음이었다. 물론 그 후로는 그 말이 얼마나 슬픈 말인지를 아프도록 확실히 알게 되었지만.

앞장서 걸음을 옮기는 민재의 너른 등을 보며 갑자기 도망을 가고 싶다는 생각이 들었다. 도대체 무슨 생각으로 술을 마시자 한 건지. 다시 만난 후 아직까지 제대로 얘기 한번 해본 적 없었는데, 뜬금없이 왜 그런 말을 건네 버린 걸까. 어쩌면 혁진의 거침없는 돌진에 고무된 탓인지도 모른다. 그렇지만, 난 혁진이 아닌 것을. 흉내를 낸다고 해서 비슷해질 수 있을까.

'나도 조금 더 강해지고 싶어.'

용기가 있었으면 좋겠다. 돌진하고 깨지고, 또다시 일어서서 돌진할 마음을 먹는 강한 사람이 되었으면 좋겠다. 그리고 민재가 그런 나를 좋아해 줬으면 좋겠다. 그런 생각을 하며 망설였다. 애기, 해버릴까. 술기운을 빌려 고백해 버릴까. 상상하는 것만으로도 눈앞이 어찔하고 입 안이 바짝 말라 버렸다.

'사랑은 선택. 사랑은 용기. 사랑은 그것을 원하는 사람에게는 항상 합당한 대가를 요구하는 것.'

차를 타고 돌아오며 했던 생각들을 다시 떠올려 보았다. 나는 대가를 감수할 각오가 되어 있는가. 확신할 수 없었다. 민재가 나를 거절한다면, 그것을 견딜 수 있을까. 두려웠다. 그러나 혁진 역시 두려웠을 것이다. 잠 못 들고 밤새 짐승처럼 신음하는 여자를 보며 견디기 힘들 만큼 고통받을 것이다. 그럼에도 그는 용기를 잃지 않는다. 그것이 그를 아름답게 했다.

'정말로 말…… 해볼까.'

마음 깊은 곳에 작은 파문이 생겨났다. 겨우 돌 하나 빠진 틈에서 시작해 결국은 온 연못을 다 채우고 마는 파문처럼, 한 번 인 감정의 물결은 쉬 가라앉지 않았다. 민재가 싫다고 하면 그뿐이다. 여기서 더 나빠질 것이야. 억지로 불러일으켰던 용기는 어깨가 뻐근한지 몇 차례 팔을 빙글빙글 돌리는 민재의 움직임에 놀라 또다시 주춤거린다. 민재야. 아아, 민재야. 나는 어떻게 하면 좋을까. 마음을 정하지 못한 채 목적한 곳에 다다랐다.

바짝 긴장한 마음을 달래듯 혀끝으로 입술을 축이며 주변을 두리번거렸다. '장군이네 포장마차'는 그사이에 주인이 바뀐 모양이었다. 중학교 때부터 익숙하던 이모는 간 곳 없고, 빨간 립스틱이 제일 먼저 눈에 띄는 낯선 아주머니가 반기는 것을 보니 기분이 조금 이상해졌다. 큰언니가 연애를 하던 시절, 보고 싶어 찾아온 형부의 주머니를 무던히도 털어먹던 곳인데. 무심코 한 말이 여성 차별적이라며 화가 나 만나주지도 않는 애인 대신 양쪽으로 꼬맹이들을 끼고 앉아 두루치기며 소라무침, 우동에 잔치국수를 사주던 형부의 기분이 어땠을까. 그것을 생각하니 혼란스러운 와중에도 웃음이 났다.

"왜?"

아무래도 낯선 기분에 선택한 가장 구석진 테이블에 마주 앉은 민재가 흘끗 시선을 맞추며 물었다.

"형부 때문에. 그때 겨우 대학 복학생이었는데, 우리가 참 많이 뜯어먹었단 생각이 들어서."

"난 또 뭐라고."

짧은 머리를 긁적이며 시큰둥하게 대꾸한 민재가 익숙하게 주문을 하더니 냅킨에 수저를 놓아 쭉 밀어주었다. 남들에겐 하지 않는 서비스다. 어디를 가도 항상 내게만 해주던 행동. 변하지 않은 습관에 콧등이 시큰해졌다. 이 앤 내겐 왜 이리도 다정한 걸까. 짐작조차 할 수 없는 민재의 마음을 생각하며 다시 고민에 빠졌다. 말, 해볼까.

"무슨 일 있었냐?"

내 기분을 민감하게 알아채는 능력은 아직도 그대로인 모양이다. 멍하니 민재를 보며 생각했다. 무슨 일이 있었냐고? 오늘 있었던 일이라곤 간신히 사랑을 잡은 혁진을 만난 것뿐인데. 민재에게 그 얘기를 할까? 잠시 생각하다가 웃었다. 민재는 혁진 씨를 싫어한다. 그런데 다시 만나고 처음으로 술을 마시자 청한 자리에서 혁진 씨 얘기를 한다면 분명 좋아하지 않을 것이다. 그게 아무리 아름다운 사랑 이야기라고 해도.

"일은 무슨 일. 그냥, 갑자기 술이 고파서."

"보아하니 전작이 꽤 화려한 것 같은데 또 무슨."

투덜대듯 중얼거린 민재가 날라져 온 술병을 비틀어 열더니 첫 모금 정도를 재떨이에 버리고 내 술잔을 채웠다. 온몸이 근육질로 변한 것 같은데 기름한 손가락만은 그대로다. 그게 어쩐지 반가워 한참을 들여다보았다. 말…… 해도 될까.

"그런데 왜 그렇게 죽을상이야?"

던지듯 건너온 질문에 손가락을 향했던 시선을 거두고 민재를 보았다. 제 술잔을 채우느라 숙여진 얼굴에서 곧은 콧날만이 도드라져 보였다.

"내가?"

"그럼 내가겠냐?"

퉁명스러운 반문에 슬쩍 얼굴을 붉혔다. 티가 나는 걸까. 마음이 바짝바짝 타며 온몸이 저릿해지고 있다는 게 민재 눈에도 보이는 걸까. 이제 그만 얘기를 해버리고 편해지고 싶다는 생각과 그래 버리면 이 불안한 관계마저 끊어질지 모른다는 두려움이 교차해 정신이 하나도 없었다. 민재는 무슨 생각을 하는지 살짝 찌푸린 얼굴로 나를 보고 있었다. 걱정스러워하는 것도 같은 그 표정에 또 불쑥 충동이 솟았다. 그러나 입은 쉽게 떨어지지 않았다. 후! 갑갑함에 입 바람을 불어 앞머리를 날렸다.

'아!'

더운 날씨 덕에 조금은 뜨거운 손가락이 조심스럽게 내 이마에 닿았다. 늘어진 앞머리를 살짝 걷어내고 흉터를 들여다보는 시선이 아프다.

"……거의 안 보여. 이제."

"그래?"

생각에서 빠져나와 중얼거렸지만 민재는 그렇게 생각하지 않는 듯했다. 조금 흔들리는 목소리엔 동의하는 기색이 전혀 없다.

"수술, 여러 번 했다더니."

여러 번이라고 할 것까지도 없다. 처음에 했던 봉합을 빼면 성형수술 두 번이 고작이었으니. 그 정도만 해도 충분히 가려질 상처였던 것이다. 그러나 그렇게 말해도 민재의 표정은 밝아질 줄을 몰랐다.

"……많이 아팠냐?"

"그까짓 게 뭐가 아파. 내가 애니?"

"애가 아니다……."

한숨을 섞어 읊조린 민재가 술잔을 들더니 단숨에 들이켰다.

"……미안했다."

불쑥 꺼내진 말에 민재의 얼굴을 보았다. 살짝 내리깐 속눈썹

탓에 표정은 읽기가 조금 어려웠다.

"그러는 게 아니었는데. 내가 잘못했다."

담담함을 가장한 목소리에는 민재의 상처가 묻어 있었다. 그것을 알아챈 순간 급한 뜀박질을 하기라도 한 듯 심장이 벌컥거렸다. 너무나 슬픈 밤이었지만, 그래도 절대 후회하지 않는다고 하면 민재는 뭐라 할까. 이깟 상처 같은 거, 갈비뼈가 부러진 고통 같은 거, 전혀 원망하지도 기억하지도 않는다고 말하면 뭐라할까. 그럼 지금 보이는 저 표정보다는 조금 나은 얼굴을 보여줄까. 거기다 한술 더 떠 오래전부터 너를 사랑해 왔다고 고백하면 뭐라 할까. 온갖 가능성과 두려움을 떠올리며 쉴 새 없이술잔을 기울이는 민재를 지켜보았다.

"술, 이제 잘 마시네."

침묵 속에 가만히 앉아 있다가, 어느새 한 병을 다 비우고 또한 병을 청하는 민재를 향해 불쑥 말했다. 도대체 어떻게 얘기를 시작해야 할까. 고민에 고민을 거듭하다 일단 말문부터 트자싶어 찾아낸 화제였다. 하긴, 소주 한 병을 비우고도 태연하기만 한 민재라니. 예전 같으면 도저히 상상할 수가 없는 일이기도 했다.

"……이것도 자꾸 마시다 보니 늘더라."

잠시 멈칫하다 술잔을 채우는 민재의 입가에 쓸쓸한 미소가걸렸다. 고개를 숙여 빙글빙글, 민재의 손 안에서 도는 잔을 나도 보았다.

"공부하러 가서는 무슨 술을 그렇게 마셨대."

속이 상해 중얼거리니 민재가 풀썩 웃었다. 그러곤 잠시 뜸을 들이다 툭 내뱉듯 대꾸를 했다.

"잠이 안 와서."

쓸쓸한 목소리에 갑자기 눈이 시큰해졌다. 잠이 왜 안 와. 민재의 유학 생활이 그리 행복하지 않았다는 걸 암시하는 것 같은 말에 마음이 슬퍼졌다. 내가 내 마음 하나 편하자고 저지른 일 때문에 민재도 많이 힘들었던 모양이다. 도대체 왜 나는. 울상을 지으며 테이블을 내려다보는데 또 한 번 술잔을 비운 민재가 기다랗게 썰어놓은 당근을 집어 드는 모습이 보였다. 하얀 플라스틱 접시엔 이제 오이만 남아 있었다. 나도 이젠 당근을 먹을 수 있는데, 나와 있을 때면 민재는 여전히 자기도 싫어하는 당근만 먹는다. 그것을 알아챈 순간 내내 내 마음을 잡아채고 있던 망설임이 툭 끊겨 나갔다. 적어도 민재는 나를 싫어하지 않는다. 그렇다면, 마음을 단단히 다지며 고개를 들었다.

"저기, 민재야."

"남자 친구가 잘해주냐?"

겨우 결심을 하고 입을 여는데, 거의 동시에 민재가 물어왔다. 남자 친구? 낯선 단어에 잠시 어리둥절해 있다가 그게 혁진을 가리키는 말이라는 것을 알았다. 하긴, 민재는 여전히 혁진이 내 남자 친구라고 생각하고 있을 것이다. 오해를 풀려고 허둥지둥 입을 열었다.

"아, 그 사람은……."

"하긴, 지난번에도 보니까 다정함이 철철 넘치더라. 어련히 알아서 잘해줄까. 내가 물어 뭐 해."

어깨를 으쓱하며 미소까지 짓는 민재를 보며 가슴이 턱 막히는 것을 느꼈다. 민재의 목소리가, 어쩐지 심상치 않다. 불안한 예감에 가슴이 두근거렸다.

"전엔 괜히 심통이 나서 그랬는데, 사실 같은 남자가 보기에도 썩 괜찮아 보이기는 해, 그놈."

쑥스러운 고백을 하기라도 하듯, 손에 쥔 술잔을 뚫어져라 내려다보며 하는 민재의 말에 눈물이 왈칵 솟으려 했다.

"……그래?"

"하긴, 네 낯가림이 어떤 건데. 아무렇지 않게 그걸 뚫고 들어온 놈이 그저 그런 놈이겠냐. 안 그래?"

씨익. 친밀한 미소까지 건네오는 민재의 얼굴을 멍하니 바라보았다.

"조금 늦은 것 같긴 하다만, 인정해 주마, 네 남자 친구. 잘해봐라."

말을 해야지, 어떻게 말을 할까, 만일 민재가 받아준다면 어떤 표정을 지어야 할까. 여태까지 했던 생각들이 민재의 다정한 말에 하얗게 비워져 갔다.

"이젠…… 화 안 내는 거야?"

겨우 소리를 내 물으니 민재가 쿡쿡 웃었다.

"야, 너 무슨 표정이 그러냐. 그렇게 섭섭했어?"

마치 헤어지기 전의 모습처럼, 스스럼없이 대꾸한 민재가 팔을 길게 뻗어 내 어깨를 툭툭 쳤다.

"너무 서운해하지 마라. 내가 좀 별나게 굴긴 했지만, 여동생 생각하는 오라비 마음이다 여기고 이해해. 사실 내 기분이 딱 그렇더라, 그땐."

하늘이 무너진다면 이런 기분이 들까. 멍한 눈으로 민재를 보다가 힘없이 웃었다.

"내가 네 여동생 같니?"

"한 달 보름 빠르다, 내 생일이. 엄연히 내가 오빠야."

풀썩. 다시 한 번 웃으며 파란 플라스틱 탁자를 내려다보았다. 그런 채로 한참 동안 고개를 들지 않았다.

"이젠 내가 남자 친구를 사귀어도, 괜찮단 말이지?"

"뭘 또 그렇게 확인을 하냐. 사람 쑥스럽게."

웃음기 머금은 목소리가 이렇게 잔인할 수도 있는 거구나. 알지 못했던 사실을 깨달으며 눈물을 깨물어 참았다.

'용기를 내면, 뭐가 달라져?'

그대로 고개를 숙인 채, 어리석은 희망을 잔뜩 비웃어주었다. 그래, 그런 거지. 불알친구에서 이젠 여동생. 나는 그런 거지. 오늘은 정말, 말하려 했는데. 쓸쓸하고 슬퍼져서 나도 모르게 중얼거렸다.

"사랑, 참 어렵다."

"······뭐?"

"아니야. 더 마실 거니? 나 이제 좀 힘든데."

천천히 자리에서 일어나는 나를 민재가 빤히 올려다봤다.

"뭐야, 그놈이 요즘 뭐 속 썩여? 그래서 아까부터 표정이 그런 거야?"

포장마차를 나와 집으로 향하는 길, 내내 내 뒤에서 걸어오던 민재가 불쑥 물었다.

"······아니. 그런 거 아니야."

혁진이 내 속을 썩일 일이 뭐 있어. 내 남자 친구도 아닌데. 자조적으로 생각하며 한숨을 쉬었다.

"혹시라도 너 맘 아프게 하는 일 있으면 나한테 말해라. 내가 아주 반 죽여줄게."

민재의 목소리는 아주 진지했다. 나, 너한테 고맙다고 해야 하는 거니? 풀썩 웃으며 하늘을 향해 고개를 쳐드는데 갑자기 머리가 핑 돌았다. 울적해진 마음에 술기운이 더해지니 몸도 더는 견디기가 힘들어진 모양이다. 겨우 시선을 내린 후에도 자꾸 다리에 힘이 풀리는 것 같아 비틀거렸다.

"취했냐?"

내색하지 않으려고 자꾸 빌고 올라오는 땅바닥을 산뜩 노려보며 힘겹게 걸음을 옮기는데, 어느새 눈치를 챘는지 바짝 따라붙은 민재가 주머니에 손을 꽂고 어이없다는 듯 나를 바라보았다.

"좀 피곤했나 봐. 갑자기 올라오네."

겸연쩍게 변명을 하니 한숨을 푹 쉰 민재가 등을 돌리고 쭈그리고 앉았다.

"도저히 못 봐주겠다. 이리 비틀 저리 비틀. 업혀."

"아냐, 괜찮아! 걸을 수 있어."

"이러다가 집까지 가는 데 수십 년은 걸리겠다. 그냥 업혀."

그래도 몇 번이고 더 사양을 하다가, 완강한 민재의 고집을 이기지 못해 슬며시 등에 업혔다. 얇은 티셔츠 한 장 너머로 느껴지는 몸이 뜨겁다. 아, 어떡해. 민재와 맞닿은 곳은 어디고 할 것 없이 불이 붙은 것 같았다. 민재는 내가 이제 여동생 같다는데, 혼자서만 이렇게 의식하는 꼴이라니. 정말이지 꼴사납다 싶었지만, 그래도 부끄러움은 어쩔 수가 없었다. 예전엔 민재에게 업히는 일 정돈 마치 일상 같았는데. 그러나 지금은 허벅지에 와서 닿는 팔도 민망하고, 민재의 목을 감지 못해 어색하게 늘어뜨린 손도 어색하다.

"떨어지고 싶은 거냐?"

민재의 퉁명스러운 말에 겨우 팔에 힘을 주어 어깨를 감싸 안았다. 참 넓다. 예전보다도 훌쩍 넓어진 어깨는 나 하나쯤은 기대고도 한참 남을 것 같았다. 듬직한 어깨가 너무 포근해 보여 살며시 볼을 기댔다. 몽롱하다. 술에 취한 건지 민재의 향기에 취한 건지, 그저 손가락 하나 까딱할 수 없을 것처럼 몸이 나른해졌다. 어떡하니, 민재야. 난 아무래도 네가 너무 좋아. 슬프게 중얼거리며 어깨를 끌어안은 팔에 힘을 주었다.

"미국 애들, 예쁘지?"

집까지 이제 반쯤 왔다 싶을 때, 몽롱함을 빌려 중얼거렸다.

"다들 바비인형 같아. 늘씬한 애들은 정말 몸매도 끝내주고."

사실, 그렇지도 않았다. 뒤태는 너무너무 늘씬한 애들도 막상 앞모습을 보면 배만 불뚝 튀어나온 경우도 많았고, 멀리서 보면 너무나 예쁘던 애들도 코앞에 다가섰을 때 보면 곱지 않은 피부결에 주근깨가 말도 못했다. 물론, 눈이 튀어나오게 예쁜 애들도 간혹 가다 있긴 했지만. 그런데도 괜히 민재에겐 호들갑을 떨었다.

"여자 친구도 많이 사귀어봤어?"

비겁하게 술기운을 빌어 물어봤다. 거기 가서도 여자가 끊이지 않았을까. 그래서 나 따원 아무래도 여자로 안 보인 걸까. 생각하니 가슴이 시렸다. 반쯤 혀가 꼬인 내 질문에 민재의 걸음이 우뚝 멈추었다.

"취했으면 헛소리 말고 자라."

"왜애, 너 여자 친구 쉽게쉽게 잘 사귀잖아."

모욕이라는 거 안다. 그런데 입이 제멋대로 움직였다. 나는 쳐다보지도 않으면서, 끊임없이 여자 친구를 만들어대는 민재가 밉고 원망스러웠다.

"별별 나라 애들 다 모일 거 아냐. 몇이나 사귀어봤어? 어느 나라 애가 제일 낫던?"

출렁, 몸이 위로 한 차례 까불어졌다. 그렇게 위아래 턱이 딱 마주칠 정도로 거세게 나를 추슬러 고쳐 업은 민재가 다시 성큼성큼 걸음을 옮기기 시작했다.

"……너 왜 대답 안 해."

눈물이 났다. '전엔 물어보지 않아도 미주알고주알, 어느 여자가 예쁘네, 어떤 여자가 귀엽네, 말도 많더니. 이제 와서 어른인 척 쿨한 척하다니. 이건 정말 배신이야. 넌 이제 내가 하는 말이 귓등으로도 안 들리는 거지?' 별별 헛소리를 다 하며 울고 투정을 부렸다.

"이젠 주정도 하냐."

지친 목소리에 고개를 숙이고 숨죽여 울었다. 이마에 촉촉이 젖은 민재의 목덜미가 닿았다. 뜨겁다. 도저히 어찌할 수 없는 내 마음이 이 뜨거움에 녹아 없어져 버렸으면 좋겠다. 민재가 너무 좋다. 아무리 노력해도 이 마음을 지워 버릴 수가 없다. 민재가 나를 사랑해 줬으면 좋겠다. 그럴 수 없을 거라는 걸 알기에 슬프다. 이 마음은 도대체 어떻게 해야 되는 걸까.

"울지 좀 마, 바보야."

있는 대로 감정을 다 소모하고, 겨우 진정이 돼 까무룩 늘어져 가는데 무슨 소리를 해도 별 반응이 없던 민재가 나직하게 속삭였다.

"넌 왜 그렇게 해줬으면 하는 일은 안 하고, 안 했으면 하는 일만 해. 정말, 너 때문에 미치겠다."

그러는 너는. 되받아치고 싶은데 자꾸만 눈이 감겼다. 차라리 잠들어 버릴까. 혹하게 더운 날에 땀이 배이기 시작한 민재의 등에 더욱 찰싹 달라붙었다. 머리가 어지러워 견딜 수가 없다.

"민재야."

"……"

대답 없는 민재를 향해 흐느꼈다.

"사랑해."

여전히 대답이 없다. 뭐라도, 습관이라도 좋으니 대답을 해줬으면 좋겠는데. 민재는 끝내 대답을 하지 않는다.

'사랑해. 사랑해. 네가 답해주지 않아도, 나는 정말 미치도록 너를 사랑해.'

죽도록 흐느끼다가 그만 정신을 놓았다.

"넌 도대체, 무슨 생각인 거야."

멀어져 가는 의식 속에 민재의 한숨 소리가 들린 것도 같다.

✳

잠에서 깨었을 때 나는 익숙한 내 방 침대에 누워 있었다. 방은 아직 어두웠고, 반쯤 열린 문틈으로 에어컨이 윙 하는 소리가 들려왔다. 나는 그대로 멍하니 누워 천장을 바라보았다. 목이 마르다.

'이제 대답도 해주지 않아.'

눈물이 나 몸을 뒤집어 엎드린 후에 팔에 고개를 묻었다.

"내가 어째서 네 여동생이야!"

울음을 섞어 화를 냈다. 겨우 용기를 냈는데. 정말이지 고백하려 했는데. 너는 도대체 어째서! 들어줄 리 없는 민재를 향해 화를 내다가 그만 흐느끼기 시작했다. 머리가 깨질 듯 아프고 귀가 먹먹했다. 이런데도 포기할 수 없다는 게 미칠 것 같았다. 도대체 나는, 어떻게 해야 하는 걸까.

'이제 정말이지, 다 틀렸어.'

내가 정말 여동생이 되기라도 한 듯, 다정해져 버린 민재의 목소리가 너무 슬퍼서 오래오래 울고 말았다.

너도나도 예쁘다고 떠들어대던 3학년 선배에게서 좋아한다는 고백을 받았지만, 우쭐한다거나 기쁜 생각은 들지 않았다. 그 선밴 해수가 아니었으니까. 그러나 그게 어떤 계기가 될 수 있을지도 모르겠다는 생각은 해봤다. 내가 해수에 대해 그러듯, 내가 언젠가 떠나 버릴지도 모른다는 생각을 하면 그 애가 좀 변할지도 모른다는 기대를 했다. 그러나 엄청 들뜬 기색을 꾸며내며 그 선배와 사귀게 되었다는 말을 했을 때에도 해수는 변함이 없었다.

"자식, 생각보다 꽤 하잖아?"

놀림 섞인 말이 전부였다.

생각보다도 더 담담한 해수의 반응에 정말로 슬퍼져 버렸다. 그래서 이젠 정말 잊어버려 줄 테다. 다짐도 했었다. 그 선배에겐 뭐라 했더라.

"난 좋아하는 사람이 있어요. 그래도 상관없다면 사귀어도 좋아요."

꽤 건방진 말을 했다. 그런데 그 선밴 화를 내는 대신 이렇게 말했다. 좋아하는 애 따위, 얼마 지나지 않아 까맣게 지워줄 자신있노라고. 과연 지금은 항상 인기 순위 상위권을 랭크하는 배우가 될 만큼 당당함이 넘치는 사람이었다. 그러나 그 자신감이 무색하게, 난 조금도 해수를 지워내지 못했다.

그 관계가 생각보다 오래 지속된 건 오로지 해수에게서 질투심을 끌어내고 싶은 생각 때문이었다. 난 사실보다 과장해서 첫사랑의 황홀함을 떠들어댔고, 어디엘 가서 무엇을 했는지를 미주알고주알 해수에게 알려주었다. 그러나 필사적인 내 노력에도 해수는 별다른 반응을 보이지 않았고, 나는 점점 지쳐 갔다. 그러는 사이 어느덧 백일. 마음에도 없던 내 첫 여자 친구와의 백일이 해수의 생일과 겹친 건 영원히 떨쳐 버릴 수 없는 운명을 상징하는 것일지도 몰랐다. 그리고 당연히, 난 해수를 선택했다.

"야. 솔직히 계집애야 순간이고 친구는 영원하잖냐. 나 좋아한다고 매달리는 앤데, 설마 오늘 안 만나줬다고 깨지기야 하겠어. 한두 번 바람맞았다고 헤어지자고 한다면 그것밖에 안 되는 애지 뭐. 어쨌든 나한텐 네가 훨씬 더 중요해."

내 마지막 도박이었다. '너는 내게 정말 특별하다' 할 수 있는 모든 염원을 다해 해수에게 고백했다. 만일 조금만 감동받아준다면 실은 친구 따위가 아니라고 털어놓으려 했다. 그러나 돌아온 건 예전보다 조금 쌀쌀맞아진 것 같은 태도. 이런 나에게 질린 걸까. 완전히 절망한 나는 이름뿐이던 여자 친구에게 이별을 고했다.

그 후로도 띄엄띄엄, 여자 친구를 사귄 것은 사실이다. 아무리 온 정성을 다해 봐도 소꿉친구로서의 정 이상이라고는 생각하질 않는 해수에게 절망할 때면 나를 향해 내밀어진 손─그게 누구의 것이라도─을 잡아버리고 싶은 충동이 솟곤 했다. 잊을 수만 있다면 차라리 잊고 싶었다. '여자'인 해수를 잊을 수만 있다면, 모든 것이 다 잘될 것이다. 해수와 난 죽을 때까지 가장 절친한 친구로 남을 수 있을 터였다. 그래서 가끔은 유혹을 뿌리치지 않았고, 시작할 때마다 단서를 달았다.

"난 사랑하는 여자가 있어. 죽어도 못 잊어. 그래도 좋다면 시작해."

비겁하다고 욕해도 상관없다. 그런 말을 할 때의 내가 얼마나 절망한 상태였는지, 또 얼마나 거기서 벗어나길 바랐는지, 모르는 사람은 절대 날 이해할 수 없을 것이다. 그러나 그런 최악의 멘트를 날렸음에도 여자는 끊이지 않았고, 그에 비례해 내 허무함도 점점 더 커져 갔다.

'이젠 그만둘까. 다 소용없는 짓이다.'

그런 생각을 하게 된 건 아마도 대학에 합격했을 무렵이었을 것이다. 난 여러모로 지쳐 있었다. 내가 줄 수 없는 것을 바라는 여자 친구들에게, 그리고 내가 주고 싶어하는 것을 결코 원하지 않을 해수에게. 미칠 노릇이지. 이게 무슨 웃기는 짓이란 말인가. 그런데 그 허무한 삽질에도 지친 내가 몇 달이고 여자 친구를 만들지 않고 있는 동안, 해수의 태도가 이상하게 변했다. 전처럼 스스럼없지도, 살갑지도 않은 것이다. 난 정말로 고민을 했다. 왜 저럴까. 왜 저러는 걸까. 그러나 아무리 생각을 해봐도 알 수가 없었다. 해수의 인간관계에 요만큼이라도 달라진 게 있는 것도 아니고, 특별히 잘못한 일도 없다. 그저 이유를 알 수 없는 어색함만이 우리 사이에 감도는 것이다.

그러던 어느 날, 밤늦게 귀가하던 길에 우연히 마주친 작은누나—해수 작은언니—와 술잔을 기울이다 충격적인 말을 들었다.

"해수가 말이지. 여자 친구 없는 너는 대하기가 너무 어렵대. 뭔가 너무 어색하고 이상하다나?"

아무래도 넌, 카사노바가 딱 어울리나 보다. 작은누난 우습다는 듯 깔깔댔지만 내겐 하늘이 무너지는 것 같은 충격이었다. 그랬던 거였다. 해수는 남자인 내가 너무도 불편한 것이다. 혹은 누가 자길 내 여자 친구로 여기기라도 할까 봐 꺼린 건지도 모른다. 그걸 몰랐다니. 밤새 뒤척이기만 하던 나는, 다음날 도서관에서 우연히 만난 아이와 사귀기로 했다.

내 곁에 있는 게 누구든 상관없다. 헤어질 때 귀싸대기를 거하게 맞는 것쯤, 이젠 익숙해져 아무렇지도 않다. 처음부터 그럴 거라 말했고, 내게서 해수를 지워낼 수 있다고 자신했던 건 항상 내가 아닌 그쪽이었다. 아니, 뭐, 실은 어느 쪽이든, 해수가 날 어색해하지만 않는다면 아무것도 상관없다. 나란 놈은, 그렇다.

열셋

그 후론 민재를 조금씩 피하게 되었다. 이젠 내가 누굴 사귀든 기꺼이 축복해 줄 마음이 든다는 민재를 보는 게 힘들었다. 하필이면 한 걸음 나서보고 싶다고 생각한 그때 그런 말을 들은 건 무슨 운명의 조화인걸까. 어쩌면 나와 민재는 절대로 안 된다는 어떤 징표 같은 건지도. 죽도록 가슴이 아픈 것과 달리 생각은 점점 정리가 되어갔다. 말하고 거절당한 것보다는 조금 낫다. 그리 생각하기로 했다. 이렇게 조금씩 무뎌져 가면 되는 것이다. 그리도 생각하기로 했다. 이 계절이 가고 또 다음 계절이 가면, 그땐 조금 더 나아질 것이다. 그리…… 생각하기로 했다.

다행이라면 민재도 갑자기 바빠져 부딪칠 일이 많이 줄었다는 것이다. 민재는 다음 달로 다가온 학회 준비를 하는 이서한 교수를 도와드리러 다닌다고 했다. 방학 중이었지만 일은 많았고, 손이 달리자 민재가 자처해 돕고 싶다고 한 모양이었다. 덕분에 이서한 교수의 노여움도 서서히 풀리고 있다는 것 같으니 그 또한 다행이었다. 죽을 때까지 공부를 하겠다는 민재에게, 돌아올 곳이 있다는 것은 무엇보다 행복한 일일 테니까.

어쨌든 우리는 가끔 가다 얼굴을 보고 양가 식구들과 우르르 몰려가 밥을 먹는 일 외엔 거의 만나지 않게 되었다. 어쩌다 한 번이었기에 반가움을 가장하는 일도 그리 어렵지는 않았다. 그게 더 자주가 된다면 어떻게 될지 알 수가 없었지만. 그렇게 보고 싶어서 몸부림칠 땐 언제고, 민재를 보지 않을 수 있어서 다행이라 생각하는 내가 싫다.

수금이 많은 날인데 하필이면 출납 담당직원이 나오질 않았다. 덕분에 일을 하나 더 떠맡아, 익숙하지 않은 대로 계산을 맞춰 입금해야 할 금액을 확인한 후 커다란 남색 돈주머니를 옆구리에 단단히 끼고 은행에 다녀오는 길이었다. 제대로 다 맞게 한 건가. 머릿속으로 했어야 할 일들을 다시 따져 보고 있는데 주머니에 깊숙이 넣어둔 핸드폰이 울렸다.

"어, 어라."

들고 있던 돈주머니며 서류를 죄 한 손으로 모아 쥐고 검지와 중지를 주머니에 집어넣어 핸드폰을 끌어올리다가 주머니의 솔기에 한쪽이 딱 끼어버렸다. 빼내려고 쩔쩔매는 사이 전화가 끊겨 들고 있던 짐을 아예 내려놓고 핸드폰을 꺼냈다.

〈최연진〉

혁진과 함께 살게 된 후, 가끔 가다 연락을 해오는 터라 반갑게 전화를 되걸려는데 통화버튼을 누르기도 전에 다시 벨이 울렸다.

"네, 언니. 잘 지내셨⋯⋯."

[악! 그러지 말아요!]

공포에 질린 연진의 목소리에 이어 뭔가 우당탕 부서지는 소리, 둔탁한 파열음이 정신없이 울렸다.

"어, 언니?"

[해수야! 나 좀 도와줘! 해수야!]

연진의 비명에 소름이 쫙 끼쳤다.

"언니, 경찰 필요해요? 경찰 불러줘요?"

제일 먼저 떠오른 건 연진의 전남편이었다. 그 사람이로구나! 두려움에 피가 빨리 돌기 시작함을 느끼며 전화기를 꼭 붙잡는데 비명 소리가 연이어 울렸다.

[아냐! 아냐! 네가 와줘. 네가 와야 돼, 해수야!]

내, 내가? 간다고 무슨 도움이 되려나. 두려움에 떨고 있는데 수화기 저편에서 잔뜩 흥분한 목소리가 울렸다.

[너 같은 새끼한텐 절대로 못 줘! 알아?]

민재? 희미하지만 익숙한 목소리에 놀라 숨을 멈췄다. 저편은 이미 아수라장인 모양이었다. 온통 비명 소리와 악다구니에 귀가 다 먹먹할 지경이었다.

"언니! 언니!"

연진을 다시 불러보았지만 그럴 상황이 아닌지 대꾸가 없었다.

[어디 한번 변명을 해봐! 이 나쁜 자식아!]

민재의 고함이 다시 들리는 순간, 내려놓았던 짐들을 움켜쥐고 달리기 시작했다.

그 와중에도 회사에 들러 경비실에 대충 짐을 던져 놓고 바로 택시를 잡아탔다. 그리고 고작 십 분, 그사이에 혁진과 연진의 집은 온통 엉망진창이 되어 있었다.

"미, 민재야!"

진열장의 유리가 깨어져 파편투성이인 바닥을 딛고 선 사람을 발견하고 떠듬거렸다. 잔뜩 흥분한 어깨가 쉴 새 없이 들먹거리고 있었다. 이름을 불린 것도 깨닫지 못했는지 돌아볼 생각도 하지 않는다. 무섭다. 조금도 거르지 않고 그대로 표출된 광기에 가까운 분노에 그만 질려 버렸다.

"너한텐 걔가 그렇게 만만했어? 그렇게 우스워?"

난동은 아직도 끝이 나지 않은 모양이었다. 거친 호흡을 숨기지 않으며 혁진에게로 다가서는 민재의 구두 아래서 유리 조각이 버적거리는 소리를 냈다.

"걔가 어떤 앤 줄 알아?"

허둥거리며 신발을 벗으려다 그만두고 그냥 거실로 올라섰다. 쓰러져 나뒹구는 화분대, 흙이 쏟아진 채 뿌리를 드러낸 시클라멘, 우르르 쏟아진 우산들을 피해 민재에게로 다가갔다.

"네가 그렇게 가볍게 가지고 논 그 애, 누군가한텐 이 세상 전부보다 무거운 애야!"

온통 난장판이 된 마루를 헤치고 나가느라 정신없는 와중에도 바닥에 주저앉아 와들와들 떨고 있는 연진의 모습을 구별해 냈다. 창백하게 질린 낯빛이 회벽보다도 희었다. 아아, 민재야. 제발 그만. 연진 씨 앞에서 그러지 마. 저 사람, 이런 거 보면 안돼. 무서워하잖아. 제발 그만 해. 서두르다 발끝으로 쓰러진 스피커를 차는 바람에 아픔으로 신음했다.

"가지고 싶어서 미치겠는데, 차마 손도 못 내밀고 지켜만 봐야 하는 애야. 웃게 만들어줄 수만 있다면, 무슨 희생을 겪게 되든 상관없다고 생각하는 애야. 우는 모습을 보게 되느니 차라리 죽어버리는 게 낫겠다 싶은 애라고! 알아?"

버럭 소리를 높인 민재가 몸을 조금 틀자 나동그라진 식탁의자에 반쯤 기대 있는 사람의 모습이 드러났다.

"그런 애를 너는!"

"혁진 씨!"

혁진을 보는 순간 이해할 수 없는 민재의 말들에 대한 생각이 머릿속에서 깨끗이 지워졌다. 온통 피범벅이 되어 형편없이 구겨져 있는 혁진. 반쯤 얼굴을 감싼 손 아래로 줄줄 흘러내리는 피에 놀라 비명을 올리니 크게 몸을 움찔한 민재가 홱 뒤를 돌아봤다.

"너 이게 무슨 짓이야!"

생각보다도 훨씬 더 처참한 모습에 놀라 혁진에게로 달려들다가 민재에게 와락 허리를 잡혔다.

"가긴 어딜 가!"

허리가 끊어지도록 움켜잡는 손길을 뜯어내려 마구 발버둥을 쳤다.

"이거 놔, 박민재! 너 미쳤지! 미치지 않고서야 어떻게 사람을 저렇게!"

"그래! 미쳤다! 완전히 돌았다! 이 꼴을 보고도 안 미치면 내가 사람 새끼냐?"

뭐? 반성하는 기색이 하나도 없는 민재의 말에 화가 나 돌아보다가 그대로 얼어붙었다. 핏발이 선 눈. 간헐적으로 경련하는 입술. 드문드문 피가 묻은 몸. 끔찍했다.

"저 자식이 그렇게 좋아? 이 꼴을 보고도 앞뒤 안 가리고 달려들 생각이 들어? 너 정말 바보냐?"

"너 왜 이래, 민재야. 너 진짜로 미쳤니?"

두려움에 떨며 밀어내는데 민재는 나를 오히려 더 꽉 끌어당겨 안았다.

"내가 말했지? 너한테 조금이라도 잘못하는 것 같으면 가만 안 둔다고. 저 자식 인정한다던 말 취소야. 저런 놈한텐 절대로 안 보내!"

"박민재!"

"너, 이러라고 내가 놔준 줄 알아? 저딴 껄렁한 자식한테 이 꼴이나 당하라고 내가……."

말을 하던 민재가 도저히 참을 수가 없다는 듯 나를 와락 흔들었다.

"정신 차리란 말이야! 정해수! 저 자식한텐 딴 여자가 있어. 그것도 살림까지 차린. 알아?"

뭐? 눈을 깜빡이며 이글이글 불타는 민재의 눈동자를 들여다봤다. 그것 때문에 이렇게 화가 난 거였어? 하지만 그건. 그제야 민재가 왜 이 난리를 피운 건지를 알고 당황해 버렸다.

"미, 민재야. 그건 네가 뭘 잘 몰라서 그러는 건데……."

"잘 몰라? 저 새끼가 저 여자 끌어안고 별짓을 다하는 걸 내 눈으로 직접 봤는데도? 완전히 신혼살림 차려놓고 시시덕거리는 꼴을 똑똑히 확인했는데도 몰라? 뭘 모르는 건 내가 아니라 너야! 이 바보야!"

내 말을 싹둑 잘라먹으며 화를 낸 민재가 나를 빙글 돌려세우더니 단단히 옆에 끼었다. 그런 채로 손으로 반쯤 얼굴을 가리고 있는 혁진에게 으르렁거렸다.

"이쯤에서 끝내는 걸 다행으로 알아. 해수가 오지 않았더라면 정말 죽여 버렸을 거야, 너."

"박민재!"

"똑똑히 경고하는데, 앞으로 절대 해수 앞에 얼쩡거리지 마. 만일 한 번만 더 그런 일 생기면 넌 그날로 끝이야. 알겠어?"

"흑. 혁진아……."

민재의 말에 두려워 떨던 연진이 무릎걸음으로 혁진에게 다가갔다. 하얀 플레어스커트에 점점이 흩어진 핏물에 머리가 아찔했다. 연진도 다친 걸까. 걱정하며 바라보는데 바닥을 짚고 있던 손을 뻗은 혁진이 천천히 연진의 어깨를 감싸 자신에게 기대게 했다. 조심스러운 손길엔 부러울 정도의 사랑이 가득 묻어 있었다.

"괜찮아, 연진아. 놀랄 것 없어. 별거 아니니까 울지 마."

"이 새끼가 지금 누구 앞에서!"

잔뜩 흥분해 또다시 달려들려는 민재를 필사적으로 잡아당겼다.

"민재야, 제발 그만 해. 응?"

"놔! 이거 안 놔? 저 새끼 진짜 죽여 버리겠어!"

"이러지 마, 민재야! 너 지금 실수하는 거야. 어쩌려고 이래!"

"실수? 실수는 지금이 아니라 이미 오래전에 했어! 이런 꼴을 보게 될 줄 알았으면 내가 그때……."

"나가."

광기 어린 목소리를 뚫고 차가운 명령이 울렸다.

"……뭐?"

너무나 침착한 혁진의 태도에 질렸는지, 마구 날뛰던 민재가 가만히 멈춰 섰다.

"해수 왔으니 됐잖아. 데리고 나가. 더 이상 내 여자 놀라게 하지 말고."

"이 자식이!"

"가지고 싶어 미칠 것 같은데 차마 손도 못 뻗는다? 그런 마음으론 아무것도 못 얻을 거라는 건 아나? 애송이 같으니라고."

훅! 민재의 등이 긴장으로 뻣뻣해지는 게 느껴졌다. 왜, 왜? 불안한 마음에 민재의 등에 가만히 손을 대었다. 그러나 민재는 그것조차 느끼지 못한 듯 주먹을 움켜쥔 채 혁진만 노려보고 있었다.

"언젠가, 참다 참다 못 참으면 빵 터지겠지 생각은 했어. 그런데 그걸 나한테 터뜨리면 안 되잖아? 나가서 해결해. 내 역할은 여기까지야."

도대체 무슨 말이에요, 혁진 씨? 의아해져서 바라보자니 코피가 터져 얼굴이 엉망이 된 혁진이 씩 웃었다.

"지켜보는 재미가 꽤 쏠쏠했는데, 그것도 오늘로 끝인가 보군."

말을 마친 혁진이 비틀거리며 일어서더니 아직도 떨고 있는 연진을 잡아 일으켰다.

"어서 나가. 난 내 공주님이랑 볼일이 남아서 말이지."

괜찮은 건가. 제대로 서지도 못하고 비틀거리는 연진을 보며 걱정하고 있는데 내 팔을 홱 잡아챈 민재가 나를 거칠게 끌어당겼다.

"좀 천천히 가, 민재야. 이것 좀 놓고!"

팔이 빠질 것만 같아 소리를 높이는데도 민재는 멈출 기색을 보이지 않았다. 보조를 맞추느라 뛰다시피 하는 발이 민재의 것과 엉켜 넘어질 것만 같다. 그런데도 계속 간다. 아파트 한 동을 지나 놀이터, 놀이터를 지나 정자, 정자를 지나 좁은 산길, 그 아래 실개천.

"민재야, 너 정말 왜 이래? 좀 서봐, 민재야. 박민재!"

"씨발!"

갑자기 우뚝 멈춰선 민재가 온 아파트 단지가 쩌렁쩌렁 울리도록 고함을 지르더니 몸을 홱 돌려 나를 잡아당겨 안았다. 너무나 거세게 끌어안기는 바람에 가슴이 다 답답하다.

"내가 말했지. 저 자식 영 아니라고. 그런데 끝까지 내 말 안 듣더니!"

민재의 몸이 뜨겁다. 그리고 피 냄새가 났다. 어지럽다.

"이제 아무 데도 안 보내. 누구한테도 안 줘. 웃기지 마. 고작

이런 꼴이나 보려고 내가 그 피눈물을 흘리면서…… 말도 안 돼."

이미 숨 쉴 틈도 없이 꼭 끌어안겼는데도, 부족하다는 듯 자꾸만 더욱 힘을 주는 민재의 물기 어린 목소리에 가슴이 뛰었다. 무슨…… 무슨 말? 지금 그거……. 당치 않은 기대에 심장이 터질 것 같았다.

"이젠 무슨 소리를 해도 안 봐줘. 뭐라고 해도 소용없어. 딴 자식이 아무리 좋다고 해도! 아무리 내가 싫다 해도!"

떨리는 몸이 스르륵 무너져 내 어깨에 기댔다. 덩달아 내 몸도 형편없이 떨리기 시작했다. 민재야. 민재야, 지금 그거…… 기대해도 되는 거니? 나 그래도 돼? 불안함과 희망이 교차하며 눈앞이 아찔해졌다. 민재의 어깨에 팔을 두르고 꽉 힘을 주었다. 놓치고 싶지 않다. 절대로 놓지 않을 것이다.

"이젠 내 맘대로 할 거야. 네 마음이 어떻든, 이제 그런 거 안 살펴. 저런 자식보단 내가 훨씬 더 널 행복하게 해줄 수 있어. 누구보다도 내가 더 잘할 자신 있어. 그러니까 이젠 절대 안 놔."

뜨거운 목소리에 델 것만 같았다. 민재의 이마가 닿은 어깨도 타버릴 것처럼 뜨거웠다. 민재야. 민재야. 눈물이 터질 것 같아 괜히 고개를 저었다.

"이제 안 참을 거야. 아무렇지 않은 척도 더 이상 못해. 말, 하고 싶으면 할 거야."

"민재야……."

"사랑해. 너무 사랑해서 미칠 것 같아. 너만 생각하면 완전 미친놈 같아. 그래도 참았는데, 네가 나 때문에 힘들다니까 죽을 힘을 다해 참았는데, 그런데 이게 뭐야. 이젠 안 참아."

"거짓말."

나도 모르게 중얼거렸다. 민재가 나를 사랑하다니. 너무 어마어마한 일이라 귀로 들으면서도 믿기지가 않았다.

"왜 거짓말이야! 넌 왜 늘 날 제대로 안 봐! 늘 말하잖아! 수백수천 번 얘기했잖아! 그런데 어떻게 단 한 번도 안 믿어!"

두 손으로 입을 꼭 막은 채, 내게서 떨어져 절규하는 민재를 보았다. 붉어진 얼굴과 촉촉해진 눈빛이 어울리지 않는다. 바보. 필사적으로 울음을 참는 것 같은 표정에 나도 모르게 눈물이 났다.

"울지 마! 이제 울어도 소용없어! 너 울까 봐, 너 놀랄까 봐 참기만 하는 것도 이제 지긋지긋해! 꼴도 보기 싫은 기집애들 팔에 끼고 다니고, 너한테 별다른 감정 없는 척하는 짓도 이젠 더는 못해! 그러니까!"

다시 내게 다가든 민재가 여전히 입을 꼭 막은 채인 두 팔을 붙잡고 조아리듯 고개를 숙였다.

"그러니까 이젠 날 봐. 제발. 다른 놈 절대 생각나지 않게 해줄게. 세상에 누구도 부럽지 않게 해줄게. 나는, 나는 너만 있으면 되니까, 다른 건……."

민재기 그예 울먹였다. 세상에! 어떻게 이런 마음을 모를 수가 있었을까. 어떻게 나만 아프다고 생각했을까. 억울하고 속이 상해 눈물이 줄줄 흘렀다.

"사랑해. 사랑해, 해수야. 이젠 제발…… 좀 알아들어 줘."

팔을 내밀어 흐느끼듯 속삭이는 민재의 머리를 천천히 쓰다듬었다. 바짝 짧아졌지만, 부드러운 머릿결만은 그대로였다.

"왜 나더러만 알아들으래."

어떡해. 목소리가 꼭 개구리 같다. 흑. 흐느낌을 터뜨리며 놀라 고개를 든 민재의 가슴을 툭 밀어냈다.

"나도 늘 말했잖아. 너도 안 믿었으면서, 왜 나한테만……."

말을 하다 문득 서러워져 민재에게 더럭 안겼다. 그리고 참고 참았던 감정을 다 쏟아내 울기 시작했다.

"해수야."

"나도, 나도 무지무지 참았는데. 너 잊어버리려고 정말 죽을 만큼 괴로워했는데, 그래도 안 됐는데……."

서러운 흐느낌은 오래가지 못했다. 등에 놓여 있던 손이 성급하게 올라와 머뭇거리며 머리카락을 쓰다듬더니, 부들부들 떨며 내 얼굴을 들어 올렸다. 끅끅. 울음을 삼키며 뜨거운 입술을 받아들였다. 민재야. 아, 민재야! 여기가 어딘지, 지금이 언젠지 그런 건 모두 잊고 민재에게 매달렸다. 강하게 나를 가두는 양 팔과 놓아줄 줄 모르는 입술에 모든 걸 맡겼다.

"말도 안 돼."

"왜 말이 안 돼?"

"같이 자자는 말이 어떻게 사랑한다는 뜻이야? 그걸 누가 그렇게 들어?"

"사랑한다는 말은 믿지도 않잖아! 그럼 도대체 어떻게 말해야 내가 남자로 보이는데?"

말이 안 된다. 그런데 또 말이 된다. '사랑한다' 라는 그 정직한 언어가 그토록 막막할 수도 있다는 것을 나 역시 오랜 시간 동안 느껴오지 않았는가. 그래도 그렇지, 하필이면 왜 자자는 말을.

"그러다 겨우 마음이 통했나 했더니, 말도 안 되는 소리나 하면서 다신 안 보겠다고나 하고."

퉁퉁거리는 민재의 말에 얼굴이 빨개졌다.

"그, 그럼 그때 제대로 말을 하지, 너야말로 왜 도망을 가서는!"

원망 가득한 반격에 꼭 쥐었던 손을 놓은 민재가 내 이마의 상처를 쓰다듬었다. 조심스러운 손길에 따라오는 눈빛이 애잔하다.

"……너무 모자란다 싶어서."

뭐가? 눈만 동그랗게 뜨니 민재가 쓸쓸하게 웃었다.

"왜, 그런 거 있잖아. 당연히 조수석 쪽이 엉망이 되어야 할 사고에서 운전자만 다쳤다든지, 엉망으로 굴러 내렸는데 꼭 감싸 안은 덕에 한 사람은 무사했다든지, 그런 얘기."

"……무슨 소리야."

"너만 다쳤어. 트럭은 내 쪽에서 선을 넘어왔는데, 나는 멀쩡하고 너만 다쳤어. 말이 되냐. 목숨보다 더 사랑한다고 생각했는데."

아아, 이 열혈바보를 어쩌면 좋아. 시선을 맞추지 못하는 민재를 물끄러미 바라봤다.

"그래서 난 자격이 없구나, 그러면 차라리 그 자식한테 보내는 게 낫겠다, 하고 도망쳤는데……. 씨발, 미치게 보고 싶더라. 정말, 별짓을 다해도 소용이 없게, 자리에 누우면 네 생각만 나서……."

이젠 부피가 예전 두 배는 되는 것 같은 민재가 스스럼없이 기대와 몸이 휘청했다. 그래도 민재의 느낌이 좋아 내색하지 않고 버텼다.

"기왕 괴로울 거면 네 얼굴이나 보면서 괴롭자 싶어서 왔어. 그런데 보니까 또 욕심이 나 견딜 수가 없더라."

"그런데 왜 와서는 날 그렇게 서먹서먹하게 대했어."

작은 원망을 담아 쏘아붙였다.

"여동생 같다는 말에 내가 얼마나 슬펐는지 알아?"

"너야말로 내가 쳐다보기만 해도 고개 돌리고, 말을 걸면 버벅거리고 대꾸도 잘 못하고. 난 뭐 안 괴로웠는지 아냐? 하도 날 힘들어하니 마음이나 편하게 해주자 싶어서 한 말이지. 그 말하며 내 속이 속이었겠어?"

입이 댓발은 나온 민재를 보다가 그만 힘이 빠졌다. 너나 나나, 도대체 왜 이 모양이니.

"바보."

"그래. 바보에다 모자라지만, 그래도 어쩔 수 없어. 아까 네 입으로 다 실토했으니까 이젠 절대 못 물러."

무를까 봐 겁나는 건 내 쪽이야. 그 말은 내뱉지 않고 마음에만 간직했다. 대신 빙그레, 미소만 짓고 있으려니 고개를 조금 꺾어 나를 들여다본 민재가 중얼거렸다.

"좋댄다."

"……."

"둔탱이."

"이게!"

"곰순이."

"박민재, 너!"

"그런데 이런 게 왜 이렇게 예쁘냐, 난."

중얼거림과 함께 따뜻한 입술이 내게 와서 닿았다. 아까의 격렬함과는 조금 다른, 다정한 키스였다.

"해수야."

"응."

"사랑해."

정말 오랜만에, 민재의 그 말을 듣고도 가슴이 아프지 않았다. 그러나 울고 싶은 마음은 여전했다. 너무 행복해도 눈물이 나는구나. 민재의 가슴에 기대 생각했다.

✳

아무도 없던 놀이터에 처음으로 손님이 나타났다. 고만고만한 남자 아이, 그리고 여자 아이. 벌써 애들 학교 끝날 시간인가? 아…… 애들 보는데 이러고 있으면 안 되는데. 생각은 했지만 희미한 이성을 이기기엔 민재의 향기가 너무 푸근하다. 가만히 안겨 있다가 아까부터 궁금하던 걸 물었다.

"그런데 도대체 혁진 씨 집은 어떻게 알았어? 두 사람 사인 또 어떻게 알았고."

택시를 타고 달려오면서부터 궁금했던 건데, 호기심은 너무도 싱겁게 풀렸다.

"이서한 교수님 댁이 이 아파트잖아."

"아, 그래?"

"교수님 심부름을 하러 막 나왔는데, 둘이 끌어안고 별짓을 다하는 거야. 처음엔 누군지 모르고 낯살들도 먹어서 원 별, 하고 지나다 보니 그 자식 얼굴이 보이길래."

말을 하던 민재가 갑자기 열이 뻗치는 듯 흥분을 했다.

"그런데 도대체 그 자식은 뭐야! 지난번엔 너한테 있는 다정을 다 떨더니!"

'다 늙은 게 감히 누구한테!' 또 제 버릇이 나온 민재를 흘겨보다 간단하게 사정 얘기를 해주었다. 얘기를 듣고 난 뒤, 민재는 갑갑한 듯 한숨을 쉬었다.

"십 년이 넘게 기다렸다니, 남 일 같지가 않구만."

"뭐야?"

"괜히 때렸네. 그 속 내가 잘 아는데."

이제 와 너그러운 척하는 얼굴을 흘겨보다가 문득 이마를 찌푸렸다.

"근데 너, 심부름 나왔다면서 이러고 있으면 어떻게 되는 거야?"

"아! 맞다!"

쯧쯧. 기겁을 하고 일어서는 민재를 보며 혀를 차다가 나도 벌떡 일어났다.

"어떡해! 나, 회사!"

"어?"

"아아! 어떡해! 은행 간다고 나와선 여태!"

무슨 사고라도 난 줄 알면 어떡하지! 입술을 질끈 물고 서로를 바라보다가 동시에 반대 방향으로 달리기 시작했다. 오늘은 왠지, 하루 종일 달리기만 하는 것 같다.

다행히 내가 던져 둔 빈 돈주머니와 서류들은 경비실에 그대로 놓여 있었다. 그걸 들고 고장난 엘리베이터 대신 계단으로 숨이 차도록 달려 올라가니 사무실엔 이미 난리가 나 있었다.

"아니, 입금하러 간 애가 왜 이렇게 안 오느냐고! 오늘 돈 액수도 많았잖아! 전화도 없고 받지도 않고. 애 무슨 사고 난 거 아니야?"

"설마요, 딴 일이 있나 보죠. 괜찮을 거예요. 일단 조금만 더 기다려 보고……."

불안한 목소리의 김 계장님 너머로 보이는 작은아버지를 향해 잔뜩 고개를 꾸벅거리며 용서를 빌었다. 당장 벼락같은 야단과 큰 소리가 건너왔지만 두렵지 않았다. 아아, 작은아버지. 저는 오늘 기적을 만났는걸요. 억지로 입가의 미소를 깨물어 참으며 몇 번이고 머리를 조아렸다.

우리가 다니던 고등학교는 강원도 산골짜기에 있었다. 어딜 봐도 산등성이와 하늘만 보이는 그곳, 2차선 도로를 끝없이 따라가면 갑자기 우리 학교가 나타났다. 하늘을 향해 잔뜩 코끝을 치켜든 처마 모양의 지붕, 드넓은 교정, 가깝고 먼 산들. 가족조차 없는 그곳에서, 우린 서로에게 더는 그럴 수 없이 든든한 버팀목이었다.

돌이켜 보면 그때가 해수와 함께한 시간 중에 가장 행복한 시절이었을지도 모르겠다. 아침에 눈을 떠 식당에서 마주치는 때를 시작으로 해서, 잠들기 직전까지 늘 함께 있을 수 있던 그 시간들. 해수는 어땠는지 모르겠지만 내겐 더 이상의 행복이 없었다.

어느 여름날, 두어 주 앞으로 다가온 기말고사 때문에 모두가 죽자고 공부에 매달리던 때, 잠자코 공부에만 열중하던 해수가 한숨을 내쉬었다.

"힘들어?"

"응."

지친 안색에 가슴이 덜컥했다. 알고 있었다. 해수가 이과엔 영 관심이 없다는 사실을. 그런데 강요한 건 내 쪽. 늘 그렇듯 나쁜 건 내 쪽. 절대로 헤어지기 싫어 억지를 부리는 건 늘 내 쪽. 유난히 힘들어하던 수학—Ⅱ 참고서를 뚫어져라 들여다보는 해수의 어깨가 더없이 무거워 보였다. 입을 꼭 다물어 미안한 신음을 감춘 나는 빙그르르 펜을 돌리는 해수의 손을 확 끌어 잡고 자리에서 일으켰다.

"왜?"

"나가자!"

말은 반딧불이 구경을 나가는 거라고 했지만 도대체 반딧불이가 어디에 있는지, 나라고 미리 알았던 건 아니다. 그저 그쪽은 청정지역이니 찾아보면 어딘가엔 있을지도 모른다고 생각했을 뿐. 몰래 학교 담장을 넘어 이리저리 쏘다니던 우리가 골짜기를 가득 메우고 환한 빛을 내뿜는 반딧불이를 발견한 건 기적에 가까운 일이었을지도 모른다.

"예쁘다!"

해수가 웃었다. 마치, 내가 무지개 연필을 선물했던 그날처럼. 나는 바닥에 배를 깔고 엎드려 행복하게 웃고 있는 해수를 올려다보았다. 조금 거리가 있음에도, 올려다본 해수의 머리 뒤로 반딧불이의 빛이 후광처럼 드리워졌다. 그래, 넌 나의 성녀. 나의 천사.

가슴이 뭉클해진 나는 반딧불이에게 홀딱 빠져 있는 해수의 손을 조심스럽게 끌어와 깍지를 끼었다. 놓치고 싶지 않다. 이

체온. 이 느낌. 그러나 어떻게 해야 나만의 것으로 만들 수 있는 것인지, 알 수가 없다.

'평생, 해수를 사랑하게 해주세요.'

난 눈을 감은 채 누구에겐지도 모르게 빌었다.

'아니면 차라리, 깨끗이 잊을 수 있게 해주세요.'

두 번째 소원은 너무나 아득했다. 믿지 못하면서 바라도 이뤄지는 걸까.

"자니?"

걱정스러운 해수의 목소리를 들으며, 나는 세 번째 소원을 빌었다.

'어느 쪽이든, 해수가 행복해질 수 있게 해주세요.'

"민재야."

"조금만. 십 분만 자게 해줘."

여전히 눈을 감은 채 중얼거렸다. 지금 눈을 뜨면 정말이지 꼴불견인 표정을 보여 버릴 것만 같아 뜰 수가 없었다. 해수는 뭐라고 중얼거리는 것 같더니 이내 조용해졌다. 하아. 작은 한숨 소리마저 사랑스럽다. /어떻게 해야.(문장이 끝난 건가요?)/ 나는 손 안에 쥔 작은 손을 더욱 꼭 잡았다. 이렇게 꽉 잡아야, 놓치지 않을 수 있을 것 같았다. 그러나 반드시 놓쳐야만 한다면. 불안함에 더욱, 꼭 움켜쥐었다.

그 마른하늘의 우박 같던 고백이 있은 후로, 민재와 나는 꼭 초등학교 고학년 때 그랬던 것처럼 둘이서만 몰래 숨어 다녔다. 다른 이유가 있었던 것은 아니다. 아마도 이 시간을, 이 느낌을 남에게 알려 버린다는 것이 너무 아까워서였을 것이다. 일년에 단 하루뿐인 생일을 다른 사람 없이 단둘이서만 축하하던 그 마음처럼. 둘이서만 만나고 둘이서만 얘기하고 둘이서만 웃었다. 그래도 시간은 늘 부족했다. 겨우 경을 치는 것만을 면할 시간에 집으로 돌아가면서도, 몇 번이고 뒤를 돌아보느라 발걸음이 무거울 만큼.

＊

　"너 또 늦잠 잤지."

　이른 아침, 회사 가기 전의 짧은 데이트를 위한 시간에 늦어 헐레벌떡 달려나온 나를 맞으며 퉁퉁거리는 민재에게 죽는소리를 하며 엄살을 부렸다.

　"아아, 잠이 너무 부족해."

　"어젠 열 시 반에 들어갔어, 너!"

　말도 안 된다는 듯 소리를 조금 높인 민재가 차 시동을 켰다.

　"대신 회사 오며 가며 다 모셔다 주잖아. 점점 꾀만 늘어서."

　"난 네가 아니야, 박민재. 정말로 체력이 달린다고."

　좋은 건 어쩔 수 없다 해도, 이건 마치 한 달 내내 야근을 하는 것과 마찬가지다.

　"너야 피곤하면 낮잠을 잘 수라도 있겠지만, 난 이게 뭐야. 회사 가서 모니터 들여다보고 있으면 잠이 쏟아져 죽겠어."

　정말이지! 당연한 나른함을 인정해 주지 않는 게 얄미워 투덜거리니 커다란 손이 내 머리를 휙 끌어당겨 제 어깨에 가져다 놓는다.

　"뭐야?"

　"자."

　"응?"

　"회사 앞에 갈 때까지만 자. 그때부터 출근할 때까진 내 시간이니까 불평할 생각 말고."

잠이 무슨, 스위치 켜면 딱 들 수 있는 건 줄 아나. 이렇게 불편한 꼴로 무슨 잠을 자. 투덜대면서도 미소를 지었다. 삐죽한 변속기를 넘어 불편하게 기댄 자세인데도 민재의 품은 너무 편안하다. 그리고 항상 나를 안도하게 만드는 향기. 그러고 보니까 'Obsession night', 안 사준 게 벌써 삼 년인데.

"향수."

"잠이나 자라니까."

"그동안은 누가 사줬어?"

느릿한 질문에 대답은 없었다. 너무 당연한 일을 물은 걸까. 아까운 시간. 눈을 꼭 감으며 중얼거렸다.

"혼자 울면서 사러 갔구나."

"울진 않았어! 사람을 뭐로 보고."

버럭 화를 내는 목소리가 조금 아프다. 나는 잠이 오는 사람처럼 뒤척여 민재의 어깨에 더욱 깊숙이 기댔다.

"내 방에……."

"……."

"향수 세 병 있으니까 다 가지고 가."

시큰, 아파오는 눈가를 무시하며 중얼거렸다. 우리의 시간은 어디로 가버린 걸까. 비어버린 삼 년이 새삼스럽게 아쉬웠다.

"미련하게 그걸 뭘 해마다 사냐. 못 전해줬으면 다음 해로 넘기면 되지. 향수가 썩냐."

투덜대면서도 핸들을 잡지 않은 오른손은 어느새 내 손을 꼭 움켜쥐고 있었다. '그러게' 조그맣게 중얼거리며 언제나처럼 손바닥을 가를 듯 깊숙이 깍지를 끼고 들어오는 온기를 반겼다. 가끔씩 흔들리는 차의 진동을 느끼며, 민재가 보고 싶을 때마다 향수병을 늘어놓고 들여다보던 나를 떠올렸다. 어두운 방 안. 흰옷을 입고 웅크리고 앉은 나. 달빛에 파르스름하게 빛나던 향수병. 아아, 정말 호러가 따로 없었겠구나. 깨달음에 미소를 지으며 눈을 더 꼭 감았다.

"이젠 밀리지 말고 찾아가. 바보."

이유없는 구박에도 민재는 화를 내지 않았다. 단지 꼭 쥔 손에 더욱 힘을 주어 나를 눈물 나게 했을 뿐.

✳

"굳이 내가 갈 게 뭐가 있어. 웃기는 사람들이야."

"너어! 여기까지 와서 투덜거릴래?"

"에잇! 둘만 있기도 모자라는 시간에 뭐 보고 싶은 얼굴이라고."

더운지 티셔츠 목 부분을 잡아 펄럭거리며 투덜대는 민재를 향해 하얗게 눈을 흘겼다. 혁진과 연진의 초대에 응해 찾아가는 중이었다. 그런데 출발할 때부터 내내 저 상태인 것이다. 지난 번의 오해도 풀고, 쌓인 앙금이 있다면 털어내자는 혁진의 말이 반가워 덥석 가겠다고 한 건 나지만, 사실 사과를 해야 할 쪽은 민재 아닌가. 먼저 찾아가 고개를 숙여도 뭐할 판에 뭐 잘한 게 있다고. 걷기가 싫다는 듯 억지로 다리를 움직이며 딴청을 부리는 얼굴을 다시 노려봐 주었다. 미안함에 공연히 불뚝거리는 민재의 마음도 모르는 건 아니지만 못 이기는 척 찾아가는 길에까지 저러다니.

"너 애처럼 좀 굴지 마."

"뭐?"

가장 듣기 싫어하는 말에 민재의 눈이 샐쭉해지는 걸 보며 흥! 등을 돌려 걷기 시작했다.

"야! 정해수!"

"오기 싫으면 오지 마. 나 혼자 가면 되지. 혁진 씨랑 연진 언니 너무너무 보고 싶었는데 잘……."

윽! 이 무지막지하게 힘만 센 녀석. 갑자기 뒤로 확 당겨지는 바람에 내장이 다 꿀렁거리는 것 같았다.

"다시 말해봐. 누가 보고 싶어?"

게다가 단순하기까지. 활활 타는 눈빛을 바라보며 코웃음을 쳤다. 참 이상하지. 저렇게 뻔히 들여다보이는 표정이 예전엔 왜 그렇게 어려웠을까.

"혁진 씨랑 연진 언니. 네가 뭐라든 난 갈 거니까 상관 마."

"……씨발."

내 손을 잡아끈 민재가 드디어 성큼성큼 걷기 시작했다.

"그 새끼 여전히 재수없어. 알아?"

"너 말 좀 함부로 하지 말랬지?"

"나이 몇 살 많다고 사람을 뭐 내려다보듯이! 지가 뭘 다 안다고. 아우!"

분해하는 모습을 보며 조금 웃었다. 하긴, 나도 처음엔 억울하고 화가 났었다. 나를 처음 봤을 때 다른 사람을 마음에 두고 있다는 것을 알았듯, 처음 레스토랑에 와서 깽판을 치는 민재를 보며 그 마음을 알았단다. 그런데도 모른 척했던 심술이라니.

"피차 모른 당사자들이 바보 아냐?"

태연하던 목소리가 딱 혁진답기는 했지만.

"어디, 뭐가 잘나 그렇게 여유신지 지켜봐 주겠어!"

투지를 불태우는 민재를 보니 조금 불안해졌다. 어라, 괜히 안 하던 짓을 했나? 은근히 부추기는 건 나답지 않은 일이다. 씩씩대는 민재의 뒷모습을 보며 뒤늦은 후회가 들었다.

이 집에 온 건 딱 두 번뿐이었다. 연진이 혁진에게 끌려가듯 큰언니의 집을 나간 후 얼마 되지 않던 짐을 가져다줄 때 한 번, 그리고 난동을 부리는 민재를 말리러 왔을 때 한 번. 그러고 보면 제대로 된 방문은 오늘이 처음인 셈이다. 쭈뼛쭈뼛, 민재가 부숴 버리는 바람에 새 가구들로 말끔하게 단장한 거실을 둘러

보며 앉아 있었다.

"연애하니 좋냐?"

"당연한 걸 뭘 물어. 댁은 안 좋은가 보지?"

뭔가 잔뜩 의미심장한 혁진의 말에 대신 나선 민재가 불퉁한 대꾸를 내놓았다. 아아, 어쩌면 좋아. 재미가 잔뜩 든 눈을 반짝이는 혁진과 고슴도치처럼 날을 세운 민재를 보니 이 저녁이 몹시도 길어질 것 같았다.

"저, 저기, 이것 좀 먹어봐, 해수야. 내, 내가 혁진이랑 같이 만든 거야⋯⋯."

갖가지 무늬가 새겨진, 드물게 예쁜 쿠키를 내밀며 말하는 연진을 향해 웃은 후 몰래 혁진을 보았다. 그는 희미한 미소를 지으며 살짝 고개를 저었다. 이상하다. 물론 연진이 많이 움츠러들어 있긴 했지만, 말을 더듬거나 하진 않았었는데. 전에 없이 불안해 보이는 모습에 가슴이 철렁했다.

"연진아, 민재 씨한텐 안 권해?"

혁진의 부드러운 채근에 잔뜩 겁먹은 눈길이 민재를 향했다 재빨리 돌려졌다.

"이, 이, 이, 이것 좀 먹어봐요."

말더듬이 훨씬 심해졌다. 그 순간 나는 민재의 손을 꽉 움켜쥐었다. 무서워하는 거로구나. 걱정했던 대로 지난번 그 일이 연진에겐 두려운 과거를 떠올리게 해버린 거다. 어떡해. 쥐어짜듯 민재의 손을 틀어쥐니 의아해진 그가 나를 보았다. 아아, 어떡해. 그냥 가는 게 좋지 않을까. 갑자기 소심해졌지만, 자리에서 벌떡 일어나 주 요리를 준비해야 할 시간이라고 너스레를 떠는 혁진 때문에 타이밍을 놓쳤다.

"그렇게 해수한테 온갖 공을 들여 이젠 좀 넘어왔나 보다 싶었는데 말이야, 어느 날인가 길에서 해수 신발 끈이 풀려서 묶어주는데, 그때 난 솔직히 속으로 그랬거든? '이 정도면 감동일만 이백 배일 거다'. 근데 일어나 애를 딱 보니 눈물을 뚝뚝 흘리고 있는 거야. 정말 뚝뚝!"

신이 나서 얘기하는 혁진과 달리, 민재는 별말이 없었다. 다만 쓸쓸해진 눈동자가 가만히 나를 바라보고 있었다.

"아니, 애가 왜 이러나 싶어서 놀라는데 생전 큰소리 안 내던 애가 엉엉 울며 그러는 거야. '민재가 보고 싶어요. 너무 보고 싶어!' 이햐, 내가 진짜 그때 학을 뗐다!"

우스꽝스럽게 내 말투까지 흉내 내며 하는 얘기였지만, 민재는 그 말에 숨은 뜻을 아는 것 같았다. 공연히 콧등이 시큰해져 고개를 숙였다. 어릴 때, 꽤 손끝이 야무지던 나와 달리 민재는 어지간히도 손재주가 없는 아이였다. 그런 주제에 내 신발 끈이 풀리면 번번이 자기가 묶어주겠다고 나서서 한참이나 땀을 뻘뻘 흘린 끝에 서툴게도 매듭을 지어놓곤 했었다. 리본 같지도 않은 그 모양은 한 번도 내 맘에 든 적이 없었지만, 내 앞에 쭈그리고 앉아 낑낑대던 민재의 갈색 머리카락이 너무나 예뻐서

늘 발을 맡긴 채 내려다보곤 했었다. 내가 그 생각이 나서 울었다는 걸 민재도 아는 거겠지. 공유했던 기억들은 항상 이렇게 예기치 못하게 흘러내린다.

"그러게 그런 건 제 여자한테나 하는 거지, 아무 데서나 하니까 역효과 나잖아."

여전히 퉁퉁거리는 말투였지만 많이 누그러져 있었다. 그것을 예민하게 느끼며 혁진과 의미심장한 눈길을 주고받았다.

'고생 많았어요, 혁진 씨.'

이제는 내가 좋아하는 사람들과 조금 더 편안하게 지낼 수 있을 것 같아 감사를 보내는데 그때까지 죽은 듯 조용히 있던 연진이 건너편에 있던 와인 병을 잡으려다가 놓쳤다.

"앗!"

막 테이블 아래로 기우뚱 넘어지려던 병을 민재가 손을 뻗어 잡아내는 순간, 날카로운 비명을 지른 연진이 저도 놀란 듯 입을 막으며 혁진의 뒤로 몸을 반쯤 숨겼다.

"……."

무슨 큰일을 당하기라도 한 듯, 부들부들 떠는 그녀 때문에 식탁에 무거운 침묵이 내려앉았다.

"괜찮아, 연진아. 그냥 병 떨어지는 거 잡아준 거잖아. 괜찮아."

옆으로 반쯤 몸을 틀어 포근하게 품어준 혁진이 다독이는데도 연진은 쉬이 떨림을 가라앉히지 못했다. 어떡하지. 난처해진 표정의 민재를 보며 쩔쩔매는데 그때까지 들고 있던 와인 병을 제자리에 놓은 민재가 몇 번 헛기침을 하더니 어색한 목소리를 냈다.

"저기, 나는 해수한테밖에 관심없으니까……."

민재의 눈동자는 연진에게 고정돼 있었지만 그녀는 잔뜩 외면한 채 계속 떨고 있었다.

"그때 그런 건, 저 사람이 해수한테 잘못했다고 생각해서 그런 거고……."

억지로 이어가는 것 같던 말이 잠시 끊겼다. 쑥스러워하는 건가? 얼굴이 붉어진 민재를 보며 의아해졌다.

"그, 근데 저 자식도 의외로 나쁘지는 않은 것 같고, 무엇보다 해수한테 딴 마음 안 품었다는 거 알았으니까……."

나름대로 조곤조곤 이어가던 목소리가 확 높아졌다.

"그러니까 이젠 안 그럴 거라구요! 그럴 일 없으니까, 괜히 오버하지 좀 마요! 내가 무슨 깡팬 줄 알아?"

버럭! 소리를 높인 민재 때문에 혁진의 얼굴에 황당함이 감돌았다. 하긴, 혁진은 알 턱이 없다. 박민재는 절대로 사과를 하지 않는 사람이라는 걸. '미안하다'는 말을 들어본 건 내가 유일할 것이다, 아마도. '저게 나름대로는 사과예요' 혁진에게 무언의 대화를 전하는 동안에도 민재의 말은 계속 이어지고 있었다.

"나 없을 때, 저 사람이 해수한테 잘해준 거 알아요. 그러니까 이제 잘할 거야. 그러니까……."

민재의 고개가 조금 숙여졌다.

"나 보고 떨지 좀 마요. 당신 곁에 있는 저 사람한테, 절대 나쁘게 하지 않을 거니까."

민재의 말이 끝나자, 잠시 어색한 침묵이 맺혔다. '씨발, 쪽팔리게' 중얼거린 민재가 일어나서 나가 버리자 더욱 미안해진 나는 멍하니 혁진을 바라보았다.

"나가봐. 연진인 괜찮아. 저 녀석, 의외로 착한 데가 있는걸? 연진이도 다 알 테니 가도 돼. 걱정 마."

혁진의 말에도 안심이 되지 않아 연진을 바라보았다. 조금은 나아진 건가? 확신할 수가 없었다.

"연진 언니."

부름에도 한참 동안 대답이 없다. 그대로 앉아 연진이 뭐라도 말해주기를 기다리다가, 도저히 안 되겠어서 천천히 자리에서 일어났다.

"민재가 성격이 원래 좀 쑥스러우면 화를 내요. 이해해 주세요."

"알 만하니 걱정 말고 가."

"그럼, 갈게요. 언니, 미안해요."

나직하게 속삭이고 밖을 향해 나서는 발걸음이 무거웠다. 현관에서 천천히 몸을 굽혀 신발을 신으려는데 연진의 가냘픈 목소리가 울렸다.

"해수야."

반가움에 휙 돌아보니, 혁진에게 단단히 안긴 연진이 떨리는 눈망울로 웃고 있었다.

"그 사람, 좋은 사람이지?"

억지로 용기를 낸 작은 사람. 곁의 혁진은 마치 태산과도 같았다. 서로에게 기댄 그 모습에 울컥해져 잠시 입을 열지 못했다.

"네. 무척."

"놓치지 마. 그 사람, 널 정말 사랑하는 것 같았어."

나처럼 후회하지 마. 연진이 묻어버렸을 말이 가슴에 메아리쳤다.

"네. 고마워요, 언니."

말을 마치고 힘차게 돌아서 문을 나섰다. 민재가 기다린다.

"……그런 사연이 있는 줄은, 생각도 못했어. 난 그냥 사랑하던 여자가 우연히 이혼한 걸로만……."

현관 계단에 우두커니 앉아 있는 민재의 곁에 앉아, 여태 말하지 않았던 연진의 과거에 대해 얘기해 주었다. 그래야 그녀의 뿌리 깊은 두려움을 이해할 것 같아서. 뒤늦게 더 큰 죄책감에 눌리는 것 같은 민재를 바라보며 조용히 웃었다.

"이젠 다 괜찮을 거야. 혁진 씨는, 절대로 후회하지 않는다고 했으니까."

지난 시간마저도 모두 당연한 과정이라고 여긴다 했었다. 너무너무 바라는 것은 힘들여 얻어야 끝까지 소중하게 여기게 되는 거라고. 그러라고 먼 길을 돌아오게 한 것이라 생각한다고. 담담하기만 하던 목소리를 떠올리며 계단에서 일어나 차 쪽으로 걸음을 옮겼다.

"생각하면 말이야."

뒤에서 따라오는 민재를 느끼며 중얼거렸다.

"어쩌면 혁진 씨의 사랑이 진짜 사랑이 아닐까 싶어."

"……."

"저런 사랑, 또 있을까도 싶고. 누구도 저렇게 사랑받진 못할 것 같기도 하고. 완전한 사랑이라는 게 바로 저런 게 아닐까……."

산들산들 옮기던 걸음이 강제로 멈춰지고, 어느새 내 양어깨를 꼭 움켜쥔 민재가 이글이글 불타는 눈빛으로 나를 내려다보았다.

"웃기고 있네."

씹어뱉듯 울린 말에 이어 뜨거운 입술이 화인처럼 내게 와서 찍혔다. 어! 여기는! 트인 공간을 의식해 민재를 밀어내려 했지만 그는 아랑곳하지 않았다. 으응. 떨리는 입술을 갈라 벌린 뜨거움이 입속을 넘어서 온몸을 가득 채운다. 어지러워. 산소가 갈급한 물고기처럼 파닥거리는 심장이 제 존재를 뚜렷이 알려와 버거움을 참으며 눈을 감았다.

"누구도……."

의식이 하얗게 비는 거 아닐까 싶을 무렵, 겨우 입술을 떼어낸 민재가 내 귀에 대고 속삭였다.

"누구도 내가 널 사랑하는 것처럼 다른 사람을 사랑할 순 없어."

오소소, 귀에서 시작된 전율이 온몸을 달려 내려갔다.

"완전한 사랑? 웃기지 말라 그래. 내가 널 기다린 것처럼 누굴 기다린 사람은 없어. 그거 알아?"

이제 민재의 눈동자는 바로 내 앞에 자리하고 있었다. 활활 타는 불꽃 속에 내 모습이 있다. 아찔했다.

"내가 너한텐 애 같을지도, 혹은 바보 같을지도 모르지만, 때로는 모자라고 부족할지도 모르지만, 그래도 이 마음은 누구한테도 비교 못해. 절대로!"

"……."

"도대체 제대로 아는 게 뭐야. 그런 사랑받는 게 부러워? 네가 받는 건 도대체 뭔데, 그럼? 바보 같은 게."

겨우 날 놓아준 민재가 손을 그러잡으며 걸음을 옮겼다. 딱딱하게 굳어진 어깨가 심통이 단단히 났다는 것을 보여주고 있었다. 아아, 행복감에 잠시 눈을 감았다가 민재의 곁으로 바짝 따라붙었다. 나를 쳐다도 보지 않는 옆얼굴을 올려다보았다.

"민재야."

"……."

"민재야, 나 좀 봐."

겨우 돌려진 얼굴은 무표정하게 굳어져 있었다. 너, 지금 속 상하구나? 민재의 어깨에 살짝 머리를 기댔다.

"사랑해."

"……그건 어느 정돈데? 완전하진 못할 테니까, 반쪽짜리? 4분의 1짜리?"

"아니."

장난스럽게 웃으며 내 가슴을 가리켜 보였다.

"안 보여, 펑 터져 나간 거? 채우다 채우다 못해, 여길 뚫고 터져 나갔어. 그러니까…… 한 120% 정도?"

웃음이 슬며시 스러졌다. 민재의 눈길이 똑바로 내 손가락이 꽂힌 가슴에 머물러 있었다. 그 눈빛은 조금 전까지의 토라짐을 깨끗이 지운 채 뜨겁고 타오르고 있다. 어, 어라. 왠지 바뀐 분위기에 당황해 슬며시 손을 내리는데 그 손을 꼭 움켜쥔 민재가 열기 띤 목소리로 물었다.

"그거, 진짜야?"

"으, 응?"

바보같이 반문하다 천천히 고개를 끄덕였다. 민재는 얼굴이 빨개진 나를 한참 들여다보다 툭 내뱉었다.

"너 왜 빨개졌어."

그야…… 네가 그런 눈빛으로 쳐다보니까. 대꾸할 새도 없이 몸을 홱 돌린 민재가 바쁘게 차로 걸어가 차 키를 찾았다. 나를 조수석에 앉히고 자기도 차에 탄 뒤 나를 돌아보았다.

"좀 참아보려 했는데, 도저히 안 되겠다."

응?

"해수야, 한 번만 자자."

뭐어? 기가 막혀 입만 벙긋거리는데 민재가 내 목덜미에 얼굴을 문질러 댔다. 이 상황, 전에 어디선가 겪어본 것 같은데. 생각할 틈도 없이 다시 민재의 목소리가 울렸다.

"나도 펑 터져 버려서 도저히 못 참겠다. 우리 집으로 가."

언젠가의 그날처럼, 민재네 집은 몹시 낯설었다. 후들후들 떨리는 것도 마찬가지였다. 달라진 것이 있다면 차가움에 뼛속까지 얼어버릴 것 같던 그날과 달리, 뜨거워 견딜 수가 없는 홧홧함이 내 몸을 온통 휘감고 있다는 것일까. 꼭 그날처럼 현관에서 짧은 키스를 나누고, 꼭 그날처럼 새 수건을 쓰란 말을 들으며 욕실로 들어갔다. 아니, 지금 내가 무얼 하고 있는 것일까.

'미쳤나 봐.'

덜덜 떨며 생각했다. 제정신으로는 이럴 수가. 아무리 민재가 정신없이 몰아쳤다 해도. 망설이고 망설이다가 거울을 들여다보았다. 얼굴이 발갛게 익은, 처음 보는 눈빛의 여자가 거울 안에 서 있다. 인정하자. 나는 열병에 걸렸다. 발칙한 생각일지 몰라도, 민재의 맨몸을 내 맨몸에 느껴보고 싶었다. 민재를 그 누구에게도 허락하지 않은 곳까지 가득 안아들이고 싶었다. 두근두근. 떨리는 심장을 억누르며 재빨리 샤워를 마치고 옷을 입었다.

민재는 그날처럼 바지만 입은 상태로 침대에 걸터앉아 있었다. 그날처럼 초조해 보이지도, 그날처럼 절박해 보이지도 않았지만. 허벅지에 팔꿈치를 고이고 앉아, 옷을 제대로 다 챙겨 입은 나를 보며 웃었다.

"뭐야. 처음엔 겁도 없이 맨몸으로 덤비더니, 새삼스럽게."

민재가 유연한 동작으로 일어서는 순간 나도 모르게 움찔했다. 왜 이렇게 떨리는 걸까. 민재 말대로 처음도 아닌데. 서 있는 게 용할 만큼 비참하게 떨고 있었다. 그런 내게 성큼성큼 다가서는 민재를 느끼며 시선을 피했다.

"양말까지 신었네. 못살아."

아무렇지 않게 손을 잡고 이끄는 민재에게 끌려가며 저도 모르게 떠듬거렸다.

"저기, 저기, 저기……."

"저기 어디?"

몸을 뒤로 뻗대다 그만 침대로 난짝 끌려 올라가는 바람에 딱 무릎을 꿇은 모양새로 끄트머리에 걸터앉았다. 아, 어떡해. 여전히 손을 잡힌 채 민재를 올려다보았다.

"정말 가관이다, 네 표정."

울상일 게 뻔한 얼굴이 떠올라 그제야 고개를 숙였다. 그러나 이내 곧 다시 들어야 했다. 눈앞엔, 두 손으로 내 볼을 감싼 민재의 얼굴이 있다. 진지한 눈빛에 나처럼 볼이 조금은 붉어진.

"너만 그런 거 아냐, 정해수."

가라앉은 목소리가 몹시도 따뜻하다.

"나도 너처럼, 아니, 너보다 더 떨려. 그렇지만 그런 거 다 떠나서……"

델 것처럼 뜨거운 입술이 이마의 상처에, 반쯤 내려감은 속눈썹 위에, 파들거리는 입술에 닿았다.

"안고 싶어."

눈을 감지 않고, 민재의 기다란 손가락이 내 옷들을 벗겨내는 모습을 지켜보았다. 서툴지만 다정한 손길이었다. 두려움에 몸을 떨 때면 부드럽게 달래주고 한 번씩 사랑한다고 속삭여 주었다. 너무도 소중히 다루어지고 있다는 느낌에 마음이 조금은 편안해졌지만, 마지막 남은 속옷에 손이 닿았을 땐 그만 견디지 못하고 눈을 감았다. 얼굴이 너무 달아올라 귓속까지 뜨거운 느낌이었다.

"해수야."

"해수야, 눈 떠봐."

부드러운 채근에도 오래오래 눈을 뜨지 못했다. 그래도 민재는 참을성있게 기다렸다. 마치 내가 눈을 뜰 때까지는 아무것도 하지 않겠다는 듯. 절대 기다릴 줄 모르던 민재의 인내심에 내가 졌다. 금방이라도 도로 내리 감길 것 같은 눈꺼풀을 억지로 밀어 올리니 반짝거리는 갈색 홍채가 따뜻하게 나를 맞아주었다.

"오늘이 진짜야."

"……."

"지난번처럼 울게 하지 않아. 오늘이, 오늘이 우리 처음이야. 알았지?"

결연하지만 다정한 목소리에 옅은 슬픔이 배어 있음을 알아 버렸다. 지난밤은 너한테도 상처였구나. 깨달음에 천천히 고개를 끄덕였다.

"사랑해."

진심을 담아 한 고백에 민재가 조금 웃었다. 그 얼굴이 너무 아름다워 가슴이 뭉클해진 채, 두 팔로 민재의 목을 감아 끌어 당겼다.

'사랑해, 정말.'

그날과 달리, 오늘의 민재는 조금도 서두르지 않았다. 입술에서 시작해 조금씩 아래로, 또다시 발목에서 시작해 위로. 뜨거운 입술이 부드럽게 내리누르고 문지를 때마다 허리가 녹아내리는 것 같았지만, 낯선 쾌감보다 더 날 가득 채운 것은 민재를 가지고 있다는 충만감이었다. 이제야 겨우. 제대로.

"민재야, 민재야……."

내 안에 숨어 있었는지도 몰랐던 쾌락에 흐느끼며 민재에게로 파고들었다. 이렇게 아예, 민재에게로 녹아들어 버렸으면 좋겠다고 진심으로 생각했다.

오로지 손길과 입술에만 이끌려 쏟아지는 폭우 같은 감각을 맞았다. 숨이 턱 막힐 것 같은 완벽한 공백이 지나고 난 후, 겨우 부끄러움이라는 감정이 돌아올 무렵 민재에게 쥐어진 내 손에 매끄러운 느낌이 닿았다.

"너도 만져 봐."

민재에게는 내 얼굴이 보이지 않게 찰싹 달라붙은 채, 어쩔 줄을 모르고 단단한 배 위에 놓인 손을 낯선 물건 보듯 바라보았다. 두근두근. 몽실몽실한 내 피부와는 완연히 다른 감촉에 가슴이 미친 듯 뛰었다. 어떻게 해야 하지? 심장이 목구멍으로 튀어나올 것 같은 긴장감에 어쩔 줄 모르고 있는데 민재가 재촉하듯 내 머리카락에 느릿한 키스를 퍼부었다. 겨우 용기를 내었다.

"아……."

차마 더 아래로는 내려갈 용기가 나지 않아 조금씩 위로 끌어올린 손바닥에 닿은 느낌은 마치 벨벳 같았다. 그리고 울퉁불퉁했다. 단단한 양감에 홀려 조금 더 과감하게 움직여 보았다.

"하아…… 해수야."

민재의 목소리가 마치 녹아내릴 것 같다. 신기했다. 이제는 완전히 열중해 분명하게 모양이 잡힌 복근과 날씬한 옆구리, 탄탄하게 불거진 가슴 근육을 만져 보았다. 내게 민재는 그냥 어떤 '절대적인 존재'였는데, 그 존재가 가진 실체를 이렇게 만져 보고 있다는 게 너무나 이상한 기분이었다. 민재 같기도 하고 아닌 것 같은 기묘한 느낌. 그 생생한 실체감에 나마저도 몽롱해지는 것 같았다.

"훗!"

넓은 가슴을 좀 더 분명히 느껴보고 싶어서 손바닥을 쫙 펴서 훑었을 때, 민재에게서 숨죽인 신음 소리가 터져 나왔다. 매끄러운 피부 위에 한 점, 도도록하니 돋아난 돌기를 건드렸을 때였다. 부끄러워 움찔하다 이내 대담해졌다. 주위의 피부와는 조금 다른, 이질적인 감각을 주는 그곳을 집중적으로 느껴보았다.

"아, 좋아……."

저도 모르게 내뱉은 것이 분명한 한마디에 나도 끓어올랐다. 핥아보면 어떨까? 민재가 내 것을 물었을 때의 압도적인 쾌감을 기억하고 살짝 혀끝을 대었을 때, 그때까지 꼼짝하지 않던 민재가 몸을 일으켜 나를 홱 잡아채더니 바닥에 눕혔다.

"미안해. 더는 못 참겠어."

단숨에 밀고 들어오는 욕망을 기꺼이 맞아들였다. 시작할 때의 망설임 같은 건 이제 모른다. 지금 중요한 것은 오직 하나, 민재와 내가 하나가 된다는 그 기적 같은 사실뿐이었다.

"해수야. 해수야. 해수야……."

오래전 그날같이, 민재는 끊임없이 내 이름을 불렀다. 품 안에 있는 사람이 누구인지, 절대 잊지 않겠다는 듯이. 그때는 왜 몰랐을까, 그 절실함이 나를 향한 마음이었다는 것을. 왜 숨기려고만 했을까, 바보같이. 안타깝고 행복해서 눈물을 흘렸다.

"울지 마. 울리지 않겠다고 했잖아. 왜⋯⋯."

안타까운 목소리를 입술로 덮었다. 사랑해. 사랑해.

"민재야."

"응."

"너무 행복해. 너무 행복해서⋯⋯."

그래서 눈물이 나. 속삭이는 입술에 민재의 것이 닿았다. 미소가 느껴진다. 너무도 사랑하는, 민재의 미소. 관자놀이를 타고 내리는 눈물을 느끼며 행복하게 눈을 감았다.

또다. 나는 앞서 가는 해수를 흘끔대는 풍보 녀석을 잔뜩 쏘아봐 주었다. 이걸로 여섯 명째. 학교에선 이 정도까진 아니었는데. 절대로 못 느낄 수 없을 만큼 사납게 노려본 탓인지, 녀석의 시선이 슬그머니 길 쪽으로 돌아가는 걸 보며 한숨을 내쉬었다. 하긴, 백오십 명이나 되는 국토순례단 중에 해수처럼 사파리 모자가 잘 어울리는 여자애는 없었다. 촌스러운 무릎 길이 반바지 아래로 드러난 종아리가 그렇게 예쁜 애도 없었다. 마음이 심란해진 나는 주변에 좀 더 험악한 아우라를 풀풀 풍길 수 있도록 노력하며 시선을 고르게 뿌려준 후 해수에게로 다가섰다. 짧은 머리라 언뜻 보면 다른 애들보단 좀 나았지만, 모자 챙 아래를 보면 줄줄 흘러내리는 게 다 땀방울이었다. 어지간히 힘든가 보다.

"죽겠냐?"

"민재야아, 나 무울."

말꼬리가 늘어지는 걸 보니 탈진하기 직전이다. 나는 묵묵히 허리에 찼던 물통을 풀어 해수에게 건네주었다.

"미지근해졌어."

"할 수 없잖아. 벌써 저녁때가 다 되어가는데."

안쓰러운 마음이 퉁명한 말로 변해서 나왔다. 그러나 해수는 별로 개의치 않는 듯 다시 한 번 길게 물을 들이마셨다.

"이리 내. 내가 닫을게."

잔뜩 지쳐 물통 뚜껑 닫는 일도 힘든 듯 한숨을 쉬는 걸 보고 거칠게 빼앗아 들었다. 마음에 들지 않는다. 한계에 다다른 듯 헉헉거리는 모습도, 그런 해수 곁을 맴돌며 호시탐탐 기회를 노리는 놈들도.

'도대체 이딴 건 왜 오자고 한 거야?'

뒤돌아보는 안경잡이를 향해 이를 부득 갈았다.

"정신 좀 차려봐, 정해수. 물집 손질도 안 하고 잘 거야?"

"몰라. 귀찮아."

다리를 잡는 손을 뻥 걷어차려는 걸 간신히 피했다. 이 말괄량이. 조그만 휴대용 베개를 신주단지처럼 끌어안고 잠에 빠져들어 가는 해수를 노려보다가 성질을 못 이겨 머리를 벅벅 긁었다.

'쪽팔려 죽겠네.'

어딜 봐도 여자애들뿐이다. 여자용 숙소니 당연한 일이겠지. 바깥에서 물집만 손질하고 들어갔어도 이 망신은 안 당해도 되지 않느냔 말이다. 그렇다고 내버려 둘 순 없었다. 지금 미리 물을 빼두지 않으면 내일쯤엔 신발도 못 신을 상태가 될 게 뻔했으니까. 사방에서 킥킥대는 소릴 무시한 채 깊이 잠든 해수의 발을 끌어당겼다. 계집애치곤 키가 훌쩍 큰 터라 발도 작다고는 할 수 없었다. 그래도 하얗고 폭이 좁은 게 꽤 예뻤다.

'쯧쯧쯧.'

엄지발가락이 끝나는 부분의 발등에 하나, 새끼발가락 옆에
또 하나, 발뒤꿈치에 하나. 언뜻 보기에도 무지 아파 보이는 물
집에 조심스럽게 무명실을 꿰어 넣어 너무 길지 않게 잘라냈다.
이렇게 해두면 자는 사이에 자연스럽게 진물이 흘러나와 견딜
만해질 것이다.

겨우 마음이 가벼워진 나는 아직도 흘끔거리는 여자애들의
시선을 무시하며 자리에서 일어섰다. 사실 나도 몹시 지쳤다.
짓궂으려고 작정을 한 것인지, 좀처럼 비켜주지 않는 여자애들
틈을 뚫고 방문 쪽으로 향하다 문득 뒤를 돌아보았다. 그러곤
끙, 다시 한 번 한숨을 내쉬었다. 뭔가 자꾸 마음에 걸린다 싶더
니, 멍청이 같은 게 침낭 속으로 들어가지도 않고 그 위에 그냥
누워 있다. 새벽이 되면 추울 텐데.

걱정이 되는 마음을 누르고 방 밖으로 나왔지만, 아무래도 안
되겠다. 빠르게 숙소로 가서 내 몫의 침낭을 꺼내왔다. 두 번이
나 자기들 숙소를 침범하는 남자애 때문에 여자애들이 불평을
늘어놓는 소리는 못들은 체했다. 침낭의 지퍼를 펴서 크게 펼쳐
꼼꼼히 덮어주니, 그새 추웠는지 몸을 동그랗게 말고 있던 해수
가 침낭 안쪽으로 머리까지 쏙 집어넣어 버렸다. 커다란 침낭
속, 태아처럼 보이는 실루엣. 피식 웃은 나는 해수의 머리쯤에
잠시 손을 얹었다가 떼곤 방을 나왔다.

음……."

블라인드 틈으로 새어 들어오는 햇빛이 어지간히 거슬린다. 정확히 눈을 찌르는 직사각형 빛살을 피해 꾸물거리며 민재의 가슴으로 파고들었다. 민재는 잠결에도 팔을 벌려 나를 꼭 끌어 안아 주었다. 포근하다. 낮은 한숨으로 만족감을 표시하며 다시 잠이 들었다.

"아무리 피서 철이라지만 무슨 사람이 그렇게 많아 그래. 안 그래요? 온천이 수영장이야? 애들 죄 끌고 와서 정신이 하나도 없게……."

그러나 편안한 잠은 오래가지 못했다. 갑자기 바깥이 소란해졌다 싶어 눈을 떴다가 번쩍! 상황이 파악됨과 동시에 자리에서 벌떡 일어났다.

"미, 민재야."

최대한 목소리를 죽여 속삭이며 어깨를 흔들었지만 민재는 쉬이 일어나지 못했다.

"민재야, 박민재."

"아이구, 우리 아들! 아직 자니?"

아악! 어떡해! 다급하게 이불을 끌어 덮고 제발 문이 열리지 않기만을 기도했다. 그러나 그런 바람도 소용이 없는지, 가벼운 발소리는 점점 가까워졌다.

"민재야아! 우리 아들! 엄마 왔다! ……어머! 해, 해수야!"

아들의 침대에 있는 나를 보고 기겁을 하는 아줌마의 모습에 잔뜩 몸을 움츠렸다. 눈앞에 쥐구멍이라도 있다면 정말 기어들어 가고 싶었다. 그나마 다행이라면 문이 열리는 순간 민재가 벌떡 일어났다는 것이다. 깨어난 순간 이미 사태를 파악했는지, 잽싸게 내 앞을 가로막은 민재가 소리를 버럭 질렀다.

"문 안 닫아? 아, 얼른!"

하나뿐인 아들 말이라면 끝나기가 무섭게 들어주곤 하던 버릇 때문인지, 아줌마는 그 와중에도 고개를 끄덕하더니 문을 탁 닫았다. 갈색 문이 완전히 닫힌 걸 확인하자마자 구르듯 침대를 내려가 옷을 입었다. 손이 덜덜 떨려 블라우스 단추가 통 잠기질 않는다.

"당신 왜 그래? 거기서 왜 해수를 찾아?"

"여, 여보! 어떡해. 어떡하지? 아니, 쟤들이 어쩌려고!"

비명 같은 아줌마의 목소리에 이어 애써 소리를 죽인 듯 소곤거리는 말들이 들려왔다.

"뭐, 뭐야!"

경악에 찬 아저씨의 외침에 몸이 절로 움찔했다.

"어, 어떡해. 정말 어떡해!"

눈앞이 캄캄해졌다 하얘졌다, 정신이 하나도 없었다. 세상에! 이런 망신이 있을 거라고는 생각도 못해봤다. 이를 정말 어떡해. 이 일이 귀에 들어가면 벽력같이 화를 내실 부모님까지 생각하니 그냥 딱 죽고만 싶었다.

"어떡하긴 뭘 어떡해? 죄지었냐?"

그러나 민재는 이런 일조차 아무렇지 않은 모양이었다. 느릿느릿 옷을 주워 입고 늘어져라 하품을 하는 모습에 맥이 탁 풀렸다. 도대체 어떻게 생겨먹은 신경일까. 원망스럽게 건너다보는데 천천히 다가온 민재가 차근차근 내 단추를 채워주었다.

"뭘 그렇게 하얗게 질려서. 걱정 마."

걱정이 안 되겠니, 지금? 소리를 지르고 싶은 걸 꾹 참는데 단추를 다 채우고 조금 물러서 나를 바라보던 민재가 씩 웃었다.

"세수는 좀 해야겠다."

악! 어제 화장도 안 지우고 잤다는 걸 떠올린 내가 얼굴을 감싸기도 전에 내 손을 잡은 민재가 방을 가로질러 가더니 벌컥 문을 열었다. 그러자 민재 아버지가 기다렸다는 듯 버럭 소리를 질렀다.

"박민재! 너 이놈의 자식!"

"잠깐만요. 우리 일단 좀 씻고. 오 분만 기다려요."

아버지의 노성에도 태연하게 대꾸한 민재가 나를 욕실로 밀어 넣었다. 탁! 뒤에서 문이 닫힘과 동시에 뭔가 묵직한 게 날아와 부딪치는 소리와 함께 무시무시한 고함 소리가 들렸다.

"이게 다 무슨 난리야! 나더러 이제 정현식이를 어떻게 보라고 이 망나니짓이야! 너 어디 손댈 데가 없어서 해수한테⋯⋯."

"해수니까 그랬지."

"뭐, 뭐야? 이, 이 막돼먹은 놈이!"

"잠깐만 기다리라니까요. 눈곱이라도 떼고 얘기하자구요, 우리."

그 후론 아저씨의 화난 음성과 말리는 아줌마의 목소리만 울리는 걸 보니 아무래도 민재는 안방 욕실로 들어간 모양이었다. 어떡해. 울고 싶은 마음을 가다듬으며 세수와 양치만 대충 했다. 손이 어찌나 떨리는지 특별히 힘들여 칫솔질을 하지 않아도 될 정도였다.

"아직 멀었냐?"

다 씻고, 대충대충 머리를 빗은 후에도 도저히 나갈 수가 없어 욕실문 앞에 쪼그리고 앉아 있는데 민재가 문을 두드리는 소리가 들렸다. 아, 정말 어떡해. 피가 다 마르는 듯 초조한 마음을 어찌지 못하다가 겨우 용기를 내 문을 열었다. 언제까지나 이 안에 갇혀 있을 수도 없는 일이다.

"너희들은 말이다. 후우!"

한숨과 함께 운을 떼시던 아저씨가 민재를 보고 눈을 부라렸다.

"너, 이 녀석! 똑바로 앉지 못해?"

죄인처럼 무릎을 꿇고 앉은 나와 달리, 편안하게 양반다리를 하고 앉은 민재는 아버지의 말에도 꿈쩍하지 않았다. 그러자 답답한 듯 가슴만 쿵쿵 치던 아저씨가 성질을 못 이긴 듯 바닥을 한번 소리 나게 내려치더니 우리를 차례로 보았다.

"너희들은 남매나 마찬가지야. 아니, 어떻게 내 집에서 이런 일이 있어! 이게 말이 돼?"

"우리가 왜 남매예요?"

뭐? 민재의 야무진 반박에 아저씨의 얼굴이 멍해졌다.

"그거야말로 말이 돼? 우리가 왜 남매야. 아버지가 얘네 아버지랑 친한 거랑 우리랑 무슨 상관이냐고요."

"이놈이 근데 진짜!"

"똑 까놓고 얘기해서, 친해진 것도 다 우리 때문 아니냐구요. 근데 이건 뭐야. 본말이 바뀌었잖아."

"박민재!"

"그런 설교 듣자고 앉은 거 아니에요. 아버지 걱정하시는 것처럼 얘네 아버지한테 얼굴 못 들 일 없게 만들어 드릴 테니 걱정 마세요."

"야, 이 철없는 놈아. 너 지금 그걸 말이라고 하냐? 해수 아버지가 알고 말고가 문제가 아니잖아, 지금. 내가 면목이 없어 고개를 어떻게 드냐?"

"고개 뻣뻣이 들 수 있게 만들어 드릴게. 저 해수랑 결혼해요."

뭐? 세 쌍의 얼빠진 눈동자가 민재를 향했다.

"뭘 그렇게 봐요. 당연한 거 아냐?"

민재의 표정은 정말로 당당하기만 했다. 한 점 의심도 없이.

"미, 민재야. 너 지금……."

민재는 말을 더듬는 어머니를 향해 돌아앉더니 진지한 말투로 말했다.

"나이 스물일곱이면 뭐 그렇게 빠른 것도 아니잖아. 엄마, 결혼 준비하는 데 얼마나 걸리지? 한 이삼 주면 되나?"

"이삼 주? 그건 좀 너무 촉박하지. 하나뿐인 아들 결혼인데 어떻게 그렇게 허투루 하니. 꼭 필요한 것만 해도 최소 한 달은……. 아니, 지금 그게 중요한 게 아니지. 민재 너!"

정신이 하나도 없었다. 결혼? 누가? 이제 막 마음을 확인했을 뿐인데, 상황은 어느새 저 혼자 열심히 굴러가고 있었다.

"뭐 그리 챙기고 따지고 준비할 거 없으니까 간단하게 해요.

학생 주제에 결혼하겠다 해서 미안한데, 그렇다고 박사 딸 때까지 기다릴 순 없잖아. 엄마도 그거 안 바라지?"

"그거야 그렇지만……. 아, 이 녀석! 너 자꾸만 딴 데로 말 돌릴래? 너 이거 순서가 틀렸잖아, 순서가!"

기가 막혀 입만 벙긋벙긋하는 아저씨 대신 총대를 멘 아줌마는 '뭐가?' 라는 듯 인상을 쓰고 쳐다만 보는 아들을 향해 한숨을 내쉬었다.

"애, 민재야. 넌 상식도 없니? 결혼을 하겠으면 하겠다, 말부터 하고 일을 치든지 어쩌든지. 지금 네 아버지랑 나랑 왜 기가 막혀하는지 모르겠어? 허락도 안 받고 이게 도대체 무슨 짓이야?"

"허락을 왜 안 받아."

툭 내던진 민재가 자리에서 일어나 나를 끌어당기는 바람에 비틀거리며 일어섰다.

"여섯 살 때 해준 허락은 그럼 장난이었어? 엄마가 분명히 그랬잖아. 해수랑 결혼해도 된다고."

뭐어? 눈이 동그래져 쳐다보는데 민재가 나를 끌고 현관 쪽으로 향했다.

"너 어디 가! 야! 박민재!"

신발을 신는 민재를 보다가 우물쭈물 아저씨 아줌마를 보았다. 아아, 정말 이게 다 뭐야. 눈이 마주친 순간 얼굴이 뜨끈해져 견딜 수가 없었다.

"허락 받고 날 잡아올 테니까 그렇게 알아요."

민재네 집을 나서기 전, 마지막으로 본 건 귀신에 홀린 듯 넋이 빠진 민재 부모님의 얼굴이었다.

"민재야, 박민재!"

원래 뭔가에 열중하면 앞뒤좌우 안 살피는 녀석이긴 하지만, 이건 좀 심하다. 끌려가던 손목을 확 뿌리치며 그 자리에 멈춰서니 못마땅한 얼굴이 나를 향했다.

"왜? 빨리 가서 말씀드리고 허락……."

"너, 뭔가가 많이 생략됐다는 생각 안 드니? 중간에?"

그제야 몸을 돌린 민재가 나를 바라보며 팔짱을 끼었다.

"따로 근사한 청혼 안 한 건 미안한데, 그건 그냥 포기해라. 그동안 마음고생 시킨 거 생각하면 그런 거 바랄 입장 아니다, 너."

"그게 문제가 아니라!"

내 마음을 어떻게 표현해야 할지를 몰라 발을 동동 구르다가 고개를 저었다.

"이건 좀 아니잖아. 뭐가 이래!"

밑도 끝도 없는 내 말에 민재가 눈썹을 찌푸렸다.

"왜, 넌 나랑 결혼하기 싫어?"

그, 그런 문제가 아니잖아. 도대체 무슨 대화가! 도무지 말이 통하지 않는 민재를 바라보다가 떠듬거렸다.

"그게 아니라 우리 사귀기 시작한 지 얼마나 됐다고⋯⋯."

"너 나 몰라?"

"그래도 데이트도 별로 못했고."

"남자여자 밥 먹고, 영화 보고, 얘기하고, 놀러다니는 게 데이트야. 너 그거 나랑 몇 번이나 했어?"

셀 수도 없지. 그렇지만.

"아직 결혼에 대해서 진지하게 고민해 본 적도 없고⋯⋯."

"고민해서 별로다 싶으면, 나랑 헤어지려고?"

발끈하는 민재의 말에 햇빛을 받아 반짝이는 눈동자를 찬찬히 들여다봤다. 갈색. 녹색. 붉은색. 황금색. 오늘따라 색깔이 더 다양하네.

"말해봐. 따져 봐서 아니면 그만두겠다 이거야?"

"그럴 리가."

자동적으로 대답이 튀어나갔다. 그러자 민재는 팔짱을 더 깊숙이 끼며 턱을 삐딱하게 치켜들었다.

"거봐, 근데 뭐가 문제야."

아, 저 오만함. 그런데 민재는 사실 저럴 때가 제일 멋지다. 엉뚱한 생각을 하다가 크게 머리를 흔들었다. 지금 내가 무슨 생각을 하고 있는 거람?

"뭐가 문제냐고. 안 될 이유 있어?"

문제. 뭐가 문젤까. 민재의 논리에 따라 생각을 하니 별달리 거리껴지는 게 없었다. 그렇지만.

"그래도 결혼은 좀 더 신중하게 생각해서 하는 게 좋지 않겠어? 급할 것도 없고…….."

"급할 게 왜 없어?"

민재가 인상을 확 썼다.

"그동안 허송세월한 것만도 원통해 죽겠는데, 뭘 또 기다리고 재야 되는데? 미쳤냐, 내가?"

그, 그건……. 나는 잠시 생각에 잠겼다. 민재가 없는 시간. 힘들었다. 그걸 생각하면 일분일초가 아까운 것도 사실이었다. 그렇지만. 수많은 '그렇지만'을 떠올리며 혼란스러움에 갈팡질팡하고 있는데 민재가 내 어깨를 확 감싸 안더니 나를 뚫어져라 바라봤다.

"정해수."

"응?"

"말해봐. 너, 나랑 결혼하는 거 싫어?"

옅은 불안이 묻어 있는 얼굴을 멍하니 올려다보다 고개를 살랑살랑 흔들었다.

"그럼 해. 당장."

결정 끝. 의기양양해 다시 걸음을 옮기는 민재에게 끌려가며 힘없이 웃었다. 결혼이라. 결혼.

뭐, 나쁘지 않겠지.

우리 집 거실에 핵폭탄이 떨어졌다. 나란히 무릎을 꿇고 앉

아, 온천에서 돌아와 채 옷도 갈아입지 못한 모습으로 뻣뻣하게
굳어 있는 부모님을 올려다봤다.

"지, 지금 너 뭐라고 그랬니, 민재?"

"아줌마, 저 싫으세요?"

"아니, 그럴 리가. 그게 아니라 너 방금……."

"아저씬요? 저 어떠세요?"

고개를 살짝 들어 당혹함에 얼굴이 굳어져 있는 아버지를 올
려다봤다.

"야, 이눔아. 이게 네가 좋고 싫고의 문제가 아니잖아. 아니,
왜 갑자기."

"갑자기가 아니에요. 전부터 쭉 생각하던 거예요."

진지한 민재의 말에 입을 꾹 다물고 생각에 잠겼던 아버지가
크게 고개를 끄덕였다.

"뭐, 나쁘지 않지. 어릴 때부터 어떤 집에서 어떻게 자랐는지
다 지켜봤고, 네가 해수한테 하는 행동도 다 봤으니까. 나쁘지
않아."

"그럼 해도 되는 거죠?"

"그렇지만 넌 아직 학생이고, 우리 집엔 해윤이도 아직 있으
니까……."

"작은누난 아직 애인도 없잖아요. 그걸 언제 기다려요."

"야, 인마!"

"학생이라 수입이 없는 건 좀 그렇지만, 그건 제가 당장 어쩔

수 있는 부분이 아니니까 좀 봐주세요. 아님 제가 그냥 취직하
길 바라세요?"

혹시 아버지에게도 협박을 하는 건가 하고 돌아보니, 민재의
표정은 너무나 진지했다.

"일자리 알아보면 곧 취직할 수 있을 거예요. 지난 학기에도
취업 권유는 꽤 있었으니까, 지금이라도 연락하면……."

"아, 누가 그거 바란대? 느이 아부지가 아들놈 박사 만들 거
라고 얼마나 꿈에 부풀어 있는데!"

"그럼 허락하시는 거죠?"

치근치근, 쉴 틈도 없이 몰아치는 민재의 말에 아버지의 표정
이 난처해졌다. 이걸 어째야 하나. 망설이는 틈에 아버지로선
절대 거절할 수 없는 치명적인 유혹 한마디가 더해졌다.

"허락해 주시면 날마다 장기 다섯 판씩 둬드릴게요."

"그러니까 결론은 장기 다섯 판에 팔려간 신부라는 거잖아,
네가."

혜진의 장난스러운 목소리에 배시시 웃으며 들고 있던 부케
를 고쳐 쥐었다. 미끄러지지 않게 단단히 테이핑을 한 것임에
도, 더운 날씨 때문인지 자꾸만 손에서 빠져나가려는 바람에 난
감했다.

"그래도 용케 둘이 사고 친 건 안 들켰나 봐? 선선히 허락 받은 걸 보니."

"안 들키긴."

말을 하다 그때 생각이 나서 웃었다. 허락 받을 때까진 들키지 않고 어떻게 잘 무마가 되나 했는데, 뒤늦게 방에서 나온 작은언니가 도대체 어디서 자고 들어오는 거냐고 고함을 지르는 바람에 대난리가 났었다. 다혈질인 아버지가 골프채까지 찾아대며 어디 남의 집 귀한 딸을 혼전에 망쳐 놓느냐고 화를 내시는 말에 민재가 냉큼 그랬었지.

"망치긴 누가 망쳐요? 피차 처음인데 망가져도 둘 다 망가졌겠네. 아니 뭐, 여자만 그렇게 소중하란 법이 어딨어요? 큰누나 들으면 아저씨도 무사하지 못하실 텐데."

약을 올리는 것도 아니고, 뻔뻔스럽기만 한 말에 진짜 흥분한 아버지가 허리를 삐끗하지 않았다면 민재는 그날 정말 경을 쳤을지도 모를 일이었다. 덕분에 결혼식 때까지는 양가 가족이 총동원된 감시단이 구성돼 쥐 잡듯 잡아대는 통에 민재의 입이 댓발은 나왔지만, 그 난리통에도 나는 행복했다. 상관없다고 생각하고 있었는데, 민재도 처음이었다는 사실이 몹시 기뻤던 걸 보면 내심 많이 신경을 쓰고 있었던 모양이다. 그런데 왜 모텔에 드나든다는 소문이 돌았냐는 뒤늦은 질문에 민재는 불같이 화

를 냈다. 누가 그딴 흑색선전을 한 거냐고. 뭐, 아무려면 어떠
랴. 민재는 이제 법적 심정적으로 '내 것'이다, 내 것. 생각만 해
도 행복해 친구들 몰래 미소를 짓고 있는데 아치형으로 장식된
신부 대기실 문으로 누군가가 또각또각 걸어 들어왔다.

"아…… 소영아."

내가 기억하기론 민재의 마지막 여자 친구였다. 소영은 여전
히 인형 같은 얼굴로 나를 내려다봤다. 빨간 미니 원피스 아래
로 곧게 뻗은 다리가 눈부시게 희었다.

"예쁘네요."

마지못한 말인 듯했지만, 거짓은 아닌 것 같았다.

"하긴 뭐, 민재 오빠가 그렇게 죽고 못 살았는데 이 정돈 돼야
지."

'아님 내가 너무 비참하잖아' 하고 중얼거린 소영이 내게 악
수를 청했다. 하얗고 조그만 그 손을 바라보다가 천천히 손을
내밀어 마주잡았다. 장갑 너머로 느껴지는 손은 적당히 서늘했
다.

"행복하게 잘살아요. 민재 오빠를 위해서."

말을 마치고 손을 쑥 빼낸 소영이 고개를 갸웃하고 생각에 잠
겼다. 뭔가 망설이는 듯하다가 입술을 꾹 깨물더니 불쑥 말했
다.

"난공불락이었어요, 민재 오빠."

"응?"

"우리, 왜 헤어졌는지 알아요?"

소영의 말에 고개를 저었다. 알 턱이. 민재가 소영과 헤어질 무렵, 나는 민재의 미움을 받느라 정신이 하나도 없었다.

"키스하려고 했거든, 내가. 얼마나 화를 내던지. 자기 마음 돌릴 자신 있으면 사귀어는 주겠다 했지, 언제 키스도 하겠다고 했느냐고. 그러다 맞는 거 아닌가 싶게 화를 내고 가버렸어요. 그게 끝이었어. 다신 못 봤어요, 그 후로."

그런 얘기를 꺼내는 것에 자존심이 상했는지, 소영의 볼이 붉어져 있었다.

"그러니까 잘해주라고요. 언니한텐 과분할 정도의 사랑이야."

말을 맺고 인사도 없이 몸을 돌린 소영이 사라진 후, 숨을 죽이고 있던 혜진이 투덜거렸다.

"쟨 증말, 예나 지금이나 싸가지가 없어."

그러나 내 귀엔 혜진의 말이 잘 들리지 않았다. 내가 혼자만의 생각에 잠겨 그토록 괴로워할 때, 반대편에서 나보다 더 힘들었을 민재 생각에 눈물이 불쑥 나려 했다.

"야! 너 울어? 안 돼, 안 돼! 화장 지워지면 다 뽀록나서 안 돼! 지금 이 화장이 얼마나 성공적인데!"

"울긴 누가 울어. 기집애, 오버는."

혜진의 손을 밀어내며 억지로 눈물을 참았다. 그래. 오늘은 가장 예쁘게 보여야지. 소영이 말대로 민재를 위해서라도, 너무 못나서는 안 되지 않겠는가. 눈을 크게 뜨고 또 떴다.

결혼식은 소박하고 경건했다. 그러나 재미있는 일도 많았다. 애인도 없이 동생의 결혼식에 어떻게 참석하느냐고 내내 어머니의 걱정을 샀던 작은언니는 떡하니 신랑감을 데리고 나타나 모두를 경악시켰고, 결혼식이 끝날 무렵엔 신부가 아닌 신랑의 어머니가 내내 눈물 바람을 해 눈길을 모았다. 나중에 폐백 때 말씀하시기를, 어릴 때부터 딸처럼 보아왔던 내가 하필이면 민재처럼 성질 못된 남편을 만나게 됐는가를 생각하다 눈물이 나셨다 했다. 그 말을 들은 민재는 딱 한 마디만 했다.

"내가 해수한테 진짜로 성질부리는 거 봤어?"

그러곤 이내 어머니가 냅다 던진 커다란 밤톨을 머리에 정통으로 맞았다.

제일 감동적이었던 건 부케를 던질 차례가 됐을 때였다. 미리 약속되어 있던 혜진이 부케를 받기 위해 수줍게 나서려 했을 때, 별안간 내 손을 놓은 민재가 성큼성큼 예식장 입구 쪽으로 가더니 그때까지 피로연장으로 가지 않고 혁진과 함께 남아 사진 찍는 사람들을 구경하던 연진을 끌고 나왔다.

"이제 두 분 차례잖아요."

무뚝뚝하게 말한 민재가 겁에 질린 연진을 내 뒤쪽에 세워놓고 제자리로 돌아올 때 보았던 혁진의 표정을 내내 잊지 못할 것 같다. 두 살 연상에 이혼 경력이 있는 여자. 그나마 순탄하지도 못한 나날들이어서 상처투성이에 밤에 잠도 제대로 못 이루는 여자. 2남 2녀의 다복한 가정에서 원만하게 자란 혁진이 쉽사리 허락을 얻지 못하는 것은 당연지사일지도 몰랐다. 그들은 아직도 싸우고 있는 것 같았다. 이혼하자마자 함께하는 것 때문에 불륜을 의심받고, 오래전부터 아는 사이었다는 사실 때문에 과거를 의심받고, 앞날이 창창한 총각에게 얹혀산다는 이유로 의도를 의심받고. 그 모든 의심들로부터 자신들의 사랑을 증명받기 위해 온몸으로 투쟁하고 있는 것이다. 그러나 나는 믿는다. 언젠가, 세상은 그들의 순수한 마음을 향해 무릎을 꿇고 용서를 구할 것임.

어찌할 바를 모르고 서 있는 연진을 향해 한없이 따뜻한 미소를 보내는 혁진의 눈가가 젖어 있는 것도 보았다. 그리고 온 마음을 다해 부케를 공중으로 띄워 올렸다. 부디, 오늘의 내 행복이 그들에게도 전달되기를 바라며. 아치를 그리며 빙글빙글 돌던 부케가 연진의 가슴에 안착하는 순간, 다가가 볼에 키스하는 혁진을 보며 박수를 쳐주었다. 민재의 말대로 다음 차례는 저 둘이 되었으면 하고 진심으로 바랐다. 행복감에 우는 연진에게 '나 이제 안 무섭죠?' 짐짓 딴소리를 해대는 민재가 너무 고마웠다. 시어머니가 틀렸다. 내 남편은, 성질이 너무나 좋다.

✱

"드디어 해수가 민재 손에 떨어졌구나! 아…… 인간승리야, 인간승리!"

"인간승리야 민재 입장에서나 그렇지. 아니, 어쩌다가 해수가!"

"그러게. 해수 입장에서야 완전히 마왕한테 잡혀간 공주님 버전이다."

와하하! 웃음과 함께 맥주잔이 부딪치고 떠들썩한 축하인사가 뒤를 이었다. 결혼식이 끝나고 신랑신부의 친구들이 모인 피로연이 열린 자리였다. 특이한 건, 신랑이나 신부나 친구가 거기서 거긴지라 서로 모르는 사람이 거의 없다는 거였다. 기껏해야 초등학교 친구냐 중등, 대학교 친구냐의 차이 정도로 모르는 얼굴이 있달까.

"안 피곤해? 우리 누나 보니까 결혼식하고 폐백 마치고 나니까 완전히 뻗던데."

"그럭저럭 괜찮아."

"뭐라도 좀 먹긴 했냐? 뭐 밥 될 만한 것 좀 시켜줄까?"

늘 사려 깊은 현일의 말에 미소를 지으며 고개를 젓는데 쾅! 5000cc짜리 맥주 조끼가 나와 현일의 사이에 내려놓였다.

"강현일, 너 내 마누라한테 신경 끄랬지? 아직도 정신 못 차렸냐?"

험악한 목소리에 민재를 보며 얼굴을 찌푸렸다. 얘가 또 왜 이래. 다들 기분 좋은 자리에서.

"너 당장 안 떨어져? 아까부터 옆에 찰싹 들러붙어서. 야! 유혜진 너 일루 와. 네가 여기 앉아."

제멋대로 자리까지 바꿔가며 심술을 부리는 민재의 행동에 야유와 놀림의 소리가 높아졌다.

"시끄러! 니들도 뚫어지게 보지 마. 닳아. 한 번에 십 초 이상 해수 얼굴 보는 놈들은 가만 안 둬!"

으익! 정말 못살아! 빨개지는 얼굴을 감싸 안고 슬쩍 둘러보니 군데군데 닭날개깃을 흉내 내는 사람이며 미친 듯 웃는 사람, 못 말린다는 듯 고개를 젓는 사람들이 보였다. 앤 정말 어쩌자고 이렇게 뻔뻔스러운지. 한숨을 쉬는데 내 어깨를 척 끌어안은 민재가 맥주잔을 들어 올리며 선언했다.

"오늘부로 정해수는 진짜로 내 거다. 니들한텐 형수님이 되는 셈이니 앞으로 알아서 잘 모셔!"

'형수는 무슨 놈의 형수냐!', '네놈이 부탁 따위 안 해도 어련히 알아서 잘한다', '원래부터가 네놈보단 해수한테 잘했다', '무슨 소리야? 난 오늘 해수 친구로 여기 왔다. 도대체 넌 누구냐?' 갖가지 야유와 함께 팝콘이나 감자튀김 같은 가벼운 안주들이 날아왔다. 씨익, 기분이 좋은 듯 친구들의 장난 섞인 비난을 받아낸 민재가 내 손을 잡더니 자리에서 일으켰다.

"그럼 재미있게들 놀아라. 어른도 못된 어린것들. 이 어르신들은 이만 가보마."

신혼여행은 내일 출발하기로 했기에 아직 시간이 많이 남아 있었다. 그런데 무슨? 황당해하는 친구들에게 하얀 봉투를 하나 날리는 것으로 입을 막은 민재를 따라 밖으로 나왔다. 아직 해도 지지 않은 환한 낮이었다.

"왜 벌써 나왔어? 조금 더 있다 나와도 됐을 텐데."

"너 피곤하잖아."

글쎄, 그다지 모르겠다. 아직 긴장이 풀리지 않아서 그런 건가. 어깨를 으쓱하는 내게 몸을 기울인 민재가 리모컨으로 차문을 열며 속삭였다.

"얼른 가야지, 얼른. 급하다고."

뭐가? 민재는 멀뚱거리며 쳐다보는 내가 답답하다는 듯 볼을 톡톡 쳤다.

"원, 무슨 식구들이 그렇게 원수진 것처럼 감시들을 하는지. 그런 판에 쟤들하고 놀게 생겼냐?"

아! 순식간에 얼굴이 빨개졌다. 못살아, 박민재. 부끄러움을 담아 어깨를 팍 치고 조수석으로 돌아가려는데 나를 휙 끌어안은 민재가 킥킥대며 귀에 속삭였다.

"한 번만 자자, 정해수."

쉽사리 전공을 정하지 못하고 고민에 빠진 해수를 나와 같은 과로 이끌고 가장 후회한 것은 물리학과엔 여학생이 많지 않다는 점을 간과했다는 사실이었다. 입학식도 하기 전에 치러진 오리엔테이션에 가서 뼈저리게 느꼈다. 여자가 고픈 남자들이 얼마나 집요할 수 있는지를. 벌써 배가 나오기 시작한 예비역 선배들까지 해수의 풋풋한 청순함에 눈독을 들이는 걸 보고는 차라리 어문 계열이나 상경대를 택할 걸 그랬나, 가능할 법도 하지 않은 생각까지 했었다. 다행이라면 해수에겐 공주병 증세가 전혀 없다는 거였고, 워낙 제 발밑만 보는 성격이라 자신을 향한 눈초리들도 쉽사리 눈치를 채지 못한다는 것이었다. 그것을 십분 활용해 '해수 옆에는 오직 나'라는 등식을 성립시킨 건 전적으로 내 공이었지만.

그 일이 쉬웠던 건 아니었다. 이공계엔 워낙 여자가 드물었고, 그중에 해수처럼 청초한 여자는 더욱 드물었다. 강력한 화려함을 뽐내는 자타공인 초절정미녀 윤주가 군계일학이라고 다들 말하긴 했지만, 그래도 남자들은 항상 보호본능을 자극하는 여자에게 약한 법이다. 본인은 늘 멋대가리없이 길기만 하다고 평가하는 선이 가는 몸과 길쭉한 팔다리가 얼마나 남자들의 시선을 끌어당기는지 해수는 전혀 몰랐을 것이다. 사실, 해수가 그 가느다란 손가락을 들어 짧은 머리를 귀 뒤로 쓸어 넘길 때, 동그란 귓바퀴를 지난 손이 하얗고 긴 목덜미를 살그머니 쓰다듬듯이 하며 내려지는 걸 보면 이십 년 가까이 그 모습을 지켜봐 온 나도 가슴이 콩닥거리곤 했었다. 그러니 다른 녀석들이야 말해 무엇 할까. 대학에 입학한 후 그 벌떼 같은 남자 녀석들을 해수에게서 격리하는 것이 얼마나 힘든 일이었는지는 다시 떠올리고 싶지도 않다.

적어도 첫 한 학기 정도는 무엇을 배웠는지 어쨌는지도 알 수 없을 만큼 해수 주변에만 온통 집중해야 하는 '투쟁의 시간'이었다. 선배들에겐 싸가지없는 자식이란 소리를 달아놓고 듣고, 동기들 사이에도 저놈을 죽여야 하나 말아야 하나, 푸념 섞인 술주정까지 받아주는 일을 마다하지 말아야 했다. 그러나 뭐 어떠랴. 내겐 이미 그 일들이 그리 생소한 게 아니었다. 아직까지 그 누구도 해수의 마음을 차지하지 못했다는 것만이 유일한 희망이던 내게, 혹시라도 방해가 될지 모를 인물들을 미리 제거하는 일은 공기를 호흡하는 것만큼이나 당연한 일이었으니까.

그래도 시간이 지나며 모두가 내가 정한 질서에 마지못해서라도 순응한다 싶었을 무렵 과 전체 MT가 있었다. 나는 다시 조금 긴장하지 않을 수 없었다. 항상 같은 강의를 듣는 동기들과 달리, 갑자기 불쑥 튀어나온 선배들이 함께하는 자리는 통제가 조금 어려웠으니까. 차라리 가지 말았으면 싶긴 했지만, 어릴 때부터 해수는 학교 행사란 당연히 모두 참가해야 하는 줄 아는 착한 아이였다. 그렇다면 가는 수밖에. 나는 단 한 번도 해수가 하고 싶어하는 일을 만류해 본 적이 없다.

그렇게 해서 가게 된 MT에서, 내내 잘 눌러두고 있다고 생각한 내 감정의 이면을 재발견해 버린 것은 불행 중의 불행이었다.

"하아."

잔에 철철 넘치도록 소주를 따르는 선배 몰래 오늘 들어 몇 번째일지 모를 한숨을 내쉬었다. 일방적으로 내려지는 술잔을 계속 받아 돌려야 하는 이런 자리는 정말 구미에 맞지 않는다. 그렇다고 약한 모습을 보이긴 싫다. 아까부터 못 견디게 머리가 아팠지만, 내색하지 않으면 티는 나지 않으니 그나마 다행이랄까. 소주를 마신 후엔 원래 그렇게 해야 하는 거라며 방정맞게 몸을 부르르 떠는 선배를 부루퉁하니 쳐다보다가 저만치 떨어져 앉은 해수를 흘끔 보았다.

지겹게 주말에까지 학교 인간들 얼굴을 볼 게 뭐냐는 내 툴툴거림에도 재미있을 거라며 설레어하던 건 어디의 누구인지, 구석에 조용히 처박힌 해수는 자리 한번 옮길 생각도 하지 않는다. 그렇다고 눈에 덜 뜨일 거라 생각한다면 바보지. 와중에도 수작을 한번 부려보려고 술병을 들고 다가가는 사람이 한둘이 아니었다. 대부분은 겁먹은 듯 올려다보는 커다란 눈망울에 괜히 미안해졌는지 술만 한 잔 따르고 슬금슬금 물러나 버렸지만.

보고 있는 동안에도 한 선배가 아심만만하게 다가섰다 멋쩍은 표정으로 돌아서고 있었다. 잘한다, 정해수. 방향이 조금 다르긴 했지만, 어쨌든 빈틈없는 모습에 잔뜩 조바심쳐지던 마음이 조금은 가라앉았다. 웬수 같은 선배. 얼른 놔줘야 해수한테로 돌아갈 텐데. 애가 타는 나를 아는지 모르는지, 선배는 또 한 잔의 술을 넘치도록 부어주며 외쳤다.

"자! 쭉 들이켜라! 오늘 한번 죽어보자고!"

선배나 죽으셔. 해수를 놔두고 내가 왜 죽어. 속으로 구시렁거리면서도 또 한 잔을 비워낸 나는 술잔을 내려놓음과 동시에 습관처럼 해수가 있는 쪽을 바라보았다. 순간 철렁! 심장이 내려앉았다. 당연히 있어야 할 자리에 해수가 없다. 누군가 불러서 데리고 나간 거 아닐까. 아까부터 하나둘 사라지기 시작한 사람들을 떠올리며 미친 듯 실내를 훑었다. 없다.

"야, 인마. 어디 가?"

벌떡 일어난 나를 본 선배가 소리를 높였지만 대꾸도 하지 않고 밖으로 향했다. 도대체 어디로 간 거야. 불빛이 닿는 곳은 어디든 샅샅이 뒤지다가 문득 생각이 나 이층으로 향했다.

"……"

한바탕 술판이 벌어진 일층은 넓은 홀이었지만, 이층은 이십 명 정도가 묵을 수 있을 만한 방들이 나란히 놓인 구조였다. 그 중 하나, 여학생들이 쓰기로 한 방 앞의 쪽마루 아래에 하얀 운동화 한 켤레가 놓여 있었다. 어딜 가면 간다고 말을 하면 좋잖아. 투덜대며 문을 열다 그만 웃고 말았다. 제대로 된 가구라고는 하나도 없는 방의 촌스러운 꽃무늬 벽지 아래, 한참 단잠에 빠진 해수가 보인다. 밤새워 놀겠다고 들떠할 땐 언제고, 열한 시도 되기 전에 혼자 방에 들어와 잠이 들어버리다니. 곰탱이 해수답다. 하긴, 어제그제 밤까지 새워가며 연이어 본 드라마가 몇 편이던가. 여태 버틴 것만도 용하지. 그래도 더 이상 치근거리는 선배들 꼴을 보지 않아도 되니 잘됐다 생각하며 방으로 들어가 동그랗게 몸을 말고 잠이 든 해수의 옆에 털썩 주저앉았다. 요즘 세상에 보기 드문, 니스가 잘 먹힌 노란 장판은 엉덩이가 익을 정도로 뜨거웠지만 웃풍이 있어서인지 방이 제법 썰렁했다. 입고 있던 점퍼를 벗어 어깨를 감싸주다가 다시 웃었다.

　"팔도 안 저리냐."

　베개가 없이는 잠을 못 자는 성격이긴 했다. 그래도 팔에 머리카락 자국이 생기도록 야무지게 받치고 있다니. 피는 제대로 통하는 건가, 한심하게 바라보다가 여벌로 가져온 셔츠를 챙겨다 돌돌 말아 머리 밑에 대신 받쳐 주었다. 끄응. 비로소 팔이 저린지 인상을 찡그리던 해수가 내 쪽으로 돌아누우며 배시시 만족한 미소를 짓는다.

　"단순하기는."

　흐트러진 머리카락을 살짝 거둬주고 잠든 얼굴을 지켜보다가 나도 곤해져 곁에 누웠다.

모로 누운 채 팔을 고이고 해수를 내려다본다. 예쁘다. 어느 때는 예쁘지 않겠느냐만, 잠든 해수의 얼굴은 아무리 보아도 질리지 않는 그 무엇이 있다. 항상 발간 입술이 꼭 다물어진 채 양 끝이 살짝 올라가 웃는 것 같은 표정으로 잠을 자는 것이다. 처음 보았을 땐 얘가 좋은 꿈을 꾸나 했는데, 알고 보니 타고난 습관이었다. 그걸 알아도 신기한 마음은 사라지질 않아서, 어쩌다 해수가 내 앞에서 잠이 들었을 땐 지칠 줄도 모르고 바라보곤 했었다. 마치, 지금처럼.

"……."

바깥은 소란하고 방바닥은 뜨겁고 해수는 평화롭게 잠이 들어 있다. 그 모든 것들을 즐기며 가만히 누워 있었다. 머리는 여전히 깨질 듯 아팠지만 편안하고 행복했다. 하얀 얼굴에 그늘을 드리우고 있는 속눈썹을 하나하나 세어보다 가만히 손을 뻗어 발그레해진 볼을 만져 보았다. 그대로 한참을 망설이고 망설이다 조금씩 손을 내려 도톰한 입술을 쓸어보았다. 그 순간 울컥, 내 안 깊은 곳에서 무언가가 치밀어 올랐다.

"해수 여기 있니?"

놀라 후다닥 일어나다 그만 고꾸라질 뻔했다.

"뭐야!"

공연히 화를 내며 돌아보니 얼굴이 빨개진 혜진이 문고리를 잡고 서 있었다.

"아, 아냐. 여기 있음 됐어. 난 화장실 간 줄 알았는데, 영 안 오길래……."

힐끔힐끔 나를 훔쳐보던 혜진이 갑자기 배싯 웃었다.

"왜 갑자기 웃고 난리야. 너 취했냐?"

아, 머리 아파. 갑자기 일어서는 바람에 미친 듯 지끈거리기 시작한 관자놀이를 슬며시 누르며 혜진의 곁을 지나쳤다.

"너, 해수한텐 말하지 마."

말하면서부터 후회했다. 뭘 말하지 말라는 건가. 스스로가 한심해져 고개를 젓는데 의외로 혜진이 크게 고개를 끄덕였다.

"저기, 안 나가도 되는데."

사근사근한 말에 신발을 신다 말고 해수 쪽을 돌아보았다. 말소리가 이렇게 들리는데도 여전히 쿨쿨 잠만 자고 있다. 곰탱이.

"애 혼삿길 막을 일 있냐."

두근거리는 가슴을 숨기며 퉁명스럽게 되받았다.

춥다. 아직 겨울이 되려면 멀었는데도 강가에 부는 바람은 이미 예사롭지가 않다. 벗어준 점퍼가 앗아간 온기가 상당하다는 생각을 하며 담배를 피워 물었다.

"……젠장."

사춘기의 열기와 함께 사라져 버렸다고 생각했다. 해수가 바라지 않는 충동 따위는. 마음은 날마다 자랄지언정, 해수를 두렵게 할 일 따윈 다신 없을 거라고 생각했다.

"바보냐."

한숨에 섞여 뿌연 담배 연기가 눈앞을 가렸다. 시큰. 바람이 거꾸로 불었는지 눈이 따갑다. 제길.

사라질 턱이 없지 않은가. 하루만큼, 이틀만큼, 잘 숨겨왔다고 생각은 하지만. 그런데 그거나마 이제 틀렸다. 어쩌면 좋을까.

"미친놈."

잠자고 있는 애를 덮치고 싶다고 생각하다니. 혜진이 들어오지 않았으면 무슨 짓을 해버렸을지. 아무리 나지만 믿을 수가 없다.

"하아……."

머리가 정말, 빌어먹게 아프다. 이래서 술은 싫다. 머리를 괴롭게 하고, 이성을 마비시킨다. 술 때문이다. 오늘의 미친 충동은.

추위에 떨리던 몸이 아예 굳어져 버려 감각조차 마비되었을 때까지 밖에서 버티고 있는데, 뒤에서 갑자기 나른한 목소리가 울렸다.

"여기서 뭐 해? 안 춥니?"

달콤한 향기와 함께 어깨에 따뜻한 온기가 느껴졌다.

"내 옷 있는데 뭐 하러 네 걸. 훌렁 벗고 나와서 웬 궁상이래?"

작게 하품을 하며 옆에 다가앉는 해수의 얼굴이 말갛다. 꽤 달게 잔 모양이다. 버릇처럼 내게 기대오는 날씬한 몸을 느끼니더는 참을 수가 없었다. 정말이지 이젠 한계다. 그래서 그만 불쑥 말해 버렸다.

"해수야, 우리 한 번만 자자."

놀라서 동그래진 눈을 보며 빌었다. 제발, 제발. 나 남자거든? 이제 이 빌어먹을 친구 좀 그만두자. 제발.

그때부터 줄기차게 자자고 해수를 졸라댔다. 해수는 늘 화를 내며 싫어했고, 그럴 때마다 내 마음은 조금씩 더 병들어갔다. 그러면서도 포기할 수가 없었다. 언젠가 해수가 '예스'라고 말하는 날이 온다면, 비로소 내 마음이 받아들여지는 거라고 생각했다. 해수는 그런 애니까. 마음이 없는 잠자리 따위 절대 못할 애니까. 그렇기에 내가 선택한 그 말이 가장 적절한 거라는 믿음을 버리지 않았다.

언젠간 내 메시지를 알아들을 거라 생각했다. 왜 굳이 그런 식으로 말을 했는지, 답답한 내 심정을 알아줄 거라 생각했다. 이 바보가 내 맘 하나 모르고 그 말 때문에 속을 끓일 줄 알았더라면 차라리 그때 무릎을 꿇고 청혼이라도 할 걸, 세월이 많이 흐른 후에 비로소 후회를 했다.

그래도 나는 여전히 그 말이 제일 좋다. 사랑하는 사람은 해수 말고도 많지만, 자고 싶은 사람은 단 하나, 해수뿐이다. 내가 세상에서 오직 해수에게만 할 수 있는 말이다. 그래서 갖은 구박을 다 감수해 가며 오늘도 외친다.

"해수야! 한 번만 자자!"

에필로그

"너무 웃겼잖아, 그때."

"말도 마. 현일이 걔 오지랖은 타고 난 건데, 그걸 두고 못 봐서 눈에 불을 켜고!"

"야야. 난 그거 생각나. 2학년 땐가, 현일이가 해수 뜨거운 커피 싫어하는 거 생각하고 학교 밖에서 냉커피 사다 줬다가 민재한테 호출당한 거."

"맞아맞아! 우리 다 그때 현일이 제사상 봐놔야 되는 줄 알았잖아!"

"너네 그건 모르지? 남자애들 그때 진짜로 돈 건 거? 나중에 현일이 병원비로 쓰든 위로금으로 쓰든 한다고 오천 원씩 모았다잖냐."

"꺄하하!"

정신이 나간 듯 웃어대는 친구들 사이에서 어색하게 미소를 지었다. 이게 다 무슨 소리야. '이제 와서 얘기지만······'으로 시작되는 끝도 없는 이야기들에 머리가 다 어찔했다.

"그것뿐이냐. 과제 때문에 조 짤 때 조원까지 자기가 다 짰잖아. 해수한테 절대 작업 걸지 않을 놈들로만 골라서."

"생각하니 징하다, 징해, 진짜. 민재 걔, 무슨 야신상 같은 거라도 줘야 되는 거 아니냐? 철벽수비야, 철벽수비."

또 한 번 숨넘어갈 것 같은 웃음 끝에 누군가의 '그럼 뭐 해. 그렇게 공을 들이는데도 정작 해수는 아무것도 몰랐는걸'이라는 말이 나오는 바람에 친구들은 아예 바닥을 뒹굴며 자지러졌다. 그 가운데 오도카니 앉아 어쩔 줄 모르다가 조심스럽게 물었다.

"저기, 그러니까 학교 다닐 때도 민재가 그렇게 티를 냈다고?"

으악! 그저 궁금해서 물은 것뿐인데 사방에서 날아오는 손바닥에 등짝이 다 얼얼해졌다.

"눈치가 없기도 없기도! 얜 진짜 어디 동물원에서 컨택 안 들어오니? 곰사에 데려다 놓으면 인기 짱일 텐데."

"거기서도 못 써먹어. 아무리 곰이라도 뭔가 재주는 부려야지. 눈치도 없이 멍하고 앉았는데 뭔 인기?"

"하긴, 난 아는데도 받아줄 수가 없어 모른 척하는 건 줄 알았는데 설마 진짜로 몰랐다니. 어이가 없더라, 어이가."

"민재가 그 정성으로 삽질을 했으면 아마 최초로 지구의 핵을 발견한 인간이 됐을 거다."

"어이구! 핵은 무슨? 아예 지구를 뚫고 나가 다른 은하계를 발견했을걸?"

"그런데 왜 나한텐 말 한 마디 없었어."

섭섭함을 담아 한 말에 혜진이 찢어져라 눈을 흘겼다.

"말을 안 하긴 왜 안 해? 1학년 때 내가 왜, 민재가 너 무지무지 좋아하는 것 같다고 하지 않았더랬어?"

갸웃, 기억이 나지 않아 고개를 기울이니 혜진이 또 등에 불이 나도록 한 대를 때렸다.

"그랬잖아! 과 MT 다녀와서 얼마 안 됐을 때! 민재처럼 유난 떠는 애 처음 본다 했더니 걘 어릴 때부터 원래 그랬다고, 그냥 워낙 친해서 그런 거라고 그랬잖아, 네가!"

"내가?"

"그래! 너는 절대 좋아하는 거 아니라고 하고, 민재는 가타부타 말도 없이 네 얘기 꺼내면 눈부터 부라리고, 그러니까 우리도 그냥 그런가 보다 한 거지. 이제 와 남 탓하기냐?"

내가 정말 그렇게 둔한 건가, 잠시 고민에 빠져 있는데 또 다른 친구인 윤주가 진지하게 말했다.

"그리고 말야. 사실 그렇잖아. 우리 눈엔 민재가 너무너무 진심인 게 보이는데, 말을 안 할 땐 무슨 이유가 있겠지 싶었지. 본인도 말 안 하는 마음을 옆에 사람이 이러고저러고 말을 하게 되나, 보통?"

"게다가 지지배가 절대 아니라고 정색까지 하는데."

"난 하도 아니라길래 민재가 무슨 시스터 콤플렉스 같은 기분으로 그러는가 싶기도 하더라. 어릴 때부터 친하다 보면 남 같지 않을 수도 있잖아?"

"에이, 그렇다기엔 민재가 너무 지극정성이었지. 건 또 꿈보다 해몽이다."

아아, 민재야. 정말 미안해. 끄응 소리를 내며 머리를 감싸 안았다. 어디 가서 행운의 마스코트라는 여우 발이라도 하나 얻어봐야겠다. 그럼 좀 여우 끼가 생기려나. 내가 이렇게까지 곰이었던가 싶으면서 그만 울고 싶은 기분이었다.

"아! 그것도 있다. 왜 그때 우리 갑자기 다 정동진 갔을 때······."

정말 끝도 없는 게 추억인 건지, 금세 신이 난 혜진이 목소리를 높이는데 현관문이 달각거리더니 민재가 쑥 들어섰다.

"오오이! 새신랑! 퇴근이 늦다?"

"퇴근은 무슨. 학교 가서 공부하다 오는 게 무슨 일이냐?"

"공부 좋아하시네. 책이나 한 자 제대로 들여다봤겠냐? 쟨 완존 이 교수님 시다바리로 취직했잖아. 그럼 퇴근 맞지."

윤주의 말에 빙그레 미소를 지었다. 시다바리라. 그렇게 말하기엔 민재가 그 자리를 너무 즐긴다고 해야 할까. 석사 코스만 미국에서 끝내고 박사부턴 다시 모교에서 시작하기로 한 후, 이서한 교수는 본격적으로 민재를 단련시키기로 작정을 한 모양이었다. 유난히 들들 볶고 엄격하게 군다고 소문이 파다할 정도로. 그러나 민재는 신기할 정도로 불평을 하지 않았다. 공부 외의 잡일들이 주어져도 군소리하지 않았고 밤을 새워도 다 못 읽어낼 정도로 엄청난 수의 논문들이 던져져도 기쁘게 받아들였다.

'천성인 거야.'

다른 일엔 끈기라곤 찾아보기 힘든데, 물리학에 관련된 일이라면 예닐곱 시간 정도는 엉덩이 한 번 떼지 않고 집중하는 민재를 생각하다가 고개를 저으며 웃었다. 그나마 다행이지. 박사까지 나도 함께 가야 한다고 억지를 부렸으면 어쩔 뻔했는가.

편안하게 퍼질러 앉아 시끄럽게 구는 여자들이 못마땅한 건지, 현관에 들어선 후에도 얼른 집 안으로 들어오지 않고 서서스윽 집안을 둘러보던 민재의 눈길이 내게 닿았다. '잘 다녀왔어?' 눈을 초롱초롱 빛내며 지켜보는 친구들의 시선이 부담스러워 눈으로만 말하니 고개가 슬쩍 끄덕여졌다. 눈치 빠른 녀석. 흐뭇하게 웃고 있는데 친구들에게도 눈인사만 하고 방으로 들어가려던 민재의 걸음이 우뚝 멈춰졌다.

"저게 다 뭐야?"

민재의 시선은 엉망으로 어실러신 부엌에 닿아 있었다. 점심때, 떡볶이다 김밥이다 잔뜩 해먹고 치우진 않아 난장판인 상태 그대로였다. 거기다 귤껍질이며 과자 봉지, 케이크 상자. 좀 심하긴 하다.

"아, 그거 점심때······."

"야! 너네 앞으로 우리 집 오지 마."

뜬금없는 민재의 통보에 모두가 눈만 껌뻑거렸다. 쟤, 또 왜 저래? 슬쩍 기가 죽어 눈치만 보는 친구들을 대신해 화를 냈다.

"그게 무슨 소리야, 너!"

"무슨 놈의 기집애들이 잔뜩 어지를 줄만 알고 치울 줄은 몰라. 우리 집이 식당이냐? 저따위로 해놓고 갈 거면 다신 오지 마!"

"박민재!"

쳐다보는 눈이 샐쭉하다. 화도 참 잘도 내지.

"결혼해서 아줌마 됐다고 니들 식모라도 된 줄 알아? 해달라고 해서 얻어먹었으면 좀 치워놓기라도 하든지! 이건 무슨······."

"너 진짜 그만 안 해?"

조금 날카로워진 목소리에 겨우 입을 다물긴 했지만, 여전히 사나운 눈빛은 마뜩찮은 빛을 내쏘고 있었다.

"다들 직장인에 바쁜 애들이야. 모처럼 놀러와서 치우고 어쩌고 하면 얘긴 언제 하고 놀긴 언제 놀아? 설거지하겠다는 거 내가 말렸어, 그래서. 넌 어떻게 앞뒤 사정도 모르고!"

민망해할 친구들을 생각해 본심보다 조금 더 날카롭게 말하니 뒤에서 혜진이 살짝 옷소매를 잡아당겼다. 그래서 잠시 돌아보는 사이 민재는 미안하다 어떻다 말도 없이 방으로 쑥 들어가 버렸다.

"쟤…… 쟤가 진짜!"

금방이라도 쫓아 들어갈 것처럼 엉덩이를 들썩이자 내 어깨를 잡아 주저앉힌 혜진이 큭큭 웃었다.

"야야. 봐줘라, 봐줘. 귀엽잖아. 증말 눈꼴시어서 못 봐주겠는데, 박민재가 저러니까 진짜로 웃겨 죽겠다. 그렇게 아까워 죽겠다던? 설거지 한 번 하는 것도 못 봐 넘기겠대?"

"그, 그게 아니라……."

"뭐? 니들 식모 줄 아냐? 아하하! 나 원, 웃겨서."

혜진이 배를 잡고 웃고 있는데 민재가 벌컥 문을 열고 나왔다. 그러곤 화가 났다는 걸 시위하듯 쿵쿵거리며 부엌으로 가더니 잔뜩 널려 있는 쓰레기를 감정 섞인 손길로 치우기 시작했다.

"그냥 놔둬. 이따 내가 할게. 저기 그건……."

"됐다. 일분일초가 아까울 텐데 실컷 수다나 떠시지."

빈정거리는 건가. 잠시 눈치를 보고 있는데 어느새 쓰레기를 다 처리한 민재가 촤아아 소리를 내며 설거지를 하기 시작했다.

"야, 민재 집안일 잘 도와줘?"

별로, 화가 난 건 아닌가. 대충 파악을 끝내고 소곤거리는 혜진을 돌아봤다.

"뭐, 그럭저럭."

"저게 그럭저럭이냐. 아주 숙달됐네."

'기집애, 복도 많아'. 얄밉다는 듯 나를 흘겨본 윤주가 부엌을 향해 소리를 높였다.

"민재야! 박민재!"

"왜!"

"혹시 말야, 내 주변에 나 좋다고 삽질하는 남자는 없던? 내가 둔해서 눈치 못 챈."

요란하던 물소리가 뚝 멎더니 화가 났다는 게 딱 드러나는 표정의 민재가 뒤를 돌아보았다.

"……못생긴 게."

거실에 차가운 바람이 한줄기 불었다. 아아, 어쩌면 좋아. 미스 유니버시티 출신 민윤주가 순식간에 못생긴 아이가 되어버렸다.

✽

"무슨 생각을 그렇게 해?"

화장대 위의 가습기가 우웅 낮은 소리를 내는 밤. 졸음기라고는 하나도 없이 말똥말똥한 눈으로 민재와 찰싹 몸을 맞대고 누워 있었다. 민재의 어깨와 가슴이 이어지는 곳, 오목한 부분은 내 머리통에 딱 맞아든다. 두근두근. 기분이 좋아질 만큼 규칙적으로 울리는 심장 소리를 들으며 멍하니 있는 시간이 너무도 행복하다.

"있잖아, 내가 정말 그렇게 둔한가?"

민재의 매끄러운 가슴을 괜히 살살 문질러 대다가 툭 물었다.

친구들에게 열두 시간이 가깝도록 구박을 받은 터라 조금 의기
소침해져 있었던 것이다. 말이 조금 뜬금없었는지, 몸을 뒤로
좀 물려 나를 떼어놓은 민재가 옆머리에 팔을 고이고 물끄러미
나를 내려다봤다.

"무슨 소리야?"

"애들이 나더러, 동물원 곰사에 들어가 있기도 아깝다
고……."

생각해 보니 조금 서러워 낮에 내내 들은 얘기를 미주알고주
알 일러바치니 민재는 가끔씩 피식피식 웃으면서도 듣는 내내
별말이 없었다.

"뭐야, 지금 그 표정은?"

틀린 말 하나 없네, 싶은 그 얼굴에 마음이 상해 휙 돌아누웠
다. 그러나 이내 민재의 힘에 의해 다시 돌려졌다.

"등 돌리고 자지 말랬지. 나 보고 자. 나."

"누가 잔대?"

팩 쏘아붙였지만 뒤통수를 꽉 잡아 제 가슴에 밀어붙이는 힘
을 당할 수는 없다.

"무식하게 힘만 세서."

"남편 힘센 거 불평하는 여잔 너뿐일 거다."

"누, 누가!"

어쩐지 부끄러워져 옆구리를 한번 세게 꼬집고 민재가 잠시
움찔하는 틈을 타 다시 휙 돌아누웠다.

"해수야."

"……."

"어이, 마누라."

장난스러운 목소리에 빙그레 미소를 지으면서도 짐짓 화난 척 돌아보지 않았다. 쿡쿡. 숨죽인 웃음소리에 이어 목덜미에 뜨거운 입김이 훅 뿜어졌다.

"하지 마!"

간지러워 손바닥으로 목덜미를 감싸는데 손등에 뜨거운 입술이 닿았다.

"너, 내가 언제부터 너 좋아했는지 아냐?"

어, 어라. 잠시 고민에 빠졌다. 내가 언제부터 민재를 좋아했는지는 분명히 안다. 하지만 민재는? 그러고 보니 들은 적 없다.

"여기."

한참 생각에 빠져 있는데 민재의 손가락이 뒤통수 한가운데를 콕 찌르는 바람에 인상을 확 썼다. 아프잖아. 속으로 투덜대는데 민재가 다시 한 번 뒤통수를 톡톡 쳤다.

"이 머리통이 얼마나 예쁘던지 말이야."

"뭐?"

"그때부터였거든, 나는. 네 뒤통수 처음 보던 때."

그러니 도대체 그때가 언제란 소리야. 저도 모르게 민재를 돌아보며 눈썹을 찡그렸다.

"저 봐, 저 봐. 저러니 둔하단 소리를 듣지."

말로는 구박을 하면서 화도 못 내도록 애교있는 눈웃음을 살살 흘린다. 얄미워. 짐짓 흘겨보니 킥킥 웃은 민재가 내 허리를 끌어안으며 가슴에 얼굴을 묻었다.

"뭐, 나쁠 것 없어. 나한테만 둔했겠어? 다른 녀석들 대시도 죄 눈치 못 챘으니까 차라리 그게 나아."

"뭐어?"

"세상에 나처럼 끈기있는 놈은 없으니까, 됐어. 천생연분이야."

입 안으로 웅얼웅얼, 혼잣말처럼 내뱉은 민재가 채 열꽃이 가시지도 않은 가슴을 다시 지그시 물었다.

"너, 내일 새벽에 나가야 된다며."

"조금만."

조금 좋아하시네. 일단 시작하면 끝을 볼 줄 모르는 민재의 습관을 알기에 입을 삐죽했지만, '십 분만 더 있다 잘래' 혼자 일찍 자야 하는 게 억울해 졸라대던 어린 시절을 떠올리게 하는 목소리에 그만 마음이 약해졌다. 내가 받아들였다는 것을 알아챘는지, 민재의 움직임이 조금 더 집요해졌다. 하아, 온몸의 근육이 다 풀어져 내리는 듯 나른한 감각 사이로 문득 오래전 기억이 떠올랐다.

"민재야."

"으음."

"너, 그때 왜 그랬어?"

젖무덤을 부드럽게 물고 지분대던 느낌이 사라지는가 싶더니 스윽, 위로 올라온 민재가 조금 상기된 얼굴로 나를 보았다. 민재 역시 생각에 잠긴 듯, 눈빛이 멀다. 말, 안 해도 언제를 얘기하는 건지 알겠지? 민재가 처음으로 키스했던 날을 떠올리며 기대감에 두근거리는 가슴으로 대답을 기다렸다.

"……좀 적당히 예뻤어야지."

"뭐?"

"턱을 딱 치켜들고 쳐다보는데, 입술이 새빨개서……."

말을 하던 민재가 문득 입을 다물더니 고개를 흔들었다.

"넌 그때 정말 무섭게 화를 냈지만, 또 그때로 돌아가 그날이 온다면……."

'참을 자신 없다'라며 툭 던지듯 말한 민재가 내게서 떨어져 나가 대자로 누웠다. 모로 누워 오르락내리락, 살아 있다는 것을 증명해 주는 실팍한 가슴을 물끄러미 바라보았다.

"있잖아."

"……."

"그때 내가, 왜 그렇게 화를 냈는지 알아?"

민재는 돌아보지 않았다. 그러나 꿈틀, 저도 모르게 움직인 몸이 조금 긴장해 있다는 건 알겠다. 그 와중에도 폼 잡느라. 피식 웃었다. 실은 내 대답 여부에 따라 마음이 상할지도 몰라 겁을 먹고 있다는 것쯤 이제는 다 안다. 민재의 조마조마해하는 모습을 즐기며 약간 뜸을 들이다 그만 부끄러워져 뒹굴, 바닥에 배를 깔고 엎드렸다.

"물론 내가 늦돼서 키스라든지 그런 건 생각도 안 하고 있었는데 갑자기 그런 일을 당해서 놀라기도 하고 겁나기도 했지만, 그보다 더 큰 이유는…… 네가 내 가슴 만졌잖아."

"……."

"하나도 안 부풀었는데. 딴 애들하고는 다르게……."

부스럭 소리에 돌아보니 정말 뜨악한 눈빛이 나를 마주하고 있었다. 부끄러웠지만 고개만 살짝 돌리고 계속 말을 이었다.

"음…… 난 그땐 널 좋아한다 뭐 그런 생각은 없었지만, 키스는 나쁘지 않았어. 좀 놀라서 그랬지, 기분 좋았던 것 같아. 그런데 갑자기 가슴으로 손이 쑥 들어오잖아. 거기다 옷까지 다 끌어올리고. 갑자기 창피해서……."

"너, 정말 바보냐?"

흥분했는지, 반쯤 일어난 민재를 슥 쳐다보다가 중얼거렸다.

"내가 바보가 아니라 네가 짐승이야. 고작해야 중학교 1학년이었던 주제에."

"그, 그건 둘째 치고. 누가 그럴 때 그런 거나 생각한대!"

"네가 여자의 마음을 알아?"

정말, 부끄러웠단 말이다. 그 밋밋한 가슴을 들켰다는 게. 내가 그 무렵에 왜 수영장도 안 갔는데. 놀라고 겁나던 것도 잠시, 괜히 아랫배가 굼실굼실하는 기분에 살며시 눈까지 감았었는데, 뜬금없이 가슴을 들춰내고 빤히 쳐다보는데 당황하지 않을 여자애가 어디 있어. 다시 생각해도 창피해서 토라져 있는데 억울해 죽겠다는 듯한 신음 소리가 길게 들렸다.

"아우욱! 증말 너는 진짜!"

돌아보니 민재도 나처럼 침대에 엎드린 채 머리를 쥐어뜯고 있었다.

"야, 너 그때 내가 진짜로 죽고 싶었던 거 아냐? 책상 위에 놓인 커터 보면서, 저걸로 손목 그으면 정말 죽어질까 어떨까, 미치게 고민한 거 알아?"

"왜, 왜? 너 미쳤어?"

기겁을 하며 발딱 일어나 앉았다. 다 지난 일인데 갑자기 심장이 벌렁거렸다.

"얘가 진짜 미쳤나 봐! 그만한 일에 무슨……."

"그만한 일? 좋아서 미쳐 죽겠는 기집애가 사람을 벌레 보듯 하는데 살고 싶었을 것 같냐?"

저도 덩달아 일어나 앉아 화를 내던 민재가 갑자기 기운이 빠진 듯 내게 툭 기대왔다.

"정말이지…… 그날 너 안 왔으면 무슨 일을 냈어도 냈을 거야."

벌써 십 년도 훨씬 넘은 일인데, 민재의 목소리에 묻은 감정은 여전히 생생했다. 정말…… 많이 힘들었구나, 너. 잠시 안쓰러운 마음을 품었다.

"그래도⋯⋯ 너 너무 앞서 갔어."

"알아."

'그래서 그렇게 오래 삽질을 했잖냐' 하고 힘없이 중얼거리던 민재가 갑자기 고개를 들더니 나를 빤히 보며 씩 웃었다. 어라. 저런 미소, 위험하다.

"그래서, 좋으셨어?"

"으, 응?"

"나만 까졌냐? 키스가 처음부터 그렇게 좋으셨어?"

어, 어⋯⋯. 이게 아닌데. 배실배실 웃는 미소에 담긴 꿍꿍이가 뭘지 불안해져 슬그머니 뒤로 물러나려 했다.

"꺅!"

"그래 놓고 깜찍하게 나만 짐승을 만들었다 이거지?"

순식간에 내리눌러진 채로 옴짝달싹할 수가 없었다.

"그, 그래도 내 덕분에 사고 치는 건 막을 수 있었자⋯⋯ 악! 박민재!"

슬금슬금, 엉덩이 부근부터 더듬어 올라온 손가락의 움직임에 기겁을 해서 소리를 질렀다.

"그만, 그만, 민재야 그만! 항복!"

"항복이 어딨어. 죽을 때까지 당해봐라."

"으하하! 그만 해, 그만! 야! 박민재!"

아, 미칠 것 같다. 간지럼이 온 신경을 타고 올라가 머리끝까지 쭈뼛하게 했다.

"어허! 어디서 하늘 같은 남편 이름을 함부로!"

한층 더 교묘해진 손놀림에 미친 듯 몸을 뒤틀다가 그만 둘이 한 덩어리로 엉켜 침대 아래로 쿵 떨어지고 말았다.

"어! 해수야, 괜찮아?"

"아니."

목이라도 부러진 사람처럼 뻣뻣이 누워 눈동자만 데구루루 굴리니 그새 얼굴이 창백해진 민재가 어쩔 줄을 모르고 내게서 떨어져 나갔다.

"다, 다쳤어? 어디 아파?"

"어. 꼼짝도 못하겠어."

"저, 정말?"

기겁을 하고 나를 건드리려는 민재에게 잽싸게 소리쳤다.

"어디 크게 잘못됐으면 어쩌려고 그래! 건드리지 마!"

움찔. 막 뻗어오던 손이 다급히 오그라들었다. 그 모습에 피식, 웃음이 났지만 짐짓 울상을 지었다.

"어쩌지, 민재야? 나 꼼짝 못하겠어. 이럴 땐 딱 한 가지 방법밖에 안 듣는다던데."

뭔데? 얼른 말하라고 채근하는 눈빛이 어지간히 급하다. 아, 귀여워. 가슴이 터질 것 같은 사랑을 어쩌지 못하고 두 팔을 쭉 뻗었다.

"안아줘."

색색 귀여운 숨소리를 내는 해수를 말끄러미 내려다봤다. 얘는 정말, 한 번 잠이 들면 누가 업어가도 모른다. 내가 입이 닳도록 시킨 대로 내 쪽을 바라보며 잠든 얼굴을 흐뭇하게 지켜 보다가 버릇처럼 손을 내밀어 이마의 흉터를 어루만졌다. 저 상 처를 냈을 무렵, 희미한 흉터는 평생 갈 거란 말에 얼마나 가슴 이 아팠던가. 해수가 다신 안 보겠다 했을 때 그냥 물러섰더라 면, 혼자 좋아한 주제에 분하다는 생각 따윈 하지 말고 그냥 고 이 돌려보내 줬더라면 그런 일이 없었을 거란 생각에 죽고 싶도 록 괴로웠다. 그리고 도망치듯 미국으로 떠나던 비행기 안. 내 다볼 수도 없도록 닫힌 창문의 허연 덮개를 바라보며 열세 시간 을 꼬박 깨어 있었다. 그렇게 멀어지고 있다는 게 믿기지가 않 아서. 내 발로 해수를 떠나고 있다는 게 믿기지가 않아서.

미국에 도착하면 제일 먼저 차를 사야 한다는 얘기를 들었다. 줄줄이 늘어서 있는 차들 가운데 한 대를 골라서 장 봐서 물건 가져가듯 그대로 끌고 가면 되는 시스템은 몹시 낯설었지만, 익 숙한 척하며 적당히 연비 좋고 적당히 안락할 만한 차를 골라 계약서에 사인을 하고 돈을 지불했다. 그러나 무심코 운전석에 올라선 생각지도 못한 복병을 만나 쩔쩔매야 했다.

시동을 걸 수가 없다. 몇 번이고 손에 쥔 키를 열쇠구멍에 대었다가 떼기를 반복하고 있으려니 파란 눈의 딜러가 의아한 듯 나를 바라보았다.

"운전할 줄 아는 거 맞아?"

의심스럽게 쫑긋거리는 입술을 멍청히 바라보다가 겨우 입을 열었다.

"갑자기 기분이 좀 안 좋아서 그러는데, 내 집에까지 가져다 줄 수 있겠어?"

그렇게 아파트 주차장에 차를 세워놓고도, 몇 달이 지나도록 운전은 할 수가 없었다. 운전석에만 앉으면 텅 빈 조수석에 해수가 앉아 피를 흘리는 환영에 시달렸다. 내 탓이다. 내 탓. 이 모든 게 내 탓. 이를 악물고 시동을 걸어보려 해도 항상 마지막 순간에 포기하게 되고 말았다.

그래도 굴복하지 않고 하루에 한 번씩은 차를 타보았다. 무슨 고행이라도 하듯, 한 시간이 넘게 운전석에 앉아 키를 만지작거리며 식은땀을 흘리는 것이다. 나는 점점 괴짜로 소문이 나기 시작했고, 차가 없는 친구들은 필요할 때마다 내게 차를 빌려달라 부탁해 왔다. 세워두기만 하면 영영 못 쓰게 될 것이기에 흔쾌히 빌려줄 때마다, 창가에 서서 친구들이 아무렇지 않게 차에 시동을 걸고 주차장을 매끈하게 빠져나가는 모습을 내려다보았다. 세상이 나 혼자만 따돌리는 것 같은 기분이었다. 오직 나에게만, 아무것도 주어지지 않는다.

그러던 어느 날, 십오 분마다 오기로 돼 있는 버스가 도통 오질 않았다. 지독히도 추운 날이었다. 눈은 오지게 내리고, 운동화는 오래전에 젖어 발가락이 다 얼어붙을 것 같았다. 목을 길게 빼고 잘 보이지도 않는 교차로 너머를 두리번거리다가 그만 완전히 돌아버렸다. 도대체 내가 뭘 하고 있는 건가. 나한텐 차가 있잖아!

그길로 아파트로 돌아가 차 문을 열고 운전석에 앉았다. 크게 심호흡을 하고 키를 손에 쥐었다. 영락없이, 아무도 없는 게 확실한 조수석에 누군가의 모습이 어른거린다. 그러나 돌아보지 않고 단호하게 시동을 걸었다.

'이러고 살 바엔 차라리 같이 죽자. 나 혼자 멀쩡한 게 문제라면, 그렇지 않으면 될 거 아냐!'

내 마음속 유령에게 외치며 거칠게 차를 뺐다. 눈발이 너무나 휘날려 앞이 제대로 보이지 않는 길을 무작정 달리기 시작했다. 그땐 정말로 죽든 살든 신경 쓰지 않겠다는 심정이었다. 가다 기름 넣고 또 가다 기름 넣고. 미친 듯이 달리다 정신을 차려보니 어느새 주 경계선 근처까지 와 있었다. 있는 거라곤 지붕도 없는 주유 펌프 두 개뿐인 주유소에 차를 세우고 눈물을 흘렸다. 해수가 보고 싶었다. 그 못돼먹은 계집애가. 그토록 오랫

동안 마음을 두드렸건만, 끝내 모른 척하는 그 야속한 계집애가. 해수의 환영조차 사라진 조수석에 오른손을 얹은 채, 미친 사람처럼 울다가 집으로 돌아왔다.

"으응."

어느새 해수를 숨이 막히도록 끌어안고 있었나 보다. 답답한 듯 뒤채는 모습을 보며 얼른 팔에 힘을 풀었다. 이젠 다 지난 일인데, 그날의 절망감을 생각하면 지금도 언뜻 두려워진다. 품 안의 온기를 확인하려 빈틈없이 몸을 밀착시켰다. 이제는 해수가 나만 바라보고 있다는 사실을 잘 아는데도 가끔은 뭔가가 불안했다. 이렇게 끌어안고 또 끌어안아, 결국은 내 안에 녹여 넣어버리면 이런 두려움이 사라질까.

'에라이, 미친놈.'

풀썩 웃는 바람에 해수의 머리카락이 살풋 날렸다. 윤기 나는 머리카락에 살며시 입술을 댄 채 향긋한 내음을 즐겼다. 자야 되는데. 밤보다는 새벽에 가까운 시간을 확인하며 조바심을 치고 있으려니 예전의 기억이 다시 살아왔다.

운전에 대한 공포만 해결하면 될 줄 알았는데, 겨우 그것을 극복한 후론 지독한 불면증이 나를 괴롭혔다. 도통 잠을 잘 수가 없었다. 몸은 피곤함에 늘어져 죽을 것 같은데, 자리에 눕기만 하면 눈앞에 해수의 얼굴이 어른거려 견딜 수가 없었다. 누웠다 일어났다 또 누웠다 일어났다, 미친놈처럼 굴다가 그마저도 지치면 열쇠를 챙겨 들고 아파트의 클럽하우스로 향했다. 거기 피트니스 센터가 24시간 개방인 게 유일한 구원이었다. 러닝머신을 달리고 또 달리다 보면 가슴이 터질 것처럼 두근대다가 급기야는 머리까지 텅 비어버린다. 하얗게 비워진 머리가 다시 채워지기 전에 집으로 돌아와 쓰러지듯 누우면, 아주 운이 좋으면 잠이 들 수도 있었다. 빌어먹게도 그러지 못하는 날은 술을 마셨다. 술이라면 질색이던 나인데, 그것도 자꾸 마시다 보니 인이 박혀서 그런가 마실 만해졌다. 잠을 자지 않아도 되는 시간에 해수가 생각이 날 때면 미친 듯이 공부를 했다. 그게 지겨워지면 운동을 하고, 그마저도 더 이상 못할 만큼 지치면 술을 마셨다. 삼 년 동안 내가 한 건 그게 전부였다. 여름방학이면 텅비다시피 하는 캠퍼스를 지키는 동안에도, 그 패턴은 변하지 않았다.

"내가 정말, 너 때문에 살고 너 때문에 죽고 했다. 그거 아나?"

푸념을 해 보았지만 잠든 애가 대답을 할 리가. 언제나처럼 웃고 있는 것 같은 입술을 슬며시 문지르며 웃었다. 앞으론 내 내 너 때문에 살게 해라, 정해수. 아니면 가만 안 둬. 허리께에 두른 팔에 슬며시 힘을 주어 해수를 끌어올린 다음 잠든 입술에 가만히 키스를 했다. 아…… 자야 되는데. 생각과 상관없이 몸가운데에서 무언가가 불끈 치솟아올랐다. 그 순간 결심했다. 해수를 깨우기로.

"해수야."

부드럽게 속삭이며 동그란 귓불을 핥았다. 잠결에도 간지러운지 해수가 고개를 젓는다. 귀여운 것. 보드라운 목덜미에 코를 대고 비비며 웃었다. 좀 일어나 주라. 나 급하다. 입술을 점점 더 아래로 미끄러뜨리며 내가 너무나 사랑하는 말을 속삭였다.

"해수야, 한 번만 자자."

이제 조금 있으면 잠에서 깨어난 해수가 화를 낼 거다. 좋은 말 다 놔두고 왜 만날 그런 말이냐고. 그럼 눈을 똥그랗게 뜨고 대꾸해 줘야지.

'왜, 안 돼?'

아기같이 뽀얀 뺨에 붉은 기를 떠올리며 식식거릴 모습을 상상하며 슬며시 잠옷 자락을 걷어 올렸다. 매끄러운 옆구리를 따라 어루만져 올라오는데도 해수는 여전히 잠에 빠져 있었다.

"제발 좀 일어나라, 정해수."

이 여자는 정말이지 하나부터 열까지 둔하다.

'……괜히 곰돌이 대신이라고 우겼나. 기왕이면 좀 더 빠릿빠릿한 걸 댈걸.'

생각을 해 보았지만 미련곰탱이든 뭐든 나한텐 해수뿐이다. 이보다 더 둔하다 해도 할 수 없지 않은가. 내 마음이 이미 그렇게 되어버렸는데.

"사랑해."

이번엔 해수가 제일 좋아하는 말을 속삭여 보았다. 들은 건지 어쩐 건지, 죽어도 떨어질 것 같지 않던 눈꺼풀이 서서히 밀려 올려졌다. 한 손엔 아담한 가슴을 쥔 채로, 처음 보던 순간부터 나를 매혹시켰던 포도알 같은 눈동자를 홀린 듯이 지켜보았다. 잠에 취해 나른해진 눈동자가 유혹하듯 나를 바라보다가 점점 명확해져 갔다.

"안 자?"

놀란 듯 동그래진 눈을 보며 짓궂게 웃었다.

"해수야, 우리……."

"또 자자고?"

못마땅한 듯 찡그린 얼굴이 못 견디게 사랑스럽다. 쿡쿡. 짐 작했다는 듯 뾰로통해진 입술에 키스하며 참지 못한 웃음을 흘렸다.

해수는 약속을 지켰다. 잠이 안 올 때면 재워주고, 하고픈 말은 뭐든 들어주겠다던 말은 지극히 충실하게 지켜지고 있다. 죽을 때까지 지켜주겠다는 약속 또한 지킬 거라 믿는다. 저 고지식한 해수니까. 그래서 나는 행복하다. 그깟 약속 하나 제대로 지키는데 이십 년이 넘게 걸렸다 해도, 내겐 충분하고도 넘치도록 가치있는 기다림이었다고 생각한다. 힘들었다고는 해도, 그

날들 역시 내겐 해수를 사랑하는 날들이었으니까. 세상에 나 같
은 행운아는 다시없다고 철석같이 믿는다.

✳

도란도란, 민재는 몇 주 만에 만난 모녀가 정담을 나누는 소
리를 들으며 해수가 결혼 전에 쓰던 책상 의자에 앉아 있었다.
장인어른이 집에 계시지 않아 장기를 두지 않아도 된다는 것은
다행이지만, 상대할 사람이 하나도 없으니 한편 심심하기도 했
다. 대부분의 물건이 비워져 허전하게까지 보이는 서랍을 할 일
없이 들썩이다가, 별로 볼 게 없어 길게 기지개를 켜고 서랍장
쪽으로 시선을 돌리던 민재는 바닥과 벽 사이에서 빼꼼 끝자락
을 드러낸 작은 천을 발견했다.

"뭐야, 이거."

민재는 흔히 아이들 돌 반지 같은 것을 넣어놓는 촌스런 복주
머니 안에서 나온 물건을 보고 헛웃음을 웃고 말았다. 이게 여
기 있었어? 가운데 투명한 알이 박히고 돌아가며 빨간 꽃잎이
다섯 장 둘린 반지를 들고 피식거렸다. 정말 사고 싶은 로봇 장
난감까지 포기해 가며 있는 재산을 다 털어 장만한 반지인데,
소중한 건 최대한 깊은 곳에 숨겨두고 못 찾아 쩔쩔매는 습관이
있는 해수는 또 이렇게 처박아놓고 잊은 모양이었다. 그래도 그
렇지. 아예 기억도 못 하다니. 자신이 얼마나 두근거리며 이 반

지를 골랐던가를 기어해 낸 민재는 조금 섭섭함을 느끼고 이마를 찌푸렸다.

"민재야, 뭐 해?"

때마침 방문을 열고 고개를 들이민 해수가 생글거렸다.

"나 마트에 골뱅이 사러 갈 건데, 같이 갈래?"

"골뱅이?"

"어, 골뱅이 소면 해먹자. 같이 갈 거지?"

당연한 말씀을. 해수 몰래 반지를 바지 주머니에 쑤셔 넣으며 일어난 민재는 문을 나서며 동그란 머리통에 꿀밤을 한 대 안겼다.

"아야! 너 뭐야!"

"맞을 만해서 때렸다. 왜?"

뾰로통해져서 투덜대는 해수 뒤에서 민재의 장모가 호호거렸다.

"엄만! 딸이 사위한테 매 맞는데 웃기만 하기야?"

"그거 맞아 아프니? 원, 엄살은."

"큰언니한테 일러줄 거야!"

민재는 퉁퉁거리면서 신발을 신는 해수의 엉덩이를 한 대 툭 쳤다.

"너어!"

"왜, 이것도 일러줘라. 폭력 행사로도 모자라 성희롱까지 했다고."

유치하게 혀까지 길게 빼어 약을 올린 민재는 잽싸게 문을 빠져나가 엘리베이터 단추를 눌렀다.

　"너 시집올 때 뭐 중요한 거 두고 온 거 없냐?"

　집에서 십 분 거리인 마트를 향해 걸으며 민재가 물었다.

　"뭐? 어지간한 건 다 가지고 온 것 같은데?"

　해수는 고개를 갸웃하며 눈동자를 도로록 굴렸다.

　"정말 없어?"

　민재의 채근에 해수의 표정이 조금 심각해졌다.

　"왜. 내가 뭐 잊은 거 있니?"

　"으이그!"

　목이라도 조를 듯 긴 팔로 해수의 목을 감싼 민재가 그녀의 가슴 앞에서 대롱거리는 손바닥을 쭉 폈다.

　"어머!"

　갑작스럽게 얹힌 무게에 얼굴을 찌푸리던 해수가 환호성을 질렀다.

　"이거, 어릴 때 네가 준 반지다! 맞지! 어디서 찾았어?"

　"기억은 하냐?"

　야속함에 퉁퉁거리는 민재를 보던 해수가 민망함에 헤헤거렸다.

　"그러엄! 이거 잃어버려서 내가 얼마나 속상해했…… 아!"

　"말은 잘해요."

늘어뜨렸던 팔을 휙 구부려 해수를 캑캑거리게 만든 민재는 팔에서 빠져나와 자신을 흘겨보는 그녀를 향해 이죽거렸다.

"청혼한 것도 잊어버려, 반지도 잃어버려, 좋아하는 건 눈치도 못 채. 도대체 네가 아는 게 뭐냐?"

"치잇!"

해수는 짐짓 화가 난 듯 얼굴을 붉히며 급하게 걸음을 옮겼다.

"도대체 제대로 챙기는 게 뭐야. 난 그래도 장가올 때 네가 준 건 하나도 빼먹지 않고 챙겨왔는데."

'하다못해 다 낡아빠진 초콜릿 바구니까지'. 생색을 내며 우쭐거리는 민재의 말을 들은 해수가 몸을 휙 돌려 그를 마주했다.

"그래! 그 바구니! 이제 제발 그것 좀 버려. 그게 뭐니? 다 뜯어질 지경이 되어가지고."

"뭐? 뭘 버려?"

민재의 눈이 샐쭉해졌다.

"넌 어떻게 그런 걸 버리란 말이 나오냐? 기집애가 로맨틱이라곤 몰라 가지고!"

"그게 로맨틱이랑 무슨 상관인데?"

아후! 민재는 답답하다는 듯 고개를 저었다.

"그게 어떤 물건인데. 네가 생전처음 직접 만들어 나한테 선물한 거야. 그걸 어떻게 버려?"

'유학 갈 때도 그건 죽자고 챙겨갔다. 안 찌그러지게 랩으로 둘둘 말아가지고!' 화가 나 목소리를 높이던 민재는 놀랍다는 듯 입을 딱 벌린 해수를 보며 멈칫거렸다.

"뭐, 뭐야, 그 표정은."

"너, 정말 그래서 끼고 있었던 거야? 그 허접한 바구니를?"

"……허접한 거야, 네 솜씨가 없어서 그런 거고……."

그제야 낯부끄러운 소리를 해버렸다는 것을 깨달은 민재의 얼굴이 붉어졌다. 어물어물하는 그를 감탄 어린 눈으로 바라보던 해수는 갑자기 미안함을 느끼고 그에게 다가와 팔짱을 끼었다.

"그래도 그거 너무 낡았다. 내가 어디 포장하는 법 가르쳐 주는 강좌 같은 거 들어서라도 새 거 만들어줄게."

"누가 바구니가 갖고 싶댔냐? 내가 무슨 기집애야?"

쑥스러움에 목소리를 높이던 민재는 팔짱을 끼고 있던 해수의 왼팔을 쑥 뽑아 자기 앞으로 가져왔다.

"……손가락이 많이도 굵어졌네."

새끼손가락 첫 마디에나 겨우 들어가는 반지를 달랑달랑 걸어놓고, 민재가 웃었다.

"그럼, 여섯 살 때 같을 줄 알았어?"

"요거 꼈을 때 너 진짜 예뻐 보였는데."

"제 눈에 안경이었겠지."

"그런 거 아냐."

중얼거린 민재가 장난스럽게 웃었다.

"원래 남자는 여자한테 내 거라고 표시해 놓는 거 좋아해. 얼마나 짜릿하냐? 저 반지 낀 여잔 내 거."

"큰언니, 진짜 불러?"

딴소리를 하면서도 해수는 얼굴을 조금 붉혔다. 민재에게 결혼반지를 끼워줄 때, 자신도 그랬었다. 이제부터 이 남잔 내 거.

"크게 늘릴까……."

아쉬움 가득한 민재의 중얼거림에 해수는 그만 웃고 말았다. 아아, 이 끝내주는 집착이라니.

"왜, 아예 이다음에 며느리한테 물려준다고 하지?"

어이가 없어 한 말인데, 민재는 좋은 걸 생각해 냈다는 듯 눈을 빛냈다.

"아! 그거 좋겠다!"

"뭐야?"

곱게 눈을 흘기고 돌아서 다시 걸음을 옮기는 해수 뒤를 졸졸 따라가며 민재가 중얼거렸다.

"좋은 생각이긴 한데…… 아들이 있어야 말이지?"

잠시 생각에 빠졌던 그는 음흉하게 웃으며 해수에게 바짝 다가붙었다.

"해수야, 우리 아들 하나만 낳자."

"뭐어?"

민재는 부끄러운지 얼굴을 붉히는 해수의 어깨를 툭툭 치며 치근거렸다. 요거, 한 번만 하자는 말보다 더 짜릿한걸? 흐뭇한 생각은 속으로만 하며.

"응? 아들 하나만 낳자. 딱 하나만. 응?"

해수는 기가 막혀 싱글거리는 얼굴을 올려다봤다. 예감이 안 좋다. 이거, 아무래도 이젠 저 말이 입버릇 되는 거 아냐? 적중률이 못해도 80%는 넘을 것 같다는 생각을 하는데 민재가 씨익 웃으며 바짝 고개를 들이밀었다. 저 봐, 저 신이 난 얼굴. 떨떠름한 표정을 지으며 배실거리는 입술에서 나올 말을 예상했다.

"해수야, 우리 아들 하나만 낳자. 응?"

올 초, 새해를 시작하며 제가 계획했던 것이 그러했습니다.

'올 안에 반드시 책 세 권을 내고 말겠어!'

포부치곤 대단했지요.

비록 두 편은 이미 완성을 본 것이라 다듬기만 하면 됐다지만, 그래도 정말 이룰 수 있는 계획이란 생각은 못해봤는데, 어쩌다 보니 해버렸네요. 호호.

일단 기분은 뿌듯합니다. 새해에 세웠던 목표를 달성해 본 것이 도대체 얼마 만이란 말입니까(어쩌면 처음일지도. 쿨럭쿨럭).

늘 느끼는 것이지만, 글쓰기라는 것은 하면 할수록 배울 것도 많고 생각할 것도 많은 작업인 듯합니다.

그 과정에 함께해 주시는 분들이 계셔서 저는 참 행복한 사람입니다.

항상 글쓰기와 일상생활에 큰 도움과 기쁨을 주는 동료작가들, 고맙습니다.

변방을 자처하지만 항상 유쾌한 북정 여러분, 엘렉시르의 동료들, 둥지를 만들어주신 깨으른 여러분, 새록새록 정이 가는 야호 님, 항상 글을 읽고 피드백을 주는 채이님(건강한 아기 낳으세요!), 그밖에 부족한 글을 읽고 감상을 주신 여러분께 감사와 사랑을 드립니다.

작가후기

그리고 이 글이 시작된 단미그린비에서 시작부터 함께해 주신 많은 독자님들, 각별히 제목을 주신 파수꾼님께 감사를 전합니다. 제목을 짓는 데는 영 소질이 없는 저인데, 덕분에 꼭 어울리는 예쁜 제목을 지니게 되었습니다.

아, 항상 엄청난 양의 책들과 각종 먹을 것들로 저를 격려해 주시는 네오레몬님과 다정한 마가렛님도 빼놓을 수 없지요. 감사합니다.

항상 감사를 해도 부족할 것만 같은 사랑하는 내 가족, 글 쓴단 핑계로 소홀해도 배려를 아끼지 않아줘서 고마워요. 제가 글을 쓰는 즐거움을 내내 누리게 된 뒤에는 '글을 쓰는 나'를 인정해 주는 두 남자가 있다는 것을 항상 기억하고 있답니다.

살을 에일 듯한 추위를 느껴본 지가 벌써 몇 년이 되었습니다. 그래도 저는 소한 태생. 겨울이라면 너무나 친숙한 사람이지요. 이 추위에 건강 잃는 법 없이, 이 글을 보시는 모든 분들이 따뜻한 연말연시를 맞으셨으면 좋겠습니다.

다음에 더 좋은 글로 찾아뵐 수 있었으면 좋겠다는 소망도 함께 지니겠습니다.

항상, 행복만 하세요.

2007년 말미에.

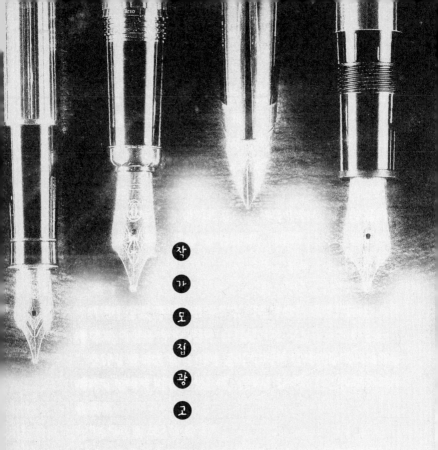

작

가

모

집

광

고

도서출판 청어람의 문은 항상 열려 있습니다.
실력있는 작가 분들의 많은 관심 부탁드립니다.

TEL:032-656-4452 • FAX:032-656-4453
http://www.chungeoram.com
http://chungeoram.egloos.com
e-mail:romance-eoram@hanmail.net